Anne de Green Gables

Copyright © 2019 *by* Pedrazul Editora Ltda.
Todos os direitos reservados à Pedrazul Editora.
Texto adaptado à nova ortografia da Língua Portuguesa,
Decreto nº 6.583, de 29 de setembro de 2008.
Direção geral: Chirlei Wandekoken
Direção de arte: Eduardo Barbarioli
Tradução: Tully Ehlers
Revisão: Carolina S. L. Pegorini
Comissão de capa: Carolina S. L. Pegorini, Chirlei Wandekoken, Enza Said, Talita Oliveira, Tamires de Carvalho e Tully Ehlers
Pintura da capa: Daniel Garber

M791a Montgomery, Lucy Maud, 1874-1942.
          Anne de Green Gables / Lucy Maud Montgomery . – 4ª ed. –
     Domingos Martins, ES : Pedrazul Editora, 2019.

     236 p.
     Título original: Anne of Green Gables

     ISBN: 978-85-66549-16-4

     1. Literatura canadense. 2. Ficção. 3. Romantismo I. Título.
     II. Ehlers, Tully.

                                                    CDD – 810

Reservados todos os direitos desta tradução e produção. Nenhuma parte desta obra poderá ser reproduzida por fotocópia, microfilme, processo fotomecânico ou eletrônico sem permissão expressa da Pedrazul Editora, conforme Lei nº 9610 de 19/02/1998.

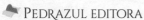

www.pedrazuleditora.com.br | contato@pedrazuleditora.com.br

Anne de Green Gables

Lucy Maud Montgomery

Tradução: Tully Ehlers

Capítulo 1

A Surpresa de Rachel Lynde

Mrs. Rachel Lynde residia exatamente onde a estrada principal de Avonlea descia em um pequeno vale decorado com carvalhos e brincos de princesa, por onde atravessava o riacho cuja fonte se localizava longe na floresta, atrás da antiga casa dos Cuthbert. Tal riacho era famoso por ser intrincado e impetuoso no início de seu curso através dessa floresta, com profundos e secretos remansos e cascatas; porém, quando alcançava Lynde's Hollow,[1] tornava-se um regato calmo e bem comportado, pois nem mesmo um rio poderia correr pela porta de Mrs. Rachel Lynde sem o devido cuidado com a decência e o decoro. O riacho provavelmente tinha consciência de que Mrs. Lynde estaria sentada em sua janela mantendo os olhos perspicazes em tudo o que passava, desde os rios até as crianças; e que se ela notasse qualquer coisa estranha ou fora de ordem, não descansaria até que fosse bisbilhotar os porquês e razões daquilo.

Existia uma profusão de pessoas em Avonlea e fora dela que podiam se ocupar muito de perto dos problemas dos vizinhos, negligenciando, desta maneira, os seus próprios. Mas Mrs. Rachel Lynde era uma daquelas criaturas competentes que conseguiam manejar seus próprios assuntos e os de seus amigos na mesma medida. Ela era uma notável dona de casa, seu trabalho estava sempre feito, e bem feito. Dirigia o Clube de Costura, ajudava na Escola Dominical, e era o mais forte sustentáculo da Sociedade Assistencial da Igreja e do Auxílio para Missões Estrangeiras. Mesmo com tudo isso, Mrs. Lynde encontrava tempo suficiente para se sentar por horas na janela de sua cozinha, tricotando colchas de algodão torcido – havia tricotado dezesseis delas, como costumavam dizer, maravilhadas, as donas de casa de Avonlea – e mantendo os olhos atentos na estrada principal que cruzava o vale e na avermelhada ladeira íngreme que vinha logo depois. Como Avonlea ocupava uma pequena península triangular que se projetava até o Golfo de Saint Lawrence, com água passando pelos dois lados, qualquer um que chegasse ou saísse deveria passar

---

1 - Lynde's Hollow – o Vale dos Lynde.

por aquela estrada na colina e ser, então, um alvo despercebido dos ávidos olhos de Mrs. Lynde.

Numa tarde do início do mês de junho, ela estava sentada ali; o sol entrava pela janela, quente e brilhante; o pomar, um pouco mais abaixo da casa, estava em um rubor nupcial de flores rosadas, com uma miríade de abelhas zunindo. Thomas Lynde – um dócil homenzinho a quem as pessoas de Avonlea chamavam "o marido de Rachel Lynde" – estava semeando os últimos nabos no campo da colina, para além do celeiro; e Matthew Cuthbert deveria estar semeando os seus no extenso campo vermelho, mais afastado de Green Gables. Mrs. Lynde sabia que ele o faria, pois na noite anterior havia escutado-o dizer a Peter Morrison, na loja de William J. Blair, em Carmody, que pretendia semear os nabos na tarde do dia seguinte. Foi Peter quem perguntou isso a ele, é claro, pois Matthew Cuthbert nunca fora conhecido por informar alguma coisa voluntariamente em toda sua vida.

E, ainda assim, ali estava Matthew Cuthbert, às três e meia da tarde de um dia normal de trabalho, placidamente cruzando o vale e subindo o monte. Além disso, usava camisa de colarinho branco e seu melhor terno, o que era uma prova clara de que estava indo para longe de Avonlea. E sua carroça estava sendo puxada pela égua alazã, o que indicava que iria a uma distância considerável. Agora, onde Matthew Cuthbert estaria indo e por quê?

Se tivesse sido qualquer outro homem em Avonlea, Mrs. Lynde poderia ter tido algum bom palpite sobre essas duas questões, habilmente juntando isso e aquilo. Mas Matthew deixava sua casa tão raramente, que apenas uma coisa urgente e incomum poderia fazê-lo sair. Ele era o homem mais tímido que existia e odiava ter que estar entre estranhos, ou ir a qualquer lugar onde precisasse falar. Matthew, vestido com camisa branca e conduzindo a carroça, era algo que não acontecia com frequência. Mrs. Lynde, pensando nisso o tanto que fosse, não poderia fazer muito para descobrir alguma coisa sobre o assunto, e o contentamento de sua tarde estava estragado.

"Logo depois do chá irei até Green Gables, e vou saber por Marilla aonde ele foi e porquê", a honrada mulher finalmente concluiu. "Ele geralmente não vai à cidade nesta época do ano, e *nunca* visita ninguém. Se estivesse indo comprar mais sementes, não se arrumaria desse jeito e nem levaria a carroça. Ele não conduzia rápido o bastante para estar indo atrás de um médico. Mas alguma coisa deve ter acontecido ontem à noite para levá-lo a sair assim. Estou realmente intrigada, isto é que é, e não terei um minuto de paz até saber o que levou Matthew Cuthbert para longe de Avonlea hoje."

Assim sendo, após o chá, Mrs. Lynde saiu. Ela não teria que ir longe. A grande e espaçosa casa, repleta de folhagens e pomares de frutas onde viviam os Cuthbert, ficava a menos de um quarto de milha acima de Lynde's Hollow. Certamente a longa alameda tornava a distância bem maior. O pai de Matthew Cuthbert, tão tímido e calado quanto o filho, tinha adquirido a propriedade o mais longe possível de seus vizinhos, quase entrando na floresta. Green Gables fora construída na parte mais distante do terreno, e lá estava até os dias de hoje, mal sendo visível da estrada principal, ao longo da qual todas as outras casas de Avonlea estavam tão socialmente situadas. Mrs. Rachel Lynde não considerava que viver em tal lugar era *morar* de jeito nenhum.

— É somente *estar*, isto é que é! – ela dizia, enquanto caminhava ao longo da alameda profundamente sulcada, cheia de capim e rodeada por arbustos de rosas silvestres – Não é de se estranhar que Matthew e Marilla sejam um pouco esquisitos, vivendo assim tão longe, só entre eles. As árvores não fazem muita companhia, embora Deus saiba que, se fizessem, lá teria o bastante delas. Eu prefiro estar com pessoas. Certamente eles parecem bastante contentes e, então, suponho que estão acostumados deste jeito. Um corpo pode se acostumar a qualquer coisa, até mesmo a ser enforcado, como dizem os irlandeses.

Com isso, Mrs. Lynde saiu da alameda que levava até o quintal dos fundos de Green Gables. Aquele era um quintal muito verde e precisamente bem cuidado, com magníficos salgueiros patriarcais de um lado e delicados lombardos do outro. Não havia nenhum galho desgarrado nem pedra para serem vistos, pois Mrs. Lynde os enxergaria se houvesse. Sua opinião era de que Marilla Cuthbert varria todo aquele quintal tão frequentemente quanto varria a casa. Poderiam comer uma refeição caída no chão, sem encontrar nem um pouquinho de sujeira.

Mrs. Lynde bateu rapidamente na porta da cozinha, e entrou quando foi convidada. A cozinha de Green Gables era um local muito agradável – ou assim seria se não fosse tão dolorosamente limpa, tendo a aparência de ser uma saleta não utilizada. As janelas eram orientadas para leste e oeste. A suave luz solar do mês de junho inundava o vão oeste, pelo quintal detrás da casa; mas pela janela a leste se tinha o vislumbre das cerejeiras brancas em flor no jardim esquerdo e bétulas pendentes no vale junto ao riacho, que se tornava esverdeado por um emaranhado de vinhas. Ali se sentava Marilla Cuthbert, quando se permitia sentar, sempre ligeiramente desconfiada da luz do sol, que lhe parecia muito dançante e irresponsável em um mundo que tinha de ser levado a sério. E aqui estava sentada agora, tricotando, e a mesa atrás dela estava posta para a refeição.

Antes mesmo de ter fechado a porta, Mrs. Lynde tomou uma nota mental de tudo o que estava na mesa. Ali estavam postos três pratos, então provavelmente Marilla estava esperando que alguém viesse com Matthew para o chá. Mas ela usava a louça do dia a dia e tinha compota de maçã e um só tipo de bolo, então a pessoa que viria não era nenhuma companhia extraordinária. Ainda assim, por que Matthew usava seu colarinho branco e a égua alazã? Mrs. Lynde estava ficando um pouco atordoada com esse mistério sobre a tranquila e prosaica Green Gables.

— Ah, boa tarde, Rachel! – cumprimentou Marilla, rapidamente – É uma linda tarde, não é mesmo? Não quer sentar? Como está sua família?

Alguma coisa que, por falta de outro nome, poderia ser chamada amizade, existia e sempre havia existido entre Marilla Cuthbert e Mrs. Lynde, a despeito de – ou talvez por causa de – suas diferenças.

Marilla era uma mulher alta, magra, com rosto anguloso e sem curvas; seu cabelo escuro já mostrava algumas linhas prateadas e estava sempre preso para trás em um coque simples, com dois grampos de arame agressivamente colocados. Ela parecia ser uma mulher de experiência reduzida e rígida consciência, o que era verdade; mas existia alguma coisa com ar de ressalva em sua boca, que, se desenvolvida, poderia ser indicativa de senso de humor.

— Nós estamos muito bem – respondeu Mrs. Lynde –, apesar de eu estar temendo que *você* não estivesse, quando vi Matthew saindo hoje. Pensei que ele pudesse estar indo buscar o médico.

Marilla contraiu os lábios compreensivamente. Ela estava esperando a vinda de Mrs. Lynde, pois sabia que a visão de Matthew saindo de forma tão inexplicável seria demais para a curiosidade da vizinha.

— Oh, não, eu estou bem, apesar de ter tido uma terrível dor de cabeça ontem. Matthew foi até Bright River.[2] Nós estamos adotando um menininho de um orfanato em Nova Scotia, e ele está chegando no trem desta noite.

Se Marilla tivesse dito que Matthew havia ido a Bright River para buscar um canguru da Austrália, Mrs. Lynde teria ficado menos abismada. Ela esteve boquiaberta, muda, por pelo menos cinco segundos. Era improvável que Marilla estivesse zombando dela, mas Mrs. Lynde quase foi forçada a pensar que sim.

— Está falando sério, Marilla? – ela perguntou, quando sua voz retornou.

— Sim, é claro – disse Marilla, como se adotar meninos de um orfanato de Nova Scotia fosse parte do corriqueiro trabalho primaveril em qualquer fazenda bem regulada de Avonlea, ao invés de ser uma novidade inacreditável.

Mrs. Lynde sentiu como se tivesse recebido um choque na cabeça. Ela pensava em pontos de exclamação. Um menino! Marilla e Matthew Cuthbert, dentre todas as pessoas, adotando um menino! De um orfanato! Bem, o mundo estava certamente virando de cabeça para baixo! Ela não se surpreenderia com mais nada depois disso! Nada!

— Quem colocou uma ideia dessas na sua cabeça? – ela exigiu, com desaprovação.

— Bem, nós temos pensado nisso já há algum tempo; durante todo o inverno, de fato – respondeu Marilla – Mrs. Alexander Spencer esteve aqui, um dia antes do Natal, e nos contou que iria adotar uma menininha do asilo de órfãos em Hopeton, na primavera. A prima dela mora lá, e Mrs. Spencer a visitou e se informou sobre tudo. Então Matthew e eu conversamos e pensamos sobre isso desde aquele momento. Decidimos então adotar um menino. Matthew está ficando idoso, você sabe – está com sessenta anos – e não é

---

2 - Bright River – Rio Brilhante, cidade vizinha a Avonlea.

mais tão ativo quanto foi um dia. Seu coração o incomoda muito. E você sabe o quanto é difícil contratar um ajudante. Nunca há ninguém para empregar, somente aqueles estúpidos rapazotes franceses; e tão logo você encontra um que aprende todo o ofício, ele pega suas coisas e vai trabalhar numa fábrica de conservas de camarão, ou vai para os Estados Unidos. Primeiro, Matthew sugeriu que adotássemos um "garoto imigrante". Mas eu disse um sonoro "não". 'Eles até podem ser bonzinhos – não estou dizendo que não sejam – mas não, nada de garoto árabe das ruas de Londres para mim', eu disse. 'Consiga-me um nativo, pelo menos. Existirá um risco, não importa quem nós adotemos. Mas me sentirei mais tranquila e dormirei melhor à noite se nós pegarmos um canadense.' Então, no final, decidimos pedir a Mrs. Spencer que nos trouxesse um, quando ela fosse buscar sua garotinha. Na semana passada, soubemos que ela estava indo; então mandamos recado por um amigo de Richard Spencer, em Carmody, para que nos traga um menino esperto e agradável de uns dez ou onze anos – com idade suficiente para ajudar nas tarefas mas ainda jovem o suficiente para ser treinado e criado de modo apropriado. Nós queremos lhe dar um bom lar e educação. Recebemos um telegrama de Mrs. Spencer hoje – o carteiro trouxe da estação – dizendo que eles estavam chegando no trem das 17h30 desta tarde. Então Matthew foi até Bright River para buscá-lo. Mrs. Spencer vai deixar o garoto lá, pois ela seguirá até a estação de White Sands.[3]

Mrs. Lynde se orgulhava de sempre dizer o que pensava e começou a fazer isso neste exato momento, tão logo ajustou seus pensamentos depois de tais surpreendentes novidades.

— Bem, Marilla, direi simplesmente que vocês estão fazendo uma coisa imensamente tola; e muito arriscada, isto é que é. Vocês não sabem o que estão arranjando. Estão trazendo uma criança estranha para dentro de seu lar, e não sabem uma única coisa sobre ela, nem se sua disposição é como a dos pais que teve, nem em que tipo de pessoa resultará. Na semana passada, li em um jornal sobre um homem e sua esposa, lá do lado oeste da ilha, os quais adotaram um garoto de um orfanato que ateou fogo na casa à noite – *de propósito,* Marilla – e quase queimou os dois até a morte, na cama. E eu sei de outro caso de um menino adotado que estava acostumado a chupar a gema dos ovos – e eles não conseguiram fazê-lo parar com isso. Se você tivesse pedido meu conselho nesse assunto – o que não fez – eu lhe diria que, pelo amor de Deus, não pensasse em tal coisa, isto é que é.

Esta ladainha não pareceu nem ofender nem alarmar Marilla. Ela continuou tricotando.

— Eu não nego que existe um quê de verdade no que você está dizendo, Rachel. Também tenho minhas apreensões. Mas Matthew estava tão firme nisso. Eu pude perceber, então acabei cedendo. É tão raro Matthew enfiar alguma coisa na cabeça que, quando coloca, considero ser meu dever aceitar. E quanto

3 - White Sands – Areias Brancas, cidade vizinha a Avonlea.

aos riscos, bem, eles existem em quase tudo que uma criatura faz nesse mundo. Existem riscos quando as pessoas têm seus próprios filhos, se isso é para acontecer – nem sempre as crianças saem bem. E Nova Scotia é bem perto da ilha. Não é como se estivéssemos trazendo o menino da Inglaterra ou dos Estados Unidos. Ele não pode ser muito diferente de nós.

– Bem, eu espero que tudo isso dê certo – disse Mrs. Lynde, em um tom que dificilmente escondia suas dolorosas dúvidas – Apenas não diga que não lhe avisei, se ele atear fogo em Green Gables, ou colocar estricnina na água do poço – eu soube de um caso, lá em New Brunswick, onde uma menina de orfanato fez isso, e a família inteira morreu em terrível agonia. Apenas era uma menina, ao invés de um menino.

– Bem, nós não estamos trazendo uma menina – afirmou Marilla, como se envenenar águas de poço fosse uma coisa puramente feminina, e não algo a ser temido no caso de um menino –, eu nunca sonharia em pegar uma menina para criar. Surpreendo-me de Mrs. Spencer estar fazendo isso. Mas então, *ela* não recuaria em adotar um orfanato inteiro se pusesse isso na cabeça.

Mrs. Lynde teria gostado de ficar até que Matthew chegasse com seu órfão importado. Mas, refletindo que ainda se passaria ao menos duas horas até sua chegada, ela concluiu que seria melhor ir até a casa de Robert Bell e contar as novidades. Isso certamente causaria alvoroço, e Mrs. Lynde adorava gerar inquietação. Então ela se foi, não sem o sentimento de alívio da parte de Marilla, pois esta sentia seus próprios medos e dúvidas revividos sob a influência pessimista de Mrs. Lynde.

– Bem, por todos os santos do céu! – exclamou Mrs. Lynde, quando estava segura, caminhando fora da alameda – Realmente não parece que eu esteja sonhando. Bem, sinto muito por esse pobre jovem, sem dúvida. Matthew e Marilla não sabem nada sobre crianças e esperam que esse menino seja mais sábio e firme do que seu próprio avô, se é que ele teve um avô, o que é duvidoso. Parece-me esquisito, de algum modo, pensar em uma criança em Green Gables. Nunca houve nenhuma, pois Matthew e Marilla já eram adultos quando a nova casa foi construída – se é que algum dia eles *foram* crianças, o que é difícil de acreditar quando olhamos para eles. Eu não queria estar na pele desse órfão por nada. Meu Deus, tenho pena dele, isto é que é.

Assim disse Mrs. Lynde para os arbustos de rosas selvagens, do fundo de seu coração. Mas se ela pudesse ver a criança que estava esperando pacientemente na estação de Bright River naquele exato momento, sua piedade teria sido ainda mais intensa e muito mais profunda.

Capítulo II

A Surpresa de Matthew Cuthbert

Matthew Cuthbert e a égua alazã cavalgaram confortavelmente durante oito milhas até Bright River. Era um caminho encantador, avançando entre acolhedoras fazendas, volta e meia passando por perfumadas florestas de pinheiro ou vales, onde pendiam nos galhos delicadas flores de ameixas silvestres. Havia um aroma doce no ar, vindo dos muitos pomares de maçãs, e as pastagens íngremes no horizonte tinham uma névoa perolada e púrpura, enquanto

"*Os passarinhos cantavam como se fosse*
O único dia de verão de todo o ano."

Matthew aproveitava o percurso à sua própria maneira, exceto em alguns momentos quando encontrava mulheres na estrada, e tinha de acenar para elas – pois na ilha de Prince Edward deve-se cumprimentar a todos que se encontra na estrada, conhecendo-os ou não.

Matthew temia a todas as mulheres, exceto Marilla e Mrs. Lynde. Ele tinha a incômoda sensação de que essas misteriosas criaturas estavam secretamente rindo dele. Ele podia ter alguma razão em pensar assim, pois era uma pessoa de aparência estranha, com a figura desajeitada e longos cabelos grisalhos que tocavam o início de seu ombro, e uma barba cheia, castanha clara, que usava desde os vinte anos. De fato, sua aparência não havia sofrido muitas mudanças dos vinte aos sessenta, somente lhe haviam aumentado os cabelos grisalhos.

Quando Matthew chegou até Bright River, não havia nenhum sinal do trem. Ele pensou que estava muito adiantado, então apeou do cavalo no pequeno jardim do hotel e caminhou até a estação. A longa plataforma estava quase deserta; a única criatura à vista era uma menina sentada numa pilha de telhas, lá no extremo final. Mal sabendo que *era* uma menina, passou rapidamente por ela, tão ligeiro quanto pôde, sem ao menos olhar. Se tivesse olhado, dificilmente teria falhado em perceber a expressão tensa e rígida de sua atitude e expectativa. Ela estava sentada lá esperando por algo ou alguém e, visto que sentar e esperar eram as únicas coisas a fazer naquele momento, ela sentou-se e esperou com toda a sua força.

Matthew encontrou o oficial da estação trancando a bilheteria para ir jantar em casa, e perguntou-lhe se o trem das 17h30 ainda demoraria.

— O trem das 17h30 chegou e já se foi, meia hora atrás – respondeu o oficial, com seriedade –, mas há uma passageira que foi deixada aí para você; uma menininha. Ela está sentada lá naquelas telhas. Perguntei a ela se queria se sentar na sala de espera das senhoras, mas me informou seriamente que preferia ficar do lado de fora. 'Existe mais escopo[1] para a imaginação', disse. Ela é uma figura, eu deveria dizer.

— Eu não estou esperando uma menina – disse Matthew, pasmado — Vim para buscar um menino. Ele deveria estar aqui. Mrs. Alexander Spencer estava trazendo-o de Nova Scotia para nós.

O oficial da estação assobiou.

— Aposto que aconteceu algum engano. Mrs. Spencer desceu do trem com aquela menina e me deixou tomando conta dela. Disse que você e sua irmã estavam adotando-a de um orfanato e que logo estariam aqui para buscá-la. Isto é tudo que eu sei – e não tenho nenhum outro órfão escondido aqui pelas redondezas.

— Eu não entendo – balbuciou Matthew, debilmente, desejando que Marilla estivesse ali para lidar com a situação.

— Bem, seria melhor perguntar à menina – disse o oficial, cuidadosamente –, e ouso dizer que ela saberá explicar; ela tem uma língua própria, isso é certo. Talvez eles estivessem sem nenhum menino do tipo que vocês queriam.

O oficial caminhou alegremente para longe, estando já com fome, e o pobre Matthew foi deixado para fazer aquilo que era para ele mais difícil do que barbear um leão em sua caverna: caminhar até uma menina – uma menina estranha – uma órfã – e perguntar-lhe por que ela não era um menino. Matthew suspirou em sua alma enquanto dava volta, e foi em direção a ela, arrastando os pés vagarosamente na plataforma.

A menina esteve observando-o desde que ele passara por ela, e seu olhar estava sobre ele agora. Matthew não estava olhando para ela e mesmo que o tivesse feito, não teria visto como ela era; mas um observador comum teria visto o seguinte: uma criança de mais ou menos onze anos, trajando um vestido cinza amarelado de chita, muito curto, apertado e feio. Ela usava um chapéu marrom e desbotado e, debaixo deste, estendendo-se pelas costas, estavam duas tranças de um cabelo espesso e decididamente ruivo. Seu rosto era pequeno, branco e magro, e também muito sardento; a boca era grande e os olhos também, e pareciam ser verdes sob um tipo de luz e humor, e cinza em outros.

Até agora, é o que veria o observador comum; um bom observador poderia ter visto que o queixo era pontudo e pronunciado, os olhos grandes eram cheios

1 - Escopo - o espaço, a abrangência da mobilidade e efetividade de algo, de um sistema, de uma atividade, de uma ideia etc.

de espírito e vivacidade, a boca tinha lábios finos e expressivos, e a testa era larga e ampla. Resumindo, nosso extraordinário observador perspicaz concluiria que nenhuma alma comum habitava o corpo desta desgarrada menina-mulher, a quem Matthew Cuthbert estava temendo tão ridiculamente.

Entretanto, Matthew foi poupado do martírio de ter que falar primeiro, pois quando percebeu que ele estava vindo, a menina se levantou, agarrando a alça da velha bolsa de tecido com uma mãozinha, enquanto estendia a outra para cumprimentá-lo.

— Suponho que seja Mr. Matthew Cuthbert de Green Gables? – ela disse, numa voz doce e peculiarmente distinta – Estou muito contente em vê-lo. Estava começando a ficar com medo de que o senhor não viesse para me buscar, e já imaginava todas as coisas que poderiam ter acontecido para impedi-lo. Já tinha decidido que, se o senhor não viesse esta noite, eu desceria até aquela grande cerejeira na curva, e passaria a noite lá em cima. Eu não teria nem um pouco de medo. Seria adorável dormir em uma cerejeira silvestre, toda florida, vestida de branco sob a luz do luar, não acha? Eu poderia imaginar que estava morando em uma casa com paredes de mármore, não poderia? E eu estava certa de que o senhor viria me buscar pela manhã, caso não viesse hoje à noite.

Matthew segurou a mãozinha magra na sua, desajeitadamente. Então, naquele momento, decidiu o que fazer. Ele não poderia dizer àquela criança de olhos brilhantes que tudo havia sido um erro. Ele a levaria para casa e deixaria Marilla fazer isso. Ela não poderia ser deixada em Bright River de qualquer modo, não importando qual havia sido o erro. Então todas as perguntas e explicações seriam adiadas até ele estar seguro de volta a Green Gables.

— Desculpe pelo meu atraso – ele respondeu, timidamente – Vamos. O cavalo está ali no pátio. Dê-me sua mala.

— Oh, eu posso carregá-la – respondeu a criança, alegremente –, não está pesada. Carrego todos os meus tesouros terrenos aqui, mas não está pesada. E se não segurá-la de uma certa maneira, a alça cairá, então é melhor que eu fique com ela, pois já tenho o jeitinho. É uma bolsa de pano extremamente velha. Oh, estou muito contente que tenha vindo, mesmo que tivesse sido bom dormir numa cerejeira. Nós teremos uma longa viagem, não teremos? Mrs. Spencer disse que eram oito milhas. Estou contente, porque amo andar de charrete. Oh, é tão maravilhoso que eu vá viver com vocês, e pertencer a vocês. Eu nunca tive ninguém, nunquinha. Mas o orfanato foi o pior. Fiquei morando lá somente por quatro meses, mas foi o suficiente. Talvez seja difícil para o senhor entender como é, sendo que nunca foi um órfão num orfanato. É pior do que qualquer coisa que poderia imaginar. Mrs. Spencer disse que é cruel da minha parte falar desse jeito, mas eu não pretendia ser má. É tão fácil ser perverso mesmo sem saber, não é? Elas eram boas, sabe – as pessoas do orfanato. Mas existe tão pouco escopo para imaginação no orfanato; bem, a não ser pelos outros órfãos. Era bem interessante imaginar coisas sobre eles, fantasiar que talvez a menina que senta ao seu lado fosse a filha legítima de um conde, roubada de seus pais em sua infância por uma babá cruel, que morreu antes de poder confessar. Eu costumava ficar acordada durante as noites e inventar coisas como estas, pois não tinha tempo durante o dia. Creio que seja este o motivo de eu ser tão magrinha; eu *sou* assustadoramente magra, não sou? Não tenho muita carne nos meus ossos. Eu amo imaginar que sou bonita e gordinha, com covinhas no cotovelo.

Com isso, a companheira de Matthew parou de falar, em parte por já estar sem fôlego, e em parte porque haviam chegado à carroça. Ela não disse mais nenhuma palavra até deixarem o vilarejo e dirigirem por uma encosta íngreme: a parte da estrada a qual fora cavada tão profundamente no solo macio que a margem estava muitos pés acima de suas cabeças, bordada por cerejeiras silvestres em flor e pequenas bétulas brancas.

A menina levantou a mão e arrancou um ramo de flor de ameixeira que raspava do lado da carroça.

— Não são lindas? Está vendo aquela árvore encostada na margem, toda branca e rendada? Em que ela faz o senhor pensar? – ela perguntou.

— Bem, eu não sei – respondeu Matthew.

— Ora, uma noiva, é claro – toda de branco com um adorável véu enevoado. Eu nunca vi uma, mas posso imaginar como ela se pareceria. Eu mesma nunca almejei ser uma noiva. Sou tão sem graça, ninguém jamais vai querer se casar comigo; a não ser que seja um missionário estrangeiro. Suponho que um missionário não tenha tão altas aspirações. Mas espero que um dia eu possa ter um vestido branco. Este é, para mim, o mais alto ideal de alegria terrena. Eu simplesmente amo roupas bonitas. E nunca tive um vestido bonito em toda a minha vida, pelo menos que eu me lembre – mas é claro que existem coisas muito mais importantes para se almejar, não é mesmo? E então posso imaginar que estou vestida lindamente. Esta manhã, quando fui embora do orfanato, senti-me tão envergonhada por ter de usar este vestido de chita velho e horrendo. Todos os órfãos têm de usá-lo, sabe. No inverno passado, um mercador em Hopeton doou trezentas jardas de chita para o orfanato. Algumas pessoas disseram que ele fez isso por não ter conseguido vender o tecido, mas prefiro pensar que ele fez isso porque tem um coração gentil – o senhor não pensaria assim? Quando entramos no trem, eu senti como se todas as pessoas estivessem olhando pra mim, e sentindo pena. Mas então minha imaginação começou a trabalhar, e eu fantasiei que estava usando o mais lindo vestido de seda azul pálido – porque quando se *está* imaginando, sempre se pode imaginar algo que valha a pena – e um grande chapéu todo florido, com plumas balançando, e um relógio de ouro, luvas de pelica e botas. Alegrei-me na hora, e aproveitei minha viagem até a ilha com toda a minha vontade. Não fiquei nem um pouco enjoada quando estávamos no barco. Nem Mrs. Spencer, embora ela geralmente enjoe. Ela disse que nem teve tempo de ficar enjoada, cuidando para que eu não caísse para fora do barco. Falou que nunca viu alguém que fosse mais inquieta do que eu. Mas se isso a impediu de enjoar, então foi uma bênção eu ter perambulado, não foi? Eu queria ver tudo o que havia para ser visto naquele barco, pois não sei quando terei outra oportunidade. Oh, tem muito mais cerejeiras florescendo! Esta ilha é a parte mais florida do mundo. Eu simplesmente já amo este lugar, e estou tão feliz que irei viver aqui. Sempre ouvi falar que a ilha de Prince Edward era o lugar mais bonito de todos, e costumava sonhar que morava aqui, mas nunca pude imaginar que viria de verdade. É tão agradável quando os sonhos se tornam realidade, não é? Mas aquelas estradas vermelhas são tão engraçadas. Quando entramos no trem em Charlottetown e começamos a passar rapidamente pelas sendas vermelhas, perguntei a Mrs. Spencer o que fez com que elas ficassem vermelhas. Ela me respondeu que não sabia, e que pelo amor de Deus não fizesse mais nenhuma pergunta, pois eu já devia ter-lhe feito umas mil perguntas. Suponho que fiz, sim; mas como descobrir as coisas se não fizer perguntas? E o que *faz* as estradas ficarem vermelhas?

— Ora, eu não sei – disse Matthew.

— Bom, aí está uma coisa para esclarecer algum dia. Não é esplêndido pensar em todas as coisas que existem para serem descobertas? Isso me faz sentir alegria em estar viva; é um mundo tão interessante! Não seria a metade interessante se soubéssemos tudo sobre todas as coisas, seria? Não haveria nenhum escopo para imaginação então, haveria? Mas eu estou falando demais? As pessoas estão sempre me dizendo que sim. O senhor preferiria que eu não falasse? Se disser que sim, eu irei parar. Eu posso *parar* quando decido fazê-lo, ainda que seja difícil.

Para sua própria surpresa, Matthew estava se divertindo. Tal qual a maioria dos sujeitos calados, ele gostava de pessoas loquazes, quando estavam dispostas a conduzir a conversa por si mesmas e não esperavam que ele contribuísse a toda hora. Mas nunca imaginou que iria gostar da companhia de uma menininha. As mulheres eram conscientemente más, mas as meninas eram muito piores. Ele detestava o modo que elas tinham de passar timidamente por ele, olhando de soslaio, como se suspeitassem que ele fosse engoli-las em uma única bocada, se elas se aventurassem a dizer uma palavra. Esse era o tipo de menina bem criada de Avonlea. Mas esta bruxinha sardenta era diferente, e apesar de achar difícil para sua inteligência mais lenta acompanhar a mente brilhante da garotinha, ele concluiu que "meio que gostava de sua conversação". Então disse, acanhado como sempre:

— Oh, pode falar o tanto que quiser. Eu não me importo.

— Oh, estou tão feliz. Eu sei que o senhor e eu vamos nos dar muito bem. É um alívio falar quando se deseja, e não ter de ouvir alguém dizer que as crianças deveriam ser vistas, não ouvidas. Já me disseram isso um milhão de vezes. E as pessoas riem de mim porque utilizo palavras grandes. Mas se a pessoa tem grandes ideias, tem de usar grandes palavras para expressá-las, não tem?

— Bem, me parece razoável – disse Matthew.

— Mrs. Spencer falou que minha língua deveria estar presa no meio. Mas não está – está firmemente presa pela extremidade. E ela falou também que a sua casa se chama Green Gables. Eu perguntei a ela tudo sobre o lugar, e soube que tem árvores por toda a volta. Fiquei mais contente do que nunca! Eu simplesmente amo árvores. E não tinha nem sequer uma ao redor do orfanato, somente umas pobrezinhas bem pequeninas em frente, dentro de umas gradezinhas pintadas de branco. Aquelas arvorezinhas pareciam órfãs também. Olhar para elas normalmente me dava vontade de chorar. Eu costumava lhes dizer, 'Oh, *pobres* coisinhas! Se estivessem lá numa grande floresta, com outras árvores em torno de vocês, e musgos e campânulas crescendo sobre suas raízes, pássaros cantando em seus galhos e um riacho não muito longe, vocês poderiam crescer, não poderiam? Mas não podem onde estão. Eu sei exatamente como se sentem, arvorezinhas.' Senti-me mal ao deixá-las para trás hoje de manhã. A gente fica tão apegada a essas coisas assim, não fica? Existe algum riacho perto de Green Gables? Esqueci de perguntar isso a Mrs. Spencer.

— Ora, sim, tem um ao lado da casa.

— Fantástico. Sempre foi um dos meus sonhos morar perto de um rio. No entanto, nunca imaginei que isso aconteceria. Nem sempre os sonhos se tornam realidade, não é? Não seria maravilhoso se eles se realizassem? Mas, neste momento, estou quase perfeitamente feliz. Não posso me sentir totalmente feliz porque – bem, que nome o senhor daria para esta cor aqui?

Ela puxou uma de suas longas tranças lustrosas por cima do ombro estreito, e segurou-a na frente dos olhos de Matthew. Ele não estava acostumado a pensar sobre o matiz dos cabelos das mulheres, mas neste caso não poderia haver muita dúvida.

— É ruivo, não é? – ele disse.

A menina deixou a trança cair nas costas, com um suspiro que parecia vir do fundo de sua alma e exalar todas as tristezas das eras do mundo.

— Sim, é ruivo – respondeu, resignada – Agora entende porquê não posso ser perfeitamente feliz. Ninguém que tenha o cabelo ruivo pode. Não me importo muito com as outras coisas – as sardas e os olhos verdes, e minha magreza. Eu posso me imaginar sem todos eles. Posso imaginar que tenho uma pele rosada e adoráveis olhos cor de violeta, bem brilhantes. Mas *não consigo* me imaginar sem este cabelo ruivo. Faço sempre o meu melhor. Penso comigo mesma: 'Agora meu cabelo é preto radiante, negro como as asas de um corvo.' Mas todo o tempo *eu sei* que ele é só este ruivo sem atrativos, e isso me corta o coração. Esta será a minha tristeza por toda a vida. Li sobre uma menina, uma vez em um romance, que tinha uma tristeza eterna, mas não era por seu cabelo. Suas madeixas eram loiras como o ouro puro, com cachos que definiam sua linda fronte de alabastro. O que isso significa? Eu nunca pude entender. Pode me dizer?

— Ora, temo que não – disse Matthew, que já estava ficando um pouco tonto.

Sentiu-se como uma vez, em sua impetuosa juventude, quando outro menino tinha convencido-o a subir num carrossel em um piquenique.

— Bem, o que quer que seja, deve ser algo bom porque ela era divinamente bonita. Já imaginou como uma pessoa deve se sentir sendo divinamente bonita?

— Ah não, nunca – confessou Matthew ingenuamente.

— Eu sim, frequentemente. O que o senhor preferirira ser se pudesse escolher: divinamente bonito, impressionantemente inteligente ou angelicamente bom?

— Bem, eu – eu realmente não sei.

— Nem eu. Nunca consigo decidir. Mas isso não faz muita diferença, porque não parece que eu serei qualquer um deles algum dia. Certamente nunca serei angelicamente boa. Mrs. Spencer disse – oh, Mr. Cuthbert! Oh, Mr. Cuthbert!! Oh, Mr. Cuthbert!!!

Não foi isso o que Mrs. Spencer disse; nem a menina tinha caído da carroça, nem Matthew tinha feito nada de surpreendente. Eles tinham simplesmente dobrado a curva da estrada e se encontravam na "Avenida".

A "Avenida", assim chamada pelo povo de Newbridge,[2] era um trecho de estrada de quatro ou cinco centenas de metros de comprimento, com enormes macieiras completamente arqueadas cobrindo o caminho, plantadas anos atrás por um velho fazendeiro excêntrico. Um longo mantô de flores de perfume glacial estava suspenso. Abaixo dos ramos, o ar era cheio de uma penumbra lilás e, à frente, havia o vislumbre do pôr do sol. O céu estava como que pintado e brilhava feito uma grande janela rosada no final da nave de uma catedral.

A beleza do lugar pareceu ter deixado a criança sem fala. Recostou-se na carroça, as mãozinhas entrelaçadas à sua frente, sua extasiada face olhando para o branco esplendor acima. Mesmo quando já haviam passado e estavam descendo a longa ladeira até Newbridge, ela não se moveu nem falou mais. Ainda com o rosto encantado, olhava para o pôr do sol à frente, com olhos de quem teve visões marchando esplendidamente através daquele chão brilhante.

Ainda em silêncio, cruzaram a movimentada cidadezinha chamada Newbridge, onde cães latiam para eles, menininhos assobiavam e rostos curiosos apareciam nas janelas. Já tinham viajado mais três milhas, e a criança ainda não falava. Era evidente que ela podia ficar em silêncio tão energicamente quanto podia falar.

— Acredito que você esteja bastante cansada e faminta – Matthew ousou falar, enfim, considerando estas as únicas razões às quais ele podia pensar para explicar sua longa visita ao mundo do silêncio – Mas não estamos longe agora, somente mais uma milha.

Ela saiu de seu devaneio com um profundo suspiro e olhou para ele com o olhar sonhador de uma alma fascinada que esteve muito longe, conduzida pelas estrelas.

2 - Newbridge – Ponte Nova, município vizinho a Avonlea.

— Oh, Mr. Cuthbert, aquele local por onde passamos – o local todo branco – o que era? – ela sussurrou.

— Ah, bem, você deve estar se referindo à Avenida – disse Matthew, depois de uns minutos de profunda reflexão — É um lugar bonito.

— Bonito? Oh, *bonito* não me parece a palavra certa a ser utilizada. Nem lindo, tampouco. Elas não vão longe o bastante. Oh, era maravilhoso – maravilhoso. É a primeira coisa que já vi que não pode ser melhorada com a imaginação. Simplesmente me satisfaz aqui – ela colocou uma mão no peito –, faz sentir uma dor estranha e engraçada, mas ainda assim prazerosa. O senhor já sentiu uma dor assim, Mr. Cuthbert?

— Bem, eu não consigo lembrar se já tive.

— Eu sinto, muitas vezes; todas as vezes que vejo alguma coisa que seja magnificamente bonita. Mas as pessoas não deveriam chamar aquele local adorável de Avenida. Não tem sentido um nome como este. Deveriam chamá-lo – deixe-me ver – Caminho Branco de Deleites. Não é um ótimo nome imaginário? Quando eu não gosto do nome de algum lugar ou pessoa, sempre imagino um novo, e sempre penso neles dessa forma. Havia uma garota no orfanato, cujo nome era Hepzibah Jenkins, mas eu sempre a imaginei como Rosalia De Vere. Outras pessoas podem chamar aquele local de Avenida, mas eu sempre direi Caminho Branco de Deleites. Temos mesmo somente uma milha antes de chegar à casa? Estou feliz e triste ao mesmo tempo. Chateada porque a viagem tem sido tão agradável, e eu sempre fico desanimada quando coisas boas terminam. Alguma coisa muito melhor pode vir depois, mas nunca terei certeza. E comigo frequentemente acontece de não ser agradável. Pelo menos tem sido esta a minha experiência. Mas estou feliz de pensar em chegar à casa. Veja, eu nunca tive um lar de verdade, desde que me lembro. Sinto aquela dor gostosa de novo, só de pensar em realmente chegar a um lar verdadeiro. Oh, aquilo não é lindo?

Eles tinham chegado ao topo de uma colina. Abaixo havia uma lagoa, tão extensa e sinuosa que quase parecia um rio. Era dividida ao meio por uma ponte que se estendia dali até sua extremidade inferior, onde um cinturão de dunas de areia cor de âmbar circulava o Golfo azul escuro mais além. A água tinha a glória de tons variáveis – as mais espirituais sombras cor de açafrão, rosa e verde fluido, com outras cores efusivas para as quais nunca foram inventados nomes. Além da ponte, a lagoa corria até onde começavam os sulcos bordados de pinheiros e bordos e estendia toda a escuridão translúcida de suas sombras vacilantes. Aqui e ali uma ameixeira silvestre debruçava-se na orla, como uma menina vestida de branco na ponta dos pés, para ver seu próprio reflexo. Do pântano até a nascente da lagoa vinha o claro e pesarosamente doce lamento dos sapos. Havia ali uma pequena casa cinza assomando em torno do pomar de maçãs em uma ladeira mais ao longe, e apesar de não estar totalmente escuro, uma luz cintilava de uma das janelas.

Anne de Green Gables

— Esta é Barry's Pond[3] – disse Matthew.

— Oh, não gosto deste nome também. Eu chamarei – deixe-me ver – a Lagoa das Águas Brilhantes. Sim, este é o nome certo. Eu sei por causa do arrepio. Quando chego ao nome que serve exatamente, sinto um calafrio. Alguma coisa já lhe causou arrepios?

Matthew pensou por um instante.

— Ora, bem. Sempre sinto um arrepio ao ver aquelas larvas brancas feias cavando na horta de pepinos. Eu odeio olhar para elas.

— Oh, não creio que seja o mesmo tipo de arrepio. Acha que pode ser? Não parece existir muita conexão entre larvas e lagoas de águas brilhantes, parece? Mas por que as pessoas chamam-no de Barry's Pond?

— Acredito que seja porque Mr. Barry mora ali naquela casa. Chama-se Orchard Slope.[4] Se não fosse por causa daquele grande arbusto atrás da casa, poderíamos ver Green Gables. Mas temos que passar por cima da ponte e dar a volta pela estrada; por isso, é quase meia milha mais distante.

— Mr. Barry tem alguma filha pequena? Bem, não tão pequena assim, mais ou menos do meu tamanho.

— Ele tem uma, em torno de onze anos. O nome dela é Diana.

— Oh! – com uma longa inspiração — Que nome perfeitamente adorável!

— Ora, bem, eu não sei. A mim, parece que tem algo de horrivelmente pagão nesse nome. Eu gosto mais de Jane ou Mary, ou algum nome sensato como esses. Mas quando Diana nasceu, havia um professor hospedado por lá, e eles lhe deram o direito de escolher o nome da menina. E ele a chamou Diana.

— Eu queria que tivesse um professor como este por perto quando nasci. Oh, aqui, estamos na ponte. Fecharei os meus olhos, bem apertados. Sempre tive medo de passar sobre pontes. Não posso evitar imaginar que talvez quando chegarmos justamente ao meio, ela irá se dobrar como uma navalha e nos beliscar. Então, eu fecho meus olhos. Mas sempre tenho que abri-los quando penso que estamos chegando na metade. Porque, sabe, se a ponte se quebrasse *mesmo*, eu gostaria de *vê-la* quebrando. Que estrondo engraçado! Eu sempre gosto da parte do estrondo. Não é esplêndido ter tantas coisas no mundo para se gostar? Ufa, passamos. Agora olharei para trás. Boa noite, querida Lagoa das Águas Brilhantes. Eu sempre digo boa noite para as coisas que amo, assim como faria para as pessoas. Acho que elas gostam disso. É como se a água estivesse sorrindo para mim.

Quando tinham se dirigido à colina mais adiante e dobrado em uma curva, Matthew disse:

— Estamos bem perto da casa agora. Green Gables está lá –

— Oh, não me diga! – ela o interrompeu, quase sem fôlego, segurando o braço parcialmente levantado de Matthew e fechando os olhos para não ver o seu gesto — Deixe-me adivinhar. Certamente irei acertar.

3 - Barry's Pond – Lagoa dos Barry;
4 - Orchard Slope – Ladeira do Pomar.

Ela abriu os olhos e olhou em torno de si. Eles estavam no topo da colina. O sol já tinha se posto há algum tempo, mas a paisagem ainda estava clara sob a suave luz do entardecer. À oeste, o pináculo de uma igreja escura se erguia contra o céu cor de calêndula. Abaixo existia um pequeno vale e, mais além, uma longa ladeira moderadamente íngreme, com casarios de fazenda espalhados e bem arranjados ao longo da encosta. De um para outro, os olhos da criança moviam-se rapidamente, ansiosos e desejosos. Enfim, eles se demoraram em uma direção à esquerda, bem afastada da estrada, vagamente branca, com árvores floridas ao entardecer. Acima, ao sudoeste, uma grande estrela límpida estava brilhando no céu imaculado, como uma lâmpada de orientação e promessa.

— É lá, não é? – ela perguntou, apontando.

Satisfeito, Matthew bateu os arreios de leve nas costas da égua.

— Bem, acho que adivinhou! Mas imagino que Mrs. Spencer descreveu para você, então já sabia.

— Não, ela não me falou, não mesmo. Ela falou somente sobre os outros lugares. Eu não tinha nenhuma ideia real de como poderia ser. Mas tão logo olhei para lá, senti que era a casa. Oh, parece um sonho. Sabe, meu braço deve estar todo arroxeado, do cotovelo até o ombro, porque eu me belisquei muitas vezes hoje. A todo momento, um terrível sentimento vinha sobre mim, e eu ficava com tanto medo de que tudo fosse um sonho. Então eu me beliscava para ver se era real – até que de repente lembrei que, mesmo supondo que tudo pudesse ser um sonho, seria melhor continuar sonhando tanto quanto eu pudesse, então parei de me beliscar. Mas isto *é* real e estamos quase perto de casa.

Com um suspiro de euforia, ela voltou ao silêncio. Matthew se agitou desconfortavelmente. Ele estava contente de que seria Marilla e não ele a dizer a esta criança desamparada que o lar que ela tanto desejava não seria dela, afinal. Eles passaram por Lynde's Hollow, onde tudo já estava escuro, mas não o suficiente a ponto de impedir Mrs. Lynde de vê-los de sua janela. Logo subiram o monte e finalmente entraram na longa alameda de Green Gables. Na hora em que chegaram na casa, Matthew começou a se acanhar por causa da proximidade da revelação com uma força que ele mesmo não entendia. Não era em Marilla ou nele próprio que estava pensando, ou sobre a provável confusão que teriam para resolver esse erro. Mas quando pensou naquela eufórica luz sendo extinta nos olhos da menina, ele teve um sentimento desconfortável de que iria presenciar o assassinato de algo – o mesmo sentimento que lhe sobrevinha quando tinha que matar um cordeiro ou bezerro, ou qualquer outra criaturinha inocente.

O jardim estava escuro quando entraram, e as folhas dos álamos sussurravam delicadamente em torno da casa.

— Escute as árvores falando enquanto dormem – ela sussurrou, enquanto ele a ajudava a descer da carroça —, que lindos sonhos elas devem ter!

Então, segurando apertado a bolsa de pano, a qual continha "todos os seus tesouros terrenos", ela seguiu Matthew para dentro da casa.

Capítulo III

A Surpresa de Marilla

Marilla veio rapidamente para a sala enquanto Matthew abria a porta. Mas quando seus olhos caíram naquela estranha figurinha mal vestida, com as longas tranças de cabelo ruivo e olhos brilhantes e ansiosos, ela parou atônita.

— Matthew Cuthbert, quem é esta? – perguntou – Onde está o garoto?

— Não havia nenhum. Apenas ela – disse Matthew, sentindo-se miserável.

Ele acenou com a cabeça na direção da criança, lembrando-se de que nem mesmo havia perguntado seu nome.

— Nenhum garoto! Mas *deveria* haver um garoto lá! Nós mandamos recado para Mrs. Spencer trazer um garoto! – insistiu Marilla.

— Bem, não trouxe. Trouxe-nos *ela*. Informei-me com o oficial da estação. E tive de trazê-la para casa. Ela não poderia ser deixada lá, não importa qual tenha sido o engano.

— Bem, em que bela confusão nos metemos! – bradou Marilla.

Durante este diálogo a menina permanecera em silêncio, passando os olhos de um para o outro, e toda a animação se esvaindo de seu semblante. De repente, ela pareceu entender totalmente o significado do que estava sendo dito. Deixando cair sua preciosa bolsa de pano, ela saltou para frente e juntou suas mãos.

— Vocês não me querem! – gritou – Não me querem porque não sou um menino! Eu devia ter imaginado isso. Ninguém nunca me quis. Devia saber que era tudo muito lindo para ser verdade. Devia saber que nunca me quiseram realmente. Oh, o que vou fazer? Vou irromper em lágrimas!

E ela irrompeu em lágrimas. Sentando-se em uma cadeira, cruzou os braços sobre a mesa e, enterrando o rosto neles, pôs-se a chorar torrencialmente. Perto do fogão, Marilla e Matthew se entreolharam lamentavelmente. Nenhum deles sabia o que dizer ou fazer. Finalmente, Marilla deu alguns passos desanimados até onde estava a menina.

— Calma, calma, não há necessidade de chorar dessa maneira.

— Sim, *tenho* necessidade! – a menina levantou a cabeça rapidamente, revelando a face manchada de lágrimas e os lábios trêmulos – *A senhorita* também choraria assim, caso fosse órfã e tivesse chegado ao lugar onde pensou que seria sua casa, e só então descobrisse que não a querem porque não é um menino. Oh, esta é a coisa mais *trágica* que já aconteceu na minha vida!

Alguma coisa como um relutante sorriso, um pouco enferrujado por tanto tempo sem uso, suavizou a expressão dura de Marilla.

— Bem, não chore mais. Não colocaremos você para fora de casa à noite. Você ficará aqui até que possamos investigar o que aconteceu. Qual é o seu nome?

A menina hesitou por um momento.

— Poderia me chamar de Cordelia, por favor? – perguntou, com ansiedade.

— *Chamá-la* de Cordelia? É este seu nome?

— Nã-ã-ão, não é exatamente o meu nome, mas eu adoraria me chamar Cordelia. É um nome tão perfeitamente elegante.

— Eu não estou entendendo que diabos você quer dizer. Se não é Cordelia o seu nome, qual é então?

— Anne Shirley – balbuciou, relutante, a proprietária do nome – mas, oh, por favor, me chame de Cordelia. Se vou ficar aqui só por um tempo, não pode ter tanta importância como vocês vão me chamar, não é? É que Anne é um nome tão pouco romântico.

— Pouco romântico, que disparate! – disse a insensível Marilla – Anne é um bom nome, simples e sensato. Não tem necessidade de se envergonhar dele.

— Oh, não, não tenho vergonha – explicou Anne –, somente gosto mais de Cordelia. Sempre imaginei que este era meu nome; bem, ao menos nestes últimos anos. Quando eu era menor, costumava imaginar que me chamava Geraldine. Agora gosto mais de Cordelia. Mas se vocês forem me chamar de Anne, por favor, pronunciem claramente a letra "E".

— E que diferença faz o modo como o nome é dito? – perguntou Marilla com outro sorriso enferrujado, enquanto pegava a chaleira.

— Oh, faz *muita* diferença. *Soa* tão melhor. Quando a senhorita escuta um nome pronunciado, não consegue vê-lo em sua mente, como se tivesse sido impresso? Eu consigo, e A-n-n soa tão terrível, mas A-n-n-e parece tão mais distinto. Se vocês me chamarem tão somente de Anne, dito com a letra "E", eu tentarei me reconciliar com o fato de não ser chamada de Cordelia.

— Muito bem então, Anne, pronunciado com um "E", você pode nos contar como esta confusão veio a acontecer? Nós mandamos um recado para que Mrs. Spencer nos trouxesse um menino. Não havia meninos no orfanato?

— Oh sim, havia muitos deles. Mas Mrs. Spencer disse claramente que vocês queriam uma menina em torno dos onze anos. Então a diretora pensou que poderia ser eu. Não imaginam como fiquei feliz! Não pude nem dormir na noite passada, de tanta alegria. Oh! – ela acrescentou de forma repreensiva, virando-se para Matthew – por que não me disse na estação que vocês não me queriam, e não me deixou por lá mesmo? Se eu não tivesse visto o Caminho

Anne de Green Gables

Branco de Deleites e a Lagoa das Águas Brilhantes não seria tão difícil deixar isso tudo para trás.

— O que diabos ela está dizendo? – perguntou Marilla, olhando para Matthew.

— Ela – ela está se referindo a uma conversa que tivemos na estrada – Matthew respondeu, apressadamente – Vou colocar a égua para dentro, Marilla. Tenha o chá pronto quando eu voltar.

— Mrs. Spencer trouxe alguém mais além de você? – continuou Marilla, quando Matthew saiu.

— Sim, trouxe Lily Jones para morar com ela. Lily tem somente cinco anos e é muito bonita. Tem os cabelos castanhos como amêndoa. Se eu fosse muito bonita e tivesse o cabelo castanho, vocês iriam ficar comigo?

— Não. Nós queremos um menino para ajudar Matthew na fazenda. Uma menina não teria nenhuma serventia para nós. Tire seu chapéu. Vou colocá-lo com sua bolsa na mesinha do corredor.

Anne tirou o chapéu obedientemente. Matthew voltou nesta mesma hora, e eles sentaram para jantar. Mas Anne não conseguiu pensar em comida. Em vão tentou mordiscar o pão com manteiga e deu algumas beliscadas na conserva de maçã do pratinho de vidro posto à sua frente. Mas não fazia muito esforço de qualquer maneira.

— Você não está comendo nada – disse Marilla severamente, olhando para ela como se isso fosse um grave defeito. Anne suspirou.

— Não consigo. Estou nas profundezas do desespero. A senhorita consegue comer quando está nas profundezas do desespero?

— Eu nunca estive em tal lugar, portanto não posso dizer – respondeu.

— Nunca esteve? Bem, e nunca tentou *imaginar* que estivesse?

— Não, nunca.

— Então creio que não possa entender como é. Certamente é um sentimento muito desconfortável. Quando se tenta comer, um nó se forma na sua garganta e não deixa engolir nada, nem mesmo se fosse um caramelo de chocolate. Eu comi um caramelo uma vez, dois anos atrás, e foi simplesmente delicioso. Desde então, sonho com frequência que tenho uma porção desses doces, mas sempre acordo exatamente quando estou prestes a comê-los. Espero que não se sinta ofendida por eu não poder saborear sua comida. Tudo está extremamente gostoso, mas ainda assim não consigo comer.

— Creio que ela esteja cansada – falou Matthew, que não tinha dito uma palavra desde que voltara do estábulo — Melhor colocá-la para dormir, Marilla.

Marilla estava se perguntando onde deveria colocar Anne para dormir. Ela havia preparado um sofá no cômodo contíguo à cozinha, para o tão esperado menino. Porém, apesar de estar arrumado e limpo, de qualquer modo não parecia exatamente o lugar para acomodar uma menina. E o quarto de hóspedes estava fora de cogitação para uma órfã abandonada, então só sobrava o quartinho do sótão, do lado leste. Marilla acendeu uma vela e disse a Anne para segui-la. Desanimada, a menina obedeceu, pegando seu chapéu e a bolsa de pano da mesinha do corredor, quando passou. O corredor estava espantosamente limpo; e o pequeno aposento do sótão, onde ela se encontrava agora, parecia ainda mais limpo.

Marilla pôs a vela em uma mesinha triangular de três pernas ao lado do leito e arrumou as roupas de cama.

— Suponho que tenha uma camisola? – perguntou.

Anne confirmou com a cabeça.

— Sim, tenho duas. A diretora do orfanato as fez para mim, e são assustadoramente curtas. Nunca há o suficiente em um orfanato, então as coisas sempre são escassas – pelo menos num orfanato pobre como o nosso. Detesto camisolas curtas. Mas também posso sonhar que estas são bordadas e adoráveis, com rendas no pescoço, e isso é uma consolação.

— Bem, troque de roupa o mais rápido que puder e vá para a cama. Voltarei em alguns minutos para buscar a vela. Não ousaria confiar em você para apagá-la. Provavelmente atearia fogo neste lugar.

Quando Marilla se foi, Anne olhou tristemente em torno do quarto. As paredes caiadas de branco eram tão dolorosamente vazias e inalteradas, que ela pensou que deveriam sofrer por sua própria nudez. O chão estava vazio também, exceto por um tapetinho redondo trançado no meio do quarto, tal como Anne nunca tinha visto antes. Em um canto estava uma cama alta, à moda antiga, com quatro colunas baixas, escuras e torneadas. No outro canto estava a mesinha triangular já mencionada, adornada com um porta-alfinetes feito de veludo vermelho, duro o suficiente para amassar a ponta do alfinete mais forte. Logo acima, havia um pequeno espelhinho pendurado. No meio do caminho entre a cama e a mesa havia uma janela com cortinas de musselina brancas com babados, e do lado oposto ficava o lavatório. Todo o quarto era de uma rigidez que não poderia ser descrita em palavras, mas causou um calafrio que chegou até os ossos de Anne. Com um soluço, ela rapidamente descartou seus trajes, vestiu a curta camisolinha e saltou para a cama, onde enterrou a cabeça no travesseiro e se cobriu com as cobertas até a cabeça. Quando Marilla veio buscar a vela, diversas pequenas peças de vestuário estavam desordenadamente espalhadas pelo chão, e uma certa aparência tempestuosa do leito eram as únicas indicações da presença de alguém no quarto além dela mesma.

Ela juntou deliberadamente as roupas de Anne, colocou-as devidamente dobradas sobre uma empertigada cadeira amarela, e então, pegando a vela, inclinou-se sobre a cama.

— Boa noite – disse Marilla, um pouco desajeitada, mas não indelicada.

O rosto branco e os grandes olhos de Anne apareceram por cima das cobertas com uma impressionante surpresa.

— Como pode dizer *boa* noite, quando sabe que esta vai ser a pior noite que já tive? – questionou, com reprovação.

E então, mergulhou outra vez na invisibilidade.

Marilla desceu as escadas vagarosamente até a cozinha e começou a lavar a louça do jantar. Matthew estava fumando – um sinal claro de que sua mente estava perturbada. Ele raramente o fazia, pois Marilla considerava o hábito assqueroso. Mas em certas épocas e estações do ano ele se deixava levar pelo vício, e então Marilla fechava os olhos para tal prática, entendendo que um homem deve ter algum alívio para suas tensões.

— Em que bela confusão nos metemos! – ela disse, indignada – É isso que dá mandarmos recado, ao invés de irmos resolver nós mesmos. O amigo de Richard Spencer deve ter distorcido a mensagem de alguma forma. Um de nós dois tem que ir até a casa de Mrs. Spencer amanhã, isto é certo. Esta menina terá que ser mandada de volta ao orfanato.

— Sim, suponho que sim – murmurou Matthew, relutantemente.

— Você *supõe* que sim! Não está certo que sim?

— Bem, ela é realmente uma ótima menininha, Marilla. É uma pena mandá-la de volta, quando está tão decidida a ficar aqui.

— Matthew Cuthbert, você não está querendo dizer que pensa que devemos ficar com ela!

Marilla não poderia ficar mais espantada se Matthew tivesse expressado que preferiria andar de cabeça para baixo.

— Bem, não, suponho que não; não exatamente – gaguejou Matthew, desconfortavelmente acuado pelo significado preciso de suas palavras – Eu suponho – dificilmente poderíamos esperar ficar com ela.

— Eu diria que não. Que bem ela faria para nós?

— Nós poderíamos fazer algum bem para ela – ele disse, repentina e inesperadamente.

— Matthew Cuthbert, acredito que aquela criança enfeitiçou você! Eu posso ver muito claramente que você quer ficar com ela.

— Bem, ela é realmente uma menininha cativante! – persistiu Matthew – Você devia tê-la ouvido falando desde a estação.

— Oh, sim, ela pode falar rápido o bastante. Isso eu percebi de uma vez. Mas isso também não diz nada em seu favor. Não gosto de crianças que tenham muito a dizer. Eu não quero uma órfã, e mesmo se quisesse, não escolheria nenhuma do estilo dela. Existe algo nesta menina que eu não entendo. Não, ela deve ser despachada diretamente para o mesmo lugar de onde veio.

— Eu poderia contratar um menino francês para me ajudar, e ela seria uma boa companhia para você.

— Não estou precisando de companhia. E não ficarei com ela.

— Bem, Marilla, é exatamente como você diz, é claro. Estou indo me deitar – disse Matthew, levantando-se e guardando o cachimbo.

E Matthew foi se deitar. E depois de guardar a louça, Marilla também foi dormir, decididamente ainda mais carrancuda. E, no andar de cima, no quartinho do lado leste do sótão, a menininha solitária e sem amigos, com o coração sedento, chorou até conseguir dormir.

Capítulo IV

Manhã em Green Gables

Era dia claro quando Anne acordou e sentou-se na cama, olhando confusamente para a janela, através da qual vertia uma torrente da alegre luz solar e, fora dela, algo branco e leve como plumas onduladas cruzavam o vislumbre do céu azul.

Por um momento ela não conseguiu lembrar onde estava. Primeiro sentiu um agradável arrepio, como algo muito aconchegante; então, a horrível lembrança. Lá era Green Gables, e eles não a queriam porque ela não era um menino!

Mas era manhã e, sim, fora de sua janela havia uma cerejeira em completa floração. Com um pulo, ela estava fora da cama e cruzara o aposento. Anne empurrou a vidraça para cima – que se ergueu com rigidez, rangendo como se não tivesse sido aberta por muito tempo, o que era mesmo o caso; e ficou presa de forma tão apertada que não foi preciso nada para sustentá-la.

Anne se ajoelhou e contemplou a manhã de junho, seus olhos iluminados de satisfação. Oh, não era lindo? Não era um lugar adorável? Mesmo sabendo que realmente não ficaria lá, ela iria sonhar que era o seu lar. Havia ali escopo para a imaginação.

A grande cerejeira crescia do lado de fora, tão perto que seus ramos batiam contra a casa, e tão cheios de flores que as folhas mal podiam ser vistas. Em ambos os lados da residência havia grandes pomares, um de macieira e outro de cerejeira, também cobertos de flores; e o gramado estava todo salpicado com dentes-de-leão. No jardim, abaixo, estavam as floridas árvores de lilases, e sua vertiginosa fragrância adocicada era levada até a janela pela brisa matinal.

Mais além do jardim, um campo verdejante repleto de trevos descia até o vale onde o riacho corria, e onde crescia um grande número de bétulas brancas brotando alegremente da vegetação rasteira, e sugerindo encantadoras possibilidades de samambaias, musgos e espécies típicas dos bosques, no geral. Mais ao longe havia um morro verde e emplumado de abetos vermelhos e pinheiros, com uma fenda por onde era visível a extremidade da cumeeira cinza da pequena casa que ela vira no outro lado da Lagoa das Águas Brilhantes.

À esquerda estavam os grandes celeiros e, além, bem mais abaixo, sobre os verdes campos de uma encosta íngreme, tinha-se a cintilante visão do mar azul.

Os olhos de Anne, amantes da beleza, demoraram-se nessa visão, captando vorazmente todas essas coisas. Ela já havia visto tantos lugares desagradáveis em sua vida, pobre criança; porém, este local era mais adorável do que qualquer um com o qual ela já tivesse sonhado.

Ela ficou ali ajoelhada, absorta a tudo, exceto para a beleza ao seu redor, até que foi surpreendida por uma mão em seu ombro. Marilla havia entrado sem que a pequena sonhadora tivesse percebido

— Está na hora de você se vestir – disse, bruscamente.

Marilla realmente não sabia como falar com a criança, e sua desconfortável ignorância a tornava concisa e seca, mesmo quando não queria ser.

Anne levantou e suspirou longamente.

— Oh, não é maravilhoso? – falou, apontando com as mãos de modo abrangente para o mundo lá fora.

— É uma grande árvore e floresce grandiosamente, mas nunca dá muitos frutos; sempre pequenos e cheios de bichos – respondeu Marilla.

— Oh, eu não me referia somente à árvore. Claro que ela é linda – sim, é *radiantemente* adorável, ela floresce como promete – mas estava me referindo a tudo, ao jardim e ao pomar, ao riacho e a floresta, ao grande e querido mundo por inteiro. A senhorita não sente como se amasse o mundo numa manhã como esta? Eu posso ouvir o riacho rindo durante todo o seu trajeto até aqui. Já percebeu quão alegres são os riachos? Estão sempre às gargalhadas. Eu já consegui ouvi-los, mesmo no inverno, embaixo do gelo. Estou tão contente que tenha um riacho pertinho de Green Gables! Talvez a senhorita pense que não faz a mínima diferença para mim, uma vez que vocês não vão ficar comigo – mas faz. Sempre vou gostar de lembrar que existe um rio em Green Gables, ainda que eu nunca mais torne a vê-lo. Se não tivesse esse riacho, eu ficaria *assombrada* com a desconfortável sensação de que deveria haver um. Não estou mais nas profundezas do desespero nesta manhã. Eu nunca consigo ficar assim ao amanhecer. Não é esplêndido que existam as manhãs? Mas me sinto muito triste. Agora mesmo estava imaginando que era eu quem vocês queriam de verdade, e que, afinal, eu ficaria aqui para sempre. Foi confortante enquanto durou. Mas o pior de imaginar as coisas é que chega a hora em que é preciso parar de sonhar, e isso dói.

— É melhor que você se arrume e desça, e esqueça suas imaginações – disse Marilla, oportunamente, assim que conseguiu ter a palavra –, pois o café da manhã está esperando. Lave seu rosto e penteie o cabelo. Deixe a janela aberta e arrume as cobertas de volta sobre o pé da cama. Seja tão diligente quanto puder.

Evidentemente Anne podia ser rápida quando tinha algum propósito, pois estava na cozinha em dez minutos, esmeradamente vestida em suas roupas, o cabelo penteado e trançado, o rosto limpo e a alma impregnada pela confortável sensação de ter cumprido todas as exigências de Marilla. Para falar a verdade, havia esquecido de arrumar as cobertas.

— Estou faminta nesta manhã – anunciou, enquanto se sentava na cadeira que Marilla havia posto para ela –, o mundo não parece uma imensidão de lamentos tal como parecia ontem à noite. Estou tão feliz por hoje ser uma manhã ensolarada. Mas, a bem da verdade, também gosto das manhãs chuvosas. Todos os tipos de alvorada são interessantes, não acha? Não se tem ideia do que vai acontecer durante o dia, e existe tanto escopo para a imaginação. Estou contente por não estar chovendo hoje, porque é mais fácil estar animada e resistir às aflições em um dia ensolarado. E sinto que terei muitas coisas para suportar. É sempre muito bom ler sobre os momentos de tristeza e imaginar-se passando por tudo heroicamente, mas não é tão bom assim quando tem que vivê-los de verdade, não é mesmo?

— Pelo amor de Deus, segure sua língua! Você fala demais para uma menina tão pequena – disse Marilla.

Daí em diante Anne segurou a língua, tão completa e obedientemente que seu silêncio contínuo deixou Marilla um tanto irritada, como se estivesse na presença de algo artificial. Matthew também segurou a língua – mas isso era natural –, então aquele foi um café da manhã excepcionalmente silencioso.

Enquanto a refeição continuava, Anne se tornou mais e mais distraída, comendo mecanicamente, alheia com seus grandes olhos perdidos, inabalavelmente fixos no céu através da janela. Isto deixou Marilla mais irritada do que nunca. Ela tinha a desconfortável sensação de que enquanto o corpo dessa esquisita criança estava ali naquela mesa, seu espírito estava bem longe, em algum fantasioso país nas nuvens, carregado pelas asas da imaginação. Quem iria querer tal criança por perto?

Dentre todas as coisas inexplicáveis no mundo, estava o fato de que Matthew ansiava por ficar com ela! Marilla sentia que, nesta manhã, ele queria tanto quanto quisera na noite anterior, e continuaria querendo. Este era o modo de Matthew – colocava um capricho na cabeça e se apegava àquilo com uma surpreendente e silenciosa determinação – uma persistência dez vezes mais potente e efetiva em seu silêncio do que se ele a tivesse externado.

Quando o desjejum terminou, Anne saiu de seu devaneio e se ofereceu para lavar a louça.

— Você consegue lavar a louça direito? – Marilla perguntou, receosa.

— Muito bem. Apesar de que sou melhor cuidando de crianças. Tenho tanta experiência com elas! É uma pena que não tenha nenhuma aqui para eu cuidar.

— Eu não sinto como se quisesse mais crianças para cuidar além da que tenho agora. Sinceramente, *você já é* problema o bastante. Não sei o que faremos com você. Matthew é o mais ridículo dos homens.

— Eu o acho adorável! – disse Anne, defendendo-o – Ele é tão compreensivo. Ele não se importou por eu falar demais, parecia até gostar disso. Eu senti que ele era uma alma gêmea tão logo o vi.

— Vocês dois são muito estranhos, se é isso o que quer dizer com 'alma gêmea'! – disse Marilla, com sarcasmo – Sim, você pode lavar a louça. Pegue bastante água quente, e certifique-se de que fique bem seca. Tenho coisas o suficiente para fazer nesta manhã, pois à tarde terei de ir até White Sands para ver Mrs. Spencer. Você virá comigo e vamos resolver o que será feito com você. Depois que terminar a louça, suba para o quarto e faça sua cama.

Anne lavou a louça com muita habilidade, como percebeu Marilla, que manteve seus olhos atentos no processo. Logo depois ela arrumou a cama, com menos sucesso, pois nunca tinha aprendido a arte de lutar contra um colchão de penas. Mas, de alguma forma, tudo foi feito corretamente e sem problemas, e, para se ver livre dela, Marilla disse que a menina podia ir para o quintal e se entreter até a hora do almoço.

Anne voou até a porta, com o semblante em chamas e os olhos entusiasmados. Na soleira, parou brevemente; virou-se e voltou, sentando-se à mesa com sua luz e brilho eficientemente obscurecidos, como se alguém tivesse usado um extintor sobre ela.

— E qual o problema agora? – exigiu Marilla.

— Eu não ouso ir lá fora – disse Anne, em um tom de mártir abdicando de todos os prazeres terrenos – se não posso permanecer aqui, será inútil amar Green Gables. E se eu for lá para fora, e conhecer todas aquelas árvores e flores, e o pomar e o riacho, não poderei evitar amá-los. Já é difícil o bastante agora, não vou tornar ainda pior. Eu quero tanto ir lá fora – tudo parece estar me chamando, 'Anne, Anne, venha aqui conosco. Anne, Anne, nós queremos uma amiga para brincar' – mas é melhor não ir. É inútil amar as coisas se a pessoa terá de ser separada delas, não é? E é tão difícil evitar amar as coisas, não é? É por isso que eu estava tão feliz quando pensava que iria morar aqui. Pensei que teria tantas coisas para amar e nada para me impedir. Mas este breve sonho está acabado. Já estou conformada com meu destino agora; então, acho que não vou lá fora, por medo de ficar inconformada novamente. Qual é o nome daquele gerânio que está no peitoril da janela, por favor?

— Aquele é o gerânio perfumado.

— Não, não me refiro a este tipo de nome. Falo do nome que a senhorita mesma lhe deu. A senhorita não lhe deu um nome? Posso dar então? Posso chamá-lo – deixe-me ver – posso chamá-lo de Bonny enquanto estou aqui? Oh, por favor, posso?

— Nossa, eu não me importo! Mas pelos céus, qual o objetivo de nomear um gerânio?

— Bem, eu gosto que as coisas tenham nomes próprios, ainda que sejam apenas flores. Isso faz com que se pareçam mais com as pessoas. Como sabe se não está magoando o gerânio chamando-lhe somente de gerânio e nada mais? A senhorita certamente não gostaria de ser chamada de 'mulher' e nada mais, o tempo todo. Sim, vou chamá-lo de Bonny. Já batizei aquela cerejeira que está do lado de fora da janela do meu quarto, esta manhã. Eu a chamei de Rainha da Neve, porque estava tão branca. Óbvio que ela não vai estar sempre florida, mas pode-se imaginar que está, não pode?

— Nunca, em toda a minha vida, eu vi ou ouvi nada como ela! — resmungou Marilla, enquanto escapulia para o celeiro em busca de batatas – É mesmo uma criaturinha interessante, como Matthew disse. Já posso sentir que estou pensando que diabos ela irá dizer agora! Ela deve estar lançando seu feitiço também sobre mim. Lançou sobre Matthew. Aquele olhar que ele me deu quando saiu reiterou tudo o que falou ou insinuou na noite passada. Queria que ele fosse como os outros homens e conversasse sobre as coisas. Se assim fosse, eu poderia contestar e discutir com ele até chamá-lo à razão. Mas o que fazer com um homem que somente lança *olhares*?

Anne tinha entrado em devaneio novamente, com o queixo apoiado nas mãos e os olhos no céu, quando Marilla retornou de sua peregrinação ao celeiro. Marilla a deixou ali até que o almoço antecipado estivesse na mesa.

— Suponho que poderei usar a égua e a carroça esta tarde, Matthew? – disse Marilla.

Matthew concordou com a cabeça e olhou melancolicamente para Anne. Marilla interceptou o olhar e disse, de maneira severa:

— Irei até White Sands para acertar as coisas. Levarei Anne comigo, e Mrs. Spencer provavelmente fará os arranjos para mandá-la de volta à Nova Scotia de uma vez. Deixarei seu chá arrumado e estarei em casa a tempo de ordenhar as vacas.

Ainda assim Matthew não disse nada, e Marilla sentiu como se tivesse gastado as palavras e o fôlego, em vão. Não havia nada mais provocante do que um homem que não respondia – a não ser uma mulher que não o fizesse.

No horário esperado, Matthew atrelou a égua à carroça, e Marilla e Anne partiram. Matthew abriu o portão do jardim para ambas, e enquanto passavam vagarosamente, mencionou, parecendo não se dirigir a ninguém em particular:

— O pequeno Jerry Buote, de Creek, esteve aqui hoje pela manhã, e eu disse a ele que é provável que o contrate para o verão.

Marilla não respondeu, mas golpeou as costas da desafortunada égua com o chicote. O gordo animal, que não estava acostumado a ser tratado desse jeito, zuniu indignado pela alameda abaixo em uma marcha alarmante. Marilla olhou para trás uma vez, enquanto a carroça balançava, e viu aquele irritante Matthew debruçado sobre o portão, contemplando-as melancolicamente.

Capítulo V

A História de Anne

— Sabe – confidenciou Anne – tomei a decisão de aproveitar este passeio. Por minha experiência, entendo que uma pessoa pode desfrutar qualquer coisa quando está firmemente decidida a fazer isso. Claro, deve ser uma decisão firme. Não vou pensar em voltar para o orfanato enquanto estivermos cavalgando, vou pensar somente no passeio. Oh, olhe, uma pequena rosa silvestre florescendo! Não é adorável? Será que ela está contente por ser uma rosa? Não seria maravilhoso se as rosas pudessem falar? Estou certa de que nos contariam coisas incríveis. E rosa não é a cor mais encantadora do mundo? É a cor que mais amo, mas não posso usar nada dessa tonalidade. Pessoas ruivas não podem usar rosa, nem mesmo na imaginação. Já soube de alguém que tivesse o cabelo ruivo quando era bem jovem, mas que a cor tenha mudado quando cresceu?

— Não, nunca ouvi algo assim – disse Marilla, sem piedade – e não creio que seja possível acontecer com você.

Anne suspirou.

— Bem, outra esperança que morreu. 'Minha vida é um perfeito cemitério de esperanças mortas.' Li esta frase uma vez, em um livro, e sempre digo para me confortar quando estou desiludida de alguma forma.

— Não consigo entender como esta frase pode servir de algum conforto – disse Marilla.

— Ora, porque soa tão lindo e poético, exatamente como se eu fosse uma heroína em um livro, sabe. Eu gosto muito de coisas românticas, e um cemitério cheio de esperanças mortas é uma das coisas mais românticas que alguém pode imaginar, não é? Estou bem contente de que minha vida seja um. Nós iremos passar pela Lagoa das Águas Brilhantes hoje?

— Nós não passaremos por Barry's Pond, se é isso que você quer dizer com essa sua Lagoa das Águas Brilhantes. Nós iremos pela estrada à beira-mar.

— Estrada à beira-mar me parece ótimo! – disse Anne imaginativa – É realmente tão bom quanto parece? No momento em que as palavras 'estrada à beira-mar' saíram de sua boca, vi toda a imagem impressa na minha mente! E White Sands é um ótimo nome também. Mas não gosto tanto dele quanto gosto de Avonlea. É um nome adorável, soa como música. Ainda estamos muito longe de White Sands?

— Fica a cinco milhas. E como você está evidentemente determinada a ficar tagarelando, poderia dizer algo importante, me contando o que sabe sobre você mesma.

— Oh, o que *eu sei* sobre mim não é lá muito digno de ser contado – disse Anne avidamente –, mas se me permitisse contar o que *imagino* sobre minha história, acharia muitíssimo mais interessante.

— Não, não quero nenhuma de suas imaginações. Basta se fixar em fatos reais. Começando pelo princípio. Onde nasceu e quantos anos têm?

— Completei onze anos em março – respondeu Anne, resignando-se a falar sobre fatos reais com um leve suspiro –, e nasci em Bolingbroke, Nova Scotia. O nome do meu pai era Walter Shirley. Ele era professor na Escola Secundária de Bolingbroke. E minha mãe se chamava Bertha Shirley. Walter e Shirley não são nomes admiráveis? Estou tão contente que meus pais tiveram bons nomes. Seria uma vergonha ter um pai chamado – hum, digamos, Jededias, não seria?

— Suponho que não importa qual seja o nome da pessoa, desde que ela tenha bom comportamento – disse Marilla, percebendo ser uma boa hora para inculcar uma boa e útil lição de moral.

— Hum, não estou bem certa quanto a isso – falou Anne, parecendo pensativa – Eu li em um livro, uma vez, que uma rosa teria seu doce perfume mesmo tendo qualquer outro nome, mas nunca me convenci disso. Não creio que uma rosa *seria* tão linda se fosse chamada de cardo ou repolho. Mas suponho que meu pai teria sido um bom homem, mesmo que seu nome fosse Jededias, apesar de ter certeza de que isso seria um peso para ele. Bem, minha mãe também era professora do nível Secundário, mas quando se casou, deixou de dar aulas, é claro. Um marido era responsabilidade suficiente. Mrs. Thomas disse que eles eram um casal de crianças, e pobres como ratos de igreja. Foram viver em uma casinha amarela em Bolingbroke. Eu nunca vi esta casa, mas já a imaginei muitas vezes. Acho que tinha madressilvas acima da janela da sala, lilases em frente ao jardim e margaridas no vale, logo na entrada do portão. Sim, e cortinas de musselina em todas as janelas. Elas dão um aspecto muito bom às casas. E eu nasci nesta casa. Mrs. Thomas disse que eu era o bebê mais desenxabido que ela já tinha visto, tão magricela e pequena, nada mais além de olhos, mas que minha mãe achava que eu era perfeitamente linda. Eu penso que uma mãe sabe julgar melhor do que uma pobre mulher que trabalhava na limpeza, não acha? De alguma maneira, me sinto feliz de saber que minha mãe estava satisfeita comigo. Eu me sentiria péssima se achasse que fui motivo de desapontamento – pois ela não viveu muito depois disso, sabe. Morreu de febre quando eu estava com três meses. Queria que tivesse vivido tempo suficiente para me lembrar como era chamá-la de mamãe. Acho tão doce dizer 'mamãe', não acha? E papai morreu quatro dias depois, de febre também. Isso me deixou órfã, e os vizinhos e amigos ficaram desesperados sobre o que fazer comigo, assim disse Mrs. Thomas. Veja, ninguém me queria, desde essa época. Parece ser o meu destino. Ambos, papai e mamãe, tinham vindo de lugares distantes, e era sabido que não tinham parentes vivos. Finalmente, Mrs. Thomas disse que ficaria comigo, apesar de ser muito pobre e ter um marido que estava sempre embriagado. Ela me criou na mamadeira. Sabe me dizer se pessoas criadas na mamadeira devem ser, por essa razão, melhores do que as outras? Porque todas as vezes que eu era levada, Mrs. Thomas me perguntava, repreensivamente, como eu poderia ser uma menina tão má quando ela tinha me criado na mamadeira.

— Mr. e Mrs. Thomas se mudaram de Bolingbroke para Marysville, e eu morei com eles até completar oito anos. Ajudei a cuidar das crianças dos Thomas – eram quatro menores do que eu – e posso dizer que eles davam muito trabalho. Então Mr. Thomas morreu, quando caiu embaixo de um trem, e a mãe dele se ofereceu para cuidar de Mrs. Thomas e seus filhos, mas não poderiam cuidar de mim. Mrs. Thomas estava em *seu* momento de desespero, assim ela disse, e o que faria comigo? Então, Mrs. Hammond, que vivia acima do rio, veio até a casa de Mrs. Thomas e disse que me acolheria, vendo que eu tinha talento com crianças, e então subi o rio para viver com ela, que morava em uma pequena clareira no bosque. Era um lugar muito solitário. Tenho certeza de que não poderia viver ali se não tivesse imaginação. Mr. Hammond trabalhava numa pequena serraria e Mrs. Hammond tinha oito filhos. Ela teve gêmeos três vezes. Eu gosto de bebês em moderação, mas gêmeos três vezes sucessivas é *demais*. Eu disse isso categoricamente a Mrs. Hammond, quando o último par nasceu. Eu costumava ficar extremamente cansada carregando aqueles bebês para todo lado.

— Vivi acima do rio com Mrs. Hammond por dois anos, e então Mr. Hammond morreu e Mrs. Hammond vendeu a casa. Ela dividiu os filhos entre os parentes e foi morar nos Estados Unidos. E eu tive que ir para o orfanato em Hopeton, pois ninguém ficaria comigo. Eles também não me queriam no orfanato, disseram que estavam muito cheios – o que era verdade. Mas foram obrigados a me acolher, e eu estava lá há quatro meses até que Mrs. Spencer chegou.

Anne finalizou sua história com outro suspiro, de alívio desta vez. Evidentemente não gostava de falar sobre suas experiências em um mundo que não a desejava.

— Você já esteve em alguma escola? – perguntou Marilla, dirigindo a égua alazã à estrada junto à costa.

— Não por muito tempo. Fui por alguns meses, no último ano em que morei com Mrs. Thomas. Quando subi o rio, estávamos tão longe da escola que eu não podia caminhar no inverno e havia férias no verão, portanto só poderia ir às aulas no outono e primavera. Mas claro que tive aulas enquanto estava no orfanato. Eu sei ler muito bem, e sei muitas peças de poesia de cor – 'A Batalha de Hohenlinden',[1] 'Edimburgo Depois do Dilúvio'[2] e 'Bingen do Reno'[3], e uma grande parte de 'A Dama do Lago'[4] e muito de 'As Estações'[5], de James Thompson. A senhorita não ama poesia, uma poesia que lhe dê arrepios? Há uma peça no Quinto Livro de leitura – 'A Ruína da Polônia'[6] – que é muito emocionante. Claro que eu não estava no Quinto Livro – estava somente no Quarto – mas as meninas maiores me emprestavam para que eu pudesse ler.

— Aquelas mulheres, Mrs. Thomas e Mrs. Hammond, elas eram boas com você? – perguntou Marilla, olhando para Anne com o canto dos olhos.

— B-b-e-e-m-m – gaguejou Anne. Sua face delicada e expressiva enrubesceu e um forte constrangimento se instalou em sua fronte – Bem, elas *desejavam* ser – sei que tinham a intenção de ser tão boas e gentis quanto lhes era possível. E quando as pessoas pretendem ser boas com você, não pode se importar se elas não são tão boas – sempre. Elas tinham muito com o que se preocupar naquele momento, sabe? Deve ser bem penoso ter um marido que está sempre bêbado. E deve ser bem difícil ter gêmeos por três vezes consecutivas, não acha? Mas tenho certeza de que elas tinham a intenção de serem boas para mim.

Marilla não fez mais perguntas. Anne entrou em um silencioso devaneio, fascinada pela estrada da costa e Marilla guiou a égua distraidamente, enquanto ponderava profundamente. De repente, sentiu o coração se agitar de compaixão pela criança. Que vida desamparada e mal amada ela havia tido – uma vida de trabalho duro, pobreza e negligência. Pois Marilla era perspicaz o suficiente para ler nas entrelinhas da história de Anne e adivinhar a verdade. Não é de se estranhar que ela tenha ficado tão maravilhada pela perspectiva de ter um lar. Era uma pena que ela tivesse de ser mandada de volta. E se ela, Marilla, satisfizesse o inexplicável capricho de Matthew e deixasse a menina ficar? Ele estava firme nessa ideia, e a menina parecia uma boa criança, que poderia ser ensinada.

"Ela tem muito a dizer" – pensou Marilla – "mas pode ser treinada para que não faça mais isso. E não há nada rude ou vulgar no que diz. É uma garotinha refinada. E parece que seus pais eram boas pessoas."

A estrada à beira-mar estava "repleta de mato, selvagem e solitária". Do lado direito, um bosque de pinheiros crescia densamente, seus espíritos intactos por anos de contenda com os ventos do Golfo. À esquerda estavam as íngremes falésias de arenito vermelho, tão perto da estrada em alguns trechos que

---

1 - A Batalha de Hohenlinden – A referida batalha de Hohenlinden foi travada em 3 de dezembro de 1800, durante as guerras revolucionárias francesas, e foi tema de um poema escrito por Thomas Campbell.

2 - Edinburgo depois do Dilúvio – Escrita pelo escocês William E. Aytoun (1813 – 1865).

3 - Bingen do Reno – Escrita pela inglesa Caroline Elizabeth Sarah Norton (1808 – 1877).

4 - A Dama do Lago – Poema narrativo escrito por Sir Walter Scott, primeiramente publicado em 1810.

5 - Série de poemas escrita pelo escocês James Thomson. A primeira parte foi publicada em 1726, e o poema completo apareceu em 1730.

6 - A Ruína de Polônia – Escrita pelo escocês Thomas Campbell (1777-1844).

uma égua de menos firmeza do que aquela alazã poderia ter testado os nervos das pessoas que carregava. Na base das falésias estavam montes de rochas com a superfície desgastada ou pequenas enseadas arenosas incrustadas nas pedras, como se fossem joias do oceano. Mais além estava o mar, cintilante e azul; e sobre o mar voavam as gaivotas, com suas asas prateadas brilhando a luz do sol.

— O mar não é maravilhoso? – disse Anne, despertando de um longo sonho com olhos abertos – Uma vez, quando morei em Marysville, Mr. Thomas alugou uma carroça expressa e levou a todos nós para passarmos o dia na praia, a dez milhas dali. Eu aproveitei cada momento daquele dia, mesmo tendo que cuidar das crianças todo o tempo. Revivi aqueles momentos em lindos sonhos por anos. Mas esta praia é muito melhor do que aquela. Não são esplêndidas aquelas gaivotas? A senhorita gostaria de ser uma gaivota? Acho que eu gostaria – isso é, se não pudesse ser uma menina. Não acha que seria maravilhoso despertar com o nascer do sol e voar por cima da água e ir além, naquele incrível céu azul o dia todo, e então à noite voar de volta ao seu ninho? Oh, eu consigo me imaginar fazendo isso. Pode me dizer que casa enorme é aquela ali em frente, por favor?

— Aquele é o Hotel de White Sands. Mr. Kirke é quem gerencia o lugar, mas a temporada ainda não começou. Muitos americanos se hospedam ali no verão. Eles consideram esta costa adequada.

— Temia que esta fosse a casa de Mrs. Spencer – disse Anne, tristemente – Não quero chegar lá. De certo modo, parece que será o fim de tudo.

Capítulo VI

Marilla Toma uma Decisão

Entretanto, ao seu tempo, elas chegaram. Mrs. Spencer morava em uma grande casa amarela na Enseada de White Sands, e veio até a porta com surpresa e boas vindas mescladas em sua fisionomia benevolente.

— Bom Deus – ela exclamou – vocês eram as últimas pessoas que eu esperava receber hoje, mas estou muito feliz em vê-las. Vai desencilhar o cavalo? E como está, Anne?

— Tão bem quanto era de se esperar, obrigada – disse Anne, sem sorrir. Uma nuvem de desapontamento descera sobre ela.

— Creio que ficaremos um pouco enquanto o animal descansa. Prometi a Matthew que estaria em casa cedo. A questão é a seguinte, Mrs. Spencer, ocorreu um estranho engano em algum lugar, e vim para saber onde foi. Matthew e eu mandamos o recado pelo seu irmão para que nos trouxesse um menino do orfanato de dez ou onze anos.

— Marilla Cuthbert, não me diga! – disse Mrs. Spencer, muito nervosa – Ora, Robert mandou uma mensagem por sua filha Nancy e ela disse que queriam uma menina, não disse, Flora Jane? – apelando para sua filha que descia os degraus da casa.

— Foi exatamente isso, Miss Cuthbert – confirmou Flora Jane, com sinceridade.

— Sinto muitíssimo! – continuou Mrs. Spencer – Isso é terrível, mas veja, certamente não foi minha culpa, Miss Cuthbert. Eu fiz o melhor que podia, pensando que seguia suas instruções. Nancy é realmente uma menina terrivelmente distraída. Ela tem sido frequentemente repreendida por sua leviandade.

— Foi nossa culpa – disse Marilla, resignada – deveríamos ter ido nós mesmos, e não deixado uma mensagem de tal importância ser transmitida verbalmente. De qualquer forma, o erro foi cometido e a única coisa a ser feita é corrigi-lo. Podemos mandar a menina de volta ao orfanato? Creio que eles a aceitarão de volta, não?

— Suponho que sim – disse Mrs. Spencer, pensativa – mas não creio que será necessário. Mrs. Peter Blewett esteve aqui ontem, e me dizia o quanto queria que eu lhe trouxesse uma menininha para ajudá-la. Mrs. Peter tem uma família grande, sabe, e é bem difícil encontrar quem possa ajudá-la. Anne será a garotinha perfeita para ela. Isto é o que chamo de providencial.

Marilla não parecia concordar que a Providência divina tivesse muito a ver com este assunto. Aqui estava uma inesperada chance de se desfazer da órfã indesejada, mas ela não se sentia muito contente por isso.

Ela conhecia a tal Mrs. Peter Blewett somente de vista como sendo uma mulher pequena, com cara de poucos amigos e sem um grama de carne supérflua sobre seus ossos. Mas Marilla já tinha ouvido muitas coisas sobre ela. "Uma trabalhadora terrível e muito mandona", era o que diziam. Algumas meninas que haviam sido demitidas de sua casa contavam histórias assustadoras sobre seu temperamento e mesquinhez, e diziam que seus filhos eram atrevidos e briguentos. Marilla sentiu sua consciência hesitar ao pensar em Anne sendo entregue às misericórdias desta senhora.

— Bem, vamos entrar e conversar sobre este assunto – ela disse.

— Oh, e se não é Mrs. Blewett subindo a travessa neste abençoado minuto! – exclamou Mrs. Spencer, fazendo suas convidadas entrarem na sala pelo corredor, onde receberam um golpe de ar frio como se tivessem perdido toda e qualquer partícula de calor que pudessem possuir ao cruzar as persianas verde-escuras sempre fechadas.

— Temos muita sorte, pois poderemos acertar tudo agora mesmo. Sente-se na poltrona, Miss Cuthbert. Sente-se aqui neste canapé, Anne, e não se agite. Deixe-me pegar seus chapéus. Flora Jane, vá à cozinha e coloque a chaleira no fogo. Boa tarde, Mrs. Blewett. Estávamos justamente falando como é afortunada sua visita. Permita-me que lhes apresente. Mrs. Blewtt, Miss Cuthbert. Por favor, me dêem licença. Esqueci de pedir a Flora Jane para tirar os pãezinhos do forno.

Mrs. Spencer deixou a sala rapidamente, depois de abrir as persianas. Anne, silenciosamente sentada no canapé, com suas mãos grudadas uma na outra sobre o colo, encarava Mrs. Blewett como se estivesse fascinada. Será que ela seria entregue aos cuidados dessa mulher de olhos agudos e cara fechada? Ela sentiu um nó vindo em sua garganta, e seus olhos arderam profundamente. Começava a temer que não conseguisse segurar as lágrimas, quando Mrs. Spencer retornou, vigorosa e radiante, completamente capaz de desvanecer qualquer dificuldade, fosse física, mental ou espiritual, e acertar tudo imediatamente.

— Parece que houve um engano sobre esta menininha, Mrs. Blewett – ela disse – eu tive a impressão de que Mr. e Miss Cuthbert queriam adotar uma menina órfã. Foi certamente isso que me foi dito. Mas o certo é que queriam um menino. De maneira que, se ainda tiver a mesma ideia de ontem, acho que ela será perfeita para a senhora.

Mrs. Blewett lançou seus olhos sobre Anne, mirando-a da cabeça aos pés.

— Quantos anos têm? E qual é o seu nome? – ela perguntou.

— Anne Shirley — gaguejou a menina encolhida, não ousando fazer qualquer exigência sobre como seu nome era pronunciado – e tenho onze anos.

— Humph! Não parece valer muita coisa. Mas você é magra. Não sei, mas dizem que as magras são as melhores afinal. Bem, se eu levá-la para casa, terá de ser uma boa menina, você sabe: bondosa, esperta e respeitosa. Espero que ganhe seu sustento, nenhuma dúvida sobre isso. Sim, suponho que poderei ficar com ela, Miss Cuthbert. O bebê está terrivelmente agitado, e eu simplesmente esgotada por cuidar dele. Se quiser, posso levá-la comigo agora mesmo.

Marilla olhou para Anne e amoleceu ante a imagem da pálida fisionomia da criança, com seu olhar de miséria – o drama de uma criaturinha desamparada, que se encontrou presa novamente na armadilha da qual parecia já ter escapado. Marilla sentiu a desconfortável convicção de que, se ela negasse o apelo daquele olhar, seria perseguida por ele até o dia de sua morte. Além disso, ela não gostara muito de Mrs. Blewett. Uma criança sensível, "sentimental" como esta, deixada aos cuidados de tal mulher! Não, ela não poderia ser responsável por isso!

— Bem, não sei – disse, lentamente – não disse que Matthew e eu decidimos absolutamente não ficar com ela. De fato, poderia dizer que Matthew está disposto a adotá-la. Eu vim aqui somente para saber como o engano ocorreu. Creio que seja melhor levá-la para casa novamente e discutir sobre isso com meu irmão. Sinto que não devo decidir nada sem consultá-lo. Se ficar acertado que não ficaremos com ela, eu a levarei até sua casa amanhã à noite. Se não, deve entender que ela ficará conosco. Está bem assim, Mrs. Blewett?

— Suponho que sim – resmungou Mrs. Blewett, não escondendo sua insatisfação.

Durante o discurso de Marilla, uma luz clara como a alvorada surgira no rosto de Anne. Primeiro, o olhar de desespero foi se apagando; então veio um leve vigor de esperança, e seus olhos se tornaram profundos e brilhantes como estrelas matinais. A criança estava completamente transfigurada, e uns minutos depois, quando Mrs. Spencer e Mrs. Blewett saíram da sala em busca de uma receita que a última tinha vindo buscar, ela cruzou o aposento num salto, para sentar-se ao lado de Marilla.

— Oh, Miss Cuthbert, a senhorita realmente disse que talvez eu possa ficar em Green Gables? – murmurou, como se falando alto pudesse abalar tal gloriosa possibilidade – Disse realmente? Ou eu só imaginei que tivesse dito?

— Acho que é melhor aprender a governar sua imaginação Anne, se não consegue distinguir entre o que é real e o que não é! – disse Marilla, irritada – Sim, você me ouviu falar exatamente isto e nada mais. Ainda não está decidido, e talvez optemos por deixá-la com Mrs. Blewett, afinal. Ela certamente precisa mais de você do que eu.

— Prefiro voltar para o orfanato a morar com ela! – exclamou Anne, apaixonadamente – Ela se parece exatamente com um – com um saca-rolha.

Marilla reprimiu o sorriso, convicta de que Anne deveria ser reprovada por tais palavras.

— Uma menininha como você deveria se envergonhar de falar desse jeito sobre uma senhora respeitável e desconhecida! – ela ralhou, severamente – Sente-se ali calmamente, segure sua língua e comporte-se como uma boa menina.

— Eu tentarei fazer qualquer coisa que queira, se a senhorita decidir ficar comigo – disse Anne, retornando silenciosamente para seu assento.

Quando estavam voltando a Green Gables naquela tarde, Matthew encontrou-as na alameda. Marilla o enxergou de longe, perambulando por ali, e adivinhou o motivo. Ela estava preparada para o alívio que notara em sua face, quando ele viu que, ao menos, trazia Anne de volta com ela. Mas não falou nada sobre o assunto até que estivessem no quintal atrás do celeiro, ordenhando as vacas. Então contou brevemente a história de Anne e o resultado de sua conversa com Mrs. Spencer.

— Eu não daria nem um cão àquela Mrs. Blewett! – disse Matthew, com inusitado vigor.

— Eu não gostei do seu aspecto também – admitiu Marilla – mas era isso ou ficarmos com ela, Matthew. E visto que você parece querer adotá-la, suponho que eu esteja disposta – ou seja obrigada a estar. Tenho pensado tanto sobre isso, que acabei por me acostumar com a ideia. Parece-me uma espécie de dever. Eu nunca criei uma criança, especialmente uma menina, e ouso dizer que farei uma terrível bagunça disso tudo, mas darei o melhor de mim. No que me diz respeito, ela deve ficar.

O rosto tímido de Matthew brilhava com tamanha satisfação.

— Ora, eu esperava que você viesse a ver isso sob este prisma, Marilla. Ela é uma menininha muito especial – ele comentou.

— Seria bem melhor que pudesse dizer que ela é uma menininha muito útil – rebateu Marilla –, mas cuidarei para que assim seja. E preste atenção, Matthew, não quero você interferindo nos meus métodos. Talvez uma velha solteirona não saiba muito sobre como criar uma criança, mas aposto que sabe mais do que um velho solteirão. Então espero que você deixe que eu lide com ela. Quando eu falhar, então será a sua vez de se intrometer.

— Acalme-se, Marilla, pode fazer tudo à sua maneira – disse Matthew, apaziguando a irmã –, apenas seja tão bondosa e gentil quanto puder ser, sem mimá-la. Penso que ela é do tipo de menina com a qual poderá fazer qualquer coisa, se tão somente permitir que ela a ame.

Marilla bufou, para expressar seu desprezo pela opinião de Matthew sobre qualquer assunto feminino, e saiu para o celeiro carregando os baldes.

“Não direi a ela esta noite que poderá ficar” – refletiu, enquanto enchia as leiteiras – “Ficaria tão empolgada que não iria dormir nem por um segundo. Marilla Cuthbert, você está completamente dentro disso agora. Quem um dia poderia imaginá-la adotando uma órfã? Isto é bastante surpreendente, mas não mais do que imaginar Matthew estando no âmago de toda a questão. Justo ele, que sempre pareceu ter um medo mortal de meninas! De qualquer modo, nós decidimos experimentar e só Deus sabe como tudo isso será.”

Capítulo VII

Anne Aprende a Orar

Quando colocou Anne para dormir naquela noite, Marilla disse com firmeza:
— Escute-me, Anne, percebi que quando você trocou de roupa ontem à noite, deixou tudo espalhado pelo chão. Este é um hábito muito feio, e não posso permitir que se repita. Tão logo tire qualquer peça de roupa, dobre-a com organização e coloque em cima da cadeira. Não preciso de nenhuma menina desorganizada aqui.

— Eu estava com a mente tão atormentada na noite passada, que não pensei nas minhas roupas – respondeu Anne –, mas vou dobrá-las bem direitinho esta noite. As pessoas do orfanato sempre nos pediam que arrumássemos tudo antes de dormir. Mas na metade das vezes eu esquecia de fazê-lo, tão grande era a pressa para deitar na cama e começar a imaginar as coisas.

— Vai ter que lembrar melhor se quiser ficar aqui – aconselhou Marilla –, aí está, assim está melhor. Agora, faça sua oração e venha para cama.

— Eu nunca fiz nenhuma oração – anunciou Anne.

Marilla pareceu horrorizada e pasma.

— Ora, Anne, o que quer dizer com isso? Nunca a ensinaram a fazer orações? Deus sempre quer que as menininhas falem com Ele. Sabe quem é Deus, Anne?

— Deus é um espírito, infinito, eterno e imutável. Em Seu ser estão: sabedoria, poder, santidade, justiça, bondade e verdade – respondeu Anne, de modo rápido e eloquente.

Marilla pareceu um pouco aliviada.

— Então sabe alguma coisa, graças a Deus! Não é uma completa pagã. Onde aprendeu isso?

— Oh, na Escola Dominical do orfanato. Eles nos ensinaram todo o catecismo. Eu gostei muito. Existe algo esplêndido sobre algumas destas palavras. 'Infinito, eterno e imutável.' Não é grandioso? Tem certa vibração, como o som de um grande órgão. Suponho que não posso chamar isso de poesia, mas parece muito, não parece?

— Não estamos falando sobre poesia, Anne; estamos falando sobre fazer suas preces. Por acaso não sabe que é uma coisa terrível não orar todas as noites? Suspeito que seja uma menina muito perversa.

— Se a senhorita tivesse cabelo ruivo, acharia mais fácil ser uma menina malvada do que bondosa! – disse Anne, em tom de reprovação – Uma pessoa que não tem o cabelo vermelho não tem noção de como é complicado. Mrs. Thomas falava que Deus fez meu cabelo ruivo *de propósito*, e desde então nunca mais dei importância para Ele. E, de qualquer forma, eu estava sempre tão cansada à noite para me preocupar em fazer orações! Ninguém espera que uma pessoa que toma conta de gêmeos seja obrigada a fazer. Não acha?

Marilla decidiu que o treinamento religioso de Anne deveria começar prontamente. Simplesmente não havia tempo a perder.

—Bem, enquanto estiver sob meu teto, Anne, você deve rezar.

— Ora, claro, já que a senhorita quer que eu reze – concordou Anne, com alegria –, eu faria qualquer coisa para agradá-la. Mas, nesta primeira vez, terá de me indicar o que devo dizer. Quando eu deitar para dormir, vou elaborar uma linda oração para fazer sempre. Creio que será muito interessante, agora que parei para pensar sobre isso.

— Deve se ajoelhar – disse Marilla, um pouco embaraçada.

Anne se ajoelhou com as mãos unidas sobre o colo de Marilla e olhou seriamente para ela.

— Por que as pessoas devem se ajoelhar para orar? Vou lhe dizer o que eu faria se realmente quisesse orar. Iria lá para fora, em um grande campo, totalmente sozinha, ou para as profundezas da floresta, e olharia para cima, para aquele céu, alto, alto, alto – para todo aquele maravilhoso céu azul, que parece não ter fim em sua imensidão. E então eu somente *sentiria* a oração. Bem, estou pronta, o que devo dizer?

Marilla se sentiu mais envergonhada do que nunca. Ela tinha a intenção de ensinar a Anne aquela clássica prece infantil "agora me deito para dormir". Mas, como já foi mencionado antes, Marilla tinha tal senso de humor – que é simplesmente outro nome para um senso de adequação das coisas –, e de repente lhe ocorreu que esta simples oração, consagrada a uma infância vestida de camisola branca, balbuciando nos joelhos maternos, era inteiramente inapropriada para esta bruxinha sardenta, que não sabia nada sobre o amor de Deus e nem se importava, considerando que nunca teve tal amor traduzido através dos sentimentos de alguém.

— Você já está grande o suficiente para orar sozinha, Anne! – ela finalmente disse – Somente agradeça a Deus por suas bênçãos e peça a Ele humildemente pelas coisas que precisa.

— Bem, farei meu melhor – prometeu Anne, escondendo a face no colo de Marilla. – "Gracioso Pai Celestial" – é assim que o pastor fala na igreja, então creio que está certo em uma oração particular, não está? – ela perguntou, levantando a cabeça por um momento.

"Gracioso Pai Celestial, Te agradeço pelo Caminho Branco de Delei-
tes, pela Lagoa das Águas Brilhantes, por Bonny e pela Rainha da Neve. De
verdade, estou extremamente grata por eles. E estas são todas as bênçãos
as quais consigo pensar em agradecer-Te agora. Sobre as coisas que quero,
elas são tantas que iria tomar muito tempo para mencionar a todas, então
irei falar somente as duas mais importantes. Por favor, deixe-me ficar em
Green Gables, e, por favor, faça-me ficar bonita quando eu crescer."
Atenciosamente,
Anne Shirley.

— Aí está, fiz tudo certo? – perguntou, ansiosamente, enquanto se levantava – Poderia ter falado com muito mais floreios, se tivesse tido mais tempo
para elaborar.

Pobre Marilla! A única coisa que a impediu de ter um completo colapso
foi ter lembrado de que não havia sido irreverência, mas simplesmente a completa ignorância espiritual de Anne a responsável pela extraordinária oração.
Colocou a menina na cama, jurando mentalmente a si mesma que ela deveria
aprender uma oração no dia seguinte; e já estava deixando o quarto com a vela
quando Anne a chamou.

— Estava pensando sobre isso agora. Eu devia ter dito 'Amém' ao invés de
'Atenciosamente', do jeito que os ministros fazem, não acha? Eu tinha esquecido disso, mas senti que a oração deveria ser terminada de algum modo, então
falei assim. Acha que fará muita diferença?

— Eu – eu suponho que não – balbuciou Marilla – vá dormir agora, como
uma boa menina. Boa noite.

— Hoje poderei dizer boa noite com a consciência limpa – disse Anne,
abraçando seu travesseiro com exuberância.

Marilla desceu até a cozinha, pôs a vela firmemente em cima da mesa e
encarou Matthew.

— Matthew Cuthbert, já era tempo de alguém adotar aquela criança e
ensinar-lhe alguma coisa. Ela está próxima de se tornar uma completa pagã!
Acredita que ela nunca havia feito nenhuma oração em toda a sua vida até esta
noite? Vou mandá-la até a casa paroquial amanhã e tomar emprestado o De-
vocional, é isso que farei. E ela irá para a Escola Dominical assim que eu puder
fazer roupas decentes para ela. Prevejo que terei minhas mãos cheias. Bem, não
podemos pretender passar por este mundo sem nossa cota de trabalho. Tive a
vida fácil demais por muito tempo, mas a hora chegou, enfim, e suponho que
terei de dar o meu melhor.

Capítulo VIII

Começa a Educação de Anne

Por razões bem conhecidas para si própria, até àquela tarde Marilla não contara a Anne que ela poderia ficar em Green Gables. Durante a manhã, manteve a menina ocupada com várias atividades e observou-a com olhos atentos enquanto realizava o trabalho. Ao meio-dia, havia concluído que Anne tinha a tendência de sonhar durante a tarefa e esquecia-se completamente do que estava fazendo, até que fosse severamente chamada de volta a terra por uma advertência ou uma catástrofe.

Quando Anne terminou de lavar a louça do almoço, confrontou Marilla repentinamente, com o ar e a expressão de quem estava desesperadamente determinada a escutar o pior. Seu corpinho magro tremia da cabeça aos pés, com a face corada e as pupilas dilatadas até que os olhos estivessem quase pretos. Ela juntou as mãos fortemente e falou, em um tom suplicante:

— Oh, por favor, Miss Cuthbert, a senhorita não vai dizer se irá me mandar de volta ou não? Eu tentei ser paciente durante toda a manhã, mas realmente sinto que não posso suportar mais nenhum minuto. É um sentimento terrível. Por favor, diga-me.

— Você nem escaldou o pano de pratos em água quente como eu disse para fazer. Vá agora e faça isso antes de vir com mais perguntas, Anne – respondeu Marilla, imóvel.

Anne foi e cuidou do pano de pratos. Então, voltou para perto de Marilla, com os olhos fixos suplicantes e a mesma expressão anterior.

— Bem – começou Marilla, incapaz de encontrar mais desculpas para adiar sua explicação –, creio que tenho mesmo que lhe dizer. Matthew e eu decidimos ficar com você; isto é, se você tentar ser uma boa criança e se mostrar agradecida. Menina, qual é o problema?

— Estou chorando – disse Anne, perplexa —, e não consigo entender porquê. Estou tão contente quanto poderia estar. Oh, "contente" não me parece ser a palavra certa. Eu estava alegre pelo Caminho Branco e pelas flores das cerejeiras – mas isto! Oh, isto é algo além da alegria. Estou tão feliz! Eu tentarei ser boazinha.

Anne de Green Gables

Creio que será um trabalho árduo, pois Mrs. Thomas dizia frequentemente que eu era desesperadamente má. Mesmo assim farei o meu melhor. Mas pode me dizer por que eu estou chorando?

— Penso que seja porque está muito entusiasmada e agitada! – disse Marilla, desaprovando – Sente-se naquela cadeira e tente se acalmar. Parece-me que chora e ri com muita facilidade. Sim, pode ficar aqui e tentaremos fazer o melhor por você. Deve ir para a escola, mas como faltam somente duas semanas até as férias, não é válido que comece antes de setembro.

— Como devo chamá-la? – perguntou Anne – Direi sempre Miss Cuthbert? Posso chamá-la de tia Marilla?

— Não, me chame somente de Marilla. Não estou acostumada a ser chamada de Miss Cuthbert e ficaria nervosa.

— A mim soa terrivelmente irreverente dizer apenas Marilla – protestou Anne.

— Eu acho que não tem nada de desrespeitoso nisso, se você cuidar em falar com educação. Todos em Avonlea, sejam jovens ou idosos, me chamam de Marilla, exceto o ministro. Ele me chama de Miss Cuthbert, quando pensa sobre isso.

— Eu adoraria chamá-la de tia Marilla – disse Anne, pensativa – eu nunca tive uma tia, ou um parente qualquer, nem mesmo uma avó. Isso me faria sentir que realmente pertenço à família. Posso chamá-la de tia Marilla?

— Não. Não sou sua tia, e não acredito em dar às pessoas nomes que não lhe pertencem.

— Mas nós poderíamos imaginar que a senhorita é minha tia.

— Eu não poderia – disse Marilla categoricamente.

— Nunca imagina as coisas de maneira diferente daquilo que realmente são? – perguntou Anne com os olhos arregalados.

— Não.

— Oh! – Anne suspirou longamente – Oh Miss – Marilla, você não sabe o quanto perde!

— Eu não acredito em imaginar coisas de forma diferente daquilo que são! – rebateu Marilla – Quando o Senhor nos põe em determinadas circunstâncias, Ele não deseja que nós as imaginemos de outro jeito. E isso me lembrou de uma coisa. Vá até a sala, Anne – esteja certa de que seus pés estejam limpos e não permita que nenhuma mosca entre – e traga-me o cartão ilustrado que está no aparador da lareira. Ele contém a Oração do Pai Nosso e você vai devotar seu tempo livre desta tarde para aprendê-la de cor e salteado. Não quero mais saber de nenhuma oração tal como a que ouvi na noite passada.

— Suponho que estava muito estranha – disse Anne, se desculpando –, mas veja, eu nunca tive nenhuma prática. Não poderia esperar que uma pessoa fizesse uma linda oração em sua primeira tentativa, poderia? Eu inventei uma esplêndida oração depois que fui para cama, justamente como prometi que faria. Era quase tão longa quanto à do pastor, e muito poética. Mas acredita que não pude me lembrar de nenhuma palavra, quando acordei de manhã? E receio nunca mais poder elaborar uma tão boa. De certo modo, as coisas nunca são tão boas quando pensamos nelas pela segunda vez. Já tinha percebido isso?

— Aqui está algo para você observar, Anne. Quando peço a você que faça alguma coisa, quero que me obedeça de uma vez, e não fique aí, estática, fazendo um discurso sobre isso. Somente vá e faça como ordenei.

Anne prontamente partiu para a sala através do corredor. Mas ela não voltou. Depois de esperar por dez minutos, Marilla largou seu tricô e marchou atrás dela com uma expressão de desagrado. Ela encontrou Anne em pé, imóvel diante de uma pintura pendurada na parede do corredor entre duas janelas, seus olhos deslumbrados como em um sonho. A luz branca e verde que penetrava em meio às folhas da macieira e aos ramos da videira incidia sobre a absorta figurinha com um brilho um tanto sobrenatural.

— Anne, no que está pensando?

Anne voltou a terra com um sobressalto.

— Naquilo – ela disse apontando para a pintura, uma gravura bastante vívida intitulada 'Cristo Abençoa as Criancinhas' – e eu estava somente imaginando que era uma delas; que eu era a garotinha de vestido azul, escondida sozinha no canto, como se não pertencesse a ninguém, tal como eu. Ela parece solitária e triste, não acha? Aposto que ela não tem mãe ou pai. Mas ela deseja ser abençoada também, então se arrastou timidamente ao extremo da multidão, esperando que ninguém a notasse – exceto Ele. Certamente sei como ela se sentiu. Seu coração deve ter batido acelerado e suas mãos ficaram frias, como as minhas ficaram quando eu perguntei a você se poderia ficar. Tinha medo de que Ele não pudesse percebê-la. Mas parece que Ele a notou, não parece? Estava tentando imaginar tudo isso – ela deslizava até estar ao Seu lado; e então, Ele olharia para ela e colocaria Sua mão em seus cabelos e oh, um arrepio de alegria correria sobre ela! Mas eu queria que o artista não O houvesse pintado com esta imagem tão infeliz. Todas as Suas pinturas são assim, já percebeu? Mas eu não acredito que Ele realmente tenha esta imagem tão triste, ou as crianças teriam medo dEle.

—Anne – disse Marilla, perguntando-se porquê não havia interrompido antes tal discurso – você não deve falar assim! É irreverência, certamente uma irreverência.

Os olhos de Anne se espantaram.

— O que, sinto que sou tão reverente quanto poderia ser. Estou certa de que não tinha a intenção de ser desrespeitosa.

— Bem, creio que não estava sendo; mas não me parece certo falar com tanta familiaridade sobre tais assuntos. E outra coisa Anne, quando eu mandar buscar algo, você tem que me trazer isto de uma vez e não ficar sonhando e imaginando coisas diante de pinturas. Lembre-se disso. Pegue o cartão e venha diretamente para a cozinha. Agora se sente naquele canto e aprenda esta prece de cor.

Anne apoiou o cartão contra o buquê de flores de macieira que tinha trazido para decorar a mesa de jantar – Marilla tinha olhado de soslaio para aquela decoração, mas não comentou nada –, apoiou seu queixo nas mãos e começou a estudar silenciosa e intensamente por alguns minutos.

— Eu gostei disso! – ela disse, finalmente – É lindo. Já tinha ouvido antes; vi o superintendente da Escola Dominical do orfanato rezar assim mais de uma vez. Mas naquele tempo não gostei. Ele tinha uma voz tão falhada e orava tão tristemente! Realmente senti que ele achava que rezar era uma tarefa desagradável. Isto não é poesia, mas me faz sentir da mesma maneira. 'Pai nosso que estás no céu, santificado seja o Teu nome.' É como a letra de uma música. Oh, estou tão feliz que tenha me feito aprender esta oração, Miss – Marilla.

— Bem, então se concentre e segure sua língua – respondeu Marilla, seca.

Anne trouxe o vaso de flores de macieira perto o suficiente para dar um beijo suave no botão rosado, então se pôs a ler diligentemente por mais alguns momentos.

— Marilla – ela chamou presentemente – você acha que algum dia eu terei uma "amiga do peito" aqui em Avonlea?

— Uma – que tipo de amiga?

— Uma amiga do peito; uma amiga íntima, sabe? Uma verdadeira alma gêmea a quem poderei confiar a essência de meu espírito. Tenho sonhado em encontrá-la durante toda a minha vida. Nunca acreditei realmente que teria uma, mas tantos lindos sonhos têm se realizado de uma vez que, quem sabe, este possa vir a se concretizar também. Acha que é possível?

— Diana Barry mora ali em Orchard Slope, e ela tem a sua idade. É uma menina muito boazinha, e talvez possa ser uma boa amiga para você, quando ela voltar para casa. Ela está visitando uma tia em Carmody agora. No entanto, você terá que tomar cuidado com o modo como se comporta. Mrs. Barry é uma mulher muito exigente e não permitirá que Diana brinque com qualquer menina que não seja boa e gentil.

Anne olhou para Marilla por entre as flores, seus olhos radiantes com o interesse.

— Como ela é? Seu cabelo não é ruivo, é? Oh, espero que não. É uma coisa terrível ter cabelo vermelho, mas eu certamente não poderia suportar isso em uma amiga do peito.

— Diana é uma menina muito bonita. Tem cabelos e olhos pretos e bochechas rosadas. E ela é gentil e inteligente, o que é melhor do que ser bonita.

Marilla era fã de moralidades assim como a Duquesa do Mundo das Maravilhas, e estava firmemente convicta de que um princípio moral deveria ser inserido em cada observação feita a uma criança em formação.

Mas Anne colocou a moral de lado, inconsequentemente, e se apegou apenas às agradáveis possibilidades que tinha diante de si.

— Oh, estou tão contente por ela ser bonita. A melhor coisa, além de você mesma ser bonita – o que é impossível no meu caso – seria ter uma linda amiga do peito. Quando morei com Mrs. Thomas, ela tinha uma estante com portas de vidro na sala. Não havia nenhum livro ali dentro. Mrs. Thomas guardava seu melhor jogo de cozinha e as compotas ali – quando tinha alguma para guardar. Uma das portas estava quebrada, pois Mr. Thomas a havia golpeado uma noite quando estava levemente bêbado. Mas a outra estava inteira e eu costumava fingir que meu reflexo no vidro era outra garotinha que vivia ali. Eu a chamava de Katie Maurice, e éramos muito íntimas. Costumava falar com ela por horas, especialmente aos domingos, e contava a ela tudo que me acontecia. Katie era o conforto e consolação da minha vida. Imaginávamos que a cristaleira era enfeitiçada e que se eu tão somente soubesse as palavras mágicas, poderia abrir a porta e entrar no lugar onde Katie Maurice vivia, ao invés de entrar na estante onde Mrs. Thomas guardava suas coisas. E então, Katie Maurice me tomaria pela mão e me levaria para um lugar maravilhoso, cheio de flores, sol brilhante e fadas, e nós viveríamos lá felizes para sempre. Quando eu fui para a casa de Mrs. Hammond me partiu o coração ter de deixar Katie Maurice. Ela também ficou terrivelmente triste, eu sei que ficou, pois estava chorando quando me beijou para se despedir, através da porta da estante. Não tinha nenhuma estante na casa de Mrs. Hammond. Mas lá acima do rio, um pouco afastado da casa, havia um longo vale verde, onde vivia o mais adorável eco. Devolvia cada palavra que eu dizia, mesmo que não falasse muito alto. Então, eu imaginava que era uma menina chamada Violetta e nós éramos grandes amigas, e eu a amava quase tanto quanto amava Katie Maurice – não tanto quanto, mas quase, sabe? Na noite anterior à minha ida para o orfanato, eu disse adeus para Violetta, e oh, sua despedida voltou para mim em sons tão, tão tristes. Eu tinha ficado tão apegada a ela, que não tive coragem de imaginar uma amiga do peito no orfanato, mesmo que lá tivesse algum escopo para imaginação.

— Acho bom que não tivesse – disse Marilla, com rigidez –, não aprovo tais atitudes. Você parece quase acreditar em suas próprias invenções. Vai ser muito bom que tenha uma amiga real, para colocar tal bobagem fora de sua cabeça. Mas não deixe Mrs. Barry lhe ouvir falando sobre suas Katies Maurices e Violettas, ou vai pensar que você inventa histórias.

— Oh, não farei isso. Não poderia falar sobre elas para todo mundo; a recordação de ambas é sagrada para mim. Mas achei que seria bom que você soubesse. Oh, olhe, uma grande abelha acabou de cair de uma flor de macieira. Pense que lugar mais encantador para viver – uma flor de maçã! Imagine como seria dormir na flor com o vento soprando. Se eu não fosse uma menina, gostaria de ser uma abelha e viver entre as flores.

— Ontem você queria ser uma gaivota – suspirou Marilla – acho que você tem a mente muito inconstante. Eu pedi que memorizasse a oração e não falasse. Mas parece que é impossível você parar de falar se tiver alguém que a escute. Então, suba até seu quarto e estude.

— Oh, eu já sei quase toda, agora – falta só a última linha.

— Bem, não importa, faça o que pedi. Vá para o seu quarto e memorize muito bem toda a oração, e fique lá até eu chamá-la para me ajudar a preparar o chá.

— Posso levar as flores comigo, para me fazer companhia? – implorou Anne.

— Não, não quero o quarto cheio de flores. Devia tê-las deixado na árvore, para começo de conversa.

— Também pensei assim – disse Anne – creio que não deveria ter encurtado suas adoráveis vidas apanhando-as; se eu fosse uma flor, não gostaria de ser colhida. Mas a tentação foi tão *irresistível*. O que você faz quando encontra uma tentação irresistível?

— Anne, ouviu quando lhe mandei ir para o seu quarto?

Anne suspirou e se retirou para o sótão, sentando na cadeira perto da janela.

— Aí está; já sei a oração. Aprendi a última frase subindo as escadas. Agora vou imaginar coisas dentro deste quarto, e então elas estarão imaginadas para sempre. O piso está coberto com um tapete branco de veludo com rosas, e nas janelas há cortinas de seda rosa. As paredes estão cobertas por tapeçarias em brocado de ouro e prata. Os móveis são de mogno. Eu nunca vi mogno, mas parece *tão* luxuoso. Isto é um sofá, cheio de belas almofadas de seda, rosas e azuis, carmesim e dourado, e eu estou graciosamente reclinada sobre elas. Posso ver meu reflexo naquele enorme e esplêndido espelho pendurado na parede. Sou alta e soberba, usando um vestido de renda branca, com uma cruz de pérolas no peito e pingentes de pérolas no cabelo. Meu nome é Lady Cordelia Fitzgerald. Não, não é – não posso fazer *isso* parecer real.

Ela correu e se sentou em frente ao pequeno espelho e olhou para ele. Ali, sua face pontilhada de sardas e seus solenes olhos cinzentos lhe contemplaram de volta.

— Você não é nada mais do que Anne de Green Gables – pronunciou, francamente – e eu a vejo exatamente como está agora, todas as vezes que tenta imaginar que é Lady Cordelia. Mas é milhões de vezes melhor ser Anne de Green Gables do que Anne de lugar nenhum, não é mesmo?

Anne se inclinou, beijou sua imagem amorosamente e olhou pela janela aberta.

— Boa tarde, querida Rainha da Neve. E boa tarde, queridas bétulas lá no vale. E boa tarde, querida casa cinza sobre o monte. Pergunto-me se Diana será minha amiga do peito. Espero que sim, e eu a amarei. Mas nunca esquecerei completamente de Katie Maurice e Violetta. Elas se sentiriam tão tristes se eu as esquecesse, e odeio ferir os sentimentos de alguém, mesmo de uma garotinha da estante, ou de uma pequena menina do eco. Devo ser cuidadosa e lembrar delas, e lhes mandar um beijinho todos os dias.

Anne soprou alguns beijos da ponta de seus dedos e passou-os pelas flores da cerejeira; e então, com as mãos apoiadas no queixo, deixou sua imaginação ser luxuosamente levada pelo mar de sonhos.

Capítulo IX

Mrs. Rachel Lynde
Fica Devidamente Chocada

Anne já estava há duas semanas em Green Gables quando Mrs. Rachel Lynde chegou para inspecioná-la. Para fazer-lhe justiça, Mrs. Lynde não poderia ser culpada por isso. Uma forte gripe fora de época havia confinado a boa senhora em casa desde sua última visita a Green Gables. Mrs. Lynde não ficava doente frequentemente e nutria um profundo desdém por quem tinha a saúde um pouco mais sensível. Mas a gripe, ela afirmava, não era como as outras enfermidades da terra, e poderia ser interpretada como uma visita especial da Providência. Tão cedo quanto o médico permitiu que ela colocasse os pés fora de casa, ela correu até Green Gables, explodindo de curiosidade para ver a órfã de Marilla e Matthew, a respeito de quem todo o tipo de histórias e suposições tinham sido espalhadas em Avonlea.

Anne tinha feito bom uso de cada momento em que esteve desperta naquela quinzena. Ela já conhecera cada árvore e arbusto que circundava a casa. Tinha descoberto uma alameda que se abria para além do pomar de maçãs e passava através do bosque, e tinha explorado tudo até a extremidade mais distante em todas as suas deliciosas extravagâncias, em riachos e pontes, bosque de pinheiros e arcos de cerejeira, cantos cheios de samambaias e atalhos orlados de carvalhos silvestres e montanhas cinzentas.

Ela tinha feito amizade com a nascente lá no vale – aquela maravilhosa nascente, profunda, clara e fria como o gelo. Começava com pedras lisas avermelhadas de arenito, e era adornada com grande quantidade de samambaias aquáticas de folhas como palmas. E além dali estava a ponte de troncos de madeira sobre o riacho.

Aquela ponte conduzia os pés dançantes de Anne acima de uma colina arborizada, onde reinava um lusco-fusco perpétuo sob os espessos campos de abetos e pinheiros de tronco reto. As únicas flores ali eram miríades de delicadas campânulas, as mais tímidas e doces do bosque, e umas poucas flores com pétalas que lembravam estrelas pálidas, como o espírito das flores do ano passado. Teias de aranha brilhavam como um emaranhado de prata por entre as árvores, e os galhos dos pinheiros pareciam entoar um canto amigável.

Todas estas arrebatadoras viagens de exploração eram feitas na rara meia hora em que lhe era permitido brincar, e Anne ensurdecia a Matthew e Marilla com suas descobertas. Não que Matthew reclamasse, ele certamente escutava tudo isso com um mudo sorriso de apreciação no rosto. Marilla permitia a "tagarelice" até perceber que ela própria se tornava interessada demais no assunto. Nesse momento sempre reprimia Anne prontamente, com um curto comando para que segurasse a língua.

Anne estava no pomar quando Mrs. Lynde chegou, perambulando à própria vontade através dos exuberantes e trêmulos gramados, cobertos com o avermelhado sol da tarde. Assim sendo, a boa senhora teve uma excelente chance de discursar amplamente sobre sua enfermidade, descrevendo cada dor e pulsação com uma satisfação tão evidente que levou Marilla a pensar que mesmo uma gripe deve trazer suas compensações. Quando terminaram todos os detalhes, Mrs. Lynde introduziu a razão real de sua visita.

— Tenho ouvido algumas coisas surpreendentes sobre você e Matthew.

— Não creio que você esteja mais surpresa do que eu mesma. Somente agora estou superando minha própria admiração – disse Marilla.

— Foi tão desagradável que tenha havido tal engano! – comentou Mrs. Lynde, compreensivamente — Não poderia tê-la mandado de volta?

— Suponho que sim, mas nós decidimos não mandá-la. Matthew se apegou à menina. E eu devo dizer que gosto dela, ainda que admita que tenha seus defeitos. A casa já parece um lugar diferente. Ela é realmente uma criança brilhante.

Marilla disse mais do que tinha intenção de dizer quando começou, pois leu a desaprovação na expressão de Mrs. Lynde.

— Você tomou uma grande responsabilidade sobre si – disse a senhora, melancolicamente –, especialmente porque nunca teve experiência com crianças. Você não sabe muito sobre ela ou sua real disposição, eu suponho, e não é possível adivinhar como uma criança dessas vai se sair. Mas eu certamente não quero desencorajá-la, Marilla.

— Não me sinto desencorajada! – foi a resposta seca de Marilla – Quando tomo uma decisão sobre alguma coisa, ela fica tomada. Creio que queira conhecer Anne. Vou chamá-la para entrar.

Anne veio correndo prontamente, com o semblante brilhando pela satisfação que sentia em suas voltas no pomar; mas, envergonhada ao perceber o próprio contentamento na presença inesperada de uma estranha, deteve-se confusamente na soleira da porta. Ela certamente estava com a aparência esquisita, vestida com o curto e apertado vestido barato que trouxera do orfanato, o qual tornava as longas pernas ainda mais finas e desajeitadas. Suas sardas estavam mais numerosas e aparentes do que nunca; estava sem chapéu, e o vento tinha desalinhado todo o seu cabelo, volvendo-o em uma brilhante desordem; e nunca parecera tão vermelho quanto naquele momento.

— Bem, eles não a escolheram pela aparência, isto é certo e seguro! – foi o comentário enfático de Mrs. Rachel Lynde. Ela era uma daquelas pessoas encantadoras e populares que se orgulhavam de falar o que pensavam, sem medo nem generosidade – Ela é terrivelmente magricela e desajeitada, Marilla. Venha aqui criança, e deixe-me olhar para você. Por Deus, alguém já viu sardas como estas? E o cabelo é tão vermelho quanto uma cenoura! Venha cá, menina, estou dizendo.

Anne obedeceu, mas não exatamente como Mrs. Lynde esperava. Com um salto, cruzou a cozinha e se deteve frente a Mrs. Lynde, com o rosto corado de raiva, os lábios trêmulos e todo seu corpo magro tremendo dos pés à cabeça.

— Eu odeio a senhora! – ela gritou com a voz embargada, batendo o pé no chão – Odeio, odeio, odeio! – batendo fortemente o pé em cada afirmação de ódio – Como ousa me chamar de magricela e desajeitada? Como ousa me chamar de sardenta e cabelo de cenoura? A senhora é uma mulher rude, mal-educada, insensível!

— Anne! – exclamou Marilla, consternada.

Mas Anne continuava encarando Mrs. Lynde destemidamente, com a cabeça erguida, olhos em chamas e punhos cerrados, a apaixonada indignação exalando dela por todos os poros.

— Como ousa dizer tais coisas sobre mim? – repetiu com veemência – Gostaria de ter tais coisas ditas sobre a senhora? Gostaria que lhe dissessem que é gorda e grosseira, e que provavelmente não tem uma fagulha sequer de imaginação? Eu não me importo se ficar magoada quando digo isto! Espero que fique. A senhora feriu os meus sentimentos mais do que jamais haviam sido feridos, nem mesmo pelo marido bêbado de Mrs. Thomas. E eu nunca irei perdoá-la por isso, nunca!

Anne bateu o pé mais uma vez.

— Alguém já viu tal temperamento? – perguntou Mrs. Lynde, horrorizada.

— Anne, vá para o seu quarto e fique lá até que eu suba – disse Marilla, recuperando a fala com certa dificuldade.

Rompendo em lágrimas, Anne correu para a porta do corredor, batendo-a com tal força que até os parafusos da parede da varanda do lado de fora chacoalharam, desaparecendo através do corredor e subindo as escadas como um redemoinho. Outra batida acima informou que a porta do quarto do sótão havia sido fechada com igual veemência.

— Bem, não invejo sua tarefa de educar *aquilo*, Marilla – disse Mrs. Lynde, com indescritível solenidade.

Marilla nem sabia o que dizer para se desculpar quando abriu a boca, mas o que realmente disse surpreendeu-a naquele momento e mesmo depois.

— Você não deveria ter criticado a aparência dela, Rachel.

— Marilla Cuthbert, você não está querendo dizer que apoia a menina em tal tenebrosa disposição de temperamento como acabamos de presenciar, está? – perguntou, indignada.

— Não – disse Marilla lentamente –, não estou tentando justificá-la. Ela se comportou de maneira muito indisciplinada, e terei uma boa conversa com ela sobre isso. Mas temos que lhe dar algum crédito. Ninguém nunca ensinou a ela o que é certo. E você *foi* muito dura com ela, Rachel.

Marilla não pôde evitar pronunciar esta última frase, apesar de ter ficado novamente surpresa consigo mesma por tê-lo feito. Mrs. Lynde levantou-se com ar de dignidade ofendida.

— Bem, vejo que depois disso terei de ser muito cuidadosa com o que falo, Marilla, visto que os delicados sentimentos de uma órfã, trazida só Deus sabe de onde, têm de ser considerados antes de qualquer coisa. Oh, não, não estou irritada, não se preocupe. Estou com muita pena de você para ter qualquer espaço para raiva em meu coração. Você terá seus próprios problemas com aquela criança. Mas se tomasse meu conselho, o que eu suponho que não fará, apesar de eu ter criado dez filhos e enterrado dois – você terá a tal 'conversa' que mencionou com um bom açoite de vara de bétula. Penso que *esta* seria a linguagem mais efetiva para esse tipo de criança. Acho que o temperamento dela combina com o cabelo. Bem, boa noite, Marilla. Espero que você venha me ver frequentemente, como sempre faz. Mas não pode esperar que eu volte a visitá-la outra vez por algum tempo, se estou sujeita a ser atacada e insultada dessa forma. Isto é algo novo em *minhas* vivências.

Enquanto Mrs. Lynde descia precipitadamente e se distanciava – se é que uma mulher gorda, que sempre caminhara rebolando, seria capaz de fazê-lo com rapidez –, Marilla dirigiu-se ao quartinho do lado leste do sótão com ar muito solene.

Subindo as escadas, ponderava apreensivamente no que deveria fazer. Não era pouca a consternação que sentia pela cena que acabara de ocorrer. Que infelicidade Anne ter demonstrado tal comportamento logo diante de Mrs. Lynde, dentre todas as pessoas! De repente, então, Marilla tornou-se cônscia da desconfortável e repreensível convicção de que ela sentia mais humilhação do que tristeza pela descoberta de tão sério defeito na personalidade de Anne. E como ela deveria puni-la? A sedutora sugestão sobre as varadas – para a eficiência da qual todos os filhos de Mrs. Lynde poderiam ter trazido um testemunho inteligente – não apelava à Marilla. Ela não acreditava que poderia bater em uma criança. Não, algum outro método de punição deveria ser achado para trazer Anne a um entendimento apropriado sobre a enormidade de sua ofensa.

Marilla encontrou Anne deitada com o rosto escondido na cama, chorando amargamente, completamente alheia às suas botas embarradas na colcha limpa.

— Anne — chamou-a, suavemente.

Nenhuma resposta.

— Anne — com maior severidade — saia já desta cama e escute o que tenho a lhe dizer.

Anne se levantou agitada, e sentou rigidamente na cadeira ao lado da cama, o rosto inchado e maculado pelas lágrimas e os olhos obstinados fixos no chão.

— Que ótimos modos de se comportar, Anne! Não está envergonhada?

— Ela não tinha nenhum direito de me chamar de desajeitada e cabelo vermelho — retrucou Anne, evasiva e desafiante.

— E você não tinha nenhum direito de atacá-la em tal fúria e falar com os termos que falou, Anne. Fiquei com vergonha de você — profundamente envergonhada. Queria que se portasse bem com Mrs. Lynde, e ao invés disso você me causou desgosto. Certamente não entendo porque perdeu a cabeça daquela maneira, somente porque Mrs. Lynde disse que você é desajeitada e tem cabelo vermelho. Você mesma diz isso frequentemente.

— Oh, existe grande diferença em constatar algo sobre si mesma e ouvir os outros falarem sobre isso! – lamentou Anne – Você pode ter uma determinada opinião, mas não pode evitar desejar que as outras pessoas não pensem do mesmo modo. Suponho que pense que tenho um péssimo temperamento, mas não pude evitar. Quando ela disse aquelas coisas, surgiu algo dentro de mim que me chacoalhou e eu tive que atacá-la.

— Bem, você fez uma excelente exibição de si mesma, devo dizer. Mrs. Lynde terá uma ótima história sobre você para contar por todo lado – e ela vai contar. Foi uma coisa terrível você ter perdido a cabeça daquele jeito, Anne.

— Imagine como você se sentiria se alguém dissesse na sua cara que você é magricela e desajeitada – pleiteou Anne, em meio às lágrimas.

Uma antiga lembrança repentinamente se ergueu diante de Marilla. Ela era bem pequena quando ouviu uma tia dizer a outra: "— Que pena que ela seja uma criança tão sem graça, feinha." Marilla vivera com essa lembrança durante todos os dias dos últimos cinquenta anos, até que a ferroada se apagasse de sua memória.

— Não estou dizendo exatamente que Mrs. Lynde estava certa em dizer o que disse, Anne – ela admitiu, em tom mais suave – Rachel é muito faladeira. Mas isso não é desculpa para tal comportamento de sua parte. Ela era uma desconhecida, mais velha que você, e minha visita; todas boas razões para que tivesse sido respeitosa com ela. Você foi rude, atrevida e – aqui Marilla teve uma inspiração salvadora sobre a punição que deveria infligir – deve ir até ela e dizer que está muito arrependida por seu mau comportamento e pedir-lhe que a perdoe.

— Nunca poderei fazer isso! – afirmou Anne, determinada e audaciosa – Pode me punir como quiser, Marilla. Pode me prender em um calabouço habitado por cobras e sapos e me alimentar somente com pão e água, e não irei reclamar. Mas não posso pedir perdão a Mrs. Lynde.

— Não temos o hábito de trancar pessoas em calabouços escuros e úmidos – disse Marilla secamente –, especialmente porque são escassos aqui em Avonlea. Mas você deve e irá desculpar-se com Mrs. Lynde, e permanecerá aqui no quarto até que diga que está disposta a fazer isso.

— Então terei que ficar aqui para sempre – concluiu, pesarosa – porque não posso dizer a Mrs. Lynde que estou arrependida de ter dito aquelas coisas a ela. Como poderia? Eu *não* estou arrependida. Arrependo-me de ter irritado você, mas estou *contente* por ter dito a ela o que disse. Foi uma grande satisfação. Não posso dizer que estou arrependida quando na verdade não estou, posso? Não consigo nem *imaginar* que me arrependo.

— Talvez sua imaginação funcione melhor pela manhã – disse Marilla, levantando-se para sair – Terá a noite para pensar sobre sua conduta e chegar a uma melhor disposição de pensamento. Você disse que tentaria ser uma boa menina se nós a deixássemos ficar em Green Gables, mas devo dizer que não demonstrou isso nesta tarde.

Deixando este dardo cravado no turbulento coração de Anne, Marilla foi para a cozinha com a mente severamente perturbada e a alma irritada. Ela estava tão brava com Anne quanto consigo mesma, porque todas as vezes que se lembrava da fisionomia estupefata de Rachel Lynde, seus lábios se contorciam de gracejo e sentia a mais repreensível vontade de rir.

Capítulo X

O Pedido de Desculpas de Anne

Marilla não disse nada a Matthew sobre o assunto àquela noite; porém, quando Anne ainda demonstrara teimosia na manhã seguinte, uma explicação teve que ser dada por sua ausência na mesa do café. Marilla relatou ao irmão toda a história, exagerando nos detalhes para impressioná-lo com a devida percepção da monstruosidade do comportamento de Anne.

— É boa coisa que Rachel Lynde tenha recebido uma lição; ela é uma velha intrometida e fofoqueira – foi a consoladora réplica de Matthew.

— Matthew Cuthbert, estou espantada com você. Mesmo sabendo que a conduta de Anne foi terrível, você ainda fica ao lado dela! Suponho que logo dirá que ela não merece nenhum tipo de punição!

— Ora, não, não exatamente – disse Matthew, constrangido – creio que ela tenha que ser punida, de leve. Mas não seja tão dura com ela, Marilla. Lembre-se de que nunca teve alguém que a ensinasse o que é certo. Você vai – vai lhe dar algo para comer, não vai?

— Quando você ouviu dizer que eu tenha deixado alguém morrer de fome para que se comporte bem? – perguntou, com indignação – Ela fará as refeições regularmente, e eu mesma a servirei lá em cima. Mas permanecerá no quarto até que esteja disposta a pedir perdão a Mrs. Lynde, e ponto final, Matthew.

O café da manhã, o almoço e o jantar foram refeições muito silenciosas, pois Anne permaneceu obstinada. Após cada refeição, Marilla carregava uma bandeja bem servida para o quarto do lado leste do sótão, e, mais tarde, trazia a mesma bandeja praticamente intocada. Matthew ficou muito preocupado depois da última vez que Marilla desceu. Será que Anne tinha comido alguma coisa?

Quando Marilla saiu naquela noite para trazer as vacas do pasto dos fundos, Matthew, que estava observando parado perto dos celeiros, escorregou para dentro da casa com ares de gatuno, e arrastou-se até o andar de cima. Comumente, Matthew gravitava apenas entre a cozinha e o quartinho no final do corredor, onde dormia. Vez ou outra se aventurava desconfortavelmente na saleta ou na sala de visitas, quando o ministro vinha para o chá. Mas ele nunca mais tinha subido ao andar superior de sua própria casa desde a primavera na qual ajudou Marilla a colar o papel de parede no quarto de hóspedes – há quatro anos atrás.

Ele andou pelo corredor na ponta dos pés e ficou parado durante alguns minutos em frente à porta do quarto do lado leste, antes de criar coragem suficiente para tocar a maçaneta e abrir para dar uma espiada lá dentro.

Anne estava sentada na cadeira amarela ao lado da janela, olhando tristemente para o jardim. Ela parecia muito pequena e infeliz, e o coração de Matthew se comoveu. Ele fechou a porta suavemente e caminhou, pé por pé, até ela.

— Anne – ele sussurrou, como se tivesse medo de ser ouvido – como você está passando, Anne?

Anne deu um sorriso fraco.

— Muito bem. Estou sempre imaginando coisas, e isso ajuda a passar o tempo. Claro, é um tanto solitário. Mas preciso me acostumar a isso.

Anne sorriu novamente, encarando com bravura os longos anos de solitária reclusão que tinha diante de si.

Matthew se lembrou de que deveria dizer o que tinha a dizer sem perda de tempo, temendo o retorno antecipado de Marilla.

— Ora, Anne, não acha melhor acabar logo com isso? – ele sussurrou – Cedo ou tarde terá de fazê-lo, você sabe, pois Marilla é uma mulher terrivelmente determinada – terrivelmente determinada, Anne. Faça logo, eu lhe digo, e termine com isso de uma vez.

— Quer dizer que devo me desculpar com Mrs. Lynde?

— Sim, pedir desculpas; exatamente isso! – disse Matthew, ansiosamente – Facilite as coisas, por assim dizer. Era aí que eu estava tentando chegar.

— Suponho que posso fazer isso por você – refletiu Anne –, mas seria bem verdade dizer que sinto muito, pois *estou* arrependida agora. Ontem à noite não estava, nem um pouco. Eu estava furiosa, e permaneci assim a noite toda. Sei disso porque acordei três vezes e estava furiosa do mesmo jeito em todas essas vezes. Mas nesta manhã estava tudo terminado. Não estava mais irritada; e isso me deixou com uma assustadora sensação de fraqueza. Senti-me tão envergonhada de meu comportamento, mas não podia simplesmente ir até Mrs. Lynde e lhe dizer. Seria tão humilhante. Decidi que ficaria aqui trancada para sempre, ao invés de fazer isso. Mas, ainda assim, eu faria qualquer coisa por você, se realmente é isso o que quer que eu faça.

— Ora, claro que quero. É terrivelmente solitário lá embaixo sem você. Somente vá e facilite as coisas, como uma boa menina.

— Muito bem – disse Anne resignadamente –, eu direi a Marilla que estou arrependida assim que ela entrar.

— Está bem – está bem, Anne. Mas não diga nada sobre nossa conversa. Ela vai pensar que estou metendo meu bedelho, e eu prometi não fazê-lo.

— Nem mesmo cavalos selvagens arrancarão este segredo de mim! — prometeu solenemente — De qualquer modo, como cavalos selvagens poderiam arrancar segredos de alguém?

Mas Matthew já havia partido, assustado com seu próprio êxito. Ele correu rapidamente para o mais remoto canto do pasto dos cavalos, temendo que a irmã suspeitasse do que tinha feito. Quando voltou para casa, Marilla ficou agradavelmente surpresa em ouvir uma voz melancólica chamando "Marilla" por cima do corrimão.

— Sim? — disse Marilla, passando pelo corredor.

— Sinto muito se perdi a cabeça e disse palavras rudes, e estou disposta a dizer isso a Mrs. Lynde.

— Muito bem! — a frieza de Marilla não deu qualquer sinal de seu alívio. Estivera pensando que raios faria se Anne não cedesse — Eu a levarei até lá depois da ordenha.

Como combinado, depois da ordenha, contemplava-se Marilla e Anne andando pela alameda, a primeira ereta, com ar triunfante, a última cabisbaixa e desalentada. Mas na metade do caminho o desânimo de Anne se extinguiu como por encantamento. Ela ergueu a cabeça e agora caminhava animadamente, com os olhos fixos no pôr do sol e um ar de alegria comedida. Marilla observou a mudança com reprovação. Esta não era a imagem da mansa arrependida que lhe convinha levar à presença da ofendida Mrs. Lynde.

— Em que está pensando, Anne? — perguntou, rispidamente.

— Estou imaginando o discurso que devo dizer a Mrs. Lynde — respondeu a sonhadora Anne.

Foi uma resposta satisfatória; ou deveria ter sido. Mas Marilla não pôde evitar pensar que alguma coisa em seu método de punição estava desviada. Anne não tinha motivos para parecer tão fascinada e radiante.

Fascinada e radiante ela prosseguiu, até que estivessem na presença da própria Mrs. Lynde, que tricotava junto à janela da cozinha. Aí então a alegria desapareceu. Um pesaroso arrependimento aparecia em cada traço de seu rosto. Antes que qualquer palavra fosse dita, Anne se ajoelhou diante da abismada Mrs. Lynde e cruzou as mãos suplicantes.

— Oh, Mrs. Lynde, estou tão extremamente arrependida! — disse, com voz vacilante — Nunca poderei expressar toda a minha tristeza, não, nem mesmo se eu utilizasse todas as palavras de um dicionário. A senhora deve imaginar. Eu me comportei terrivelmente consigo — e trouxe desgraça aos meus queridos amigos, Matthew e Marilla, que me deixaram ficar em Green Gables apesar de eu não ser um menino. Sou medonhamente cruel e ingrata, e mereço ser punida e banida pelas pessoas decentes para sempre! Foi muito perverso de minha parte ficar encolerizada e atacar a senhora como fiz, somente por ter-me dito a verdade. *É verdade, cada palavra que disse é verdade.* Meu cabelo é vermelho, e sou sardenta, magricela e desajeitada. O que eu lhe disse também é verdade, só não deveria ter dito. Oh, Mrs. Lynde, por favor, por favor, me perdoe. Se a senhora se recusar, será uma tristeza perpétua para uma pobre órfã carregar. A senhora se recusaria, mesmo que ela tivesse um temperamento terrível? Oh, estou certa que não. Por favor, diga que me perdoa, Mrs. Lynde.

Anne manteve as mãos unidas, inclinou a cabeça e esperou a palavra da sentença.

Não existia dúvida sobre sua sinceridade – soava em cada tom de sua voz. Tanto Marilla quanto Mrs. Lynde reconheceram seu timbre inequívoco. Mas a primeira compreendeu, desanimada, que Anne estava na verdade apreciando seu vale de humilhação – deleitava-se no rigor de sua degradação. Onde estava a salutar punição da qual ela, Marilla, tanto se orgulhava? Anne havia transformado-a em uma espécie de evidente prazer.

A bondosa Mrs. Lynde, não tendo a percepção tão aguda, nada enxergou. Ela entendeu somente que Anne havia pedido amplo perdão, e todo o ressentimento se desvaneceu de seu gentil – ainda que um bocado importuno – coração.

— Tudo bem, levante-se, menina – ela disse com sinceridade –, é claro que eu a perdôo. Em todo caso, suponho que tenha sido muito dura com você. Mas sou uma pessoa que fala o que pensa. Não deve me levar muito a sério, isto é que é. Não podemos negar que seu cabelo é de um vermelho tremendo, mas eu conheci uma menina – estudei com ela, na verdade – cujo cabelo era cada fio tão ruivo quanto o seu, quando ela era criança; mas, ao crescer, ele escureceu e tornou-se um lindo castanho-avermelhado. Não me surpreenderia nem um pouco se acontecesse o mesmo com você – não mesmo.

— Oh, Mrs. Lynde! – Anne suspirou longamente enquanto se levantava – A senhora me deu uma esperança. Sempre irei reconhecê-la como uma benfeitora. Oh, eu poderia suportar qualquer coisa se somente pensasse que meu cabelo seria um lindo castanho-avermelhado quando eu crescer. Seria tão mais fácil ser boazinha se o meu cabelo fosse castanho, não acha? E agora, posso ir até o jardim e sentar no banco debaixo das macieiras enquanto a senhora e Marilla conversam? Lá tem muito mais escopo para imaginação.

— Céus, claro, corra adiante, menina. E pode colher um buquê dos lírios brancos de junho, se você quiser.

Quando a porta se fechou atrás de Anne, Mrs. Lynde se levantou energicamente para acender a lâmpada.

— Ela é realmente uma coisinha estranha. Tome esta cadeira, Marilla; esta é melhor do que a que você pegou; essa daí eu guardo para o empregado. Sim, ela é uma criança estranha, mas há algo de muito gentil nela, afinal de contas. Não estou mais tão surpreendida de que você e Matthew tenham ficado com ela, como estava antes, nem triste também. Ela pode dar certo. Claro que tem um modo muito esquisito de se expressar – um pouco – bem, bastante forçado, sabe, mas pode ser que ela vença isso agora que irá viver entre pessoas civilizadas. E ela tem o gênio forte, suponho, mas há um conforto nisso: uma criança que tem personalidade, que se empolga e se acalma com facilidade, provavelmente nunca será dissimulada ou enganosa. Deus me livre de uma criança assim, isto é que é. Considerando tudo, começo a gostar dela.

Quando Marilla estava indo para casa, Anne saiu da perfumada penumbra do pomar com um maço de narcisos brancos em mãos.

— Foi um belo pedido de perdão, não foi? – disse, orgulhosamente enquanto caminhavam pela alameda de Lynde's Hollow – Pensei que, já que eu teria de fazer isso, deveria fazê-lo perfeitamente.

— Você fez perfeitamente, bem até demais – foi o comentário de Marilla. Ela estava desalentada consigo mesma por ver-se inclinada a rir da lembrança. Tinha também a desconfortável sensação de que deveria repreender Anne por ter se desculpado bem demais, mas isso era ridículo! Fez as pazes com sua consciência dizendo com severidade:

— Espero que você não venha a ter mais ocasiões para se desculpar desta maneira. Espero que tente controlar seu temperamento agora, Anne.

— Isso não seria tão difícil se as pessoas não zombassem da minha aparência – disse Anne, com um suspiro – outras coisas não me incomodam, mas estou *tão* cansada de ser censurada pelo meu cabelo que isso me faz ferver de dentro para fora! Você acredita mesmo que o tom do meu cabelo se tornará castanho-avermelhado quando eu crescer?

— Você não deveria pensar tanto assim sobre a sua aparência, Anne. Temo que você seja uma garotinha muito vaidosa.

— Como posso ser vaidosa quando sei que sou desajeitada? – protestou Anne – Amo as coisas belas, e odeio olhar no espelho e ver algo que não é belo. Isso me faz sentir tão infeliz – exatamente como sinto quando vejo coisas feias. Eu tenho dó daquilo que não é bonito.

— É melhor ser bonito por dentro do que por fora – citou Marilla.

— Isso já me foi dito antes, mas tenho minhas dúvidas a respeito – observou Anne, com descrença, cheirando seus narcisos – oh essas flores não são delicadas? Mrs. Lynde foi muito amável em me permitir colhê-las. Não tenho nenhum ressentimento de Mrs. Lynde agora. Pedir perdão e ser perdoado dá a você uma adorável e confortável sensação, não é mesmo? As estrelas não estão brilhantes esta noite? Se você pudesse viver em uma estrela, qual delas escolheria? Eu escolheria aquela lá longe, enorme, adorável e cintilante acima daquele morro escuro.

— Anne, segure a língua – disse Marilla, completamente fatigada de tentar seguir o fluxo dos pensamentos da menina.

Anne não disse mais nada até que entraram na própria alameda de Green Gables. Uma brisa errante desceu até ambas, carregando o forte perfume das samambaias recém molhadas pelo orvalho. Ao longe, entre as sombras, uma luz alegre brilhava em meio às árvores, vinda da cozinha de Green Gables. Anne repentinamente chegou mais perto de Marilla e escorregou sua mãozinha na palma endurecida da mão desta.

— É maravilhoso estar indo para casa, e saber que é seu lar! – ela disse – Eu já amo Green Gables, e nunca amei nenhum lugar antes. Nenhum lugar jamais pareceu um lar. Oh Marilla, estou tão feliz. Eu poderia fazer uma oração agora e não acharia nada difícil.

Alguma coisa calorosa e agradável encheu o coração de Marilla ao toque daquela pequena mãozinha na sua; talvez a vibração maternal que nunca tinha vivido. A doçura e a falta de costume incomodaram-na. Apressou-se em restaurar seus sentimentos à calma habitual recorrendo a um ensinamento moral.

— Se for uma boa menina sempre será feliz, Anne. E nunca deveria achar difícil rezar.

— Repetir a oração de outra pessoa não é exatamente a mesma coisa que orar – disse Anne, meditando –, mas imaginarei que estou em um vento soprando no topo daquelas árvores. Quando estiver cansada das árvores, imaginarei que estou aqui balançando gentilmente as samambaias; e então voarei sobre o jardim de Mrs. Lynde e organizarei a coreografia das flores; depois, faria uma descida rápida por sobre o campo de trevos, e então sopraria sobre a Lagoa das Águas Brilhantes, quebrando-a em pequenas ondas espumantes. Oh, existe tanto escopo para imaginação em um vento! Então, não falarei mais nada por agora, Marilla.

— Graças a Deus por isso – suspirou Marilla, com alívio devoto.

Capítulo XI

A Opinião de Anne sobre a Escola Dominical

— Então, o que achou deles? – disse Marilla.

Anne estava em pé no quartinho, olhando solenemente para os três vestidos novos espalhados em cima da cama. Um deles era de algodão fininho listrado na cor de tabaco, que Marilla foi tentada a comprar de um vendedor ambulante no verão passado, pois pareceu muito útil. Outro era de cetim preto e branco quadriculado, que ela tinha adquirido em um balaio de ofertas no inverno; e o outro era de um tecido rígido com uma feia estampa de tonalidade azul, que comprara naquela semana em uma loja de Carmody.

Ela mesma os havia costurado, e eram todos do mesmo modelo – saias lisas, costuradas bem apertadas ao cós, mangas tão lisas e sem adornos quanto o cós, e a saia e as mangas tão apertadas quanto poderiam ser.

— Imaginarei que gosto – respondeu Anne, sobriamente.

— Não quero que imagine – disse a ofendida Marilla – oh, posso ver que não gosta dos vestidos! Qual o problema deles? Não são arrumadinhos, limpos e novos?

— Sim.

— Então por que não gosta deles?

— Eles não são – não são – bonitos – falou Anne, com relutância.

— Bonitos! – Marilla rosnou – Não atormentei minha cabeça em fazer vestidos bonitos para você. Não sou mulher de acariciar a vaidade, Anne, vou lhe dizer desde já. Estes vestidos são bons, sensatos, úteis, sem babados ou enfeites ornamentados, e são tudo o que você vai ter neste verão. O marrom listradinho e aquele com estampa azul vão vesti-la para ir à escola, quando você começar a ir. Aquele de cetim será para a igreja e Escola Dominical. Espero que você os mantenha limpos e passados, sem rasgá-los. Pensei que ficaria grata por ter algo além daqueles vestidinhos curtos de chita que tem usado.

— Oh, *eu sou* grata – protestou Anne –, mas estaria bem mais grata se – se você tivesse feito ao menos um deles com mangas bufantes. São tão elegantes hoje em dia! Usar um vestido com mangas bufantes me faria ter uma palpitação daquelas, Marilla!

— Bem, vai ter que ficar sem a sua palpitação. Não tenho material algum para gastar com mangas bufantes. De qualquer forma, acho que são ridículas. Prefiro mangas simples e sensatas.

— Mas eu preferiria parecer ridícula como são todas as demais, do que simples e sensata sozinha – persistiu a pesarosa Anne.

— Certo que sim! Bem, pendure cuidadosamente os vestidos no seu roupeiro, e sente-se para estudar a lição da Escola Dominical. Eu busquei a lição trimestral com Mr. Bell, e você irá para a Escola amanhã – disse Marilla, muito indignada, desaparecendo pelas escadas.

Anne apertou as mãos e olhou para os vestidos.

— Tinha esperança de que houvesse um branco com mangas bufantes – murmurou, desconsolada – eu orei pedindo um, mas não confiei muito que isso fosse acontecer. Não supus que Deus teria tempo para se incomodar a respeito do vestido de uma pequena órfã, então eu sabia que teria que contar somente com Marilla para isto. Bem, ao menos posso imaginar que um deles é de musselina branca como a neve, com graciosos babados de renda e mangas três vezes mais bufantes.

Na manhã seguinte, a advertência de uma forte dor de cabeça impediu Marilla de acompanhar Anne à Escola Dominical.

— Você terá que descer e chamar por Mrs. Lynde, Anne – ela disse – ela cuidará para que entre na classe certa. Agora, preste atenção, comporte-se com modos adequados. Fique para o sermão final, e peça a Mrs. Lynde que indique qual é o nosso banco. Aqui tem um centavo para a oferta. Não fique encarando as pessoas e não se inquiete. Deverei esperar que me conte o sermão quando voltar para casa.

Anne saiu impecável, trajando o apertado vestido de cetim preto e branco, o qual, embora decente com relação ao comprimento, e que certamente não dava espaço para a acusação de avareza, contribuía para enfatizar cada canto e ângulo de sua magra figura. Seu chapéu novo era pequeno, achatado e lustroso, e a extrema simplicidade havia desapontado-a sobremaneira, permitindo que Anne secretamente sonhasse com laçarotes de fita e flores. Entretanto, as últimas foram supridas antes que ela chegasse até a trilha principal. Tendo-se encontrado no meio da alameda com um frenesi de ranúnculos amarelos agitados pelo vento e gloriosas rosas silvestres, Anne, pronta e liberalmente adornou seu chapéu com uma espessa coroa de flores. Não importando o que as outras pessoas poderiam pensar do resultado, ela estava satisfeita e caminhou alegremente pela trilha, mantendo a cabeça avermelhada orgulhosamente erguida e decorada em rosa e amarelo.

Quando chegou à casa de Mrs. Lynde, descobriu que a senhora já tinha saído. Sem se intimidar, Anne seguiu adiante sozinha para a igreja. No pórtico desta, encontrou um grupo de meninas, quase todas alegremente vestidas de branco, azul ou rosa, e todas fixando os olhos curiosos naquela estranha criatura entre elas, com seu notável adorno na cabeça. As garotinhas de Avonlea já haviam escutado histórias estranhas sobre Anne. Mrs. Lynde dissera que ela possuía um temperamento horrível; Jerry Buote, o menino que trabalhava em Green Gables, contou que ela falava todo o tempo sozinha ou com as árvores e flores, como se fosse uma menina louca. Olharam para ela e cochicharam umas com as outras, por detrás de suas lições. Nenhuma delas fez qualquer tentativa de amizade, nem naquele instante e nem quando o culto introdutório estava terminado e Anne já se encontrava na classe de Miss Rogerson.

Miss Rogerson era uma senhora de meia idade que havia ensinado na Escola Dominical por vinte anos. Seu método de ensino consistia em ler a pergunta impressa na lição e lançar um olhar cheio de austeridade por sobre a borda do caderno para alguma menina específica que ela pensasse que poderia responder à questão. Ela olhou frequentemente para Anne, que respondeu de prontidão graças à instrução de Marilla; mas era de se questionar se ela tinha entendido o bastante sobre a pergunta ou a resposta.

Pareceu-lhe que não gostara de Miss Rogerson, e sentiu-se muito triste; todas as outras meninas da classe usavam mangas bufantes. Anne sentia que a vida sem mangas bufantes não era digna de ser vivida.

— Bem, conte-me, gostou da Escola Dominical? – Marilla quis saber quando Anne chegou em casa. Como sua coroa havia murchado, Anne a descartou na alameda, e então Marilla foi poupada de saber daquilo por um tempo.

— Eu não gostei nem um pouco. Foi horrível.

— Anne Shirley! – disse Marilla em tom de censura.

Anne se sentou na cadeira de balanço com um longo suspiro, beijou uma das pétalas de Bonny e passou a mão sobre os brincos de princesa.

— Elas devem ter estado sozinhas enquanto estive fora – explicou – e agora sobre a Escola Dominical. Eu me comportei bem, exatamente como você me disse. Mrs. Lynde já tinha saído, mas continuei o caminho sozinha. Fui à igreja, com outras meninas, e sentei-me no banco, no canto junto à janela, enquanto faziam a abertura do culto. Mr. Bell fez uma oração espantosamente longa. Eu teria ficado terrivelmente entediada antes do fim da oração se não tivesse sentado ao lado da janela. Mas ela era orientada exatamente para a Lagoa das Águas Brilhantes, então fiquei olhando para lá, e imaginando todo tipo de coisas esplêndidas.

— Você não deveria ter feito nada disso. Deveria ter ouvido Mr. Bell.

— Mas ele não falava comigo – protestou Anne – ele falava com Deus e não parecia estar muito interessado nisso também. Acho que pensou que Deus estava muito longe. Havia uma longa fila de bétulas brancas inclinadas sobre a lagoa e a luz do sol incidia sobre elas 'muito, muito abaixo, profundamente dentro da água'. Oh Marilla, foi como um lindo sonho! Senti um arrepio e somente disse 'Obrigada por isso, Senhor', duas ou três vezes.

— Não em voz alta, eu espero – disse Marilla, com ansiedade.

— Oh não, somente sussurrei. Bem, Mr. Bell terminou, enfim, e eles me

Anne de Green Gables

disseram que fosse para a sala com Miss Rogerson. Havia ali nove meninas. Todas elas usavam mangas bufantes. Eu tentei imaginar que as minhas também eram, mas não pude. Por que não consegui? É tão fácil imaginar que são bufantes quando estou aqui, sozinha no meu quartinho, mas lá foi muito difícil, entre as meninas que usavam mangas realmente bufantes.

— Você não deveria estar pensando em mangas na Escola Dominical. Deveria estar prestando atenção à sua lição. Eu esperava que soubesse disso.

— Oh sim, e eu respondi muitas questões. Miss Rogerson me fez várias. Mas não acho justo que ela faça todas as perguntas. Havia muitas coisas que eu queria perguntar a ela, mas não o fiz, pois não acho que ela seja uma alma gêmea. Então todas as outras meninas recitaram uma paráfrase. Ela me perguntou se eu sabia alguma. Respondi que não, mas que poderia recitar 'O Cão na Sepultura de Seu Dono'[1] se ela quisesse. Este estava no Terceiro Livro. Não é bem um poema religioso, mas é tão triste e melancólico que até poderia ser. Ela disse que não serviria, e pediu que eu memorizasse o décimo nono parágrafo para o próximo domingo. Eu fui ver qual era na igreja, e é esplêndido. Duas linhas, em particular, me deixaram simplesmente emocionada:

"Tão rápido quanto os esquadrões massacrados caíram
No maléfico dia de Midiã."[2]

— Eu não sei o que significa 'esquadrões', tampouco 'Midiã', mas soa tão trágico. Mal posso esperar até o próximo Domingo para recitá-lo. Vou praticar durante toda a semana. Depois da Escola eu pedi à Miss Rogerson – porque Mrs. Lynde estava muito afastada – para indicar-me nosso banco. Sentei-me tão quieta quanto pude e o texto lido foi o Apocalipse, capítulo três, segundo e o terceiro versos. Foi um longo texto. Se eu fosse um ministro, escolheria os curtos e rápidos. O sermão foi demasiadamente longo também. Suponho que o ministro teve de combinar com o texto. Não o considerei nem um pouquinho interessante. Parece-me que o problema é o fato de ele não ter imaginação suficiente. Não prestei muita atenção nele. Somente deixei meus pensamentos soltos e inventei as coisas mais surpreendentes.

Com desespero, Marilla sentiu que tudo aquilo deveria ser severamente reprovado, mas foi impedida pelo inegável fato de que algumas daquelas coisas mencionadas por Anne, especialmente sobre o sermão do ministro e as orações de Mr. Bell, eram o que ela mesma guardara no mais íntimo recôndito de seu coração durante anos, mas nunca expressara. Quase pareceu que esse secreto pensamento crítico, nunca antes proferido, tinha repentinamente tomado a forma visível e acusatória na pessoa daquela franca e negligenciada criaturinha.

1 - "The Dog at His Master's Grave" – escrito por Robert Henry Johnson em 1867.
2 - Trecho de 'The Race That Long in Darkness Pined', cântico de Natal da religião protestante composto pelo escocês John Morrison (1746-1798).

Capítulo XII

Um Voto Solene e uma Promessa

Marilla não soube da história do chapéu coberto de flores até a sexta-feira seguinte. Ela chegou da casa de Mrs. Lynde e chamou Anne para lhe dar as devidas explicações.

— Anne, Mrs. Lynde me contou que você foi à igreja no domingo com o chapéu ridiculamente adornado com rosas e ranúnculos. O que diabos a levou a cometer uma travessura dessas? Deve ter ficado uma coisa muito bonita!

— Oh, eu sei que rosa e amarelo não caem muito bem em mim – começou Anne.

— Que disparate! Ridículo foi ter colocado flores no chapéu, não importa de que cor. Você é a mais impossível das crianças!

— Não entendo porquê é mais ridículo usar flores no chapéu do que nas roupas! – protestou Anne – Muitas meninas tinham buquês pregados nos vestidos. Qual a diferença?

Marilla não se deixaria arrastar da segurança do concreto para os duvidosos caminhos do abstrato.

— Não me responda desta maneira, Anne. Você foi muito boba em fazer uma coisa dessas. Que isso não volte a se repetir. Mrs. Lynde disse que pensou que afundaria no chão quando a viu chegando toda adornada daquela forma bizarra. Ela não pôde se aproximar o suficiente para dizer que tirasse as flores até que já era tarde demais. Ela me contou que as pessoas falaram coisas desagradáveis sobre isso. Claro que pensaram que eu não tinha bom senso permitindo que você saísse toda enfeitada daquele jeito.

— Oh, eu sinto tanto – disse Anne, as lágrimas já enchendo seus olhos –, eu nunca pensei que você se importaria. As rosas e ranúnculos eram tão lindos e delicados que pensei que ficariam adoráveis no chapéu. A maioria das meninas tinha flores artificiais nos seus chapéus. Temo que eu seja uma provação medonha para vocês. Talvez seja melhor que vocês me mandem de volta para o orfanato. Isso será terrível; não acho que eu possa suportar; é mais provável que eu seja consumida por tuberculose, já que sou tão magrinha, como você vê.

Mas isso seria melhor do que ser uma provação para vocês.

— Bobagem – disse Marilla, envergonhada de si mesma por ter feito a criança chorar –, estou certa de que não quero mandá-la de volta para o orfanato. Tudo o que eu quero é que você se comporte como as outras meninas e não se exponha ao ridículo. Não chore mais. Tenho algumas notícias para lhe dar. Diana Barry voltou para casa esta tarde. Estou indo até lá para ver se posso tomar emprestado o molde de uma saia de Mrs. Barry e, se quiser,você pode me acompanhar e ser apresentada à Diana.

Anne levantou-se com as mãos cruzadas e as lágrimas ainda brilhando em suas bochechas; o pano de pratos que estava fazendo a bainha escorregou ao chão, ignorado.

— Oh Marilla, estou com medo; agora que chegou o momento estou literalmente assustada. E se ela não gostar de mim? Este seria o mais trágico desapontamento da minha vida.

— Calma, não comece a se afobar. Eu gostaria que você não usasse palavras tão extensas. Parece tão esquisito numa menina pequena. Suponho que Diana irá gostar de você. É a mãe dela que deve conquistar. Se ela não gostar de você, não importa o quanto Diana goste. Se ela tivesse escutado sobre seu ataque temperamental com Mrs. Lynde e sua aparição na igreja com as flores no chapéu, não sei o que ela pensaria. Você deve ser educada e bem comportada, e não faça nenhum de seus discursos surpreendentes. Pelo amor de Deus, se a menina não está tremendo de verdade!

Anne *estava* tremendo. Seu rosto estava pálido e tenso.

— Oh Marilla, você também estaria empolgada se estivesse para conhecer a menina que espera que seja sua amiga do peito e cuja mãe pode não gostar de você – ela disse, enquanto se apressava para pegar o chapéu.

Elas foram até Orchard Slope pelo atalho através do riacho, subindo o bosque de pinheiros morro acima. Mrs. Barry veio até a porta da cozinha, respondendo ao chamado de Marilla. Ela era uma mulher alta, com olhos e cabelos pretos e uma boca com expressão muito decidida. Possuía a reputação de ser muito firme com suas filhas.

— Como vai, Marilla? – perguntou cordialmente – Entre. Suponho que essa seja a menina que adotaram?

— Sim, esta é Anne Shirley – respondeu Marilla.

— Dito com "E" – sussurrou a ofegante Anne, que, mesmo trêmula e nervosa como estava, mostrava-se determinada a não deixar um ponto tão importante ser mal-entendido.

Mrs. Barry, não escutando ou não compreendendo nada, meramente estendeu sua mão para cumprimentá-la, dizendo gentilmente:

— Como vai você?

— Estou bem de corpo, apesar de estar atribulada em espírito, obrigada senhora – disse Anne, seriamente. Então, falou de lado com Marilla, em um murmúrio audível: — Não houve nada de surpreendente nisso que falei; houve, Marilla?

Diana estava sentada no sofá, lendo um livro, o qual largou quando as visitas chegaram. Ela era uma menininha muito bonita, com olhos e cabelos pretos como os da mãe e as bochechas rosadas, e uma expressão alegre que herdara do pai.

— Esta é minha garotinha, Diana – disse Mrs. Barry – Diana, leve Anne até o jardim, e mostre a ela suas flores. Isso será melhor para você do que cansar os olhos naquele livro. Ela lê demais – falou, voltando-se para Marilla, enquanto as meninas saíam – e não posso impedi-la, pois o pai dela contribui para isso e a encoraja. Ela está sempre debruçada em um livro. Estou contente que exista agora a perspectiva de ter uma amiga para brincar; talvez isso faça com que fique mais ao ar livre.

Lá fora, no jardim inundado pela suave luz do pôr do sol que trespassava os antigos pinheiros escuros do lado oeste, estavam Anne e Diana, entreolhando-se acanhadas sobre um arbusto de suntuosos lírios-tigrinos.

O jardim dos Barry era uma vastidão sombreada de flores que teria encantado o coração de Anne em um momento menos assustador de seu destino. Era circundado por antigos salgueiros e altos pinheiros, abaixo dos quais cresciam flores que amavam a sombra. Angulosas veredas bem cuidadas, caprichosamente orladas com conchinhas de marisco, eram interceptadas como que por fitas vermelhas úmidas de orvalho, e, por entre os canteiros, pequenas flores antiquadas cresciam a esmo. Havia corações-sangrentos rosados e esplêndidas peônias escarlates de tamanho grande; narcisos brancos perfumados, e doces e espinhentas rosas escocesas; aquilégias brancas, azuis e rosas, e saponárias coloridas de lilás; arbustos de abrótano, caniço-malhado e hortelã; orquídeas cor de púrpura, narcisos amarelos, e grande quantidade de trevos brancos com seus delicados e aveludados vapores fragrantes e cruz de malta, que atirava suas setas flamejantes sobre as flores de almíscar branco. Um jardim onde a luz do sol se prolongava e as abelhas zumbiam, e os ventos, seduzidos ao ócio, murmuravam e farfalhavam.

— Oh, Diana – disse Anne, por fim, juntando as mãos e falando quase em um suspiro – oh, você acha que poderá gostar de mim um pouquinho, o suficiente para ser minha amiga do peito?

Diana riu. Diana sempre ria antes de falar.

— Ora, creio que sim – ela respondeu francamente – estou muito contente por você ter vindo morar em Green Gables. Será uma alegria ter alguém para brincar. Não há outra menina que more nas redondezas e não tenho irmãs grandes o bastante.

— Você jura ser minha amiga para sempre e sempre? – inquiriu Anne, ansiosamente.

Diana pareceu chocada.

Anne de Green Gables

— Nossa! Jurar é terrivelmente pecaminoso – disse, em tom de reprovação.

— Oh não, não o meu tipo de juramento. Existem dois tipos, sabia?

— Eu nunca ouvi sobre outro tipo – disse Diana, em dúvida.

— Existe mesmo outro. Oh, e não tem nada de mau, de forma nenhuma. Só significa fazer um voto e prometer solenemente.

— Bem, eu não me importo de fazer isso – concordou Diana, aliviada — Como faremos?

— Devemos unir nossas mãos, desta maneira. Deve ser sobre um curso d'água. Nós simplesmente imaginaremos que esta trilha é um curso d'água. Eu direi o juramento primeiro. Prometo solenemente ser leal à minha amiga do peito, Diana Barry, enquanto durarem o sol e a lua. Agora você diz, e coloca meu nome no lugar do seu.

Diana repetiu o "juramento" com uma risada antes e depois. Então ela disse:

— Você é uma menina estranha, Anne. Ouvi dizer antes que você era estranha. Mas acredito que vou gostar muito de você.

Quando Marilla e Anne foram para casa, Diana as acompanhou até à ponte de troncos. As menininhas caminharam de braços dados. No riacho elas se despediram com a promessa de passar a tarde do dia seguinte juntas.

— Então, acha que Diana é uma alma gêmea? – perguntou Marilla, quando alcançavam o jardim de Green Gables.

— Oh sim – suspirou Anne, alegremente inconsciente de qualquer sarcasmo de Marilla – oh Marilla, eu sou a menina mais feliz na ilha de Prince Edward neste momento. Asseguro-lhe que farei minha oração com muita boa vontade esta noite. Amanhã, Diana e eu faremos uma casinha para brincar no bosque de bétulas de Mr. William Bell. Posso ficar com aquelas peças de louça quebradas que estão no depósito de lenha? O aniversário de Diana é em fevereiro e o meu é em março. Você não acha que é uma coincidência muito curiosa? Diana vai me emprestar um livro. Ela diz que é perfeitamente esplêndido e tremendamente empolgante. Ela vai me mostrar um lugar lá no bosque onde crescem as fritilárias. Não lhe parece que Diana tem os olhos muito expressivos? Eu gostaria de ter olhos expressivos. Diana vai me ensinar a cantar uma canção chamada *'Nelly in the Hazel Dell'*.[1] Ela vai me dar uma ilustração para enfeitar meu quarto; ela disse que é um lindo desenho – uma moça encantadora, com um vestido de seda azul-pálido. Um vendedor de máquinas de costura deu para ela. Eu queria ter algo para dar a Diana. Eu sou dois dedos mais alta do que Diana, mas ela é bem mais encorpada. Ela diz que queria ser magra, pois acha muito mais gracioso, mas temo que tenha dito isso somente para confortar os meus sentimentos. Iremos até a costa um dia desses, para catar conchinhas. Concordamos em chamar a nascente perto da ponte de madeira de Bolha da Dríade.[2] Não é

---

1 - "Nelly in the Hazel Dell" – canção escrita por George Frederick Root, em 1853.
2 - Dríade – de acordo com a mitologia grega, eram ninfas relacionadas aos carvalhos.

perfeitamente elegante? Li uma história sobre uma nascente com este nome. Creio que dríade é uma espécie de fada crescida.

— Bem, tudo o que eu espero é que você não mate Diana de tanto conversar – disse Marilla –, mas, dentro de todos os seus planos, Anne, lembre-se de que você não vai ficar brincando por todo o tempo, nem metade disso. Você tem seu trabalho a fazer, e terá que ser feito primeiro.

A taça de felicidade de Anne estava cheia, e Matthew fê-la transbordar. Ele tinha recém chegado de uma viagem até uma loja em Carmody e, encabulado, tirou um pacotinho do bolso e o entregou a Anne, sob o olhar desaprovador de Marilla.

— Ouvi você dizer que gosta de doces de chocolate, então eu trouxe alguns – ele disse.

— Humpf – disse Marilla torcendo o nariz – isso vai arruinar os dentes e o estômago dela. Calma, menina, não fique com essa cara abatida. Pode comê-los, já que Matthew foi até lá buscá-los. Seria melhor que tivesse trazido balas de hortelã, pois são mais saudáveis. Agora, não vá passar mal comendo todos de uma vez só.

— Claro que não, não farei isso – disse Anne, ansiosamente –, comerei somente um esta noite, Marilla. E posso dar metade deles para Diana, não posso? A outra metade será duas vezes mais saborosa para mim se eu der alguns a ela. É maravilhoso saber que tenho algo com que presenteá-la.

— Uma coisa eu posso dizer sobre esta criança – disse Marilla, quando Anne já tinha ido para o quarto –, ela não é mesquinha. Fico contente com isso, visto que, de todos os defeitos, o que mais detesto em uma criança é a mesquinhez. Meu Deus! Passaram-se somente três semanas desde que ela chegou, mas parece que sempre esteve aqui. Não posso imaginar este lugar sem ela! Agora, não fique me olhando com essa cara de 'bem que eu avisei', Matthew. Isso é ruim o bastante em uma mulher; porém, é insuportável em um homem. Estou perfeitamente disposta a reconhecer que estou contente de ter ficado com a menina e que gosto dela cada dia mais, mas não esfregue isso no meu nariz, Matthew Cuthbert.

Capítulo XIII

As Delícias da Antecipação

— Já era hora de Anne ter entrado para fazer as costuras! – disse Marilla, dando uma olhadela para o relógio e logo saindo para enfrentar a dourada tarde de agosto, onde tudo parecia dormitar por causa do calor – Ela ficou brincando com Diana por mais de meia hora além do que eu lhe autorizei, e agora está lá empoleirada na pilha de lenha conversando com Matthew, tagarelando pelos cotovelos, quando sabe perfeitamente que deve voltar ao trabalho. E ele obviamente está escutando, como um perfeito panaca. Nunca vi homem tão tolo! Quanto mais ela fala, e quanto mais esquisitas as coisas que diz, mais ele fica encantado, evidentemente. Anne Shirley, venha para dentro neste minuto, você me ouviu!

Uma série de pancadinhas interrompidas na janela oeste trouxeram Anne voando pelo jardim da frente, com os olhos cintilando, as bochechas levemente ruborizadas e o desajeitado cabelo solto caindo pelas costas em uma torrente de brilho.

— Oh Marilla – exclamou, sem fôlego – haverá um piquenique da Escola Dominical na próxima semana – no campo de Mr. Harmon Andrews, aqui perto da Lagoa das Águas Brilhantes. E a Superintendente Mrs. Bell e Mrs. Rachel Lynde farão sorvete – pense nisso, Marilla, *sorvete*! Oh Marilla, posso ir?

— Faça o favor de olhar para o relógio, Anne. Que horário eu falei para você entrar?

— Duas horas – mas um piquenique não é algo esplêndido, Marilla? Posso ir, por favor? Oh, nunca participei de um; eu tenho sonhado com piqueniques, mas nunca –

— Sim, eu lhe falei para entrar às duas horas, e agora já são quinze para as três. Gostaria de saber por que você não me obedeceu, Anne.

— Ora, eu queria obedecer, Marilla, tanto quanto poderia querer. Mas você não tem ideia do quão fascinante é o Descanso Silvestre. E depois tive de contar ao Matthew sobre o piquenique, é claro. Matthew é tão bom ouvinte. Por favor, posso ir?

— Você terá que aprender a resistir à fascinação do Descanso-sei-lá-o-quê. Quando eu digo a você que entre em tal horário, quero mesmo que seja àquele horário, e não meia hora depois. E você tem que parar de discursar para bons ouvintes pelo meio do caminho também. E quanto ao piquenique, claro que pode ir. Você é uma aluna da Escola Dominical, e não é certo negar a autorização quando todas as outras meninas estarão lá.

— Mas – mas – balbuciou Anne – Diana disse que todos têm de levar uma cesta com coisas para comer. Eu não sei cozinhar, como você bem sabe, Marilla, e – e – não me importo muito de ir ao piquenique sem usar mangas bufantes, mas eu sentiria uma humilhação horrorosa se não levasse uma cesta. Isto tem me atormentando desde que Diana me falou.

— Bem, não precisa se atormentar mais, eu farei uma cesta para você.

— Oh, minha querida e boa Marilla, oh, você é tão boa para mim. Oh, eu sou tão grata a você.

Continuando com seus "ohs", Anne se jogou nos braços de Marilla e, com empolgação, beijou sua pálida bochecha. Foi a primeira vez, em toda a sua vida, que recebeu um beijo espontâneo de uma criança. Novamente aquela súbita sensação de surpreendente ternura a comoveu. Ela ficou secretamente contente com o carinhoso impulso de Anne, o que foi a provável razão de ter dito bruscamente:

— Calma, calma, deixe para lá essa sua bobeira de ficar beijando. Preferia vê-la fazendo estritamente o que lhe é dito. E quanto a cozinhar, eu tenho a intenção de começar a lhe dar algumas aulas, um dia desses. Mas você é tão desmiolada, Anne, que tenho esperado para ver se você se acalma um pouco e aprende a ficar quieta antes de começar. É necessário manter a cabeça centrada quando se está cozinhando, e não parar no meio das coisas para deixar seus pensamentos vagarem sobre toda a criação. Agora, pegue sua colcha de retalhos e termine de costurar um quadrado antes da hora do chá.

— Eu *não* gosto de *patchwork*[1] – disse Anne, desanimada, pegando sua caixa de costura e sentando-se com um suspiro diante de uma pequena pilha de losangos vermelhos e brancos — eu acho bonitos alguns tipos de costura, mas não há escopo para a imaginação em *patchwork*. É apenas um ponto atrás do outro, que nunca parece chegar a lugar algum. Mas obviamente eu prefiro ser Anne de Green Gables costurando *patchwork*, do que ser Anne de qualquer outro lugar sem mais nada para fazer, exceto brincar. Queria que o tempo costurando retalhos passasse tão rápido quanto passa quando estou brincando com Diana. Oh, temos passado momentos tão bons, Marilla. Tenho que prover grande parte da imaginação, mas sou muito boa em fazer isso. Diana é simplesmente perfeita em todas as outras coisas. Sabe aquela pequena porção de campo do outro lado do riacho, que fica entre nossa fazenda

1 - *Patchwork* é uma técnica de costura que utiliza pequenos quadrados de retalho de tecido, geralmente de diferentes padrões.

e a de Mr. Barry? Pertence ao Mr. William Bell, e logo virando a curva tem um pequeno cercado de bétulas brancas – o lugar mais romântico de todos, Marilla. Diana e eu temos uma casa de brinquedos lá. Nós a chamamos de Descanso Silvestre. Não é um nome poético? Posso lhe assegurar que levei um tempo para inventá-lo. Fiquei acordada quase uma noite toda pensando. Então, quando já estava quase caindo de sono, veio uma inspiração. Diana ficou *extasiada* quando ouviu. Nós mantemos nossa casinha elegantemente arrumada. Você deve ir e ver, Marilla – você irá? Nós temos grandes pedras, todas cobertas por musgo, para sentar, e tábuas de madeira de árvore em árvore que usamos como prateleiras. E ali guardamos toda nossa louça. Claro que estão todas quebradas, mas é a coisa mais fácil do mundo imaginar que estão inteiras. Tem um pedaço de prato pintado com um ramo de hera amarela e vermelha que é especialmente lindo. Nós o guardamos na sala, onde temos o cristal das fadas também. O cristal é adorável como um sonho. Diana o encontrou no matagal, atrás do galinheiro deles. Tem muitos arco-íris – jovens arco-íris, que ainda não cresceram – e a mãe de Diana disse a ela que, na verdade, é a parte quebrada de uma lamparina que eles tinham. Mas eu gosto de imaginar que as fadas o perderam numa noite, quando tiveram um baile para ir, então podemos chamá-lo de cristal das fadas. Matthew irá fazer uma mesa para nós. Oh, nós nomeamos de Charco do Salgueiro aquela pequena laguna redonda no campo de Mr. Barry. Tirei esse nome do livro que Diana me emprestou. Aquele foi um livro emocionante, Marilla. A heroína teve cinco namorados. Eu ficaria bem satisfeita com um só, e você? Ela era muito bonita e passou por grandes adversidades. Ela desmaiava facilmente. Eu adoraria poder desmaiar, você não, Marilla? É tão romântico. Mas eu até que sou bem saudável, mesmo sendo tão magrinha, embora eu acredite que esteja mais gordinha. Você acha que engordei? Olho todas as manhãs para meus cotovelos quando me levanto, para ver se vejo alguma covinha. Diana mandou fazer um vestido com mangas na altura do cotovelo. Ela irá usá-lo no piquenique. Oh, espero que o tempo esteja bom na próxima quarta-feira. Não sei se poderei suportar o desapontamento se acontecer alguma coisa que me impeça de ir ao piquenique. Suponho que sobreviverei, mas estou certa de que seria uma tristeza por toda a vida. Não importaria se eu fosse a cem piqueniques depois deste, nenhum me compensaria por ter perdido este. Eles vão colocar botes na Lagoa das Águas Brilhantes – e sorvete, como eu disse. Eu nunca provei sorvete. Diana tentou me explicar como é, mas creio que sorvete é uma daquelas coisas que estão além da imaginação.

— Anne, você falou sem parar por dez minutos, contados no relógio! – exclamou Marilla – Agora, somente por curiosidade, veja se consegue segurar sua língua pela mesma duração de tempo.

Anne segurou a língua, como desejado. Mas pelo restante da semana ela falou em piquenique, pensou em piquenique e sonhou com piquenique.

Choveu no sábado e ela entrou em um estado tão desvairado, por medo de que continuasse chovendo até quarta-feira, que Marilla lhe deu mais um quadrado de *patchwork* para costurar, a fim de acalmar os nervos.

Ao sair da igreja no domingo, no caminho para casa, Anne confidenciou a Marilla que havia gelado de entusiasmo quando o ministro anunciou o piquenique, no púlpito.

— Um arrepio correu de cima a baixo pela minha coluna, Marilla! Acho que, até hoje, nunca tinha acreditado realmente que haveria um piquenique. Não pude evitar o temor de que eu estivesse somente imaginando isso. Porém, quando o ministro diz alguma coisa no púlpito, você só tem que acreditar.

— Você põe o coração com tanto ardor nas coisas, Anne – disse Marilla, com um suspiro –, que temo que existam muitas desilusões guardadas para você na vida.

— Oh Marilla, a metade do prazer que há nas coisas é aguardar ansiosamente por elas! – exclamou Anne – Você pode não chegar a obtê-las, mas nada pode lhe impedir de se divertir ansiando por elas. Mrs. Lynde diz, 'Benditos são os que não esperam nada, pois não serão desapontados'. Mas eu penso que seria pior não esperar por nada do que ser desapontada.

Marilla usava seu broche de ametistas naquele dia, como de costume. Ela sempre o usava para ir à igreja. Pensava ser um sacrilégio sair sem ele – tão ruim como esquecer a Bíblia ou o dinheiro que doava para a arrecadação. Aquele era seu tesouro mais precioso. Seu tio marinheiro havia presenteado sua mãe com o broche, a qual, por sua vez, o havia legado a Marilla. Tinha formato oval à moda antiga, contendo uma mecha do cabelo da mãe, rodeado por uma borda de ametistas muito delicadas. Marilla sabia bem pouco sobre pedras preciosas para entender quão finas as ametistas realmente eram, mas considerava-as muito bonitas; e, apesar de não poder vê-las enquanto usava, tinha a agradável consciência do resplendor em tom de violeta no seu colarinho, pousado sobre o bom vestido de cetim marrom.

Anne havia sido tomada por encanto e admiração quando viu o broche pela primeira vez.

— Oh Marilla, é um broche perfeitamente elegante. Não sei como pode prestar atenção ao sermão ou às orações usando isto. Sei que eu não poderia. Acho as ametistas simplesmente graciosas. Anteriormente eu pensava que os diamantes eram ametistas. Muito tempo atrás, antes de eu ter visto um diamante, eu li sobre eles e tentei imaginar como seriam. E pensei que eles fossem pedras cintilantes da cor de violeta. Certo dia, quando vi um diamante de verdade no anel de uma senhora, fiquei tão desapontada que chorei. Claro que era encantador, mas não era a ideia que eu tinha sobre um diamante. Você me deixaria segurar o broche em minhas mãos por um minuto, Marilla? Você acha que as ametistas poderiam ser as almas de violetas bondosas?

Capítulo XIV

A Confissão de Anne

No entardecer da segunda-feira anterior ao piquenique, Marilla veio de seu quarto com um semblante preocupado.

— Anne – ela se dirigiu àquela pequena personagem, que estava descascando ervilhas sobre a mesa imaculada e cantando '*Nelly in the Hazel Dell*' com tal vigor e expressão que davam crédito às aulas de Diana – você viu meu broche de ametistas? Eu pensei tê-lo cravado na almofada dos alfinetes quando cheguei da igreja ontem à tarde, mas não consigo achá-lo em lugar algum.

— Eu – eu o vi esta tarde, quando você estava na Sociedade Assistencial – disse Anne, um tanto vagarosamente – eu estava passando pela porta do seu quarto quando o vi na almofada, então entrei para vê-lo.

— Você o tocou? – perguntou Marilla, seriamente.

— S-i-i-m – admitiu Anne – eu peguei e prendi no meu peito, apenas para ver como iria ficar.

— Você não tinha que ter feito nada deste tipo de coisa. É muito errado que uma menina seja intrometida. Você não deveria ter entrado no meu quarto, em primeiro lugar; e não deveria ter tocado o broche que não lhe pertencia, em segundo. Onde o colocou?

— Oh, eu o pus de volta na penteadeira. Só o segurei por um minuto. De verdade, eu não quis me intrometer, Marilla. Não pensei que seria errado entrar e experimentar o broche; mas agora entendo que era, e nunca mais farei isso. Existe uma coisa boa em mim: eu nunca cometo duas vezes a mesma desobediência.

— Você não o colocou de volta – afirmou Marilla – aquele broche não está em lugar algum na penteadeira. Você o levou para outro lugar ou algo assim, Anne.

— Eu o pus de volta! – disse Anne, rapidamente; *descaradamente*, pensou Marilla – Eu só não lembro se o espetei na almofada dos alfinetes ou se o deixei na bandeja da louça. Mas estou perfeitamente convicta de que o coloquei de volta.

— Vou dar outra olhada — disse Marilla, determinada a ser justa — se você o colocou de volta, então ele ainda está lá; se não, saberei que não o colocou, e isso é tudo.

Marilla foi até o quarto e realizou uma busca meticulosa, não somente em cima da penteadeira, mas em cada lugarzinho onde pensou que o broche pudesse estar. Não pôde encontrá-lo, e então retornou à cozinha.

— Anne, o broche desapareceu. Você reconheceu que foi a última pessoa a segurá-lo. Agora, o que foi que fez com ele? Diga-me a verdade de uma vez. Você o levou para fora e o perdeu?

— Não, eu não fiz isso — disse Anne, solenemente, encarando diretamente o olhar irritado de Marilla — nunca saí do seu quarto com ele, essa é a verdade. E continuaria sendo mesmo que eu fosse levada a um cadafalso por isso — apesar de não estar muito certa do que seja um cadafalso. Então é isso, Marilla.

A intenção do "então é isso" de Anne era enfatizar sua declaração, mas Marilla tomou como uma demonstração de desafio.

— Acredito que está me contando uma mentira, Anne — disse, bruscamente — sei que está. Agora, não diga mais uma palavra até que esteja preparada para admitir toda a verdade. Vá para o seu quarto e fique lá até que esteja pronta para confessar.

— Quer que eu leve as ervilhas comigo? — perguntou,com brandura.

— Não, deixe que eu mesma termino o trabalho. Faça como lhe ordenei.

Quando Anne se foi, Marilla terminou as tarefas noturnas em um estado mental muito atribulado. Ela se preocupava com o seu broche valioso. E se Anne o tiver perdido? E que maldade da menina ao negar que tinha pegado, quando qualquer um poderia ver que ela tinha! E ainda fazia isto com a cara mais inocente!

"Não sei como não me ocorreu isso antes" — pensava Marilla, enquanto descascava as ervilhas nervosamente — "Obviamente não acredito que ela tivesse pensado em roubá-lo, ou algo do tipo. Ela o pegou somente para brincar, ou para ajudar naquela imaginação que ela tem. Ela deve ter pegado o broche, isto é claro, pois nenhuma outra alma entrou dentro daquele quarto desde que ela esteve ali, de acordo com sua própria história, até eu mesma subir lá nesta noite. E o broche desapareceu, não há nada mais certo. Suponho que ela o perdeu e não quer reconhecer, pois tem receio de ser punida. É uma coisa terrível pensar que ela conta mentiras. É bem pior do que suas crises de temperamento. É uma responsabilidade assustadora ter em casa uma criança em quem não se pode confiar. Malícia e falsidade — foi isso que ela demonstrou. Declaro que me sinto pior sobre isso do que sobre o broche. Se ao menos ela tivesse contado a verdade, eu não iria me importar tanto."

Marilla foi até o quarto várias vezes durante a noite e procurou pelo broche, sem encontrá-lo. Uma visita ao quarto do lado leste na hora de dormir não produziu resultados. Anne persistia em negar que soubesse algo sobre o broche, mas Marilla ficou ainda mais firmemente convencida de que ela sabia.

Ela relatou a história a Matthew na manhã seguinte. Ele ficou perplexo e confuso; não podia perder a fé em Anne tão rapidamente, mas teve que admitir que as circunstâncias estavam contra ela.

— Você tem certeza de que não caiu atrás da penteadeira? – foi a única sugestão que ele pôde oferecer.

— Eu arrastei o móvel e tirei todas as gavetas, procurei por cada fenda e cantinho! – foi a afirmativa de Marilla – O broche desapareceu, e a menina o tomou e mentiu a respeito. Esta é a verdade evidente e repulsiva, Matthew Cuthbert, e devemos enfrentá-la.

— Bem, ora, e o que você vai fazer? – Matthew perguntou com desespero, se sentindo secretamente agradecido por ser a irmã quem teria de lidar com a situação, e não ele. Não teve vontade de meter o bedelho desta vez.

— Ela ficará no quarto até que confesse – respondeu, impiedosamente, lembrando-se do sucesso deste método no caso anterior – e então veremos. Talvez possamos encontrar o broche, se ela ao menos disser para onde o carregou; mas, em qualquer que seja o caso, ela terá de ser severamente punida, Matthew.

— Bem, ora, você terá que puni-la – disse Matthew, tomando o chapéu –, eu não tenho nada a ver com isso, lembre-se. Você mesma me advertiu.

Marilla se sentiu abandonada. Não podia nem ir se aconselhar com Mrs. Lynde. Ela subiu até o quarto do lado leste do sótão com o rosto muito sério, e saiu de lá ainda mais séria. Imperturbável, Anne se recusava a confessar. Persistia em afirmar que não havia pegado o broche. A menina tinha chorado, evidentemente, e Marilla sentiu uma pontada de compaixão, que reprimiu com dureza. À noite ela estava, como expressou, "moída".

— Você vai ficar neste quarto até que confesse, Anne. Pode tomar a sua resolução quanto a isso – disse, firmemente.

— Mas o piquenique é amanhã, Marilla! – gritou Anne – Você não irá me impedir de ir, não é? Deixará que eu saia somente à tarde, não é? Então, *depois* eu ficarei aqui alegremente, tanto quanto você quiser. Mas eu *tenho* que ir ao piquenique.

— Você não vai ao piquenique ou a qualquer outro lugar até que confesse, Anne.

— Oh Marilla – soluçou Anne.

Mas Marilla havia saído e fechado a porta.

A quarta-feira amanheceu tão límpida e radiante como se tivesse sido feita expressamente para o piquenique. Pássaros cantavam em torno de Green Gables; as açucenas brancas no jardim emanavam seu vapor perfumado em sopros de brisa invisível em cada porta e janela, que vagavam através dos corredores e aposentos como espíritos abençoados. As bétulas no bosque acenavam em júbilo, como que esperando a costumeira acolhida de Anne ao alvorecer, vinda do quartinho do sótão. Mas Anne não estava na janela. Quando Marilla subiu levando o café da manhã, encontrou a menina sentada na cama, empertigada, pálida e resoluta, com os lábios apertados e olhos brilhantes.

— Marilla, estou pronta para confessar.

— Ah! – Marilla largou a bandeja. Mais uma vez, seu método havia funcionado; mas o sucesso era muito amargo para ela – Então me deixe ouvir o que tem a dizer, Anne.

— Eu peguei o broche de ametistas – disse Anne, como se estivesse repetindo uma lição aprendida – eu o peguei exatamente como você disse. Não pretendia pegá-lo quando entrei. Mas ele era tão lindo, Marilla, que quando o prendi no meu peito, fui dominada por uma irresistível tentação. Imaginei quão perfeitamente emocionante seria levá-lo até o Descanso Silvestre e brincar que eu era Madame Cordelia Fitzgerald. Seria muito mais fácil imaginar que eu era Madame Cordelia se eu estivesse usando um broche de ametistas de verdade. Diana e eu fazemos colares de rosas, mas o que são rosas comparadas com ametistas? Então peguei o broche. Pensei que poderia guardá-lo antes que você voltasse para casa. Dei uma boa caminhada para passar o tempo. Quando estava andando pela ponte sobre a Lagoa das Águas Brilhantes, eu peguei o broche para olhar mais uma vez para ele. Oh, como brilhava na luz do sol! Então, quando eu estava caminhando sobre a ponte, o broche simplesmente escorregou por entre os meus dedos – assim – e caiu – fundo – fundo, com todo seu brilho purpúreo, e afundou para todo o sempre na Lagoa das Águas Brilhantes. E essa é a melhor confissão que eu posso fazer, Marilla.

Marilla sentiu uma indignação ardente surgir outra vez em seu coração. Essa criança tinha tomado e perdido seu precioso broche de ametistas e agora estava ali, calmamente sentada, recitando os detalhes do acontecido sem ao menos um pouco de remorso ou pesar.

— Anne, isso é terrível – ela disse, tentando falar calmamente –, você é a menina mais malvada da qual já ouvi falar.

— Sim, suponho que eu seja mesmo – Anne concordou com tranquilidade – e sei que terei de ser punida. Será seu dever fazê-lo, Marilla. Você não vai resolver isso agora mesmo? Por favor, pois eu gostaria de ir ao piquenique sem nada para preocupar minha cabeça.

— De fato, o piquenique! Você não irá a nenhum piquenique hoje, Anne Shirley! Esta será sua punição. E não é nem a metade do rigor que você merece pelo que fez!

— Não ir ao piquenique! – Anne pôs-se de pé e agarrou a mão de Marilla – Mas você *prometeu* que eu poderia! Oh, Marilla, eu tenho que ir ao piquenique. Foi por isso que confessei. Pode me punir da maneira que quiser, menos assim. Oh, Marilla, por favor, por favor, permita-me ir ao piquenique. Pense no sorvete! Talvez eu nunca mais possa provar um sorvete novamente.

Marilla se desvencilhou rigidamente das mãos suplicantes de Anne.

— Não adiante implorar, Anne. Você não irá ao piquenique, e ponto final.

Não, nem mais uma palavra.

Anne entendeu que Marilla não voltaria atrás. Ela juntou as mãos, soltou um grito estridente e se jogou de bruços na cama, chorando e se contorcendo em extremo abandono, desapontada e desesperada.

— Pelos céus! – sobressaltou-se Marilla, apressando-se para fora do quarto – Creio que esta criança esteja louca. Nenhuma criança normal se comportaria como ela. E se não está louca, então é totalmente má. Oh Senhor, temo que Rachel estivesse certa desde o princípio! Mas eu lancei mão do arado, e não vou olhar para trás.[1]

Aquela foi uma manhã sombria. Marilla trabalhou energicamente, e esfregou o piso do alpendre e as prateleiras do galpão de ordenha quando não encontrou mais nada para fazer. Não que o alpendre e as prateleiras precisassem – mas Marilla precisava. Depois saiu para passar o ancinho nas folhas do jardim.

Quando o almoço estava pronto, ela subiu as escadas e chamou Anne. Do outro lado do corrimão, surgiu uma face manchada de lágrimas por cima do corrimão, com aparência trágica.

— Desça para almoçar, Anne.

— Eu não quero almoçar, Marilla – respondeu Anne, soluçando –, não poderia comer nada. Meu coração está partido. Espero que sinta remorso um dia por tê-lo partido, mas eu perdoo você. Quando este dia chegar, lembre-se de que eu perdoo você. Mas por favor, não me peça para comer, especialmente carne de porco cozida e hortaliças. Esse cardápio é tão pouco romântico quando se está em aflição.

Marilla regressou exasperada à cozinha e descarregou sua ira sobre Matthew, que entre seu senso de justiça e sua grande simpatia por Anne, sentia-se muito triste.

— Ora, ela não devia ter pegado o broche, Marilla, e inventado histórias sobre isso – admitiu, lamentavelmente inspecionando sua pouco romântica porção de carne de porco com hortaliças, como se ele, tal qual Anne, considerasse a comida inadequada para crises sentimentais –, mas ela é uma coisinha tão pequena; uma coisinha tão interessante. Não acha que está sendo muito dura em não permitir que ela vá ao piquenique quando está tão empolgada com isso?

— Matthew Cuthbert, estou surpresa com você! Penso que tenho sido muito mole com ela. E ela parece não perceber quão má tem sido; essa é minha maior preocupação. Se ela sentisse arrependimento de verdade, não seria tão ruim. E você tampouco parece perceber; está todo tempo lhe dando desculpas. Posso ver isso!

— Ora, ela é tão pequena – ele reiterou, com voz fraca – e deve existir alguma tolerância, Marilla. Você sabe que ela nunca teve nenhuma educação.

1 - Citação do Evangelho de Lucas, 9:62.

— Bem, está tendo agora – retorquiu Marilla.

A resposta silenciou Matthew, mesmo que não o tenha convencido. Aquele almoço foi uma refeição muito sombria. A única pessoa alegre por lá era Jerry Buote, o empregado; e Marilla se ressentiu com sua animação como se fosse um insulto pessoal.

Quando já tinha lavado a louça, amassado o pão e alimentado as galinhas, Marilla se lembrou de que havia notado um pequeno furo em seu melhor xale preto rendado, ao tirá-lo na segunda-feira à tarde quando retornou da Sociedade Assistencial.

Decidiu remendá-lo. O xale estava em uma caixa no baú. Quando Marilla o ergueu da caixa, a luz solar, cruzando as vinhas que cobriam generosamente a janela, incidiu sobre algo preso ao xale: um objeto que brilhava e reluzia em facetas de luz violeta. Marilla o agarrou, assustada. Era o broche de ametistas, pendurado em uma franja da renda por seu prendedor.

— Deus meu! – disse, vagamente – O que significa isso? Aqui está o meu broche são e salvo, que eu pensava estar no fundo de Barry's Pond. O que aquela menina queria ao afirmar que o havia pegado e perdido? Confesso que acho que Green Gables está enfeitiçada. Lembro-me agora que quando tirei meu xale na segunda-feira à tarde, eu o deixei sobre a penteadeira por um minuto. Suponho que o broche tenha se enganchado ao xale de alguma forma. Pois bem!

Marilla dirigiu-se ao quarto do lado leste, com o broche na mão. Anne havia se esgotado de tanto chorar, e agora estava sentada, abatida, ao lado da janela.

— Anne Shirley – disse Marilla, solenemente – acabei de encontrar o broche pendurado no meu xale de renda preta. Agora quero saber o que significa toda aquela ladainha que você me contou nesta manhã.

— Ora, você disse que me manteria aqui até que eu confessasse – respondeu Anne, exausta – então eu decidi confessar para que pudesse ir ao piquenique. Inventei a confissão na noite passada, depois que fui para a cama, e tornei-a o mais interessante que pude. Então repeti uma e outra vez para não esquecer. Mas, afinal de contas, você não me permitiu ir ao piquenique, então todo o meu trabalho foi inútil.

Marilla teve que rir de si mesma, apesar de tudo. Mas sua consciência feriu-a.

— Anne, não há outra como você! Mas eu estava errada; vejo isso agora. Eu não deveria ter duvidado de sua palavra sabendo que você nunca conta mentiras. Claro, não foi certo de sua parte confessar algo que não fez – foi errado fazê-lo. Mas eu a conduzi a este erro. Então, se você me perdoar, Anne, eu a perdoarei e nós estaremos resolvidas novamente. E agora, arrume-se para o piquenique.

Anne saltou como um foguete.

— Oh, Marilla, não é tarde demais?

— Não, são apenas duas horas. Devem ter recém começado a se reunir, e ainda falta uma hora para o chá. Lave o seu rosto e arrume o cabelo, e coloque seu vestido listrado. Eu vou arrumar a cesta para que você leve. Há bastante coisa pronta em casa. Chamarei Jerry para que encilhe a égua e a conduza ao local do piquenique.

— Oh, Marilla! – exclamou Anne, voando para o lavatório – Há cinco minutos atrás eu estava tão miserável que desejei nunca ter nascido, e agora não trocaria de lugar com um anjo!

Naquela noite, uma Anne completamente exausta e feliz retornou a Green Gables, em um estado de beatificação impossível de descrever.

— Oh, Marilla, tive a tarde mais perfeitamente formidável. "Formidável" é uma nova palavra que aprendi hoje. Ouvi Mary Alice Bell pronunciá-la. Não é expressiva? Tudo estava adorável. Tomamos um esplêndido chá, e então Mr. Harmon Andrews nos levou a todos para um passeio de bote na Lagoa das Águas Brilhantes – seis de cada vez. E Jane Andrews quase caiu para fora do bote. Ela estava inclinada pegando nenúfares, e se Mr. Andrews não a tivesse segurado a tempo pela faixa da cintura, ela provavelmente teria caído e se afogado. Queria que tivesse sido eu. Teria sido uma experiência tão romântica quase se afogar! Seria uma história emocionante de contar. E então comemos sorvete. As palavras me faltam para descrevê-lo. Asseguro que foi sublime, Marilla.

Naquela noite, Marilla relatou toda a história a Matthew, enquanto costurava as meias.

— Estou disposta a confessar que me enganei – concluiu, candidamente –, mas aprendi uma lição. Tenho que rir quando penso na "confissão" de Anne, mesmo sabendo que não devia, pois foi realmente uma mentira. Mas, de alguma forma, esta mentira não soa tão má quanto a outra teria sido, e de certo modo eu fui a responsável. Aquela criança é difícil de entender em alguns aspectos. Mas eu acredito que ela ainda se dará bem. E outra coisa é certa: nenhuma casa onde ela estiver será enfadonha, jamais.

Capítulo XV

A Tempestade em Copo d'Água na Escola

— Que dia esplêndido! – disse Anne, inspirando profundamente. – Não é simplesmente maravilhoso estar viva num dia como este? Compadeço-me das pessoas que ainda não nasceram por perderem-no. Claro que poderão ter dias bons, mas nunca poderão ter este de hoje. E é ainda mais esplêndido ter um caminho tão adorável para ir à escola, não é?

— É muito melhor do que dar a volta pela estrada; é tão poeirenta e quente – respondeu Diana com praticidade, espiando dentro de sua cesta e calculando mentalmente quantos pedaços das três suculentas e saborosas tortas de framboesa poderia comer, ao dividi-las entre dez garotinhas.

As meninas da escola de Avonlea sempre juntavam suas merendas para dividirem entre si, e aquela que comesse três tortas de framboesa sozinha, ou mesmo as dividisse somente com sua melhor amiga, haveria de merecer eternamente o estigma de "terrivelmente mesquinha". E ainda assim, quando as tortas eram divididas entre as dez meninas, o que se recebia era suficiente apenas para deixar com mais vontade.

O caminho pelo qual as meninas seguiam para a escola *era* muito bonito. Anne pensou que aquelas idas e vindas à escola com Diana não poderiam ser melhoradas nem mesmo com a imaginação. Ir pela estrada principal teria sido tão pouco romântico; mas ir pela Travessa dos Amantes, Charco do Salgueiro, Vale das Violetas e a Rota das Bétulas era mais romântico do que qualquer outra coisa.

A Travessa dos Amantes tinha início abaixo do pomar em Green Gables, e se estendia ao longo do bosque até terminar no fim da fazenda dos Cuthbert. Era o caminho por onde levavam as vacas para o pasto e transportavam a lenha no inverno. Anne já o havia batizado de Travessa dos Amantes antes mesmo de completar um mês de estadia em Green Gables.

— Não que seja verdade que amantes tenham caminhado por ali – explicou para Marilla –, mas Diana e eu estamos lendo um livro perfeitamente magnífico e nele existe uma Travessa dos Amantes. Então nós também quisemos ter uma.

E é um lindo nome, você não acha? Tão romântico! Nós podemos imaginar os casais passeando por lá, sabe? Eu gosto dessa alameda porque lá se pode pensar alto sem que as pessoas pensem que somos loucas.

Cada manhã, Anne caminhava pela Travessa dos Amantes sozinha até o riacho. Ali se encontrava com Diana, e as duas meninas subiam pela alameda debaixo dos frondosos arcos dos bordos — "Bordos são árvores tão sociáveis" – dizia Anne – "estão sempre sussurrando e murmurando coisas para você" – até que chegavam a uma ponte rústica. Então elas deixavam a alameda e cruzavam a parte de trás do campo de Mr. Barry, passando pelo Charco do Salgueiro. Depois do Charco do Salgueiro vinha o Vale das Violetas – um pequeno vale verde na sombra das grandes árvores de Mr. Andrew Bell.

— Claro que não existem violetas lá agora – Anne contou para Marilla –, mas Diana disse que há milhões na primavera. Oh Marilla, não consegue imaginar que está vendo-as? Fico realmente sem fôlego. Eu o batizei de Vale das Violetas. Diana disse que nunca viu capacidade como a minha de inventar nomes incríveis para os lugares. Não é bom ter inteligência para algo? Mas Diana nomeou a Rota das Bétulas. Ela quis fazê-lo, então eu deixei; mas estou certa de que poderia ter achado algo mais poético do que simplesmente Rota das Bétulas. Qualquer um pode pensar em um nome como este. Mas a Rota das Bétulas é um dos lugares mais belos do mundo, Marilla.

E era mesmo. Outras pessoas além de Anne pensavam igualmente quando encontravam o local por acaso. Era uma senda estreita e curvilínea que descia de forma sinuosa por uma longa colina e cruzava diretamente o bosque de Mr. Bell, aonde a luz entrava peneirada através de tantas facetas de cor esmeralda, impecável como o coração de um diamante. Era cercada em toda a sua extensão por jovens bétulas delgadas, com troncos brancos e ramos flexíveis; samambaias e flores-estrela, e lírios silvestres e uvas-de-rato com ramalhetes escarlates cresciam ao longo do caminho; e sempre havia um adorável aroma picante no ar, e o trinado dos pássaros e o murmúrio e risada dos ventos no topo das árvores do bosque. De vez em quando, se tudo estivesse quieto, era possível ver um coelho saltitante passando – o que ocorria esporadicamente, na opinião de Anne e Diana. Lá embaixo, no vale, a senda desembocava na estrada principal, e dali até o colégio bastava subir a colina de abetos vermelhos.

A escola de Avonlea era um prédio pintado de branco, com beirais baixos e amplas janelas, mobiliado com confortáveis carteiras antigas que abriam e fechavam, e levavam esculpidas sobre toda a parte superior as iniciais e hieróglifos de três gerações de crianças que lá estudaram. O prédio era situado de costas para a estrada, e atrás havia um sombrio bosque de pinheiros e um córrego onde as crianças colocavam suas garrafas de leite pela manhã, para manter o conteúdo frio e fresco até a hora do almoço.

Marilla estava secretamente receosa ao encaminhar Anne para a escola naquele primeiro dia de setembro. Anne era uma criança tão singular. Como ela se harmonizaria com as outras crianças? E como diabos ela iria conseguir segurar a língua durante o horário das aulas?

Entretanto, as coisas saíram muito melhor do que Marilla temia. Anne chegou em casa com o astral lá no alto naquele entardecer.

— Acho que vou gostar da escola aqui – anunciou –, embora não pense o mesmo sobre o professor. Está todo o tempo curvando seu bigode e flertando com Prissy Andrews. Ela já é moça, você sabe. Tem dezesseis anos e está estudando para o Exame de Admissão para a Queen's Academy em Charlottetown, no próximo ano. Tillie Boulter diz que o professor está *caidinho* por ela. Ela tem a pele bonita, o cabelo é castanho e cacheado, e o tipo de penteado que usa é muito elegante. Ela se senta numa carteira mais longa, no fundo da sala, e ele também se senta lá, na maior parte do tempo – para explicar-lhe as lições, ele diz. Mas Ruby Gillis contou que o viu escrevendo alguma coisa na lousa dela, e quando Prissy leu, corou como uma beterraba e riu; e Ruby Gillis diz que não crê que tenha algo a ver com a lição.

— Anne Shirley, não quero lhe ouvir falando do seu professor dessa maneira outra vez – disse Marilla, com dureza — Você não está indo à escola para criticá-lo. Acredito que ele pode ensinar algo a *você*, e é sua obrigação aprender. Quero que compreenda bem que não é para chegar em casa contando coisas desse tipo. Isto é algo que eu não vou aceitar. E espero que você tenha sido uma boa menina.

— E eu certamente fui – disse, confortavelmente —, e também não foi tão difícil como você imaginou que seria. Sentei-me com Diana. Nosso banco fica bem ao lado da janela e podemos olhar para a Lagoa das Águas Brilhantes. Existem muitas outras meninas na escola e passamos um tempo delicioso brincando na hora do almoço. É tão bom ter um monte de meninas com quem brincar. Mas claro que gosto mais de Diana e sempre irei gostar. Eu *adoro* Diana. Estou extremamente atrasada em relação aos outros. Estão todos no quinto livro e eu recém estou no quarto. Sinto que isto seja um tipo de desgraça. Mas não há nenhum deles que tenha uma imaginação como a minha, e descobri isso rapidamente. Hoje tivemos leitura, Geografia, História Canadense e ditado. Mr. Phillips disse que minha ortografia é vergonhosa e segurou minha lousa no alto para que todos pudessem vê-la, toda repleta de correções. Senti-me tão mortificada, Marilla, acho que ele deveria ter sido mais polido com uma pessoa que chegou agora. Ruby Gillis me presenteou com uma maçã e Sophia Sloane me emprestou um lindo cartão cor-de-rosa escrito 'Posso visitá-la?'. Tenho que devolver a ela amanhã. E Tillie Boulter me deixou usar seu anel de contas durante toda a tarde. Posso pegar aquelas contas peroladas que estão no antigo alfineteiro do sótão para fazer um anel para mim? E oh, Marilla, Jane Andrews me contou que Minnie MacPherson disse a ela que ouviu Prissy Andrews falar a Sarah Gillis que eu tenho um nariz muito bonito. Marilla, este é o primeiro elogio que recebo em toda minha vida, e você não pode imaginar que sensação estranha eu tive. Marilla, eu tenho mesmo um nariz bonito? Sei que me dirá a verdade.

— Seu nariz é bonito o bastante – disse Marilla, concisa. Ela achava, em segredo, que o nariz de Anne era extraordinariamente bonito; mas não tinha nenhuma intenção de dizer isso a ela.

Isso tudo tinha ocorrido há três semanas atrás, e até então tudo estava correndo muito bem. E agora, nesta fresca manhã de setembro, Anne e Diana corriam alegremente pela Rota das Bétulas, duas das meninas mais felizes de Avonlea.

— Acho que Gilbert Blythe estará na escola hoje. Ele esteve visitando uns primos em New Brunswick durante todo o verão e chegou somente na noite de sábado. Ele é *impressionantemente* bonito, Anne. E provoca as meninas em coisas terríveis. Ele só atormenta as nossas vidas – disse Diana.

A voz de Diana indicava que ela gostaria mais de ter a vida atormentada do que não ter.

— Gilbert Blythe? – perguntou Anne — Não é o nome que está escrito na parede do pórtico junto ao de Julia Bell e um grande 'Atenção a eles' acima?

— Sim – sacudindo a cabeça – mas estou certa de que ele não gosta tanto de Julia Bell. Ouvi ele mesmo falando que estudava multiplicação contando as sardas dela.

— Oh, não fale sobre sardas comigo – implorou Anne —, não é muito delicado, considerando que eu tenho tantas. Mas eu penso que escrever 'Atenção a eles' na parede sobre os meninos e as meninas é a coisa mais boba do mundo. Só gostaria que alguém se atrevesse a escrever o meu nome junto ao de algum garoto. Não que alguém fosse fazer isso, é claro – agregou rapidamente.

Anne suspirou. Ela não queria que seu nome fosse escrito na parede. Mas era um pouco humilhante saber que não havia perigo algum de que isso pudesse ocorrer.

— Bobagem – disse Diana, cujos olhos pretos e tranças acetinadas haviam feito tal estrago nos corações dos meninos da escola de Avonlea que seu nome figurava no pórtico em meia dúzia dos 'Atenção a eles' – é só uma brincadeira. E não tenha tanta certeza de que seu nome nunca será escrito. Charlie Sloane está *caidinho* por você. Ele disse à mãe dele – à *mãe* dele, repare bem – que você é a menina mais inteligente da escola. E que é melhor ser inteligente do que bonita.

— Não, não é! - exclamou Anne, feminina do fundo do coração — Eu preferiria ser bonita a ser inteligente. E odeio Charlie Sloane, não suporto meninos com olhos arregalados. Se alguém escrevesse meu nome com o dele eu jamais o perdoaria, Diana Barry. Mas é bom ser a melhor de sua turma.

— Gilbert vai estar na sua turma depois disso, e ele costuma ser o primeiro da classe, posso afirmar a você. Ele ainda está no quarto livro, embora já esteja com quase quatorze anos. O pai dele esteve enfermo durante quatro anos e foi morar em Alberta para se recuperar, e Gilbert foi com ele. Eles ficaram lá por três anos e Gil quase não frequentou a escola até retornarem. Você não achará tão fácil ser a primeira da classe depois disso, Anne.

— Estou contente. Não poderia me sentir realmente orgulhosa por ser a primeira da classe acima de meninos e meninas de apenas nove ou dez anos. Eu me distingui soletrando 'ebulição'. Josie Pye era a primeira da classe, mas veja, ela espiou no livro. Mr. Phillips não percebeu – estava olhando para Prissy Andrews – mas eu vi. Eu somente lhe dei uma encarada congelante e desdenhosa, e ela ficou vermelha como uma beterraba e soletrou essa palavra errada.

— Aquelas meninas Pye são sempre traiçoeiras – disse Diana, indignada, enquanto pulavam o cercado da estrada principal — Gertie Pye colocou sua garrafa de leite no meu lugar ontem. Vê? Não estou falando com ela agora.

Quando Mr. Phillips estava no fundo da sala ouvindo a lição de Latim de Prissy Andrews, Diana sussurrou para Anne:

— Anne, aquele é Gilbert Blythe sentado na mesma direção que você, do outro lado do corredor. Olhe e veja se ele não é bonito.

Anne olhou, portanto. Ela teve uma boa oportunidade de fazê-lo, pois o tal Gilbert Blythe estava absorto em prender furtivamente, no encosto do assento, a longa trança loira de Ruby Gillis, que estava sentada na frente dele. Ele era um rapaz alto, com cabelos cacheados castanhos, olhos travessos da mesma cor e a boca retorcida em um sorriso provocante. Com um gritinho, Ruby Gillis, que se levantara para pegar um cálculo com o professor, caiu de volta no assento, acreditando que o cabelo lhe havia sido arrancado pela raiz. Todos olharam para ela, e Mr. Phillips a encarou com tanta severidade que Ruby começou a chorar. Gilbert havia escondido o alfinete fora de vista e estava estudando História com a fisionomia mais moderada do mundo; mas quando a comoção já havia diminuído, ele olhou para Anne e piscou com um inexprimível jeito cômico.

— Acho que seu Gilbert Blythe *é* bonito – confidenciou Anne para Diana –, mas creio que seja muito ousado. Não é de bom tom piscar para uma garota que ele nunca viu.

Mas não foi antes do turno da tarde que as coisas realmente começaram a acontecer.

Mr. Phillips estava de volta ao fundo da sala, explicando um problema de Álgebra para Prissy Andrews e os outros alunos estavam fazendo o que queriam, comendo maçãs verdes, cochichando, desenhando figuras em suas lousas e fazendo os grilos correrem atados a fios para cima e para baixo do corredor. Gilbert Blythe tentava fazer com que Anne Shirley olhasse para ele e falhava completamente, pois, nesse momento, Anne estava totalmente inconsciente não apenas da existência do próprio Gilbert Blythe, mas de qualquer outro estudante na escola de Avonlea. Com o queixo apoiado nas mãos e os olhos fixos no relance azul da Lagoa das Águas Brilhantes, que vislumbrava da janela oeste, ela estava muito distante em um magnífico mundo de sonhos, sem ver nem ouvir nada fora de suas maravilhosas visões.

Gilbert Blythe não estava acostumado a fracassar em chamar a atenção de uma garota. Ela *tinha* que olhar para ele, essa menina Shirley de cabelos vermelhos, queixinho pontudo e grandes olhos, que não eram como os olhos de nenhuma outra menina na escola de Avonlea.

Anne de Green Gables

Ele se inclinou ao outro lado do corredor, pegou a ponta da longa trança ruiva de Anne, estendeu-a no comprimento de um braço e disse em um sussurro perfurante:

— Cenouras! Cenouras!

Então Anne o olhou com vingança!

E fez mais do que olhar. Pôs-se de pé, saltando como uma mola, suas esplendorosas fantasias caídas em ruínas irrecuperáveis. Ela lançou um olhar furioso para Gilbert, mas a centelha de ira em seus olhos foi rapidamente apagada por lágrimas igualmente furiosas.

— Garoto mau e odioso! – exclamou, colérica – Como ousa?

E então – pah! Anne tinha quebrado a lousa na cabeça de Gilbert, partindo-a – a lousa, não a cabeça – em dois pedaços.

A escola de Avonlea sempre desfrutava de uma cena, e esta era uma especialmente agradável. Todos disseram "Oh" em horrorizado prazer. Diana arfou. Ruby Gillis, que era inclinada a ser histérica, recomeçou a chorar. Tommy Sloane deixou todos os seus grilos escaparem juntos enquanto observava o quadro, boquiaberto.

Mr. Phillips desceu pelo o corredor e pôs a pesada mão sobre o ombro de Anne.

— Anne Shirley, o que significa isso? – perguntou, irritado. Anne não respondeu. Era pedir muito a uma pessoa de carne e osso, e esperar que ela reconhecesse diante de toda a classe que havia sido chamada de "cenouras". Gilbert foi quem falou, resoluto:

— Foi tudo culpa minha, Mr. Phillips. Eu a provoquei.

Mr. Phillips não prestou nenhuma atenção em Gilbert.

— Lamento ao ver uma aluna minha mostrando este tipo de comportamento e tal espírito de vingança – falou em tom solene, como se o mero fato de ser sua aluna devesse exterminar todas as más tendências dos corações de pequenos mortais imperfeitos – Anne, vá e fique em pé no estrado em frente ao quadro negro pelo restante da tarde.

Anne teria preferido infinitamente uma surra a esta punição sob a qual seu espírito sensível estremecia como se tivesse levado uma chicotada. Com o rosto pálido e decidido, ela obedeceu. Mr. Phillips pegou o giz e escreveu no quadro negro, acima de sua cabeça:

— Ann Shirley tem um péssimo temperamento. Ann Shirley deve aprender a controlar seu gênio – e então leu em voz alta, de modo que até a primeira classe, que ainda não sabia ler inscrições, pôde entender.

Anne ficou ali, em pé, pelo restante da tarde com aquela legenda acima de si. Ela não chorou nem baixou a cabeça. A fúria ainda fervia demais em seu coração para tanto, e este sentimento a sustentou em meio a toda a agonia da humilhação. Com os olhos cheios de ressentimento e as bochechas passionalmente vermelhas, Anne confrontou igualmente o olhar consolador de Diana, os indignados movimentos de cabeça de Charlie Sloane e os sorrisos maliciosos de Josie Pye. Quanto a Gilbert Blythe, ela nem mesmo olhou para ele. *Nunca mais* olharia para ele novamente! Nunca mais falaria com ele!

Quando terminou a aula, Anne marchou para fora com sua ruiva cabeça erguida. Gilbert Blythe tentou interceptá-la no pórtico.

— Sinto muitíssimo por ter feito gracejos com o seu cabelo, Anne – murmurou, de forma penitente –, de verdade. Não fique brava para sempre.

Tomada pelo desdém, Anne seguiu sem olhá-lo nem dar mostras de tê-lo escutado — Oh, como pôde, Anne? – sussurrou Diana enquanto caminhavam pela estrada abaixo, meio reprovando-a, meio admirando tanta coragem. Diana tinha a sensação de que nunca poderia resistir a um pedido de Gilbert.

— Eu jamais perdoarei Gilbert Blythe! – exclamou com firmeza – E ao Mr. Phillips também, pois escreveu meu nome sem o "E" no final. Uma lança perfurou minha alma, Diana!

Diana não tinha a mínima ideia do que Anne queria dizer com isso, mas compreendeu que era algo terrível.

— Não deve se importar por Gilbert debochar do seu cabelo – disse Diana, conciliadora –, ora, ele debocha de todas as meninas. Ele ri do meu cabelo porque é muito preto. Já me chamou de corvo muitas vezes, e eu nunca o vi se desculpando por nada antes.

— Tem muita diferença entre ser chamada de corvo e ser chamada de cenoura – replicou Anne, com dignidade – Gilbert Blythe feriu os meus sentimentos *excruciantemente*, Diana.

É possível que o assunto fosse esquecido sem mais excruciações, se não tivesse ocorrido mais nada. No entanto, quando as coisas começam a acontecer, estão sempre aptas a seguir acontecendo.

Os estudantes de Avonlea frequentemente passavam o meio-dia mascando goma no bosque de pinheiros de Mr. Bell, lá acima da colina e do outro lado de seu grande campo de pastoreio. Dali eles podiam manter os olhos na residência de Eben Wright, onde o professor ficava hospedado. Quando viam Mr. Phillips emergindo da casa, eles corriam para a escola. Mas sendo essa distância três vezes maior do que a alameda de Mr. Wright, era grande a possibilidade de chegarem lá com três minutos de atraso, arfando e sem fôlego.

No dia seguinte, Mr. Phillips foi atacado por uma de suas espasmódicas crises disciplinadoras e anunciou, antes de ir almoçar, que esperava encontrar todos os alunos em seus assentos quando retornasse. Qualquer um que chegasse atrasado seria punido.

Como de costume, todos os meninos e algumas das meninas foram até o bosque de pinheiros de Mr. Bell, com a saudável intenção de ficar por lá somente o tempo suficiente de "mascar um pouquinho". Mas o bosque de pinheiros era sedutor, e as nozes de goma dourada, tentadoras; eles colhiam e vadiavam e perambulavam; e, como de costume, a única coisa que os fez voltar à realidade do tempo que voava era Jimmy Glover gritando 'o professor está vindo', do alto de um pinheiro idoso e patriarcal.

As meninas que estavam no chão saíram correndo primeiro e conseguiram chegar à escola em tempo, mas sem nenhum segundo a perder. Os meninos, que precisaram deslizar rapidamente das copas das árvores, estavam atrasados; e Anne, que não estava mascando goma, mas vagando alegremente no extremo mais distante do bosque, mergulhada até a cintura entre as samambaias e cantarolando suavemente para si mesma, com uma coroa de lírios na cabeça como se fosse algum tipo de divindade silvestre dos lugares sombrios, foi a última de todos. Anne podia correr como uma gazela, de modo que ultrapassou os meninos na porta e foi jogada para dentro da sala de aula entre eles, exatamente no instante que Mr. Phillips pendurava o chapéu.

O ímpeto disciplinador de Mr. Phillips já havia desvanecido, e ele não queria se incomodar em punir uma dúzia de alunos. Porém, apesar disso, era imprescindível manter sua palavra. Então buscou um bode expiatório e encontrou-o em Anne, que tinha desabado sem fôlego no assento, com um lírio da coroa esquecido, pendendo inclinado de uma das orelhas e dando-lhe o particular aspecto de dissolução e desalinho.

— Anne Shirley, considerando que você parece gostar tanto da companhia dos meninos, eu irei condescender com sua vontade na tarde de hoje! – ele disse, sarcasticamente – Tire essas flores do cabelo e sente-se com Gilbert Blythe.

Os outros meninos começaram a rir. Diana, pálida de piedade, retirou a flor do cabelo de Anne, dando-lhe um aperto de mão consolador. Anne encarou o professor como se estivesse petrificada.

— Você ouviu o que eu disse, Anne? – Mr. Phillips perguntou severamente.

— Sim, senhor – respondeu Anne, vagarosamente –, mas não acreditava que o senhor falava sério.

— Asseguro-lhe que sim – ele ainda usava a inflexão sarcástica que todas as crianças odiavam, especialmente Anne. Isso a tirava do sério – obedeça-me de uma vez!

Por um momento, Anne pareceu querer desobedecer. Então, compreendendo que não haveria escapatória, levantou-se com arrogância, cruzou o corredor, sentou-se ao lado de Gilbert Blythe e enterrou a face nos braços cruzados sobre a mesa. Ruby Gillis, que pôde observá-la enquanto se deslocava, comentou com os outros, quando caminhavam para suas casas, "que ela nunca havia visto nada como aquilo – Anne estava branca com terríveis manchinhas vermelhas."

Para Anne, isso foi o fim de tudo. Era suficientemente ruim ter sido escolhida para ser castigada entre uma dúzia de crianças igualmente culpadas; era pior ainda que a fizessem se sentar com um menino, mas o fato de esse menino ter que ser Gilbert Blythe era colocar insulto sobre insulto até um grau completamente insuportável. Anne sentiu como se não pudesse suportar e seria inútil tentar. Todo o seu ser fervia em vergonha, ira e humilhação.

A princípio os outros alunos olhavam, cochichavam, riam e se cutucavam. Mas visto que Anne não levantava a cabeça e Gilbert trabalhava nas frações como se toda a sua alma estivesse absorvida nisso e somente nisso, eles logo voltaram para suas próprias tarefas e Anne foi esquecida. Quando Mr. Phillips chamou pela classe de História, Anne deveria sair, mas não se moveu; e Mr. Phillips, que estivera escrevendo alguns versos "para Priscilla" antes de chamar pela classe, estava obstinado pensando sobre uma rima e não se deu conta. Uma hora em que ninguém estava olhando, Gilbert pegou de sua mesa uma balinha em formato de coração cor-de-rosa, com a seguinte inscrição em dourado: 'você é um doce'; e deslizou-a pela curva do braço de Anne. Imediatamente Anne ergueu a cabeça, pegou a bala delicadamente com a ponta de seus dedos, jogou-a no chão e pisou-a com o calcanhar até que virasse pó, e voltou à posição em que estava sem lançar nem mesmo um olhar para Gilbert.

Quando terminaram as aulas e todos saíram, Anne dirigiu-se ao seu assento, tirando com espalhafato tudo o que estava ali dentro, os livros e a tábua de escrever, a caneta e a tinta, a Bíblia e a Aritmética, e empilhou-os todos em cima de sua lousa quebrada.

— Por que está levando todas as suas coisas para casa, Anne? – Diana quis saber, tão logo elas estavam no caminho de volta. Ela não tinha ousado fazer esta pergunta antes.

— Não vou voltar mais para a escola – assegurou Anne. Diana ficou boquiaberta e a encarou para ver se ela realmente falava a verdade.

— Marilla deixará você ficar em casa? – perguntou.

— Ela terá que deixar. Eu *nunca mais* irei à escola com aquele homem novamente.

— Oh, Anne! – Diana parecia querer chorar – Acho que você está sendo má. O que eu farei? Mr. Phillips me fará sentar com aquela horrível Gertie Pye, sei que o fará, porque ela se senta sozinha agora. Por favor, volte Anne.

— Eu faria quase qualquer coisa nesse mundo por você, Diana – disse Anne, com tristeza –, deixaria que os meus membros fossem arrancados um a um, se lhe servisse de algum bem. Mas isso eu não posso fazer; então, por favor, não me peça que faça. Você aflige minha alma.

— Pense apenas em toda a diversão que você irá perder! – reclamou Diana – Vamos construir a casa mais adorável lá embaixo, ao lado do riacho; e vamos jogar bola na semana que vem e você nunca jogou bola, Anne. É tremendamente divertido. E vamos aprender uma nova canção que Jane Andrews está ensaiando agora; e Alice Andrews vai trazer um novo livro de romance na semana que vem e todas nós vamos ler em voz alta, capitulo por capítulo, ao lado do riacho. E você sabe que gosta tanto de ler em voz alta, Anne.

Mas nada disso a comoveu nem um pouco. Sua decisão estava tomada. Ela nunca voltaria à escola com Mr. Phillips novamente; e disse isso para Marilla quando chegou em casa.

— Bobagem – Marilla falou.

— Não é bobagem nenhuma! – retrucou Anne, olhando solenemente para

Marilla, com olhos reprovadores – Você não entende, Marilla? Eu fui insultada.

— Insultada! Que disparate! Você irá à escola amanhã como de costume.

— Oh, não – Anne balançou a cabeça, gentilmente —, não voltarei, Marilla. Vou aprender minhas lições em casa e serei uma boa menina, e vou segurar minha língua todo o tempo, se possível. Mas não voltarei à escola, isso eu asseguro.

Marilla viu na carinha de Anne algo como uma invencível teimosia. Compreendeu que teria problemas em superá-la; porém resolveu, sabiamente, não dizer nada mais naquele momento. "Vou consultar Rachel sobre o assunto, esta tarde" – ela pensou. "É inútil tentar discutir com Anne agora. Está muito sensível e tenho a sensação de que se torna extremamente teimosa quando se empenha nisso. Segundo o que posso deduzir pelo seu relato, Mr. Phillips tem levado as coisas muito longe. Mas de nada servirá dizer isso a ela. Falarei com Rachel. Ela mandou dez filhos para a escola e deve saber algo sobre isso. Por outro lado, a essa hora ela já deve saber de toda a história."

Marilla encontrou Mrs. Lynde tecendo suas colchas, tão diligentemente aplicada e alegre como sempre.

— Suponho que sabe o motivo de eu ter vindo – ela disse, um pouco envergonhada.

Mrs. Lynde concordou.

— Sobre o escândalo de Anne na escola, acredito – respondeu – Tillie Boulter estava a caminho de casa e me contou.

— Eu não sei o que fazer com Anne. Ela afirma que não voltará à escola. Nunca vi a menina tão ferida. Desde que começou a ir às aulas eu estava esperando confusão. Sabia que as coisas estavam indo bem demais para ser verdade. Anne é tão sensível. O que me aconselha a fazer, Rachel?

— Bem, já que você está pedindo meu conselho, Marilla – disse Mrs. Lynde, com amabilidade, pois adorava que lhe pedissem conselhos —, eu lhe seria condescendente a princípio, isto é o que eu faria. Acredito que Mr. Phillips tenha se excedido um pouco. Claro, não devemos dizer isso às crianças, você sabe. É claro que ele foi correto em puni-la ontem, por ter dado vazão a seu temperamento. Mas hoje foi diferente. Os outros que também estavam atrasados deveriam ter sido punidos da mesma maneira, isto é que é. E eu não creio que fazer com que as meninas se sentem junto aos meninos seja uma boa punição. Não é de bom tom. Tillie Boulter estava realmente indignada. Ela tomou as dores de Anne e disse que os alunos também o fizeram. Anne parece ser muito popular entre eles. Nunca imaginei que se sairia tão bem com seus companheiros.

— Então você acha melhor que ela fique em casa? – perguntou Marilla, impressionada.

— Sim. Não mencionaria a palavra escola novamente até que ela mesma o faça. Acredite, Marilla, em uma semana ela irá se acalmar e estará pronta para regressar pela própria vontade, isto é que é; enquanto se você a fizer voltar agora, à força, sabe Deus que esquisitice ou chilique ela iria inventar, e faria mais confusão do que nunca. Quanto menos importância você der ao assunto, tanto melhor, em minha opinião. No pé em que andam as *coisas*, ela não perderá muito deixando de ir à escola. Mr. Phillips não é bom como professor, de jeito nenhum. Mantém a ordem de maneira escandalosa, isso é que é, negligencia os alunos pequenos e põe todo o seu empenho naqueles maiores, que tem preparado para o Exame da Queen's Academy. Ele nunca teria conseguido esta vaga de professor por mais um ano se o tio dele não fosse um dos integrantes do conselho diretor – aliás, *o integrante*, pois ele leva os outros dois pelo nariz, isto é que é. Confesso que não sei que rumo tomará a educação nesta ilha.

Mrs. Lynde assentiu com a cabeça, como dizendo que se somente ela fosse a responsável pelo sistema de educação da Providência, as coisas seriam muito melhor administradas.

Marilla aceitou o conselho de Mrs. Lynde e nenhuma outra palavra foi dita a Anne sobre voltar à escola. Ela estudava em casa, realizava suas tarefas e brincava com Diana nos frios crepúsculos purpúreos do outono; mas quando cruzava com Gilbert Blythe na estrada ou o encontrava na Escola Dominical, passava por ele com um gelado desprezo, sem deixar que nenhuma partícula descongelasse pelos óbvios intentos do rapaz de apaziguá-la. Nem mesmo os esforços de Diana como pacificadora surtiam efeito. Anne tinha evidentemente decidido odiar Gilbert Blythe até o fim de sua vida.

Tanto como odiava Gilbert, entretanto, ela adorava Diana, com todo o amor de seu coraçãozinho passional, igualmente intenso em suas ternuras como em seus ódios. Em um entardecer, ao voltar do pomar de maçãs, Marilla a encontrou chorando amargamente, sentada sozinha na janela do lado leste, à luz do crepúsculo.

— O que aconteceu agora, Anne? – perguntou.

— Trata-se de Diana – Anne chorava com toda vontade –, eu a adoro tanto, Marilla. Não posso nem viver sem ela. Mas sei muito bem que, quando crescermos, Diana se casará e irá embora, e me deixará. E oh, o que vou fazer? Odeio o marido dela – odeio-o furiosamente. Tenho estado imaginando tudo – a cerimônia e tudo mais –, Diana trajando um lindíssimo vestido branco como a neve, com um véu, e parecendo linda e régia como uma rainha; e eu como sua dama de honra, com um vestido adorável também, e mangas bufantes, mas com o coração partido escondido atrás de uma expressão sorridente. E então, logo irei me despedir dela, dizendo adeus-s-s-s – aqui neste ponto, Anne rompeu em lágrimas e chorou com crescente amargura.

Marilla virou-se rapidamente para esconder o rosto contorcido; mas foi inútil. Desabou na cadeira mais próxima e caiu em uma gargalhada tão vigorosa, ressoante e incomum que Matthew, cruzando o quintal lá fora, deteve-se surpreso. Quando ele tinha ouvido Marilla rir daquele jeito antes?

— Bem, Anne Shirley – disse Marilla, assim que conseguiu falar –, se você gosta de problemas, pelo amor de Deus, trate de que seja algo mais conveniente. Não se pode negar que você tem imaginação, com toda a certeza.

Capítulo XVI

O Chá com Trágicas Consequências

Outubro era um bonito mês em Green Gables, quando as bétulas no vale tornavam-se douradas como a luz do sol, os bordos atrás do pomar estavam da cor de um nobre carmesim e as cerejeiras silvestres ao longo da alameda se cobriam dos mais adoráveis tons de vermelho escuro e verde queimado, enquanto os campos banhados pelo sol estavam prontos para a colheita.

Anne comemorava neste mundo de cores à sua volta.

— Oh Marilla – exclamou num sábado de manhã, dançando com os braços cheios de preciosos ramalhetes – estou tão feliz em viver num mundo onde existem outubros. Seria terrível se somente pulássemos de setembro para novembro, não seria? Olhe esses ramos de bordo. Não fazem você se arrepiar – ter vários arrepios? Vou decorar meu quarto com eles.

— É uma bagunça! – disse Marilla, cujo sentido estético não fora notavelmente desenvolvido – Você enche demais o seu quarto com coisas do campo, Anne. Quartos foram feitos para dormir.

— Oh, e para sonhar também, Marilla. E você sabe que uma pessoa pode sonhar muito melhor em um quarto onde existem coisas bonitas. Vou pôr esses ramos no antigo vaso azul e colocar em cima da minha mesa.

— Tenha o cuidado de não deixar cair folhas por toda a escada. Vou a um encontro da Sociedade Assistencial em Carmody esta tarde, Anne, e não é provável que eu chegue até a noite. Você terá de servir o jantar para Matthew e Jerry, então cuide para não se esquecer de colocar a água do chá para ferver até sentar-se à mesa, como fez da última vez.

— Foi terrível de minha parte esquecer – disse Anne, se desculpando – mas aquela foi a tarde em que eu estava tentando inventar um nome para o Vale das Violetas e muitas outras coisas. Matthew foi tão bondoso. Ele nunca ralhou comigo. Ele mesmo pôs a água para ferver e disse que poderíamos esperar um pouco. E eu contei a ele um adorável conto de fadas enquanto esperávamos, e assim o tempo não pareceu longo. Foi uma linda história de fadas, Marilla. Eu me esqueci do final, então eu mesma inventei um, e Matthew disse que não tinha como notar.

— Matthew é bem capaz de achar que está tudo bem, Anne, se você levantar à meia-noite para servir o almoço. Mas desta vez mantenha a cabeça no que está fazendo. E – não sei realmente se estou fazendo certo, pois isto pode fazer com que você se torne mais descuidada do que de costume – mas pode chamar Diana para vir passar a tarde com você e tomar o chá aqui.

— Oh, Marilla! – Anne bateu palmas — Que maravilha! Depois de tudo, creio que você é capaz de imaginar coisas, ou nunca teria adivinhado como eu ansiava exatamente por isso. Será ótimo, e vai parecer tão adulto. Não há temor algum que eu vá esquecer de pôr o chá para esquentar quando tiver companhia. Oh, Marilla, posso usar o jogo de chá dos botões de rosa?

— Claro que não! O jogo de chá dos botões de rosa! Bem, e o que mais? Sabe que nunca uso aquele jogo, a não ser para o ministro ou para as senhoras da Sociedade Assistencial. Você vai servir no antigo jogo de chá marrom. Mas poderá abrir o pequeno frasco amarelo de compota de cereja. Está na hora de ser consumido – creio que já esteja bom. E pode cortar o bolo de frutas e servir bolinhos e biscoitos.

— Posso me imaginar sentada na ponta da mesa e servindo o chá – disse Anne, estática, fechando os olhos – e perguntando a Diana se aceita açúcar! Sei que ela não gosta, mas claro que vou lhe perguntar, como se eu não soubesse. E logo lhe rogarei que coma outro pedaço de bolo de frutas e outra porção de compota. Oh, Marilla, é uma sensação maravilhosa somente pensar no assunto. Posso levá-la ao quarto de hóspedes para que guarde seu chapéu quando ela chegar? E depois levá-la à sala de visitas?

— Não. A saleta servirá para você e sua amiga. Mas há uma garrafa pela metade de licor de framboesa que sobrou do encontro social da igreja, na outra noite. Está na segunda prateleira do armário da saleta. E uns biscoitos para comer durante a tarde, pois ouso dizer que Matthew vai chegar atrasado para a hora do chá, visto que está transportando as batatas.

Anne voou pelo vale, passando pela Bolha da Dríade e subindo o caminho dos pinheiros até Orchard Slope, a fim de chamar Diana para o chá. Como resultado, pouco depois que Marilla partiu para Carmody, Diana chegou, vestida com seu segundo melhor vestido e com o aspecto típico de quem foi convidada para o chá. Em outros tempos, ela teria corrido até a porta da cozinha sem bater, mas dessa vez bateu à porta da frente com cerimônia. E quando Anne, também usando seu segundo melhor vestido, abriu a porta de maneira igualmente cerimoniosa, as duas meninas apertaram as mãos como se nunca tivessem se visto. Esta solenidade pouco natural durou até que Diana foi levada para o quartinho do sótão para guardar seu chapéu e sentou-se por dez minutos na saleta, em posição ereta.

— Como está a sua mãe? – inquiriu Anne polidamente, como se não tivesse visto Mrs. Barry colhendo maçãs esta manhã, em boa saúde e humor.

— Ela está muito bem, obrigada. Suponho que Mr. Cuthbert esteja embarcando as batatas para Lily Sands esta tarde, não é? – disse Diana, que havia ido à casa de Mr. Harmon Andrews aquela manhã na carroça de Matthew.

— Sim. Nossa colheita de batatas está muito boa este ano. Espero que a colheita de seu pai esteja boa também.

— Sim, está muito boa, obrigada. Já colheram muitas maçãs?

— Oh, mais do que nunca! – disse Anne, esquecendo-se dos bons modos e pulando rapidamente – Vamos ao pomar colher algumas Delícias Vermelhas, Diana. Marilla disse que podemos colher tudo que foi deixado nas árvores. Ela é tão generosa. Disse que podemos comer bolo de frutas e compotas na hora do chá. Não é de bom tom dizer a uma visita o que vai servir no chá, então não vou contar o que ela permitiu que nós bebêssemos. Direi apenas que começa com L e F e possui uma cor vermelha brilhante. Eu amo bebidas de cor vermelha brilhante, você não? Elas são duas vezes mais saborosas do que as bebidas de qualquer outra cor.

O pomar, com grandes galhos carregados de frutas, comprovou ser tão delicioso que as meninas passaram ali a maior parte da tarde, sentadas em um canto do gramado que fora poupado pela geada e onde vagava a suave luz amornada do sol outonal, comendo maçãs e falando o tempo todo. Diana tinha muito a contar para Anne sobre o que estava acontecendo na escola. Ela teve que se sentar com Gertie Pye e odiou isso; Gertie rangia seu lápis o tempo inteiro e isso fazia o sangue de Diana gelar. Ruby Gillis havia feito uma simpatia para tirar todas as suas verrugas, em verdade, com uma pedra mágica que lhe fora dada pela velha Mary Joe, de Creek. Ela teve que esfregar a verruga com a pedra e então jogá-la sobre o ombro esquerdo em uma lua nova, e as verrugas desapareceram. O nome de Charlie Sloane foi escrito junto ao de Emma White na parede do pórtico e a menina tinha ficado *terrivelmente furiosa* com isso. Sam Boulter tinha sido insolente com Mr. Phillips em aula e o professor o havia açoitado, então o pai de Sam veio até a escola e desafiou Mr. Phillips a tocar a mão em um de seus filhos outra vez. Mattie Andrews tinha uma nova capa vermelha e um casaco azul com borlas, e ela ficou com um ar tão convencido por causa disso que se tornou absolutamente repugnante. Lizzie Wright não estava falando com Mamie Wilson porque a irmã mais velha de Mamie havia feito a irmã mais velha de Lizzie brigar com o namorado; e todos sentiam falta de Anne, e desejavam que ela voltasse logo à classe; e Gilbert Blythe –

Mas Anne não queria ouvir nada sobre Gilbert Blythe. Ela saltou rapidamente e disse que seria melhor irem para dentro para beberem o licor de framboesa.

Anne procurou na segunda prateleira do armário da saleta, mas não havia ali nenhuma garrafa de licor de framboesa. Em uma busca mais detalhada, encontrou-a na prateleira superior. Anne pôs a garrafa em uma bandeja e deixou-a sobre a mesa com um copo de vidro.

— Por favor, sirva-se, Diana – disse, com polidez – Creio que não vou provar agora. Não sinto qualquer vontade de beber depois de ter comido todas aquelas maçãs.

Diana serviu um copo, olhou admirada para o vivo matiz de vermelho, e então sorveu delicadamente.

— É um licor deliciosíssimo, Anne! Não sabia que licores eram tão saborosos – elogiou.

— Estou realmente contente que você tenha gostado. Beba o quanto quiser. Vou até a cozinha para acender o fogo. São tantas as responsabilidades de uma pessoa quando se está tomando conta da casa, não é mesmo?

Quando Anne voltou da cozinha, Diana estava bebendo seu segundo copo cheio de licor; e ante a insistência da amiga, não ofereceu nenhuma objeção particular em beber o terceiro. Os copos eram generosos e o licor de framboesa era certamente muito bom.

— O melhor que já provei – disse Diana –, muito melhor do que o de Mrs. Lynde, apesar de ela sempre fazer tanto alarde sobre o seu próprio. O gosto não parece nem um pouco com o dela.

— Asseguro-lhe que o licor preparado por Marilla deve mesmo ser melhor que o de Mrs. Lynde – afirmou Anne lealmente – Marilla é uma famosa cozinheira. Ela está tentando me ensinar a cozinhar, mas posso dizer, Diana, que é um trabalho árduo. Não há escopo para imaginação na culinária. Você somente tem que seguir as regras. Na última vez que fiz um bolo, esqueci-me de acrescentar a farinha. Estava pensando em uma história adorável sobre você e eu, Diana. Imaginei que você estava desesperadamente enferma com catapora e todos a abandonaram, mas eu fui bravamente para o lado de sua cama e cuidei de você até que voltou à vida; então, eu peguei catapora e morri. Fui enterrada debaixo daqueles álamos no cemitério, e você plantou uma roseira ao lado da minha tumba e a regava com suas lágrimas. Você nunca, nunca esqueceu a amiga de sua juventude que sacrificou a vida por você. Oh, foi uma história tão emocionante, Diana. As lágrimas simplesmente rolavam pelas minhas bochechas enquanto eu misturava os ingredientes do bolo. Mas esqueci da farinha e o bolo foi um terrível fracasso. Você sabe, farinha é essencial para bolos. Marilla ficou muito irritada e eu não a culpo. Sou uma dor de cabeça para ela. Ela ficou extremamente mortificada sobre a calda do pudim, na semana passada. Nós comemos pudim de ameixa no jantar de terça-feira, e havia sobrado metade do pudim e um pouco de calda. Marilla disse que havia o suficiente para outra refeição, e pediu-me que o cobrisse e guardasse na estante da despensa. Eu tinha toda a intenção de fazê-lo, Diana, mas quando estava levando, imaginei que era uma freira – claro que sou Protestante, mas fingi que era Católica – que havia tomado o hábito para enterrar na clausura um coração destroçado; e, com tudo isso, esqueci totalmente de cobrir a calda do pudim. Lembrei-me disso na manhã seguinte, e corri para a despensa. Diana, imagine se puder, meu terrível horror quando encontrei um rato morto dentro da calda! Retirei o ratinho com uma colher e joguei-o no jardim, e logo lavei a colher três vezes. Marilla estava ordenhando as vacas, e pensei em perguntar-lhe quando voltasse se eu poderia jogar a calda aos porcos; mas quando ela voltou, eu estava imaginando que era uma fada da geada que ia pelos bosques trocando as cores das árvores por vermelho e amarelo, qualquer cor que elas desejassem ser, então nunca mais pensei sobre a calda e Marilla mandou-me colher maçãs. Bem, Mr. e Mrs. Chester Ross, de Spencervale, vieram aqui naquela manhã. Você sabe que eles são pessoas muito elegantes, especialmente Mrs. Chester Ross. Quando Marilla me chamou, o almoço estava pronto e todos sentados à mesa. Tratei de ser o mais cortês e respeitável possível, pois queria que Mrs. Chester Ross pensasse que eu era uma menina graciosa, mesmo não sendo bonita. Tudo correu muito bem até que vi Marilla trazendo o pudim de ameixa em uma mão e a calda *aquecida* na outra. Diana, aquele foi um momento infernal. Lembrei-me de tudo, fiquei de pé e gritei 'Marilla, você não pode usar esta calda. Havia um rato afogado aí. Esqueci-me de dizer a você antes!' Oh, Diana, nem que eu viva cem anos eu irei esquecer-me daquele momento horrível. Mrs. Chester Ross somente me *olhou* e eu desejei que o chão me tragasse, de tão mortificada que fiquei. Uma dona de casa tão perfeita como ela, imagina o que deve ter pensado de nós. Marilla tornou-se vermelha como fogo, mas não disse uma palavra – naquele momento. Ela somente levou o pudim e a calda e trouxe compota de morango. Inclusive me ofereceu uma porção, mas eu não pude engolir nenhum pedaço. Era como se tivesse brasas em minha cabeça. Depois que Mrs. Chester Ross foi embora, Marilla me deu uma bronca terrível. Ora, Diana, o que há de errado?

Diana havia se colocado em pé com muita dificuldade; então se sentou novamente, pondo as mãos na cabeça.

— Estou – estou muito mal – disse, com a voz um pouco abafada — eu – eu – preciso ir para casa.

— Você não deve nem sonhar em ir para casa sem tomar seu chá! – exclamou Anne, angustiada — Vou buscá-lo. Servirei o chá neste minuto.

— Preciso ir para casa – disse Diana, abobalhada, mas determinada.

— Coma alguma coisa, pelo menos – implorou Anne — deixe-me servir a você um pedaço de bolo de frutas e uma porção de compota. Deite-se no sofá por um instante, que você vai ficar bem. Aonde dói?

— Preciso ir para casa – repetiu Diana, e era a única coisa que dizia. Anne implorava em vão.

— Nunca vi uma visita que fosse embora sem tomar o chá! – queixou-se – Oh Diana, crê que seja possível que esteja mesmo com catapora? Se estiver, eu irei e cuidarei de você, pode confiar nisso. Nunca vou lhe abandonar. Mas realmente quero que tome seu chá. O que está sentindo?

— Sinto-me tonta – respondeu Diana.

E em verdade, seu modo de andar demonstrava que estava mesmo tonta. Anne, com lágrimas de desapontamento nos olhos, buscou o chapéu de Diana e acompanhou-a até perto da cerca do jardim dos Barry. Então ela voltou soluçando por todo o caminho até Green Gables, onde guardou tristemente o restante do licor de framboesa de volta na despensa, e preparou o chá para Matthew e Jerry, desempenhando sua tarefa sem nenhum entusiasmo.

O próximo dia foi domingo, e como a chuva caiu torrencialmente desde o amanhecer até o anoitecer, Anne não se afastou de Green Gables. Na segunda-feira à tarde, Marilla a enviou até a casa de Mrs. Lynde com uma incumbência. Em um curto espaço de tempo, Anne voltou voando pela alameda com lágrimas rolando pelas bochechas. Entrou na cozinha e jogou-se de bruços no sofá, em agonia.

— O que aconteceu de errado agora, Anne? – inquiriu Marilla, em dúvida e consternação – Espero que não tenha se portado mal com Mrs. Lynde outra vez.

Nenhuma resposta de Anne, salvo mais lágrimas e soluços!

— Anne Shirley, quando eu faço uma pergunta quero que seja respondida. Sente-se direito neste minuto e diga por que está chorando.

Anne sentou-se, a tragédia personificada.

— Mrs. Lynde foi ver Mrs. Barry hoje e ela estava com um humor terrível! – lamentou – Ela disse que eu fiz Diana se *embriagar* no sábado e que a deixei ir para casa em uma condição vergonhosa. E disse que eu devo ser uma menina completamente malvada e cruel, e que ela nunca mais permitirá que Diana brinque comigo novamente. Oh Marilla, estou tomada pela amargura.

Marilla a contemplava, assombrada.

— Embriagar Diana! – exclamou, assim que recobrou a voz – Ou você ou Mrs. Barry estão loucas! O que diabos você deu a ela?

— Nada mais que licor de framboesa! – soluçou Anne – Nunca imaginei que licor pudesse embriagar uma pessoa, Marilla, nem mesmo se ela bebesse três copos cheios como Diana fez. Oh, isto me lembra tanto – tanto o marido de Mrs. Thomas! Mas eu nunca quis embriagá-la.

— Embriagada, mas que disparate! – disse Marilla, marchando à despensa da saleta.

Ali no armário havia uma garrafa que ela reconheceu como sendo uma que continha um pouco de seu vinho de groselha feito em casa, três anos atrás, e pelo qual era celebrada em Avonlea, ainda que alguns habitantes muito rigorosos, dentre eles Mrs. Barry, desaprovassem completamente essa prática. E ao mesmo tempo, lembrou-se de que tinha guardado a garrafa de licor de framboesa na adega – ao invés do armário, como havia dito a Anne.

Marilla voltou da cozinha com a garrafa de vinho na mão. Em sua fisionomia havia uma careta que ela não podia reprimir.

— Anne, você certamente é um gênio para se meter em confusões. Você serviu para Diana vinho de groselha, ao invés de licor de framboesa. Não sabe qual a diferença entre eles?

— Nunca o provei – disse Anne — pensei que fosse licor. Eu desejava ser hospitaleira. Diana ficou muito mal e teve que ir para casa. Mrs. Barry disse a Mrs. Lynde que ela estava totalmente embriagada. Ela ficou rindo com cara de boba quando sua mãe a questionou sobre o que tinha acontecido, e depois dormiu por horas e horas. Mrs. Barry sentiu seu hálito e soube que estava bêbada. Ela teve uma dor de cabeça assustadora ontem. Mrs. Barry está tão indignada. Ela nunca acreditará em outra coisa, exceto que fiz isso de propósito.

— Penso que ela teria feito melhor em castigar Diana por ser tão gulosa e beber três copos cheios de qualquer coisa que fosse! – disse Marilla, concisa — Ora, três daqueles copos grandes teriam feito com que ela se sentisse mal ainda que fosse somente licor. Bem, essa história será um prato cheio para aquelas pessoas que são contrárias ao meu hábito de fazer vinho de groselha, apesar de que eu não esteja mais fazendo há três anos, desde que descobri que o ministro não aprovava. Mantenho aquela garrafa somente para enfermidades. Calma, calma, menina, não chore. Sei que não tem culpa alguma, ainda que sinta muito pelo ocorrido.

— Devo chorar, sim – disse Anne – meu coração está partido. As estrelas em seu curso lutam contra mim, Marilla. Diana e eu estamos separadas para sempre. Oh, Marilla, eu não sonhava que isso poderia acontecer quando fizemos nossos votos de amizade.

— Não seja boba, Anne. Mrs. Barry pensará melhor e entenderá que você não pode ser culpada por isso. Creio que ela pense que você fez isso como uma pilhéria boba, ou alguma coisa desse tipo. Melhor seria que você fosse até lá e contasse como essa história aconteceu.

— Minha coragem falha quando penso em enfrentar a injuriada mãe de Diana – suspirou Anne —, queria que você fosse, Marilla. Você é tão mais digna do que eu. É provável que ela escute a você mais rapidamente.

— Bem, eu irei – disse Marilla, refletindo que este seria provavelmente o caminho mais sábio –, não chore mais, Anne. Tudo ficará bem.

Quando voltou de Orchard Slope, Marilla tinha mudado de opinião sobre tudo ficar bem. Anne a viu regressando e correu para a porta para encontrá-la.

— Oh Marilla, pela sua expressão eu sei que foi inútil – concluiu, tristemente – Mrs. Barry não vai me perdoar?

— Mrs. Barry, de fato! – respondeu Marilla, com rispidez – De todas as pessoas irracionais que conheço, ela é a pior! Eu disse que tudo havia sido um engano e que você não tinha culpa, mas ela simplesmente se negou a acreditar. Esfregou-me na cara sobre meu vinho e como eu sempre disse que não causava efeito em ninguém. E eu lhe disse claramente que não se pode beber três copos cheios de vinho de groselha de uma vez, e que se eu tivesse uma criança que fosse tão gulosa, iria curar sua bebedeira com uma bela surra!

Marilla entrou depressa na cozinha, gravemente preocupada, deixando atrás de si, no alpendre, uma pequena alma muito triste. Na mesma hora, Anne saiu com a cabeça descoberta na fria noite outonal; muito determinada e sem parar, ela tomou seu caminho através do campo de trevos, cruzando logo em seguida a ponte de troncos e atravessando o bosque de pinheiros, iluminada pela pálida lua pendente acima do bosque ocidental. Mrs. Barry, vindo até a porta em resposta a uma tímida batida, encontrou a suplicante menina de lábios pálidos e olhos ansiosos no degrau da porta.

Suas feições se endureceram. Mrs. Barry era uma mulher de fortes preconceitos e desgostos, e sua ira era do tipo fria e brusca, a qual é sempre a mais difícil de vencer. Para lhe fazer justiça, ela realmente acreditava que Anne tinha embriagado Diana por pura e propensa maldade, e estava honestamente ansiosa para preservar sua filhinha da contaminação que significava uma maior intimidade com tal tipo de criança.

— O que você quer? – ela perguntou, com dureza.

Anne juntou as mãos.

— Oh, Mrs. Barry, por favor, me perdoe. Eu nunca quis intoxicar Diana. Como eu poderia? Apenas imagine se a senhora fosse uma pobre menininha órfã e que pessoas decentes a tivessem adotado, e tivesse somente uma amiga do peito no mundo inteiro. Acha mesmo que eu iria intoxicá-la de propósito? Eu pensei que fosse licor de framboesa. Estava firmemente convencida de que era licor. Oh, por favor, não diga que Diana está proibida de brincar comigo de novo. Se proibir, a senhora irá cobrir minha vida com uma negra nuvem de pesar.

Este discurso, que teria suavizado o coração bondoso de Mrs. Lynde em um piscar de olhos, não teve efeito em Mrs. Barry, exceto para irritá-la ainda mais. Suspeitava das palavras grandes e dos gestos dramáticos de Anne, e imaginava que a menina estava se divertindo com a sua cara. Isso ela disse, fria e cruelmente:

— Não acredito que você seja companhia adequada para Diana. Será melhor que volte para casa e se comporte bem.

Os lábios de Anne tremeram.

— A senhora não me deixará ver Diana uma última vez, para nos despedirmos? – implorou.

— Diana está em Carmody com o pai – disse Mrs. Barry, entrando e fechando a porta.

Anne voltou para Green Gables, calma em meio ao desespero.

— Minha última esperança se foi – contou a Marilla – fui até lá e falei com Mrs. Barry por mim mesma e ela me tratou de forma insultante. Marilla, não me parece que ela seja uma dama educada. Não há mais nada a fazer exceto orar e, mesmo assim, não tenho muita esperança que isso traga algum bem, Marilla, pois não acredito que o próprio Deus possa fazer alguma coisa com uma mulher tão obstinada como Mrs. Barry.

— Anne, não deve dizer tais coisas – censurou Marilla, tratando de vencer aquela ímpia vontade de rir que, para seu próprio escândalo, apoderava-se dela ultimamente. E por certo, esta noite, ao contar toda a história a Matthew, ela realmente riu das tribulações de Anne.

Mas quando deslizou para o quartinho do lado leste, antes de ir se deitar, e viu que Anne havia adormecido rendida pelo choro, uma ternura pouco usual se formou em seu semblante.

— Pobre alma – murmurou, erguendo um cacho de cabelo do rosto manchado de lágrimas da criança. Então se inclinou e beijou a bochechinha corada que descansava no travesseiro.

Capítulo XVII

Um Novo Interesse

Na tarde do dia seguinte, Anne, que estava sentada sobre seu *patchwork* ao lado da janela da cozinha, de repente olhou para fora e viu Diana acenando de maneira misteriosa lá da Bolha da Dríade. Em um instante, Anne já estava fora de casa, voando pelo vale, com o assombro e a esperança lutando entre si nos olhos expressivos. Mas a esperança se apagou quando viu o rosto aflito de Diana.

— Sua mãe cedeu? – murmurou.

Diana sacudiu a cabeça tristemente.

— Não, e oh, Anne, ela disse que eu nunca mais vou brincar com você novamente. Eu chorei e chorei, e falei que não foi culpa sua, mas tudo foi inútil. Roguei-lhe que me deixasse vir aqui para me despedir de você. Ela disse que eu poderia ficar somente por dez minutos, contados no relógio.

— Dez minutos não é tempo suficiente para dizer um adeus eterno – disse Anne, chorosa – Oh Diana, você promete lealmente nunca me esquecer, a amiga de sua infância, não importando quantas amigas queridas possa vir a ter?

— Sim, certamente que sim – soluçou Diana – e nunca terei outra amiga do peito; eu não quero ter. Não poderia amar outra amiga como amo você.

— Oh, Diana – gritou Anne, juntando as mãos – você me *ama*?

— Ora, é claro que amo. Você não sabia?

— Não – Anne suspirou longamente – sabia que você *gostava* de mim, é claro, mas nunca imaginei que me *amava*. Ora, Diana, eu não achava possível que alguém me amasse. Nunca ninguém me amou desde que eu me entendo por gente. Oh, isto é maravilhoso! É um raio de luz que sempre iluminará o escuro caminho que me separa de você, Diana. Oh, diga de novo.

— Eu a amo devotamente, Anne – repetiu Diana, firmemente – e sempre amarei, pode estar segura disso.

— E eu sempre amarei você, Diana! – Anne estendeu a mão solenemente – Nos anos vindouros, sua memória brilhará como uma estrela sobre minha existência solitária, assim como diz aquela última história que lemos juntas. Diana, dar-me-ia um cacho negro do vosso cabelo, para que seja meu tesouro para todo o sempre?

— Você tem algo aí para cortá-lo? – questionou Diana, retornando às praticidades e secando as lágrimas que haviam feito brotar as afetuosas palavras de Anne.

— Sim, afortunadamente tenho minha tesoura de costura no bolso – disse Anne. Ela solenemente cortou um dos cachos de Diana – Desejo que seja feliz, minha amiga amada. Daqui em diante seremos como estranhas, vivendo lado a lado. Mas o meu coração sempre vos será fiel.

Anne se levantou e observou Diana até que ela estivesse fora de vista, acenando tristemente a cada vez que a amiga olhava para trás. Então voltou para casa, nem um pouco consolada naquele momento pela despedida sentimental.

— Está tudo acabado – informou Anne a Marilla – nunca mais terei outra amiga. Realmente estou pior do que jamais estive antes, pois não tenho nem Katie Maurice nem Violetta agora. E mesmo que tivesse, não seria a mesma coisa. Por alguma razão, amiguinhas imaginárias não satisfazem mais depois que se conhece uma amiga real. Diana e eu tivemos uma despedida tão afetuosa lá na nascente. Sempre guardarei esta memória sagrada. Usei a linguagem mais tocante que pude pensar e disse 'vos' e 'vossa'. Soa tão mais sentimental falar assim do que simplesmente 'você'. Diana me deu um cacho de cabelo que vou guardar em uma pequena bolsinha, a qual vou costurar e usar em volta do pescoço durante toda a vida. Por favor, assegure-se de que seja enterrado comigo, pois não creio que eu vá viver por muito tempo. Talvez quando me vir deitada, fria e morta diante dela, Mrs. Barry sinta remorso pelo que fez e permita que Diana venha ao funeral.

— Não creio que você corra o risco de morrer de tristeza enquanto puder falar, Anne – disse Marilla, insensível.

Na manhã seguinte, Anne surpreendeu Marilla ao descer do quarto com sua bolsa de livros pendurada no braço e os lábios apertados em atitude determinada.

— Vou voltar à escola – anunciou –, isso foi tudo o que restou em minha vida, agora que minha amiga foi impiedosamente afastada de mim. Na escola poderei olhar para ela e divagar sobre os dias passados.

— É melhor que você divague sobre suas lições e cálculos – disse Marilla, escondendo a satisfação pelo rumo que a história havia tomado – e, se está voltando à escola, espero não ouvir mais sobre lousas quebradas na cabeça de ninguém e tais tipos de comportamento. Porte-se bem e faça apenas o que o professor lhe pedir.

— Tentarei ser uma aluna modelo – assentiu Anne, tristemente – e não haverá muita diversão, eu presumo. Mr. Phillips disse que Minnie Andrews era uma aluna modelo, e não havia nenhuma fagulha de imaginação e vida nela. Ela é entediante e lerda, e nunca parece estar contente. Mas me sinto tão deprimida que talvez seja fácil agora. Hoje vou caminhar pela estrada principal. Não poderia suportar passar sozinha pela Rota das Bétulas. Eu verteria lágrimas amargas se fosse por lá.

Anne foi recebida de braços abertos na escola. Sentiram muita falta de sua brilhante imaginação nos jogos, sua voz na cantoria e sua dramática habilidade de interpretar a leitura dos livros em voz alta no horário de almoço. Ruby Gillis lhe entregou três ameixas pretas às escondidas, durante a leitura da Bíblia. Ella May MacPherson lhe deu um imenso amor-perfeito de papel amarelo, recortado de um catálogo floral – uma espécie de decoração de mesa muito estimada na escola de Avonlea. Sophia Sloane se ofereceu para lhe ensinar um novo ponto de costura perfeitamente elegante, ideal para decorar aventais. Katie Boulter lhe deu uma garrafa de perfume para encher de água e limpar a lousa, e Julia Bell copiou cuidadosamente em um pedaço de papel rosa pálido de bordas enfeitadas a seguinte inscrição:

> *"Quando o crepúsculo deixar cair sua cortina*
> *E fixá-la com uma estrela*
> *Lembre-se de que tem uma amiga*
> *Por mais longe que ela esteja."*

— É tão bom ser estimada – suspirou Anne naquela noite, encantada, quando contava para Marilla.

As meninas não eram as únicas que a "estimavam". Quando Anne sentou-se em sua carteira depois do almoço – Mr. Phillips havia lhe dito para se sentar junto à aluna modelo, Minnie Adrews – encontrou em sua mesa uma grande e brilhante "maçã-morango". Anne a tomou, pronta para dar uma bela mordida, quando se lembrou de que o único lugar em Avonlea onde cresciam as maçãs-morango era no antigo pomar dos Blythe, no outro lado da Lagoa das Águas Brilhantes. Anne largou a maçã como se fosse uma brasa quente, e ostentosamente limpou os dedos no lenço. A maçã ficou em sua mesa, intocada, até a manhã seguinte, quando o pequeno Timothy Andrews, que varria a escola e acendia o fogo, agregou-a para si como uma gratificação. O lápis de lousa que Charlie Sloane lhe enviara depois do horário do almoço, lindamente adornado com papel listrado de vermelho e amarelo, que havia custado dois centavos – quando os mais comuns custavam um centavo somente –, encontrou melhor recepção. Anne ficou muito contente em aceitá-lo, e o apaixonado jovem doador foi recompensado com um sorriso que o exaltou diretamente ao sétimo céu de deleites, fazendo-o cometer tantos erros assustadores em seu ditado que Mr. Phillips o segurou na sala depois de finalizada a aula para que reescrevesse tudo outra vez.

Mas como,

De César o mais ostentoso ataque ao busto de Brutus

O amor de Roma por ele só fez aumentar,
assim a ausência absoluta de algum tributo de reconhecimento de Diana Barry, que estava sentada junto a Gertie Pye, amargou o pequeno triunfo de Anne.

— Acho que Diana poderia ter, ao menos, me dado um sorriso – reclamou para Marilla, naquela noite. Mas, na manhã seguinte, uma notinha extremamente amassada e dobrada dentro de um pacotinho foi timidamente repassada para Anne.

"Querida Anne (dizia a primeira),
Minha mãe disse que não posso brincar ou falar com você, nem mesmo na escola. Não me culpe e não fique chateada comigo, pois eu a amo tanto quanto antes. Sinto demasiadamente a falta de lhe contar todos os meus segredos, e não gosto nem um pouco de Gertie Pye. Fiz para você um novo marcador de páginas em papel de seda vermelho. Eles são muito elegantes e somente três meninas na escola sabem como fazê-lo. Quando olhar para ele lembre-se de
Sua amiga,
Diana Barry."

Anne leu a nota, beijou o marcador e despachou uma pronta resposta para o outro lado da sala.

"Minha querida Diana:
Claro que não estou chateada com você por obedecer a sua mãe. Nossos espíritos podem se comunicar. Guardarei seu adorável presente para sempre. Minnie Andrews é uma menina muito boa – apesar de não ter nenhuma imaginação – mas depois de ser amiga do peito de Diana, não posso ser de Minnie. Por favor, perdoe-me por meus erros, minha ortografia não está muito boa ainda, embora eu tenha 'melorado'.
Sua amiga até que a morte nos separe,
Anne (ou Cordelia) Shirley.
PS: Dormirei com sua carta debaixo do meu travesseiro hoje à noite. A. ou C.S."

De maneira pessimista, Marilla esperava por mais problemas desde que Anne voltara à escola. Mas nenhum apareceu. Talvez a menina tenha captado algo do espírito "modelo" de Minnie Andrews; de qualquer forma, desde então, ela começou a se dar muito bem com Mr. Phillips. Submergiu nos estudos de corpo e alma, determinada a não ser eclipsada em nenhuma matéria por Gilbert Blythe. A rivalidade entre eles logo se fez notar; de seu lado, Gilbert era só afabilidade, mas o mesmo não poderia ser dito de Anne, pois tinha uma condenável obstinação em conservar rancores. Era tão intensa em seus ódios como em seus amores. Nunca admitiria que considerava Gilbert um rival no trabalho da escola, porque isso seria o reconhecimento de sua existência, o que Anne persistentemente ignorava.

Anne de Green Gables

Mas a rivalidade estava presente e as honras flutuavam entre eles. Hoje Gilbert era o primeiro em Ortografia; no dia seguinte, com um balanço de suas longas tranças vermelhas, Anne o sobrepujava. Uma manhã, Gilbert tinha todos os seus cálculos feitos corretamente e seu nome escrito no rol de honra do quadro negro, na manhã seguinte Anne, tendo lutado barbaramente com os decimais durante toda a noite anterior, seria a primeira. Em um terrível dia eles empataram, e seus nomes foram escritos juntos no quadro negro. Isso foi quase tão ruim quanto ter escrito 'atenção a eles', e o martírio de Anne era tão evidente quanto a satisfação de Gilbert. Quando chegavam os exames escritos no final de cada mês, o suspense era infernal. No primeiro mês, Gilbert ficou na frente por três pontos. No segundo mês, Anne o derrotou por cinco. Mas seu triunfo foi frustrado pelo fato de Gilbert tê-la congratulado cordialmente diante de toda a escola. Teria sido tão mais doce se ele tivesse sentido o ferrão de sua derrota.

Mr. Phillips poderia não ser muito bom professor, mas uma aluna tão inflexivelmente determinada a aprender como Anne dificilmente teria escapado de fazer progressos com qualquer tipo de docente. Ao terminar o trimestre, Anne e Gilbert passaram ao quinto grau e lhes era permitido começar a estudar os elementos dos "ramos" – nome que se dava ao Latim, Geometria, Francês e Álgebra. Em Geometria, Anne encontrou sua batalha de Waterloo.

— É uma coisa perfeitamente ruim, Marilla — ela gemeu —, estou certa de que nunca serei capaz de compreender direito a matéria. Não existe nenhum escopo para imaginação. Mr. Phillips disse que sou a aluna mais relapsa que ele já viu nessa disciplina. E Gil – quero dizer, alguns dos outros são tão bons. É extremamente mortificante, Marilla. Mesmo Diana se sai melhor do que eu. Mas não me importo de ser vencida por ela. Mesmo que pareçamos como estranhas agora, eu ainda a amo com *inextinguível* amor. Às vezes fico muito triste ao pensar nela. Mas francamente, Marilla, uma pessoa não pode ficar triste por muito tempo em um mundo tão interessante, pode?

Capítulo XVIII

Anne Salva uma Vida

Todos os atos de grande magnitude estão atrelados a outros de menor importância. À primeira vista, não parecia possível que a decisão de um certo Primeiro Ministro Canadense de incluir a ilha de Prince Edward em uma turnê política pudesse ter muito ou apenas algo a ver com o destino da pequena Anne Shirley em Green Gables. Mas teve.

O Primeiro Ministro chegou no mês de janeiro para se dirigir aos seus leais partidários e a alguns não-partidários que resolveram assistir a assembleia que havia se reunido em Charlottetown. A maioria da população de Avonlea estava do lado do Primeiro Ministro na política; portanto, na noite da reunião, quase todos os homens e uma boa porção das mulheres tinham ido à cidade, a trinta milhas de distância. Mrs. Rachel Lynde havia ido também; sendo ela uma apaixonada por política, não acreditava que alguma reunião política poderia ocorrer sem sua presença, apesar de ser uma opositora. Então ela foi à cidade e levou consigo seu esposo – Thomas seria útil para cuidar do cavalo – e Marilla Cuthbert com ela. Marilla tinha um secreto interesse em política, e considerando que poderia ser sua única chance de ver um Primeiro Ministro ao vivo, ela foi, deixando Anne e Matthew tomando conta da casa até seu retorno no dia seguinte.

Portanto, enquanto Marilla e Mrs. Lynde estavam desfrutando na assembleia, Anne e Matthew tinham a alegre cozinha de Green Gables toda para eles. No antigo fogão Waterloo dançava um fogo alegre, e cristais de gelo branco-azulados brilhavam na vidraça. No sofá, Matthew meneava a cabeça diante da revista "*Defensor dos Fazendeiros*" e Anne estudava na mesa com rígida determinação, apesar das ansiosas olhadelas para a estante do relógio, onde estava o novo livro que Jane Andrews lhe havia emprestado naquele dia. Jane lhe assegurara que eram garantidos muitos arrepios, ou palavras com este sentido, e os dedos de Anne formigavam para tocá-lo. Mas isso significaria o triunfo de Gilbert Blythe pela manhã. Então Anne se virou de costas para o relógio e tentou imaginar que o livro não estava ali.

— Matthew, você alguma vez estudou Geometria quando foi à escola?

— Ora, não, não estudei – disse Matthew, saindo bruscamente do cochilo.

— Gostaria que tivesse estudado – suspirou Anne – porque então seria capaz de me entender. Não pode me entender inteiramente se nunca estudou. Esse assunto está nublando toda minha vida. Sou uma completa estúpida, Matthew!

— Bem, ora, não sei – disse Matthew, conciliador –, creio que você seja boa em tudo. Mr. Phillips me disse na semana passada, no armazém do Blair, em Carmody, que você é a menina mais inteligente da escola e que está fazendo rápidos progressos. 'Rápidos progressos' foi exatamente a expressão que ele usou. Há muitos que falam mal de Terry Phillips, e falam que ele não é muito bom professor, mas creio que ele seja muito bom.

Matthew pensava que qualquer um que elogiasse Anne era "muito bom".

— Estou certa de que me sairia melhor em Geometria se ele somente não mudasse as letras! – reclamou Anne – Aprendo os teoremas todos de memória, e então ele escreve no quadro-negro com letras diferentes das que estão nos livros e eu me confundo. Não creio que um professor deva utilizar métodos tão maus, não acha? Estamos estudando Agricultura agora, e finalmente descobri o que fez as estradas serem avermelhadas. É um grande conforto. Pergunto-me se Marilla e Mrs. Lynde estão se divertindo. Mrs. Lynde disse que o Canadá está indo para o brejo, a julgar pelo jeito que conduzem as coisas em Ottawa, e que isso é uma terrível advertência para os eleitores. Ela diz que se as mulheres pudessem votar veríamos rapidamente uma abençoada mudança. Em quem você vota, Matthew?

— Nos Conservadores – disse Matthew, prontamente. Votar no partido Conservador era parte da religião de Matthew.

— Então eu também sou Conservadora! – exclamou, decidida – Estou contente porque Gil – porque alguns dos meninos da escola são Liberais. Acredito que Mr. Phillips é Liberal também, pois o pai de Prissy Andrews é, e Ruby Gillis diz que quando um homem está cortejando deve sempre concordar com a mãe da moça na religião e com o pai na política. Isso é verdade, Matthew?

— Ora, eu não sei – disse ele.

— Você já cortejou alguém, Matthew?

— Bem, ora, não, não sei se já fiz isso – disse Matthew, que certamente nunca havia pensado em tal coisa em toda a sua vida.

Anne refletiu, com o queixo apoiado nas mãos.

— Deve ser algo interessante, não deve Matthew? Ruby Gillis diz que, quando crescer, ela terá muitos pretendentes, todos loucos por ela; mas eu penso que isso seria algo demasiadamente emocionante. Eu preferiria ter somente um, com bom juízo. Mas Ruby Gillis sabe bastante sobre este assunto porque tem muitas irmãs mais velhas, e Mrs. Lynde diz que as meninas Gillis são muito assanhadas. Mr. Phillips vai quase todas as noites para ver Prissy Andrews. Ele fala que é para ajudá-la com os estudos, mas Miranda Sloane está estudando para a Queen's Academy também, e me parece que ela precisaria de muito mais ajuda do que Prissy, pois é muito mais obtusa. Mas ele nunca passa para ajudá-la à noite. Há muitas coisas neste mundo que eu não consigo entender muito bem, Matthew.

— Ora, não sei nem se eu mesmo compreendo – reconheceu Matthew.

— Bem, suponho que devo terminar minha lição. Não me permitirei abrir aquele livro que Jane me emprestou até que termine tudo. Mas é uma terrível tentação, Matthew. Posso imaginar que o vejo mesmo quando dou as costas para ele. Jane contou que ela chorou muitíssimo. Amo livros que me fazem chorar. Mas acho que vou pegar aquele livro e trancá-lo no armário das geleias; e darei a chave para você. E você não deve me entregar, Matthew, até que eu tenha terminado minha lição, ainda que eu implore de joelhos. É muito bom dizer que se resiste a uma tentação, mas é muito mais fácil resistir quando não se tem a chave. E o que acha de eu ir até o porão e buscar algumas maçãs, Matthew? Não gostaria de algumas?

— Bem, não sei – disse Matthew, que nunca comia maçãs, mas sabia da fraqueza de Anne por elas.

No exato momento em que Anne emergiu triunfantemente do porão com seu prato cheio de maçãs, chegou até seus ouvidos o som de passos voando pelas tábuas congeladas do alpendre, no lado de fora; e, no momento seguinte, a porta da cozinha foi bruscamente aberta e Diana Barry entrou, sem fôlego e de rosto pálido, com a cabeça envolta em um cachecol, de modo desajeitado. Anne deixou cair a vela e o prato ante a surpresa, e o prato, a vela e as maçãs colidiram e caíram pela escada abaixo até o fundo da adega, e foram encontrados por Marilla no outro dia, incrustados em parafina derretida, e ela os juntou agradecendo a Deus pelo fato da casa não ter sido incendiada.

— Qual é o problema, Diana? – gritou Anne – Sua mãe cedeu, enfim?

— Oh, Anne, venha rápido! – implorou Diana, nervosa – Minnie May está terrivelmente doente; ela pegou difteria! Foi o que a jovem Mary Joe disse, e papai e mamãe estão fora da cidade e não há ninguém para buscar o médico. Minnie May está muito mal e a jovem Mary Joe não sabe o que fazer, e oh, Anne, estou com tanto medo!

Matthew, sem dizer uma palavra, pegou seu casaco e capa, passou rapidamente por Diana e se perdeu na escuridão do jardim.

— Matthew saiu para encilhar a égua alazã para ir a Carmody buscar o médico – disse Anne, enquanto buscava o casaco –, sei disso como se ele tivesse me dito. Matthew e eu somos almas gêmeas e posso ler seus pensamentos sem que ele precise falar.

— Não acredito que vá encontrar nenhum doutor em Carmody – soluçou Diana – sei que o Dr. Blair foi até a cidade, e creio que o Dr. Spencer tenha ido também. A jovem Mary Joe nunca cuidou de ninguém com difteria, e Mrs. Lynde está longe. Oh, Anne!

Anne de Green Gables

— Não chore, Di – replicou Anne, animada –, eu sei exatamente o que fazer para tratar a difteria. Você se esquece de que Mrs. Hammond teve gêmeos três vezes. Quando você tem que cuidar de três pares de gêmeos, ganha experiência naturalmente. Todos eles tiveram difteria. Deixe-me somente pegar o frasco do xarope de Ipecac[1] – pode ser que não tenha na sua casa. Vamos!

As duas meninas saíram de mãos dadas, cruzando rapidamente a Travessa dos Amantes através do campo arado, pois a neve estava demasiado alta para tomarem o atalho pelo bosque. Anne, apesar de sinceramente preocupada com Minnie May, estava longe de se achar insensível ao idílio da situação e à doçura de, mais uma vez, partilhar tal idílio com uma alma gêmea.

A noite estava clara e fria, com sombras de ébano e prateados montes de neve; grandes estrelas brilhavam sobre os campos silenciosos; aqui e ali os pinheiros escuros e pontiagudos se erguiam com os galhos polvilhados pela neve e o vento a soprar por entre eles. Anne considerava um verdadeiro prazer cruzar toda aquela beleza e mistério com sua amiga do peito que estivera distante por tanto tempo.

Minnie May, que tinha então três anos, estava realmente muito mal. Ela estava deitada no sofá da cozinha, muito febril e inquieta, enquanto sua respiração rouca se podia ouvir por toda a casa. A jovem Mary Joe, uma garota francesa roliça e de rosto largo vinda de Creek, a quem Mrs. Barry havia empregado para cuidar das crianças durante sua ausência, estava impotente e desnorteada, incapaz de pensar no que fazer ou fazer o que pensava.

Anne começou o trabalho com habilidade e rapidez.

— Minnie May tem difteria, certo; ela está muito mal, mas já vi piores. Primeiro, precisaremos de muita água quente. Diana, parece que não há mais do que uma xícara na chaleira! Bem, agora está cheia e Mary Joe, você deve pôr mais lenha no fogão. Não pretendo magoá-la, mas devo dizer que se você tivesse alguma imaginação, teria pensado nisso antes. Agora, vou despir Minnie May e colocá-la na cama enquanto você procura alguma roupa de flanela suave, Diana. Mas primeiro vou dar a ela uma dose de Ipecac.

Minnie May não tomou a medicação de bom grado, mas Anne não tinha criado três pares de gêmeos em vão. Ingeriu o remédio não só uma, mas muitas vezes, durante a longa e ansiosa noite em que as duas pequenas meninas cuidaram pacientemente da sofrida Minnie May, enquanto a jovem Mary Joe, honestamente ansiosa para fazer tudo o que podia, mantinha as chamas do fogo altas e aquecia mais água do que seria necessário para um hospital inteiro de bebês com difteria.

Eram três horas da manhã quando Matthew chegou com o doutor, pois fora obrigado a ir até Spencervale para achar um. Mas a urgente necessidade de assistência havia passado. Minnie May estava muito melhor e dormia profundamente.

---

1 - Xarope Ipecac – extraído da Ipecacuanha, também chamada de cagosanga e raiz-do-brasil, usado para tratar difteria e bronquite.

— Estive terrivelmente perto de desistir e me deixar dominar pelo desespero – explicou Anne – pois ela ficou pior e pior até que seu estado esteve mais grave do que qualquer dos gêmeos Hammond, até mesmo o último par. Eu pensei, na verdade, que ela iria asfixiar até a morte. Dei-lhe cada gota de Ipecac daquele frasco, e quando tragou a última dose eu disse a mim mesma – não para Diana ou Mary Joe, para não preocupá-las mais do que já estavam, mas tive que dizer a mim mesma para aliviar meus sentimentos – 'Esta é a última esperança e temo que seja vã.' Mas, três minutos depois, ela cuspiu o catarro e começou a melhorar daquele minuto em diante. Pode imaginar meu alívio, doutor, porque não consigo expressar isso em palavras. Sabe que há coisas que não podem ser expressas em palavras.

— Sim, eu sei – concordou o médico. Olhava para Anne como se pensasse coisas sobre ela que não podiam ser expressas em palavras. Mais tarde, porém, ele expressou-as para Mr. e Mrs. Barry.

— Aquela menina ruiva que os Cuthbert têm é esperta como ela só. Eu posso dizer a vocês, ela salvou a vida do bebê, pois teria sido demasiado tarde quando eu cheguei. Ela parece ter uma habilidade e tal presença de espírito perfeitamente maravilhosa para uma criança de sua idade. Nunca vi nada igual aos olhos dela enquanto me explicava o caso.

Com os olhos pesados pela perda da noite de sono, Anne tinha ido para casa na maravilhosa e gelada manhã de inverno, ainda falando incansavelmente com Matthew enquanto cruzavam o longo campo branco e caminhavam debaixo do brilhante arco dos bordos da Travessa dos Amantes.

— Oh Matthew, não é uma manhã incrível? O mundo parece algo que Deus tenha recém imaginado para seu próprio prazer, não parece? Aquelas árvores dão a sensação de que alguém poderia fazê-las voar com um sopro – pouf! Estou tão contente por viver em um mundo onde existem geadas brancas, você não está? E depois de tudo, estou contente porque Mrs. Hammond teve três pares de gêmeos. Se ela não tivesse, eu não saberia o que fazer para salvar Minnie May. Estou realmente arrependida de ter ficado irritada com Mrs. Hammond por isso. Mas, oh, Matthew, estou tão sonolenta que não poderei ir para a escola. Tenho certeza de que não conseguiria manter os olhos abertos e iria parecer tão estúpida. Mas odeio ficar em casa, porque Gil – alguns dos outros colegas serão os primeiros da classe, e será tão difícil reconquistar o que perdi. Apesar de que quanto mais difícil for, maior a satisfação de reconquistá-lo, não é mesmo?

— Ora, acredito que você vai se sair muito bem! – disse Matthew, olhando para o pequenino rosto branco de Anne, com enormes olheiras – Vá direto para a cama e durma bastante, que eu cuidarei das tarefas da casa.

Anne foi para a cama conforme havia dito, e dormiu tão longa e profundamente que, quando despertou e desceu para a cozinha, a rosada tarde de inverno já havia entrado. Marilla, que neste ínterim voltara para casa, estava ali sentada tricotando.

— Oh, conseguiu ver o Primeiro Ministro? – Anne perguntou de uma vez – Como ele era?

— Bem, ele certamente não foi escolhido para o posto de Primeiro Ministro por sua aparência – disse Marilla – Com um nariz como aquele! Mas ele sabe falar. Senti-me orgulhosa por ser Conservadora. Rachel Lynde, sendo uma Liberal, claro que não gostou dele. Seu jantar está no forno, Anne. E pode se servir de compota de ameixa que está na despensa. Creio que está com fome. Matthew me contou tudo sobre a noite passada. Devo dizer que foi muita sorte você saber o que fazer. Nem eu mesma saberia, pois nunca vi um caso de difteria. Calma agora, não fale nada até que coma seu jantar. Pelo seu jeito sei que tem muita coisa para contar, mas pode esperar.

Marilla tinha algo a contar para Anne, mas não falou nada naquele instante, pois sabia que a subsequente agitação da menina haveria de arrancá-la da esfera de assuntos tão materiais tais como apetite e jantar. Quando Anne tinha terminado seu doce de ameixa em calda, Marilla começou a lhe contar, dizendo o seguinte:

— Mrs. Barry esteve aqui esta tarde, Anne. Ela queria vê-la, mas eu não quis acordá-la. Ela disse que você salvou a vida de Minnie May, e que sente muito por ter agido como agiu naquele assunto do vinho de groselha. Disse também que agora sabe que você não pretendia embriagar Diana, e espera que você possa perdoá-la e ser uma boa amiga para Diana novamente. Se quiser, pode ir esta noite até sua casa, pois Diana não pode sair por culpa de um resfriado que pegou na noite passada. Agora, Anne, pelo amor de Deus, não fique saltando no ar desta maneira!

A advertência pareceu desnecessária, tão exaltada e aérea era a expressão e a atitude de Anne enquanto saltava sobre os pés, com o semblante iluminado pelas chamas do espírito.

— Oh, Marilla, posso ir agora – antes de lavar os pratos? Eu os lavarei quando voltar, mas não posso me amarrar a uma atividade tão pouco romântica nesta hora tão emocionante!

— Sim, sim, corra – disse Marilla, com indulgência – Anne Shirley! Está louca? Volte neste instante e ponha seu gorro! É como se eu falasse para o vento! Ela está indo sem um gorro ou xale. Olhe para ela correndo pelo pomar com os cabelos voando. Será um milagre se não achar a morte em uma gripe.

Anne voltou para casa dançando na luz púrpura do crepúsculo de inverno cruzando os lugares cobertos de neve. Longe, ao sudoeste, sobre os espaços brancos brilhantes e as silhuetas dos pinheiros nos vales estreitos, cintilava a reluzente luz perolada de uma estrela vespertina no céu dourado-pálido e rosa-etéreo. O ressoar dos sinos dos trenós entre os morros nevados chegava pelo ar glacial como a harmonia de sons élficos, mas sua música não era tão encantadora quanto a música que tocava no coração e nos lábios de Anne.

— Diante de você está uma pessoa perfeitamente feliz, Marilla – anunciou –, eu estou perfeitamente feliz; sim, a despeito do meu cabelo ruivo. No presente momento tenho a alma acima do cabelo ruivo. Mrs. Barry me beijou e chorou e disse que estava arrependida e que nunca poderia me recompensar. Senti-me timidamente embaraçada, Marilla, mas somente disse, tão polida quanto pude, 'não guardo nenhum rancor, Mrs. Barry. Asseguro-lhe de uma vez por todas que não tinha a intenção de intoxicar Diana e daqui para frente cobrirei o passado com o manto do esquecimento.' Esta foi uma forma muito digna de falar, não foi, Marilla? Senti que estava amontoando brasas na cabeça de Mrs. Barry.[2] E Diana e eu tivemos uma tarde adorável. Diana me mostrou um lindo ponto de crochê que sua tia de Carmody ensinou a ela. Nenhuma outra alma em Avonlea conhece esse ponto, somente nós duas, e juramos um voto solene de nunca o revelar a ninguém. Diana me deu um lindo cartão com uma coroa de rosas e um verso de poesia:

*"Se me amas tanto como eu a ti
Nada, somente a morte, pode nos separar."*

— E esta é a verdade, Marilla. Nós vamos pedir ao Mr. Phillips para nos permitir sentar juntas na escola novamente, e Gertie Pye poderá se sentar com Minnie Andrews. Tivemos um chá elegantemente servido. Mrs. Barry usou seu melhor conjunto de louça, Marilla, como se eu fosse uma visita importante. Não consigo expressar o arrepio que senti. Ninguém nunca usou a melhor louça por minha causa antes. Comemos bolo de frutas, pão-de-ló, sonhos e dois tipos de compotas, Marilla. E Mrs. Barry perguntou-me se eu queria chá e disse 'Pai, por que não passa os biscoitos para Anne?' Deve ser muito bom ser adulto, Marilla, quando já é tão bom somente tratarem-na como se fosse.

— Não sei nada a respeito disso – falou Marilla com um breve suspiro.

— Bem, de qualquer modo, quando eu crescer – prosseguiu Anne, decidida – sempre vou falar com as meninas como se fossem adultas também, e nunca vou rir quando usarem palavras grandes. Eu sei, por dolorosa experiência, como isso magoa. Depois do chá, Diana e eu fizemos caramelos. Os doces não ficaram muito bons, suponho que porque nem Diana nem eu havíamos feito antes. Diana deixou que eu mexesse o doce enquanto ela untava as fôrmas com manteiga, mas me distraí e deixei queimar; então quando deixamos esfriar na plataforma, o gato caminhou sobre uma das fôrmas, e tivemos que jogar aquela fora. Mas fazer tudo isso foi uma diversão esplêndida. Então, quando chegou a hora de vir para casa, Mrs. Barry me pediu que voltasse quantas vezes pudesse, e Diana ficou em pé na janela, atirando beijos durante todo o caminho pela Travessa dos Amantes. Asseguro-lhe, Marilla, que tenho muita vontade de orar hoje, e que vou elaborar uma prece especial em honra a tal ocasião.

2 - Referência a Provérbios, 25:21-22.

Capítulo XIX

Um Concerto, uma Catástrofe e uma Confissão

— Marilla, posso sair para ver Diana por um minuto? – perguntou Anne, correndo sem fôlego pelas escadas do sótão em uma noite de fevereiro.

— Não vejo que necessidade você tem de sair depois de escurecer. Você e Diana caminharam juntas da escola até em casa, e então ficaram em pé no meio da neve por mais meia hora, com as línguas tagarelando por todo o bendito tempo. Então não vejo que razão tão forte você possa ter para vê-la de novo – disse Marilla, seca.

— Mas ela quer me ver. Tem algo muito importante a me dizer – alegou Anne.

— E como você sabe?

— Porque ela acabou de fazer sinal lá de sua janela para mim. Nós inventamos um sistema de sinais utilizando luz de velas e papelão. Colocamos a vela no peitoril da janela e fazemos sinais inserindo e tirando o papelão, para frente e para trás. Tantos e tantos sinais significam uma determinada coisa. Foi minha ideia, Marilla.

— Disso estou segura – respondeu Marilla, enfática –, e a próxima coisa que você vai conseguir é incendiar as cortinas com suas tolices de sinais.

— Oh, nós somos muito cuidadosas, Marilla. E é tão interessante! Dois movimentos significam 'Você está aí?'. Três significam 'sim' e quatro 'não'. Cinco significam 'Venha logo que seja possível, pois tenho algo importante para revelar'. Diana recém fez cinco movimentos, e eu estou sofrendo de verdade para saber o que é.

— Bem, não precisa sofrer mais – disse, com sarcasmo – pode ir, mas lembre-se bem que tem de retornar em dez minutos.

Anne se lembrou e estava de volta dentro do tempo estipulado, embora provavelmente nenhum mortal jamais viesse a ter ideia do que lhe custou limitar a dez minutos o importante comunicado de Diana. Mas ao menos ela fez bom uso desse tempo.

— Oh, Marilla, o que você acha? Você sabe que amanhã é o aniversário de Diana. Bem, Mrs. Barry disse que ela poderia me convidar para ir a casa dela direto da escola e dormir lá. E seus primos virão de Newbridge em um grande trenó para ir ao concerto no salão do Clube de Debates, amanhã à noite. E eles nos levarão ao concerto – isto é, se você permitir que eu vá. Você vai permitir, não vai, Marilla? Oh, sinto-me tão empolgada.

— Então pode ir se acalmando, pois você não vai. Estará melhor em casa, em sua própria cama; e, quanto ao concerto no Clube, é tudo um grande absurdo. Meninas pequenas não deviam ser autorizadas a ir a tais lugares, de jeito nenhum.

— Estou certa de que o Clube de Debates é um local muito respeitável – alegou Anne.

— Não digo que não seja. Mas ainda não é hora de começar a passear por aí, indo a concertos e ficando fora toda a noite. Que grandes feitos para as crianças! Surpreende-me que Mrs. Barry consinta com a ida de Diana.

— Mas é uma ocasião tão especial! Diana faz aniversário apenas uma vez ao ano. E aniversários não são datas comuns, Marilla. Prissy Andrews irá recitar 'O Toque de Recolher Não Deve Soar Esta Noite'.[1] É uma poesia tão edificante, Marilla, tenho certeza de que me faria muito bem ouvi-la. E o coro irá cantar quatro canções dramáticas adoráveis, que são quase tão boas quanto hinos. E, oh Marilla, o ministro vai tomar parte da programação; sim, não há dúvida de que irá pronunciar um discurso. Será quase o mesmo que um sermão. Por favor, posso ir, Marilla? – gemeu Anne, à beira das lágrimas.

— Você ouviu o que disse, Anne, não ouviu? Tire suas botas agora e vá se deitar. Já passa das oito.

— Tem só mais uma coisa, Marilla – disse com o ar de estar jogando sua última carta – Mrs. Barry falou para Diana que nós poderíamos dormir no quarto de hóspedes. Imagine só que honra, sua pequena Anne dormindo num quarto de hóspedes.

— Esta é uma honra que você terá que continuar sem experimentar. Vá para a cama, Anne, e não me deixe ouvir outra palavra sobre esse assunto.

Quando Anne, com lágrimas rolando pelas bochechas, tinha subido tristemente, Matthew, que aparentemente estava dormindo do sofá durante todo o diálogo, abriu os olhos e disse, decididamente:

— Ora, ora, Marilla, eu acho que deve permitir que Anne vá ao concerto.

— Eu não acho. Quem está educando essa criança, Matthew, você ou eu? – replicou Marilla

— Bem, você – admitiu Matthew.

— Então não interfira.

---

1 - "O Toque de Recolher Não Deve Soar Esta Noite" é um poema narrativo escrito em 1867 por Rose Hartwick Thorpe, quando ela tinha somente dezesseis anos de idade, e publicado pela primeira vez no Detroit Commercial Advertiser.

— Ora, bem, não estou interferindo. Não considero interferência ter minha própria opinião. E minha opinião é de que você deve deixá-la ir.

— Se ocorresse a Anne ir à lua, você iria opinar que eu deveria deixá-la ir, não tenho dúvidas. Eu consentiria que ela passasse a noite com Diana, se isso fosse tudo. Mas não aprovo o plano de ir ao concerto. Vai pegar frio, e encher a cabeça de tolices e agitações. Isso iria alterá-la por uma semana. Compreendo melhor do que você a disposição de caráter da menina e o que é mais conveniente para ela, Matthew – foi a amável tréplica de Marilla.

— Acho que deveria deixá-la ir – repetiu Matthew, firmemente.

A argumentação não era o ponto forte de Matthew, mas aferrar-se à sua opinião certamente era. Marilla bufou, desamparada, e refugiou-se no silêncio. Na manhã seguinte, quando Anne estava na copa lavando a louça do café, Matthew parou em seu caminho para o celeiro e disse novamente a Marilla:

— Acho que você tem que deixar Anne ir ao concerto, Marilla.

Por um momento, Marilla pensou em dizer coisas que não deveriam ser pronunciadas. Logo se rendeu ao inevitável e disse, sarcasticamente:

— Muito bem, ela pode ir, já que nada mais parece agradá-lo!

Anne voou para fora da copa, com o pano de pratos pingando na mão.

— Oh, Marilla, Marilla, diga novamente essas benditas palavras!

— Creio que proferi-las uma só vez é suficiente. Isso é coisa do Matthew, e eu lavo minhas mãos a respeito. Se pegar pneumonia dormindo em uma cama estranha ou saindo do salão aquecido no meio da noite, não me culpe, culpe ao Matthew. Anne Shirley, você está pingando água gordurosa por todo o piso! Nunca vi criança mais descuidada.

— Oh, eu sei que sou uma grande provação para você, Marilla – disse, arrependida –, eu cometo tantos erros. Mas apenas pense em todos os erros que não cometo, mesmo que pudesse cometê-los. Vou pegar um punhado de areia para esfregar as manchas antes de sair para a escola. Oh, Marilla, meu coração estava tão determinado a ir. Nunca estive em um concerto em toda minha vida, e quando as outras meninas falam sobre o assunto, me sinto tão por fora. Você não entendeu como eu me sentia de verdade sobre isso, mas você viu que Matthew entendeu. Ele me compreende, e é tão bom ser compreendida, Marilla.

A menina estivera muito empolgada naquela manhã para fazer justiça a si própria nas lições. Gilbert Blythe a superou em Gramática, deixando-a claramente fora da briga em cálculos mentais. Entretanto, a consequente humilhação de Anne foi menor do que teria sido se não fosse a visão do concerto e do quarto de hóspedes. Ela e Diana falaram tão constantemente sobre isso durante todo o dia que, se fosse um professor mais austero do que Mr. Phillips, o inevitável quinhão de ambas teria sido uma grave reprimenda.

Anne sentiu que não teria suportado sua derrota se não tivesse sido autorizada a ir ao concerto, pois não falaram de mais nada na escola naquele dia. O Clube de Debates de Avonlea, que se reunira quinzenalmente durante o inverno inteiro, tivera outros encontros sociais, mas este era para ser um grande evento e as entradas custariam dez centavos, sendo revertidas em prol da biblioteca. Os jovens de Avonlea haviam ensaiado durante semanas, e todos os alunos estavam particularmente interessados, já que seus irmãos e irmãs maiores iriam tomar parte da programação. Todos na escola, acima de nove anos de idade, esperavam participar, exceto Carrie Sloane, cujo pai partilhava da mesma opinião de Marilla sobre meninas pequenas indo a concertos noturnos. A garotinha chorou durante toda a tarde debruçada sobre seu livro de Gramática, sentindo que a vida não era válida de ser vivida.

A verdadeira exaltação de Anne começou no final da aula e aumentou daí em diante até alcançar o ponto máximo de êxtase no concerto propriamente dito. Elas tiveram um "chá perfeitamente elegante"; e logo chegou a deliciosa tarefa de ir se vestir no quartinho de Diana, no piso superior. Diana penteou a franja de Anne no novo estilo *pompadour* e Anne atou o laçarote de Diana com sua habilidade especial; e experimentaram pelo menos meia dúzia de penteados diferentes. Enfim elas estavam prontas, com as bochechas rubras e os olhos cintilando de emoção.

Em verdade, Anne não pôde evitar sentir certo tormento quando contrastou sua simples boina preta e seu casaco feito em casa - nem um pouco elegante -, de tecido cinza e com mangas apertadas, com o garboso gorro de pele de Diana e seu estiloso bolerinho. Porém se lembrou, em tempo, de que tinha uma imaginação e que poderia usá-la.

Logo chegaram os primos de Diana, os Murrays de Newbridge; e todos se apertaram no grande trenó, entre palha e mantos de pele. Anne se alegrou com a viagem ao salão, deslizando por caminhos suaves com a neve crepitando debaixo dos patins. Havia um magnífico pôr do sol, e os montes nevados e a água azul escura do Golfo de Saint Lawrence pareciam se recortar contra o esplendor como um imenso vaso de pérolas e safiras cheio de vinho e fogo. Vinha de todos os lados o tilintar de sinos dos trenós e risadas distantes, que pareciam o júbilo de elfos do bosque.

— Oh, Diana – suspirou Anne, apertando a mão enluvada de Diana por baixo do manto de peles –, não parece um lindo sonho? Eu pareço a mesma de sempre? Sinto-me tão diferente que é como se isso devesse refletir na minha aparência.

— Você está muito linda. Está usando a cor mais adorável – disse Diana, que recém havia recebido um elogio de um dos primos e se sentira na obrigação de passá-lo adiante.

A programação da noite provou ser uma série de "arrepios" pelo menos para uma das espectadoras, e, como Anne assegurou a Diana, cada sucessivo arrepio era mais arrepiante do que o anterior. Quando Prissy Andrews, vestindo um novo espartilho de seda rosa, um colar de pérolas ao redor de seu liso e branco pescoço e cravos naturais em seu cabelo – havia rumores de que o professor mandara trazê-los da cidade para ela – "subiu a resvaladiça escadaria, escura sem nem um raio de luz", Anne tremeu com exuberante simpatia quando o coro cantou 'Muito Acima das Gentis Margaridas', Anne olhou fixamente para o teto, como se houvessem mesmo afrescos com anjos; quando Sam Sloane procedeu a explicar e ilustrar 'Como Sockery Preparou uma Galinha',[2] Anne riu tanto que as pessoas sentadas ao seu lado riram também, mais por simpatia a ela do que por divertimento, pois a seleção era meio antiga mesmo em Avonlea; e quando Mr. Phillips recitou a oração de Marco Antônio sobre o cadáver de César na entonação mais inspiradora – olhando para Prissy Andrews ao final de cada sentença –, Anne sentiu que poderia se amotinar se tão somente um cidadão de Roma liderasse o caminho.

Somente um número do programa falhou em interessá-la. Quando Gilbert Blythe recitou 'Bingen do Reno',[3] Anne pegou um livro da biblioteca de Rhoda Murray e leu até que o menino tivesse terminado, e então se sentou, rígida e imóvel, enquanto Diana aplaudiu até que suas mãos ardessem.

Eram onze horas quando regressaram a casa, saciadas pela diversão, mas ainda lhes restava o doce prazer de falar sobre o acontecido. Todos pareciam dormir e a residência estava escura e silenciosa. Anne e Diana caminharam na ponta dos pés até a sala de estar, um aposento longo e estreito para o qual o quarto de hóspedes se abria. Estava agradavelmente quente e apenas iluminada pelas brasas do fogo da lareira.

— Vamos trocar de roupa aqui mesmo. Está tão bom e aquecido – disse Diana.

— Não está sendo uma noite maravilhosa? Seria esplêndido subir ao palco e declamar uma poesia. Acha que um dia irão nos chamar para recitar, Diana? – suspirou Anne, entusiasmada.

— Sim, é claro, algum dia. Sempre escolhem os alunos maiores para participar. Gilbert Blythe faz isso frequentemente e ele é somente dois anos mais velho do que nós. Oh, Anne, como pôde fingir que não o escutava? Quando ele chegou à frase *"Outra há, não uma irmã"*, olhou diretamente para você.

— Diana – disse Anne, com dignidade –, você é minha amiga do peito, mas não posso permitir que nem mesmo você fale comigo sobre essa pessoa. Está pronta para ir deitar? Façamos uma corrida para ver quem chegará primeiro à cama.

A sugestão encantou Diana. As duas pequenas figuras vestidas de branco voaram pelo longo aposento até a porta do quarto de hóspedes, e se lançaram sobre a cama ao mesmo tempo. Então algo se moveu debaixo delas, um som entrecortado e um grito foram ouvidos – e alguém disse, em tom abafado:

— Deus misericordioso!

Anne e Diana nunca saberiam explicar como saltaram da cama e saíram do quarto. Elas somente perceberam que, depois de uma frenética corrida, viram-se

---

2 - "Como Sockery Preparou uma Galinha" – história contada para entreter uma plateia. Antiga piada.
3 - "Bingen do Reno" – poema escrito pela inglesa Caroline Elizabeth Sarah Norton (1808-1877).

subindo as escadas na ponta dos pés e sentindo calafrios.

— Oh, quem era – *o que* era aquilo? – sussurrou Anne, com os dentes batendo de frio e medo.

— Era a tia Josephine – disse Diana, engasgando com a risada – oh, Anne, era a tia Josephine, mas não sei como ela chegou até ali. Oh, e sei que ela ficará furiosa. Isto é terrível, terrível de verdade; mas você já viu algo mais divertido, Anne?

— Quem é a tia Josephine?

— Ela é a tia do meu pai, que mora em Charlottetown. É demasiadamente velha – deve ter uns setenta anos – e não creio que *jamais* tenha sido uma menina. Nós esperávamos sua visita, mas não tão cedo. Ela é muito cerimoniosa e refinada, e vai protestar sobre isso até cansar, sei que vai. Bem, teremos que dormir com Minnie May – e você não imagina o quanto ela chuta.

Miss Josephine Barry não apareceu para o café na manhã seguinte. Mrs. Barry sorriu gentilmente para as duas meninas.

— Tiveram uma boa noite? Tentei ficar acordada até que chegassem em casa, pois queria avisá-las que a tia Josephine havia chegado e que vocês deveriam ir dormir lá em cima, mas estava tão cansada que caí no sono. Espero que não tenha perturbado sua tia, Diana.

Diana manteve reservado silêncio, mas ela e Anne trocaram sorrisos furtivos de culpada diversão de um lado ao outro da mesa. Anne voltou correndo para Green Gables depois do café da manhã e permaneceu em agradável ignorância sobre o alvoroço que se havia armado na casa dos Barry até o fim da tarde, quando foi à casa de Mrs. Lynde com uma mensagem de Marilla.

— Então você e Diana quase mataram de susto a pobre velhota Miss Barry na noite passada? – Mrs. Lynde perguntou severamente, mas com uma piscadela de olho – Mrs. Barry esteve aqui há poucos minutos em seu caminho para Carmody. Está realmente muito preocupada. A velha Miss Barry estava em péssimo humor quando acordou nesta manhã, e o mau humor de Josephine Barry não é brincadeira, posso assegurar. Ela não dirigirá a palavra à Diana.

— Não foi culpa de Diana – disse Anne, com remorso –, foi minha. Eu sugeri a corrida para ver quem chegava primeiro à cama.

— Eu sabia! Sabia que essa ideia vinha da sua cabeça! – exclamou Mrs. Lynde, com a exaltação própria de quem sempre acerta tudo – Bem, tudo isso causou um grande número de problemas, isto é que é. A velha Miss Barry veio para passar um mês, mas declara que não ficará nem um dia a mais e está indo embora diretamente para a cidade amanhã, mesmo que seja domingo. Teria ido hoje se tivesse alguém para levá-la. Ela havia prometido pagar um trimestre de aulas de música para Diana, mas agora está determinada a não fazer mais nada por uma menina tão levada. Oh, suponho que tenham passado maus bocados esta manhã por lá. Os Barry devem estar sentindo que as relações foram cortadas. A velha Miss Barry é rica e eles gostariam de se manter em bons termos com ela. Claro, Mrs. Barry não me disse isso com essas palavras, mas compreendo muito bem a natureza humana, isto é que é.

— Sou uma menina muito desgraçada. Estou sempre causando problemas e envolvendo meus melhores amigos – pessoas pelas quais eu daria a vida – neles também. Pode me dizer por que isso acontece, Mrs. Lynde?

— Porque você é uma criança muito insensata e impulsiva, isto é que é. Nunca para e pensa; o que quer que venha à sua cabeça para falar ou fazer, você diz e faz sem um instante de reflexão!

Anne protestou:

— Oh, mas isso é o melhor de tudo! Uma coisa tão empolgante surge em sua mente, e você deve dizê-la. Se parar para pensar sobre isso, irá estragar tudo. Nunca sentiu isso, Mrs. Lynde?

Não, Mrs. Lynde nunca tinha sentido. Ela meneou a cabeça prudentemente.

— Você deve aprender a refletir um pouco, Anne, isto é que é. O provérbio pelo qual deve reger a sua vida é esse: 'Olhe antes de saltar' – especialmente nas camas dos quartos de hóspedes.

Mrs. Lynde riu confortavelmente de sua piada leve, mas Anne permaneceu pensativa. Não viu nenhuma graça na situação, que aos seus olhos parecia muito séria. Quando saiu da casa de Mrs. Lynde, tomou seu rumo através dos velhos caminhos para Orchard Slope. Diana a encontrou na porta da cozinha.

— Sua tia Josephine está muito irritada com o ocorrido, não está? – sussurrou Anne.

— Sim – respondeu Diana, sufocando uma risadinha, com um olhar apreensivo por cima do ombro para a porta fechada da sala –, ela tremia de raiva, Anne. E oh, como ela brigou. Disse que eu era a menina mais mal-educada que conhecia e que meus pais deviam sentir vergonha do modo como me criaram. Ela disse que não ficará aqui e eu certamente não me importo. Mas papai e mamãe se importam.

— Por que você não disse que foi tudo minha culpa?

— Não sou dedo-duro, sou? E nem sou mentirosa, Anne Shirley; e, de qualquer maneira, sou tão culpada quanto você – respondeu Diana, com desdém.

— Bem, eu mesma direi a verdade a ela – replicou Anne, resoluta.

Diana estatelou os olhos.

— Anne Shirley, não faça isso! Ora – ela vai comê-la viva!

— Não me apavore mais do que já estou apavorada! Eu preferia entrar na jaula de um leão. Mas tenho que fazer isso, Diana. Foi tudo minha culpa, e eu preciso confessar. Felizmente, tenho prática em fazer confissões.

— Bem, ela está no quarto. Pode ir, se quiser. Eu não me atreveria e não acredito que fará algum bem.

Com este encorajamento, Anne partiu para barbear o leão em sua toca – isto é, encaminhou-se resolutamente à porta da sala de estar, e bateu suavemente. Seguiu-se um cortante "Pode entrar".

Miss Josephine Barry, magra, formal e rígida, tricotava rispidamente junto ao fogo. Sua cólera não fora completamente abrandada, e os olhos faiscavam por detrás dos óculos de armação dourada. Revirou-se em sua cadeira, esperando ver Diana, e descobriu uma menina pálida, cujos grandes olhos refletiam uma mescla de coragem desesperada e terror contraído.

— Quem é você? – indagou Miss Josephine Barry, sem cerimônia.

— Sou Anne, de Green Gables – disse a pequena e trêmula visitante, juntando as mãos em seu gesto característico – e venho para fazer uma confissão, se a senhorita me permite.

— Confessar o quê?

— Que foi minha culpa saltar sobre a senhorita na noite passada. Eu tive a ideia. Diana nunca pensaria em tal coisa, estou certa que não. Diana é uma menina muito educada, Miss Barry. Então a senhorita precisa ver o quão injusto é culpá-la.

— Ah sim? De qualquer maneira, Diana também teve sua responsabilidade no salto. Que modo de agir em uma casa respeitável!

— Mas nós somente fizemos isso por diversão. Penso que a senhorita deva nos perdoar, Miss Barry, agora que nos desculpamos. E de qualquer forma, por favor, perdoe Diana e permita que ela tenha as lições de música, Miss Barry; eu sei muito bem o que significa pôr o coração em algo e não consegui-lo. Se a senhorita deve ficar irritada com alguém, que seja comigo. Estou acostumada a ter as pessoas irritadas comigo desde que eu era pequena, e posso suportar isso muito melhor do que Diana.

Muito das faíscas haviam sumido dos olhos da velha dama nesse momento, e sido substituídas por um brilho de divertido interesse. Mas ela ainda disse, gravemente:

— Creio que não haja qualquer desculpa apenas em dizer que tudo foi por diversão. As meninas nunca se entregavam a este tipo de brincadeiras quando eu era jovem. Não sabe o que é ser acordada de um sono profundo por duas garotas grandes saltando em cima de você, depois de uma longa e árdua viagem.

— Eu *não sei* o que é, mas posso *imaginar* – disse Anne, ansiosamente – e tenho certeza de que foi algo muito perturbador. Mas veja, existe o nosso lado da história também. A senhorita tem alguma imaginação, Miss Barry? Se tiver, somente se coloque em nosso lugar. Nós não sabíamos que havia alguém naquela cama, e a senhorita quase nos matou de susto. Sentimos algo espantoso. E tampouco tivemos a oportunidade de dormir no quarto de hóspedes, apesar de que nos havia sido prometido. Suponho que a senhorita está acostumada a dormir em quartos maravilhosos. Mas somente imagine o que teria sentido se fosse uma pequena menina órfã, que nunca teve uma honra dessas.

Nesse momento, toda a faísca havia ido embora. Miss Barry estava na verdade rindo com vontade – som este que fez com que Diana, esperando em silenciosa ansiedade na cozinha, suspirasse aliviada.

Anne de Green Gables

— Temo que a minha imaginação esteja um pouco enferrujada. Faz tanto tempo que não a uso! Ouso dizer que o seu clamor é tão apelativo quanto o meu. Tudo depende da maneira que se vê. Sente-se aqui e conte-me tudo sobre você.

— Sinto muito, senhorita, mas não posso. Gostaria de contar, pois a senhorita me parece ser uma dama muito interessante, e até poderia ser uma alma gêmea, apesar de não ter muito o aspecto de ser. Mas é meu dever voltar para casa com Miss Marilla Cuthbert. Ela é uma dama muito gentil que me adotou para me criar adequadamente. Ela tem feito seu melhor, mas é uma tarefa muito árdua. Não deve culpá-la por eu ter pulado na sua cama. Mas, antes de eu ir, a senhorita terá de me dizer se irá perdoar Diana e permanecer em Avonlea por todo o tempo que planejava ficar.

— Eu acho que vou ficar, se você prometer vir e conversar comigo de vez em quando – respondeu Miss Barry.

Naquela noite, Miss Barry deu a Diana um bracelete de prata e disse aos adultos da casa que havia desfeito sua mala.

— Decidi ficar simplesmente para conhecer melhor aquela menina-Anne. Ela me diverte, e nessa época da minha vida é uma raridade achar uma pessoa que me divirta – falou, francamente.

O único comentário que Marilla dirigiu a Matthew quando soube da história foi "Bem que eu lhe avisei".

Quando Miss Barry partiu, disse:

— Lembre-se, menina-Anne, quando você for à cidade para me visitar, vou colocá-la para dormir no mais vasto de todos os quarto de hóspedes.

— Miss Barry é uma alma gêmea, depois de tudo. Não parece ser quando se olha para ela, mas é. Não se pode ver em seguida, como no caso de Matthew, mas com o tempo se consegue perceber. Almas gêmeas não são tão escassas quanto eu pensei que fossem. E é esplêndido descobrir que existem tantas delas no mundo – confidenciou Anne a Marilla.

Capítulo XX

Uma Boa Invenção que Deu Errado

A primavera havia chegado mais uma vez a Green Gables – a linda, caprichada, tardia primavera canadense, cruzando lentamente os meses de abril e maio, em uma sucessão de dias doces, frescos, rosados entardeceres e milagres de ressurreição e crescimento. Os bordos na Travessa dos Amantes estavam cheios de brotos vermelhos e pequenas samambaias aneladas amontoavam-se em torno da Bolha da Dríade. Lá nos terrenos baldios atrás da fazenda de Mr. Silas Sloane, as flores de maio brotavam, tal qual estrelas brancas e cor-de-rosa de doçura embaixo das folhas castanhas. Todos os estudantes tiveram uma tarde dourada juntando as flores, e voltando depois para suas casas no claro e ressoante crepúsculo com os braços e cestos cheios de espólio floral.

— Compadeço-me das pessoas que vivem em locais onde não existem flores de maio – disse Anne – Diana comentou que elas devem ter coisas melhores, mas não creio que possa existir nada superior; pode, Marilla? E Diana acrescentou, ainda, que se elas não sabem como são, certamente não sentem falta. Mas acho que essa é a coisa mais triste de todas. Seria *trágico*, Marilla, não saber como essas flores são, e *não* sentir falta delas. Sabe o que eu penso que as flores de maio são? Que elas devem ser o espírito das flores que morreram no verão passado, e que este é o seu céu. Mas tivemos um dia esplêndido hoje, Marilla. Almoçamos em uma grande cavidade repleta de musgos ao lado de um antigo poço – um lugar muito *romântico*. Charlie Sloane desafiou Arty Gillis a pular sobre o poço, e ele o fez, porque não é de fugir da raia. Ninguém fugiria na escola. Está *na moda* desafiar. Mr. Phillips presenteou Prissy Andrews com todas as flores de maio que encontrou, e eu o ouvi dizer 'flores para uma flor'.[1] Sei que ele tirou essa frase de um livro, mas isso mostra que possui alguma imaginação. Também a mim ofereceram flores, mas eu as recusei com desdém. Não posso contar a você o nome da pessoa, pois prometi a mim mesma que esse nome não sairia da minha boca. Fizemos coroas de flores e com elas

---

1 - Citação da obra "Hamlet", do dramaturgo William Shakespeare (1564-1616).

adornamos os chapéus; e quando chegou a hora de irmos para casa, marchamos em procissão pela estrada abaixo, de duas em duas, com nossos buquês e grinaldas, cantando 'Meu Lar Sobre o Monte'.[2] Oh, foi tão emocionante, Marilla. Todos os parentes de Mr. Silas Sloane correram para nos ver, e todos que cruzavam conosco na estrada paravam para nos contemplar. Causamos uma sensação daquelas!

— Não é de se estranhar! Agindo de desse jeito bobo! – foi a resposta de Marilla.

Depois das flores de maio vieram as violetas, que cobriram de púrpura o Vale das Violetas. No trajeto para a escola, Anne andava por ali com passos reverentes e olhar devoto, como se trilhasse por um solo sagrado.

— De alguma maneira – disse ela a Diana –, quando caminho por aqui, eu não me importo mesmo se Gil, isto é, se alguém me supera em classe ou não. Entretanto, quando chego à escola, tudo muda e eu me preocupo como sempre. Existem tantas Annes distintas dentro de mim. Às vezes penso que é por isso que sou tão encrenqueira. Seria muito mais fácil se eu fosse sempre uma só, mas desse jeito não seria nem a metade interessante.

Uma noite de junho, quando os pomares estavam novamente rosados de flores, os sapos cantavam nos pântanos às margens da Lagoa das Águas Brilhantes, doces como o timbre da prata, e o ar estava carregado com o aroma dos campos dos trevos e dos balsâmicos bosques de pinheiros, Anne estava sentada ao lado da janela em seu quartinho no lado leste do sótão. Ela estudava a lição, mas havia ficado muito escuro para enxergar o livro, então tinha se deixado levar por seus devaneios olhando para além da Rainha da Neve, mais uma vez estrelada com seus ramalhetes desabrochando.

Basicamente, o quartinho do sótão estava inalterado. As paredes ainda eram tão brancas, o alfineteiro tão duro e as cadeiras tão amarelas e sem graça como sempre. Ainda assim, todo o caráter do cômodo havia mudado. Estava cheio de uma nova personalidade vital e pulsante que parecia permeá-lo, independente dos livros escolares, vestidos e fitas, e mesmo do jarro azul rachado e decorado com flores de macieira em cima da mesa. Era como se todos os sonhos de sua vívida ocupante, que sonhara dormindo e acordada, tivessem tomado uma forma visível, ainda que imaterial, e recobrissem o quarto desnudo com esplêndidos tecidos transparentes de arco-íris e luz da lua. Neste momento, Marilla entrou energicamente com os aventais escolares recém passados de Anne. Deixou-os sobre a cadeira e sentou-se na cama com um suspiro curto. Havia tido uma de suas dores de cabeça naquela tarde, e apesar da dor já ter desaparecido, sentia-se fraca e 'exausta', como expressou. Anne fitou-a com olhos compassivos.

— Eu desejava sinceramente poder ter a dor de cabeça em seu lugar, Marilla. Teria suportado alegremente por sua causa.

2 - "Meu Lar Sobre o Monte", canção composta no ano de 1866 por W. C. Baker.

— Creio que você fez a sua parte atendendo às tarefas e deixando-me descansar. Parece que fez tudo muito corretamente e cometeu menos erros do que o normal. Claro que não era necessário engomar os lenços de Matthew! E a maioria das pessoas, quando coloca uma torta no forno para aquecê-la, retira-a para servi-la no jantar quando estiver quente, ao invés de deixá-la queimar até se transformar em cinzas. Mas evidentemente esse não parece ser o seu modo de cozinhar.

As dores de cabeça sempre deixavam Marilla sarcástica.

— Oh, sinto muito – disse Anne, penitente –, não pensei mais na torta desde a hora em que a coloquei no forno até agora, apesar de sentir *instintivamente* que faltava algo na mesa do jantar. Quando você me colocou a cargo da casa nesta manhã, eu estava firmemente resolvida a não imaginar nada, mas concentrar meus pensamentos em fatos reais. Conduzi-me muito bem até colocar a torta no forno, e então, me acometeu uma irresistível tentação de imaginar que eu era uma princesa encantada em uma torre solitária, e um lindo cavaleiro vinha em meu resgate montado em seu corcel negro. Foi assim que me esqueci da torta. Não sabia que havia engomado os lenços. Por todo o tempo enquanto eu passava, estava tentando pensar em um nome para uma nova ilha que Diana e eu descobrimos no riacho. É um lugar arrebatador, Marilla. Há duas árvores de bordos e o riacho a rodeia. Enfim, imaginei que seria esplêndido chamá-la de Ilha Victoria, porque a encontramos no dia do aniversário da Rainha. Diana e eu somos muito leais à soberana. Mas sinto muito sobre a torta e os lenços. Eu queria ter feito tudo bem direitinho, pois é um aniversário. Lembra-se do que aconteceu neste mesmo dia no ano passado, Marilla?

— Não. Não consigo pensar em nada especial.

— Oh, Marilla, este foi o dia em que eu cheguei a Green Gables! Nunca me esquecerei! Foi um momento crucial na minha vida. Entendo que para você não seja nada especial, é claro. Faz um ano que moro aqui e tenho sido muito feliz. Claro, tive minhas dificuldades, mas pude viver apesar delas. Você está arrependida de ter ficado comigo, Marilla?

— Não, não posso dizer que me arrependo – respondeu Marilla, que às vezes pensava em como pôde viver antes de Anne chegar a Green Gables –, não estou exatamente arrependida. Se você já terminou sua lição, Anne, quero que vá à casa de Mrs. Barry e pergunte a ela se pode me emprestar o molde de aventais de Diana.

— Oh! Está – está muito escuro – contestou Anne.

— Muito escuro? Ora, o sol acaba de se pôr. E Deus sabe quantas vezes você saiu depois de escurecer.

— Irei amanhã bem cedinho. Levantarei junto com o sol e correrei até lá, Marilla.

— O que você tem em mente agora, Anne Shirley? Quero o molde para cortar seu novo avental ainda esta noite. Vá de uma vez e seja boazinha.

— Irei pela estrada principal, então – disse Anne, tomando seu chapéu relutantemente.

— Se for pela estrada vai perder meia hora! Assim vou lhe dar umas palmadas!

— Não posso ir pela Floresta Assombrada, Marilla – gritou, em desespero. Marilla fitou-a com os olhos estatelados.

— Floresta Assombrada! Está louca, menina? O que diabos significa Floresta Assombrada?

— É o bosque de pinheiros junto ao riacho – disse Anne, em um sussurro.

— Que disparate! Não existe floresta assombrada em lugar algum. Quem lhe disse uma bobagem dessas?

— Ninguém – confessou Anne –, Diana e eu imaginamos que a floresta é assombrada. Todos os lugares aqui em volta são tão – tão – *comuns*. Inventamos somente por diversão. Começamos isso em abril. Uma floresta assombrada é tão romântica, Marilla. Escolhemos o bosque de pinheiros porque é tão sombrio. Oh, nós imaginamos as coisas mais perturbadoras! Há uma dama de branco, que perambula ao longo do riacho a essa hora da noite, e contorce os braços e grita em prantos. Ela aparece quando está para ocorrer uma morte na família. E a região que fica ao lado do Descanso Silvestre é assombrada pelo fantasma de um bebê assassinado; ele desliza por detrás e toca dessa maneira na sua mão com seus dedinhos gelados. Oh, Marilla, só de pensar nisso me dá calafrios. E tem um homem decapitado caminhando para cima e para baixo na trilha, e esqueletos olhando furiosamente por entre os ramos. Oh, Marilla, por nada nesse mundo eu passaria pela Floresta Assombrada depois de escurecer! Tenho certeza de que coisas brancas sairiam de trás das árvores e me agarrariam!

— Alguém já ouviu tal impropério! – exclamou Marilla, que havia escutado tudo em mudo espanto – Anne Shirley, quer dizer que você acredita em toda essa perversa baboseira criada por sua própria imaginação?

— Não acredito *exatamente* – titubeou Anne –, pelo menos, não acredito nisso em dia claro. Mas depois que escurece, Marilla, é diferente. É quando os fantasmas andam.

— Fantasmas não existem, Anne.

— Oh, existem sim, Marilla – gritou a menina –, conheço pessoas respeitáveis que já os viram. Charlie Sloane disse que sua avó viu o marido tocando as vacas, quando já estava enterrado há um ano. Sabe que a avó de Charlie Sloane não é dada a contar mentiras. Ela é uma mulher muito religiosa. E o pai de Mrs. Thomas foi perseguido até sua casa, uma noite, por um cordeiro pegando fogo, com a cabeça cortada e pendurada por um pedaço de pele. Ele disse que sabia que era o espírito do irmão avisando que ele morreria dentro de nove dias. Não aconteceu exatamente assim, mas ele morreu dois anos depois, então veja, ele estava certo. E Ruby Gillis disse –

— Anne Shirley – interrompeu Marilla, firmemente –, não quero mais ouvi-la falar dessa maneira! Tenho tido minhas dúvidas sobre sua imaginação, e se esse é o resultado, não vou tolerar tais coisas. Você irá até a casa dos Barry, e irá cruzar pelo bosque dos pinheiros, para servir de lição e aviso. E nunca mais quero escutar nenhuma palavra sobre florestas assombradas!

Anne podia implorar e chorar o quanto quisesse – e isso ela fez, pois seu terror era real. Sua imaginação havia voado, convertendo o bosque em um pavor mortal depois do anoitecer. Mas Marilla estava irredutível. Acompanhou a encolhida descobridora de fantasmas até o riacho e ordenou que ela cruzasse a ponte até os sombrios refúgios de damas gemendo e homens sem cabeça.

— Oh, Marilla, como você pode ser tão cruel? Como você se sentiria se uma criatura branca se apoderasse de mim e me levasse? – soluçou Anne.

— Prefiro correr o risco. Sabe que sempre cumpro o que digo. Vou curá-la de imaginar fantasmas nos lugares. Agora vá – ordenou a insensível Marilla.

Anne marchou. Quer dizer, cruzou a ponte aos tropeços e entrou tremendo no horrível trajeto escuro à sua frente. Anne nunca se esqueceu daquela caminhada. Arrependeu-se amargamente de ter dado vazão à sua imaginação. Os duendes de sua fantasia bailavam em cada sombra à sua volta, estendendo as mãos frias e esqueléticas para agarrar a aterrorizada menina que os havia chamado à existência. Uma casca branca de bétula que o vento levantou de um buraco no solo marrom do bosque fez seu coração parar. O longo lamento de dois ramos que se roçavam trouxeram gotas de suor em sua testa. O ruído dos morcegos na escuridão sobre ela eram asas de criaturas sobrenaturais. Quando chegou ao campo de Mr. Bell, correu como se um batalhão de coisas brancas a perseguissem, e chegou tão agitada e sem fôlego à porta da cozinha dos Barry que mal pôde desengasgar e pedir o molde do avental. Diana não estava, portanto não teve razão para ficar mais tempo. A assustadora jornada de retorno teve de ser encarada. Anne voltou para casa com os olhos fechados, preferindo correr o risco de despedaçar o cérebro entre os ramos das árvores a ver coisas brancas. Quando ela finalmente chegou, aos tropeços, à ponte de troncos, soltou um longo e estremecido suspiro de alívio.

— Bem, e então, foi pega por alguma coisa? – perguntou Marilla, sem simpatia.

— Oh, Mar–Marilla – balbuciou Anne, batendo os dentes –, fica-ca-ca-rei cont-tente com lu-lu-gares co-co-co-muns depois disso.

Capítulo XXI

Um Novo Estilo de Condimentar

— Oh, Deus, como diz Mrs. Lynde, "tudo são encontros e despedidas neste mundo" – queixou-se Anne, colocando sua lousa e livros sobre a mesa da cozinha no último dia de junho, e secando os olhos vermelhos com um lenço úmido – Não foi sorte, Marilla, eu ter levado um lenço a mais para a escola hoje? Tive o pressentimento de que iria precisar.

— Não achava que você gostasse tanto do Mr. Phillips, a ponto de precisar de dois lenços para secar as lágrimas só por ele estar indo embora – disse Marilla.

— Não creio que eu tenha chorado por realmente gostar dele – refletiu Anne –, chorei somente porque todos os outros choraram. Ruby Gillis começou. Ela sempre declarou que odiava Mr. Phillips, mas assim que ele começou a proferir o discurso de despedida ela irrompeu em lágrimas. Nesse momento todas as meninas começaram a chorar, uma depois da outra. Eu tentei não chorar, Marilla. Tentei me lembrar do dia em que Mr. Phillips me obrigou a sentar junto com Gil, isto é, com um menino; e o dia em que ele escreveu meu nome no quadro negro sem o 'e' no final; e como ele disse que eu era relapsa em geometria e riu da minha ortografia; e todas as vezes que ele tinha sido vil e sarcástico; mas por alguma razão não consegui, Marilla, tive que chorar também. Jane Andrews passou um mês falando no quão alegre ficaria quando Mr. Phillips se fosse, e declarou que não derramaria uma lágrima. Bem, ela foi a pior de todas e teve que pegar um lenço emprestado de seu irmão – porque obviamente, ele não havia usado o dele, visto que os meninos não choram. Ela não tinha trazido o seu próprio, certamente não esperando ter de usá-lo. Oh, Marilla, foi muito doloroso. Mr. Phillips começou seu discurso de despedida de uma maneira muito bonita, 'é chegado o tempo da nossa separação'. Foi muito comovente. E ele também tinha lágrimas nos olhos, Marilla. Oh, eu me sinto terrivelmente arrependida e cheia de remorso por todas as vezes que conversei em sala de aula e fiz desenhos dele na minha lousa, e ri dele e de Prissy. Posso assegurar que desejava ter sido uma aluna modelo como Minnie

Andrews. Ela não tinha nada do que se arrepender. As meninas choraram por todo o caminho até suas casas. Carrie Sloane continuou repetindo 'é chegado o tempo de nossa separação', e isso nos fazia começar tudo de novo, todas as vezes que corríamos o risco de nos animar. Senti-me terrivelmente triste, Marilla. Mas uma pessoa não deve se sentir nas profundezas do desespero com dois meses de férias à sua frente; deve, Marilla? Além disso, encontramos o novo ministro e sua esposa, vindo da estação. Apesar de toda a tristeza que sentia pela partida de Mr. Phillips, eu não poderia evitar me interessar pelo novo ministro, poderia? Sua senhora é muito bonita. Não regiamente bonita, é claro – suponho que seria um péssimo exemplo a esposa do ministro ser pomposa. Mrs. Lynde diz que conheceu um ministro em Newbridge cuja mulher não deu bom exemplo, pois sempre se vestia com muita extravagância. A esposa do novo ministro usava um traje em musselina azul com adoráveis mangas bufantes, e o chapéu adornado com rosas. Jane Andrews disse que mangas bufantes eram muito mundanas para uma mulher de pastor, mas eu não faria um comentário tão desagradável, Marilla, pois sei muito bem o que é suspirar por mangas bufantes. Ademais, faz pouco tempo que ela se casou, então podemos fazer algumas concessões, não é? Eles se hospedarão na casa de Mrs. Lynde até que a residência paroquial esteja pronta.

Se alguma outra razão moveu Marilla a visitar Mrs. Lynde naquela noite, além de devolver a moldura de acolchoado que havia tomado emprestado no último inverno, foi sem dúvida um cordial ponto fraco partilhado pela maioria dos vizinhos. Mrs. Lynde recebeu de volta, naquela noite, uma infinidade de coisas que havia emprestado – muitas das quais nem imaginava ver novamente. Um novo ministro, e mais do que isso, um ministro casado, era um legítimo objeto de curiosidade em um pequeno e calmo povoado do interior, onde o sensacional era escasso e acontecia somente em grandes espaços de tempo.

O velho Mr. Bentley, o ministro que Anne considerava que sofria de falta de imaginação, havia sido pastor em Avonlea por dezoito anos. Era viúvo quando chegou, e viúvo permaneceu, a despeito de fofoqueiras regularmente casarem-no ora com essa, ora com aquela, ou com aquela outra, durante cada ano de seu ministério. Em fevereiro passado havia renunciado ao cargo e partiu em meio ao pesar de seu rebanho, cuja afeição nasceu pelo longo contato com o velho ministro, apesar dele ser um orador com algumas deficiências. Desde então a igreja de Avonlea havia desfrutado de uma variada dissipação religiosa, ao ouvir os muitos candidatos e "substitutos" que pregavam para fazer um teste, domingo atrás de domingo. Estes se erguiam e eram derrubados sob o julgamento dos pais e mães de Israel; mas uma certa menina ruiva, que ficava pacificamente sentada no canto do antigo banco dos Cuthbert, também tinha suas opiniões a respeito deles e as discutia amplamente com Matthew, pois Marilla tinha por princípio não criticar os ministros de forma nenhuma.

— Creio que Mr. Smith não teria servido, Matthew – foi o resumo da opinião de Anne – Mrs. Lynde disse que o sermão dele foi pobre, mas eu acho que seu pior defeito era o mesmo de Mr. Bentley: não tinha imaginação. E Mr. Terry tinha muita, dava vazão aos seus pensamentos exatamente como eu fiz no assunto da Floresta Assombrada. E Mrs. Lynde comentou que a teologia dele não era profunda o bastante. Mr. Gresham era um homem muito bom e muito religioso, mas contava uma série de histórias engraçadas e fazia as pessoas rirem na igreja; ele era pouco digno, e um ministro deve ter certa dignidade, não deve, Matthew? Pensei que Mr. Marshall era definitivamente encantador, mas Mrs. Lynde me contou que ele não era casado, e nem estava comprometido. Ela havia realizado uma investigação especial sobre ele, e concluiu que não seria bom ter um jovem ministro solteiro em Avonlea, porque ele poderia se casar com uma das moças da congregação e criar a maior confusão. Mrs. Lynde é uma mulher que enxerga longe, não é? Estou muito contente por terem chamado Mr. Allan. Gostei dele porque seu sermão foi interessante e rezou como se sentisse a oração, e não só como se estivesse rezando por ter o hábito de fazê-lo. Mrs. Lynde falou que ele não é perfeito, mas falou também que não podemos esperar um ministro perfeito pela bagatela de setecentos e cinquenta dólares ao ano; e, ademais, sua teologia é segura, pois ela já o interrogou cuidadosamente em todos os pontos de doutrina. Ela conhece a família de sua esposa e diz que são muito respeitáveis, e que todas as mulheres muito boas donas de casa. Mrs. Lynde disse que a profunda doutrina no homem, e o bom cuidado da casa, na mulher, formam a combinação ideal para a família de um ministro.

O novo ministro e sua esposa eram um jovem casal, de feições agradáveis, ainda em lua de mel, plenos de todo o bom e bonito entusiasmo pelo trabalho de sua vida. Avonlea abriu seu coração para eles desde o início. Velhos e jovens gostaram do rapaz franco e alegre que possuía altos ideais, e da brilhante e gentil dama que assumira a direção da casa paroquial. Anne rapidamente se encantou com Mrs. Allan e a adorou de todo coração. Descobriu outra alma gêmea.

— Mrs. Allan é perfeitamente encantadora! – anunciou, num domingo à tarde – Ela está tomando conta de nossa classe e é uma excelente professora. Eu disse desde o começo que não achava justo o professor fazer todas as perguntas, e você sabe, Marilla, que sempre pensei isso. Ela disse que poderíamos fazer qualquer pergunta e eu fiz diversas. Sou boa em fazer perguntas, Marilla.

— Acredito em você – foi o comentário enfático de Marilla.

— Ninguém mais fez perguntas, exceto Ruby Gillis, que questionou se haveria algum piquenique da Escola Dominical neste verão. Não creio que esta tenha sido uma pergunta apropriada, pois não havia nenhuma conexão com a lição – que era sobre Daniel na cova dos leões –, mas Mrs. Allan somente sorriu e disse que provavelmente haveria. Ela tem um sorriso adorável, com *delicadas* covinhas nas bochechas. Eu queria ter covinhas, Marilla. Já não sou tão magra quanto era quando cheguei, mas não tenho nenhuma covinha ainda. Se eu tivesse, talvez pudesse influenciar as pessoas para o bem. Mrs. Allan afirmou que nós devemos influenciar as pessoas a escolherem coisas boas. Ela falou tão bem sobre tudo. Nunca imaginei que religião pudesse ser uma coisa tão alegre. Sempre pensei que fosse algo meio melancólico, mas Mrs. Allan não é assim, e eu gostaria de ser cristã se puder ser como ela. Não gostaria de ser como o Superintendente Mr. Bell.

— É muita falta de educação da sua parte falar desse jeito sobre Mr. Bell — ralhou Marilla — Mr. Bell é um homem muito bondoso.

— Oh, claro que é bondoso — concordou Anne —, mas ele não parece conseguir nada com isso. Se eu pudesse ser bondosa, ficaria tão contente que dançaria e cantaria o dia todo. Creio que Mrs. Allan já esteja um pouco grande para dançar e cantar, e certamente não seria correto para a esposa de um ministro. Mas posso sentir que ela está contente por ser cristã, e que seria cristã mesmo que não fosse para o céu por isso.

— Suponho que em breve deveremos convidar Mr. Allan e a esposa para o chá — disse Marilla, pensativa —, pois eles já estiveram na maioria das casas, menos aqui. Deixe-me ver. Na próxima quarta-feira seria perfeito. Mas não diga nada a Matthew, pois se ele souber que os receberemos, vai inventar alguma desculpa para estar fora nesse dia. Ele se acostumou com Mr. Bentley e não se importava com ele, mas vai lhe custar muito se habituar ao novo ministro, e a presença da esposa irá assustá-lo.

— Minha boca é um túmulo — assegurou Anne —, mas oh, Marilla, você me deixaria preparar um bolo para a ocasião? Eu adoraria fazer algo para servir a Mrs. Allan, e creio que já sei fazer um bolo muito bom.

— Pode fazer um bolo de camadas — prometeu Marilla.

Na segunda e na terça-feira houve grandes preparativos em Green Gables. Ter o ministro e sua senhora para o chá era um acontecimento sério e importante, e Marilla estava determinada a não ser ofuscada por nenhuma das donas de casa de Avonlea. Anne estava frenética de empolgação e alegria. Falou sobre isso com Diana na tarde do dia anterior, ao entardecer, sentada nas grandes pedras vermelhas na Bolha da Dríade, enquanto faziam arco-íris na água com raminhos embebidos em bálsamo de pinheiro.

— Está tudo pronto, Diana, exceto meu bolo, que vou preparar pela manhã, e os biscoitos de polvilho que Marilla fará um pouco antes do chá. Asseguro-lhe, Diana, que Marilla e eu tivemos dois dias ocupadíssimos. É uma grande responsabilidade receber a família pastoral. Nunca passei por uma experiência como essa antes. Precisava ver nossa despensa. É uma visão digna de ser contemplada. Teremos frango com gelatina e bife de língua fria, dois tipos de geleia, vermelha e amarela, chantilly, torta de limão, torta de cereja, três tipos de biscoitos, bolo de frutas e a famosa compota de ameixa amarela de Marilla, que ela sempre faz em especial para os ministros. Haverá também pão-de-ló e bolo em camadas, e biscoitos, como eu disse antes; pão novo e pão velho, caso o ministro seja dispéptico e não possa comer pão assado recentemente. Mrs.

Lynde disse que a maioria dos ministros são dispépticos, mas não creio que Mr. Alan seja ministro há muito tempo para que este fato tenha lhe causado uma péssima consequência como essa. Tenho calafrios só de pensar no meu bolo. E se ele não ficar bom? Sonhei na noite passada que era perseguida por um duende assustador, com a cabeça em formato de bolo.

— Tudo sairá bem, decerto. Asseguro que o bolo feito por você, que comemos no Descanso Silvestre há duas semanas atrás, estava perfeitamente elegante – garantiu Diana, que era o tipo de amiga que sempre tinha uma palavra de conforto.

— Sim, mas os bolos têm o terrível hábito de saírem errados especialmente quando você deseja que eles saiam bem – suspirou Anne, fazendo boiar um ramo particularmente encharcado de bálsamo – Entretanto, creio que terei de confiar na Providência e ter o cuidado de colocar farinha. Oh olhe, Diana, que lindo arco-íris! Você acha que a dríade virá depois que nós sairmos daqui e o tomará para usar como echarpe?

— Você sabe que dríades não existem – falou Diana. Sua mãe havia ficado furiosa com a descoberta da história da Floresta Assombrada. Como resultado, a menina se absteve de futuros excessos imaginativos, e não pensava ser prudente cultivar seu espírito de credulidade nem mesmo em uma inofensiva dríade.

— Mas é tão fácil imaginar que elas existem! Todas as noites, antes de ir para a cama, olho pela janela e fico pensando se a dríade realmente está aqui, arrumando seus cachos, tendo a nascente como espelho. Algumas vezes, procuro por suas pegadas no orvalho pela manhã. Oh, Diana, não abandone sua fé na dríade!

A manhã de quarta-feira chegou. Anne se levantou ao amanhecer, pois estava muito empolgada para dormir por mais tempo. Havia pegado um forte resfriado por ter caminhado pelo riacho na noite anterior. Mas nada, exceto uma pneumonia, diminuiria seu interesse pela culinária naquela manhã. Depois do desjejum, começou a preparar o bolo. Quando finalmente fechou a porta do forno, suspirou profundamente.

— Estou certa de que não esqueci nada desta vez, Marilla. Acha que vai crescer? Suponha que o fermento talvez não seja bom. Usei aquele da lata nova. E Mrs. Lynde diz que hoje em dia nunca se pode ter certeza de estar comprando um bom fermento, pois tudo está adulterado. Ela diz também que o governo deveria levar a sério esse assunto, mas que nunca veremos o dia que um governo Tory[1] fará isso. Marilla, e se o bolo não crescer?

— Teremos o bastante de quitutes para comer – foi o modo desapaixonado de Marilla tratar do assunto.

Entretanto, o bolo cresceu e saiu do forno leve e suave como uma espuma dourada. Anne estava corada de tanta satisfação e fez a camada de geleia

1 - "Tory" - Partido Conservador do Canadá.

vermelha e, em sua imaginação, viu Mrs. Allan comendo e possivelmente pedindo outro pedaço do bolo!

— Certamente você irá utilizar o melhor jogo de chá, Marilla. Posso decorar a mesa com samambaias e rosas silvestres?

— Acho tudo isso uma tolice! Em minha opinião, o mais importante é a comida, e não esse disparate de decoração – bufou Marilla.

— Mrs. Barry decorou a mesa *dela* – disse Anne, que não estava totalmente privada da inteligência da serpente – e o ministro fez um elogio gracioso. Disse que era uma festa tanto para os olhos quanto para o paladar.

— Bem, faça como quiser – respondeu Marilla, que estava determinada a não ser superada por Mrs. Barry nem por mais ninguém –, mas preocupe-se em deixar espaço suficiente para os pratos e a comida.

Anne pôs-se a decorar de tal forma e com tal esmero que deixaria Mrs. Barry bem para trás. Tendo uma abundância de rosas e samambaias e um talento artístico próprio, decorou a mesa com tanta beleza que, quando o ministro e sua esposa se sentaram, exclamaram em coro sobre sua delicadeza.

— Isso é tudo coisa de Anne – disse Marilla, com austeridade; e a menina sentiu que o sorriso aprovador de Mrs. Allan era felicidade demais para este mundo.

Matthew estava lá, tendo sido induzido a participar do chá, só Deus e Anne sabiam como. Ele entrou em tal estado de timidez e nervosismo que Marilla teria desistido, em desespero; mas Anne o tomou pela mão de um jeito tão exitoso, que estava agora sentado à mesa, em suas melhores roupas e colarinho branco, conversando bastante interessado com o ministro. Não disse uma palavra a Mrs. Allan, mas isso era pedir muito de sua pessoa.

Tudo estava indo muito bem, como o badalar dos sinos de um casamento, até que chegou a hora de servir o bolo de Anne. Tendo já se servido de uma boa quantidade dos outros tipos de guloseimas, Mrs. Allan declinou o oferecimento. Mas Marilla, percebendo a face desapontada de Anne, disse sorridente:

— A senhora deve provar um pedacinho deste bolo, Mrs. Allan. Anne o preparou pensando na senhora.

— Nesse caso, vou experimentá-lo – sorriu Mrs. Allan, servindo-se de um bom pedaço, como fizeram o ministro e Marilla.

Mrs. Allan pôs na boca uma garfada da fatia, e uma estranha expressão surgiu em seu rosto. Entretanto, não disse uma palavra, e comeu-o lentamente. Ao reparar na expressão, Marilla se apressou em provar o bolo.

— Anne Shirley! – exclamou – Que raios você pôs nesse bolo?

— Eu segui o que dizia a receita, Marilla! – exclamou Anne, com um olhar angustiado – Oh, não está bom?

— Bom? Está horrível! Mr. Allan, não coma. Anne, prove você mesma. Que tipo de essência usou?

— Baunilha – respondeu Anne, sua fisionomia vermelha de mortificação quando provou o bolo – só baunilha. Oh, Marilla, deve ter sido o fermento. Tinha minhas suspeitas sobre aquele ferm–

— Nada a ver com fermento! Que disparate! Traga-me o frasco da baunilha que você usou.

Anne correu até a despensa e retornou com um pequeno frasco parcialmente cheio com um líquido marrom, com uma etiqueta amarela onde se lia *Melhor Baunilha*.

Marilla o tomou, destapou-o e cheirou-o.

— Misericórdia, Anne, você condimentou o bolo com *analgésico linimento*! Quebrei o frasco do medicamento na semana passada, e guardei o restante nesta garrafa vazia de essência de baunilha. Suponho que eu tenha parte da culpa – deveria tê-la alertado – mas, pelo amor de Deus, não poderia ter cheirado o frasco?

Sob essa dupla desgraça, Anne se desfez em lágrimas.

— Não podia, estou tão resfriada! – e, com isso, fugiu para o quartinho do lado leste do sótão, onde se jogou na cama e soluçou como alguém que se recusava a ser confortada.

Nesse momento, um suave ruído de passos foi ouvido nas escadas e alguém entrou no quarto.

— Oh, Marilla – soluçou Anne, sem olhar para quem entrava –, estou desgraçada para sempre. Nunca poderei superar isso. Todos saberão, todos sempre sabem de tudo em Avonlea. Diana irá me perguntar como ficou o bolo e eu terei de contar a verdade. Sempre serei conhecida como a menina que condimentou o bolo com analgésico linimento. Gil – os meninos da escola nunca irão parar de rir disso. Oh, Marilla, se você tem um mínimo de misericórdia cristã, não me peça para descer lá embaixo e lavar a louça depois disso. Vou lavá-la quando o ministro e a esposa forem embora, mas nunca mais poderei encarar Mrs. Allan novamente. Talvez ela pense que eu tenha tentado envená-la. Mrs. Lynde me contou que conhece uma menina órfã que tentou envenenar sua benfeitora. Mas o linimento não é venenoso. Ele serve para consumo humano, apesar de não servir para ser usado em bolos. Você contará a verdade para Mrs. Allan, não contará, Marilla?

— Suponho que você mesma possa se levantar e contar a ela – disse uma voz alegre.

Anne se levantou de um salto para encontrar Mrs. Allan em pé ao lado de sua cama, observando-a com olhos sorridentes.

— Minha menina, não precisa chorar assim! – falou, genuinamente preocupada com a fisionomia trágica de Anne – Ora, foi somente um erro engraçado que qualquer um poderia ter cometido.

— Oh, não, um erro como este me deixa muito mal. E eu queria que o bolo ficasse bom para a senhora, Mrs. Allan – disse Anne, desamparada.

— Eu sei, querida. E lhe asseguro que apreciei sua bondade e solicitude do mesmo modo como se tivesse dado tudo certo. Agora, você não deve mais chorar, mas vamos descer e você vai me mostrar seu canteiro de flores. Miss Cuthbert me contou que você tem um cantinho todo seu. Quero muito vê-lo, pois me interesso muito por flores.

Anne se deixou ser levada e confortada, refletindo que era mesmo providencial que Mrs. Allan fosse uma alma gêmea. Nada mais foi dito sobre o bolo de linimento, e quando os visitantes foram embora, Anne percebeu que tinha desfrutado daquela tarde mais do que esperava, considerando o terrível incidente. Apesar de tudo, suspirou profundamente.

— Marilla, não é maravilhoso pensar que amanhã é um novo dia, ainda sem erros cometidos?

— Posso garantir que você irá cometer vários deles. Nunca vi ninguém melhor do que você para isso, Anne – disse Marilla.

— Sim, sei muito bem disso – admitiu Anne, tristemente –, mas você já percebeu algo encorajador sobre mim, Marilla? Nunca cometo o mesmo erro duas vezes.

— Não sei se há muita vantagem, considerando que você está sempre cometendo outros novos.

— Oh, não percebe, Marilla? Deve haver um limite de erros que uma pessoa pode cometer, e quando chegar ao final, eles terão acabado. É um pensamento muito reconfortante.

— Bem, é melhor que você vá jogar o bolo para os porcos. Não presta para nenhum ser humano comer, nem mesmo Jerry Buote.

Capítulo XXII

Anne é Convidada Para o Chá

— E por que os seus olhos estão saltando das órbitas agora? – perguntou Marilla, quando Anne entrou correndo, vindo do posto dos correios – Descobriu mais uma alma gêmea?

A excitação envolvia a menina como uma vestimenta, reluzia em seus olhos, avivava cada feição. Ela vinha dançando pela alameda, como um duende levado pelo vento através da suave luz do sol e das preguiçosas sombras da tarde de agosto.

— Não, Marilla, mas oh, o que você acha? Fui convidada para o chá na casa paroquial amanhã à tarde! Mrs. Allan deixou uma cartinha para mim no posto de correios. Olhe, Marilla. 'Miss Anne Shirley, Green Gables'. Esta é a primeira vez que eu sou chamada de 'Miss'. Que arrepio me causou! Eu a guardarei como um dos meus tesouros mais preciosos.

— Mrs. Allan me contou que tencionava receber todos os membros da classe de Escola Dominical, um de cada vez. Não precisa ficar tão agitada por causa disso. Aprenda a levar as coisas mais calmamente, criança – disse Marilla, encarando muito friamente todo o grande acontecimento.

Para Anne, levar as coisas calmamente era como mudar sua própria natureza. Toda "espírito, fogo e orvalho"[1] como era, os prazeres e dores da vida lhe sobrevinham com tripla intensidade. Marilla percebera isso e estava vagamente preocupada, entendendo que os altos e baixos da existência seriam provavelmente mal recebidos por esta alma impulsiva, sem compreender que uma capacidade igualmente grande para a alegria poderia compensar tudo. Portanto, Marilla concebera que era seu dever treinar Anne para ter uma tranquila uniformidade de disposição, tão impossível e alheia a ela como um raio de sol em um riacho pouco profundo. Mas ela admitia tristemente para si mesma que não fazia muito progresso. A ruína de uma esperança, ou de algum plano estimado, afundava Anne nas "profundezas da aflição". Por outro lado, o cumprimento de sua expectativa a exaltava ao vertiginoso reino dos deleites. Marilla havia começado a se desesperar, perguntando-se

---

[1] - Referência a trecho do poema "Evelyn Hope", de Robert Browning (1812-1889).

se chegaria alguma vez a acomodar esta criança abandonada pelo mundo no seu modelo de menina, com modos recatados e conduta apropriada. Não acreditava que, na realidade, gostava muito mais de Anne do jeito que ela era.

A menina havia ido para a cama naquela noite em aflito silêncio, pois Matthew dissera que o vento nordeste estava soprando e temia que pudesse chover no dia seguinte. O cicio das folhas de álamo em torno da casa deixou-a preocupada, pois soava como pingos de chuva. O intenso e distante rugido do Golfo, o qual tantas vezes escutara encantada, pois amava seu ritmo estranho, sonoro e cativante, agora mais se assemelhava à profecia de tormenta e desastre para a pequena donzela que tanto queria que o dia fosse belo. Anne pensou que a manhã nunca chegaria.

Mas todas as coisas têm um fim, mesmo a noite anterior ao dia em que se é convidada para tomar o chá na casa paroquial. O dia estava lindo, a despeito das predições de Matthew, e o espírito de Anne foi às alturas.

— Oh Marilla, há algo em mim hoje que me faz simplesmente amar a todos que vejo! – exclamou, enquanto lavava a louça do café da manhã – Não sabe como me sinto bem! Não seria maravilhoso se essa sensação durasse? Creio que eu poderia ser uma criança modelo se fosse convidada para tomar o chá todos os dias. Mas oh, Marilla, é uma ocasião solene também. Sinto-me tão ansiosa. E se eu não me comportar de maneira adequada? Você sabe que eu nunca fui a um chá em uma casa paroquial antes, e não estou certa se conheço todas as regras de etiqueta, apesar de estar estudando o que é ensinado no Departamento de Etiqueta da Família desde que cheguei aqui. Tenho tanto medo de fazer algo bobo, ou esquecer de fazer alguma coisa que deveria fazer. Seria correto se servir de algo pela segunda vez, se você quisesse *muito*?

— O problema com você, Anne, é que pensa demasiado em si mesma. Deveria somente pensar em Mrs. Allan e no que seria melhor e mais agradável para ela – disse Marilla, acertando pela primeira vez em sua vida em um conciso e profundo conselho. Anne entendeu instantaneamente.

— Você está certa, Marilla. Tentarei não pensar em mim de forma alguma.

Anne evidentemente concluiu sua visita sem nenhuma falta de "etiqueta", pois voltou para casa ao entardecer sob um glorioso céu salpicado pelo rastro de nuvens rosa e açafrão, em um abençoado estado de ânimo; e, alegremente, contou tudo sobre o chá, sentada na escadaria de pedra vermelha na porta da cozinha, com sua cansada cabeça cacheada apoiada na coberta xadrez sobre o colo de Marilla.

Um vento frio soprava sobre o campo de colheita a partir da borda cheia de pinheiros das colinas ocidentais, assobiando por entre os álamos. Acima do pomar brilhava uma estrela, e os vaga-lumes borboleteavam na Travessa dos Amantes, cruzando entre as samambaias e os arbustos rasteiros. Anne os observava enquanto falava e, de certo modo, sentiu que o vento, as estrelas e os vaga-lumes estavam todos entrelaçados, juntos em um universo indescritivelmente doce e encantador.

— Oh, Marilla, passei momentos *fascinantes*. Sinto que não tenho vivido em vão e sempre sentirei isso, mesmo que nunca mais seja convidada para o chá na casa paroquial. Quando cheguei lá, Mrs. Allan me recebeu na porta. Ela usava o mais adorável dos vestidos de organdi rosa-pálido, com dúzias de babados e mangas até o cotovelo, se parecendo com um Serafim. Eu penso que realmente gostaria de ser esposa de um ministro quando crescer, Marilla. Um ministro não se importaria com meu cabelo ruivo, pois ele não estaria pensando em coisas terrenas. Mas creio que eu deveria ser naturalmente bondosa, e como nunca se-rei, então suponho que seja inútil pensar nisso. Algumas pessoas são boas por natureza, sabe, e outras não são. Faço parte do grupo das outras. Mrs. Lynde disse que estou cheia de pecado original. Não importa o quanto eu tente ser boa, nunca poderei obter sucesso neste empreendimento como aquelas pessoas que são naturalmente boas. É como a Geometria. Mas você não acha que tentar bra-vamente deveria contar para alguma coisa? Mrs. Allan é uma das pessoas de na-tureza boa. Eu a amo com todo o meu coração! Você sabe que existem pessoas, como Matthew e Mrs. Allan, que você pode amar de imediato, sem problemas. E existem outras, como Mrs. Lynde, que tem que tentar bravamente até conseguir amá-las. Você sabe que *deve* amá-las, pois elas são tão sábias e tão ativas na igreja. Mas deve se lembrar disso todo o tempo, senão vai esquecer. Havia outra menina na casa paroquial, da Escola Dominical de White Sands. Seu nome era Lauretta Bradley, e ela era uma garotinha muito boazinha. Não exatamente uma alma gêmea, sabe, mas ainda assim muito boazinha. Tivemos um chá bastante elegante, e creio que respeitei bem todas as regras de etiqueta. Depois do chá, Mrs. Allan tocou e cantou, e nos fez cantar também. Mrs. Allan disse que eu tenho uma voz muito boa e que devo cantar no coral da Escola Dominical. Consegue imaginar quão feliz eu fiquei por ao menos pensar nisso? Eu desejava muitíssimo cantar no coral, como Diana, mas temia que fosse uma honra a qual eu nunca devesse aspirar. Lauretta teve que ir para casa mais cedo, porque terá um grande concerto no Hotel de White Sands esta noite e a irmã dela irá recitar. Lauretta disse que os americanos realizam um concerto a cada quinze dias em benefí-cio do Hospital de Charlottetown, e sempre convidam muitas pessoas de White Sands para participar. Ela disse que espera que um dia a convidem também. Eu somente fitei-a, impressionada. Depois que ela se foi, Mrs. Allan e eu tivemos uma conversa de coração-para-coração. Contei tudo a ela – sobre Mrs. Thomas e os gêmeos, e sobre Katie Maurice e Violetta, e minha chegada a Green Gables e meus problemas com Geometria. E você acredita, Marilla, que ela não enten-dia Geometria também? Não imagina o quanto isso me encorajou. Mrs. Lynde chegou à casa paroquial um pouco antes de eu ir embora, e você não imagina, Marilla: os membros do conselho diretor contrataram uma nova professora, e seu nome é Miss Muriel Stacy. Não é um nome romântico? Mrs. Lynde disse que nunca tiveram uma professora em Avonlea antes, e ela acha que é uma inovação perigosa. Mas eu creio que será esplêndido ter uma dama professora, e realmente não sei como vou viver essas próximas duas semanas antes do início das aulas. Estou impaciente para conhecê-la.

Capítulo XXIII

Anne Sofre por uma Questão de Honra

Anne teve que sobreviver mais de duas semanas, como aconteceu. Quase um mês havia passado desde o episódio do bolo de linimento, e já estava mais do que na hora da menina entrar em novas confusões e pequenos erros, tais como esvaziar distraidamente uma caçarola de leite desnatado em uma cesta de novelos de lã na despensa, ao invés de despejá-la no balde dos porcos, e caminhar inocentemente na borda da longa ponte de troncos sobre o riacho, envolta em seus devaneios, não sendo exatamente válido contar.

Uma semana depois do chá na casa paroquial, Diana Barry organizou uma reunião.

— Será um grupo íntimo e seleto. Somente as garotas da classe – Anne assegurou a Marilla.

As meninas tiveram uma tarde muito agradável, e nada de extraordinário havia acontecido até depois de terminado o chá, quando se encontravam no jardim dos Barry, um pouco cansadas de todos os jogos e prontas para qualquer tipo de tentadora travessura que se apresentasse. Repentinamente esta tomou a forma de "desafio".

Desafiar era um jogo muito famoso entre os jovens de Avonlea naquele tempo. Começou entre os meninos, mas rapidamente se estendeu às meninas. Todo o tipo de tolices que foram feitas em Avonlea naquele verão – porque seus autores se "desafiaram" a fazer – poderia encher um livro.

Para começar, Carrie Sloane desafiou Ruby Gillis a subir até certa altura do velho salgueiro diante da porta da frente da residência – o que, para consternação da antes mencionada Carrie Sloane, a segunda menina agilmente conseguiu, apesar de seu medo horrível das gordas lagartas verdes que diziam infestar a árvore, e temendo a visão da mãe diante de si, caso rasgasse o vestido novo de musselina. Logo, Josie Pye desafiou Jane Andrews a saltar só com a perna esquerda em torno do jardim, sem parar e sem pisar com o pé direito no solo. Jane tentou cumprir o desafio valentemente, mas caiu quando pulava pelo terceiro canto da casa e teve de se dar por vencida.

O triunfo de Josy, sendo mais bem pronunciado do que permite a boa educação, mexeu com os brios de Anne Shirley, que a desafiou a caminhar ao largo da cerca que limitava o jardim do lado leste. Ora, "andar" por cima de cercas requer mais habilidade e equilíbrio de cabeça e pés do que pode supor quem nunca tentou fazer isso. Mas Josie Pye, sendo deficiente em algumas qualidades que contribuiriam para sua popularidade, tinha pelo menos a facilidade natural, inata e devidamente cultivada de caminhar sobre cercas. Josie andou em cima da cerca do jardim dos Barry com um ar de despreocupação que pareceu insinuar que uma coisinha simples como aquela não merecia ser chamada de "desafio". Sua proeza foi recebida com relutante admiração e a maioria das meninas podia apreciá-la, dados os muitos inconvenientes sofridos em seus esforços para caminhar sobre cercas. Josie desceu da altura onde estava, corada pela vitória, e então lançou um olhar desafiador para Anne.

Anne sacudiu as tranças ruivas e disse:

— Não acho que seja uma grande coisa andar sobre uma cerquinha baixa. Conheci uma garota em Marysville que conseguia andar sobre a viga de um telhado.

— Eu não acredito nisso! – exclamou Josie, categoricamente – Não acredito que ninguém possa andar na cumeeira. Ao menos você não conseguiria.

— Eu não conseguiria? – gritou Anne, precipitadamente.

— Eu desafio você a fazer isso! – instigou Josie – Desafio você a subir até lá e caminhar sobre a cumeeira da cozinha de Mr. Barry.

Anne empalideceu, mas claramente só havia uma coisa a ser feita. Andou na direção da casa, onde uma escada estava encostada no telhado da cozinha. Todas as colegas de escola exclamaram "Oh!", meio empolgadas, meio assustadas.

— Não faça isso, Anne – suplicou Diana –, você vai cair e morrer. Não dê a mínima para Josie Pye. Não é justo desafiar alguém a fazer algo tão perigoso.

— Devo fazer. Minha honra está em jogo. Vou caminhar sobre aquela viga, Diana, ou perecer tentando. Se eu morrer, você pode ficar com meu anel de contas de pérolas – disse, solenemente.

Anne subiu a escada em meio ao profundo silêncio, alcançou a viga, equilibrou-se verticalmente naquele precário fundamento, e começou a andar ao longo da cumeeira, plenamente consciente de que estava muito mais alta do que o mundo, e que a imaginação não serve de muita ajuda para andar sobre os telhados. Não obstante, conseguiu dar vários passos antes de lhe sobrevir a catástrofe. Ela vacilou, perdeu o equilíbrio, tropeçou, cambaleou e deslizou sobre o telhado banhado pelo sol, caindo no chão através do emaranhado de parreira virgem – tudo antes do assustado grupo abaixo deixar escapar simultaneamente um grito aterrorizado.

Se Anne tivesse caído pelo lado em que subiu, Diana provavelmente teria herdado o anel de contas de pérolas ali mesmo. Mas felizmente ela caíra do outro lado, onde o telhado se estendia baixando sobre o alpendre até bem próximo ao chão, onde a queda resultava bem menos perigosa. Entretanto, quando Diana e as meninas rodearam a casa correndo freneticamente – exceto Ruby Gillis, que permaneceu grudada no solo, chorando com histeria – encontraram Anne caída, muito branca e mole, mergulhada entre os destroços da arruinada parreira virgem.

— Anne, você morreu? – gritou Diana, ajoelhando-se ao lado da amiga – Oh, Anne, querida Anne, fale alguma coisa e diga se está morta.

Para o imenso alívio das jovens, especialmente de Josie Pye – que, a despeito de sua pouca imaginação, havia sido apoderada por horríveis visões de um futuro que a assinalava como a garota que causara a morte prematura e trágica de Anne Shirley – a menina sentou-se ainda tonta e respondeu vagamente:

— Não, Diana, não estou morta, mas acho que estou ficando inconsciente.

— Onde? Oh, onde, Anne? – soluçou Carrie Sloane, e, antes de Anne poder responder, Mrs. Barry apareceu na cena. Ao vê-la, Anne tentou se firmar em seus pés, mas voltou a afundar com um gritinho agudo de dor.

— O que aconteceu? Onde se machucou? – inquiriu Mrs. Barry.

— Meu tornozelo – murmurou Anne – oh, Diana, por favor, encontre seu pai e peça a ele que me leve para casa. Sei que nunca poderei chegar até lá. E estou certa de que não posso ir saltando em um pé só, quando Jane não pôde fazê-lo nem ao redor do jardim.

Marilla estava no pomar colhendo uma bacia de maçãs de verão, quando viu Mr. Barry atravessando a ponte de troncos e subindo a colina, com Mrs. Barry ao seu lado e uma procissão de meninas atrás deles. Em seus braços carregava Anne, que tinha a cabeça levemente apoiada em seu ombro.

Naquele momento, Marilla teve uma revelação. A repentina punhalada de pânico que sentiu bem no meio do coração lhe revelou o quanto Anne significava para ela. Teria admitido que gostava de Anne – mais do que isso, que sentia afeto por ela. Mas agora, enquanto descia a colina correndo desesperadamente, soube que Anne era mais querida para ela do que qualquer outra coisa no mundo.

— Mrs. Barry, o que aconteceu com ela? – Marilla arquejou, mais pálida e estremecida do que sua pessoa contida e sensata havia estado em muitos anos.

A própria Anne respondeu, erguendo a cabeça.

— Não se assuste, Marilla. Eu estava andando na viga do telhado e caí. Parece que torci meu tornozelo. Mas eu poderia ter quebrado o pescoço; vamos olhar pelo lado bom.

— Eu deveria saber que você faria algo desse tipo, quando eu a deixei ir nessa reunião! – disse Marilla, seca e rabugenta em meio ao seu alívio – Traga-a aqui, Mr. Barry, e deite-a no sofá. Misericórdia, a menina desmaiou!

E era verdade. Vencida pela dor de sua fratura, Anne teve mais um de seus desejos realizados. Havia desmaiado.

Matthew, a quem mandaram chamar rapidamente no campo, foi diretamente buscar o doutor, que chegou a tempo para descobrir que o ferimento de Anne era mais grave do que se pensava. Anne havia quebrado o tornozelo.

Naquela noite, quando Marilla subiu ao quartinho do lado leste do sótão, onde a pálida menina estava deitada, uma vozinha suave cumprimentou-a da cama.

— Sente muita pena de mim, Marilla?

— Foi sua culpa – resmungou Marilla, baixando a persiana e acendendo a vela.

— E este é o motivo pelo qual você deveria lastimar, porque saber que foi tudo minha culpa é o que torna pior. Se eu pudesse pôr esta responsabilidade em qualquer outra pessoa, me sentiria muito melhor. Mas o que você teria feito, Marilla, se tivesse sido desafiada a caminhar sobre uma viga?

— Teria ficado em terra firme, e deixaria que desafiassem o quanto quisessem. Que insensatez!

Anne suspirou.

— Mas você tem tanta força de vontade, Marilla. Eu não tenho. Somente pensei que não poderia aguentar a chacota de Josie Pye. Ela iria debochar de mim pelo resto da vida. E acho que já tive minha punição, então você não precisa ficar irritada comigo, Marilla. Não é nada bom desmaiar, afinal. E o doutor me machucou extremamente quando colocou o tornozelo no lugar. Não poderei andar por aí durante seis semanas, e perderei os primeiros dias de aula com a professora. E Gil – os outros alunos ficarão na minha frente nos estudos. Oh, Marilla, estou mortalmente aflita. Mas tentarei suportar tudo isso bravamente, se você apenas não ficar brava comigo, Marilla.

— Calma, calma, não estou brava. Você é uma criança sem sorte, não há nenhuma dúvida quanto a isso. Mas como disse, terá que sofrer as consequências. Agora trate de comer um pouco.

— Não é sorte que eu tenha uma imaginação assim? Vai me ajudar a passar por isso esplendidamente, eu espero. O que você supõe que as pessoas que não têm imaginação fazem quando quebram um de seus ossos, Marilla?

Anne teve boas razões para bendizer sua imaginação muitas vezes e com frequência, durante as sete tediosas semanas que se seguiram. Mas não dependeu unicamente disso. Recebeu muitos visitantes e não houve um dia sem que uma ou mais de suas colegas de escola passassem para lhe trazer flores e livros, e contar todos os acontecimentos do mundo da juventude de Avonlea.

— Todos têm sido tão bons e gentis, Marilla – Anne suspirou, feliz, no primeiro dia que pôde caminhar mancando – Não é agradável ficar deitada o tempo todo, mas existe um lado bom nisso, Marilla. Você acaba descobrindo quantos amigos tem. Ora, até mesmo o Superintendente Bell veio me ver, e ele é realmente um bom homem. Não uma alma gêmea, é claro, mas ainda assim gosto dele e estou terrivelmente arrependida de ter criticado suas orações. Agora acredito que ele realmente sentia as preces, mas somente adquiriu o hábito de rezar como se não sentisse. Poderia mudar este hábito se pensasse um pouco no assunto. Dei a ele uma boa indireta. Contei o quanto tentei tornar interessantes minhas orações particulares. E ele me contou sobre o dia em que quebrou seu tornozelo quando era menino. Parece estranho pensar no Superintendente Bell sendo um menino alguma vez. Mesmo minha imaginação tem seus limites, pois eu não consigo imaginar *isto*. Quando tento pensar em como ele era quando menino, imagino-o de bigodes brancos e óculos, exatamente como o vejo na Escola Dominical, somente menor. Agora, eis uma coisa fácil de imaginar: Mrs. Allan quando criança. Ela esteve aqui quatorze vezes para me ver. Não é algo para se orgulhar, Marilla? Sabendo que a esposa de um ministro tem tantas tarefas! E ela é uma pessoa tão animada para fazer visitas. Nunca diz que é sua culpa, e que espera que seja uma boa menina depois do ocorrido. Mrs. Lynde sempre me diz isso quando vem aqui, e diz essas coisas de um jeito como se desejasse que eu fosse uma boa menina, mas não realmente esperando que eu me torne uma. Até mesmo Josie Pye veio me ver. Recebi-a o mais educadamente que pude, pois acho que ela estava arrependida de ter me desafiado a andar sobre o telhado. Se eu tivesse morrido, o peso do remorso iria assombrá-la por toda a vida. Diana tem sido uma amiga leal. Ela vem todos os dias para afofar meu único travesseiro. Mas, oh, vou ficar tão feliz quando puder finalmente ir para a escola, pois tenho ouvido coisas maravilhosas sobre a nova professora. As meninas todas concordam que ela é perfeitamente doce. Diana disse que ela tem o cabelo claro, cacheado e adorável, e olhos fascinantes. Veste-se com muita graça, e suas mangas bufantes são as maiores vistas em Avonlea. Em algumas sextas-feiras ela organiza recitais e todos têm que declamar uma poesia, ou tomar parte em um diálogo. Oh, é tão glorioso pensar nisso! Josie Pye me contou que odeia participar, mas isso se deve ao fato de ela não possuir nenhuma imaginação. Diana, Ruby Gillis e Jane Andrews estão preparando um diálogo chamado "Uma Visita Matinal" para a próxima sexta-feira. E nas sextas em que não há recitais, Miss Stacy leva a todos para o bosque para um dia no campo, onde estudam samambaias, flores e pássaros. E os alunos fazem exercícios de educação física todos os dias, pela manhã e à tarde. Mrs. Lynde disse que nunca viu tais atitudes e que tudo isso se dá por ter uma professora mulher. Mas eu acho que deve ser esplêndido e que encontrarei uma alma gêmea em Miss Stacy.

— Se existe uma coisa clara a ser vista, Anne – disse Marilla –, é que a queda do telhado de Mr. Barry não machucou a sua língua de maneira nenhuma.

Capítulo XXIV

Miss Stacy e Seus Alunos Organizam um Concerto

Era outubro novamente quando Anne estava em condições de voltar à escola – um glorioso outubro, todo vermelho e dourado, com manhãs suaves quando os vales eram preenchidos por brumas delicadas, como se os espíritos do outono tivessem vertido a névoa para que o sol a escoasse em tonalidades de ametista, pérola, prata, rosa e azul-grafite. O orvalho era tão denso que os campos pareciam cobertos por um manto de prata reluzente, e havia enormes amontoados de folhas secas caídas nos vales, quebradiças e ruidosas quando se corria sobre elas. A Rota das Bétulas era uma abóbada amarela e as samambaias ao seu redor estavam endurecidas e pardas. Havia um aroma penetrante no próprio ar que inspirava os corações das pequenas mocinhas que passavam velozes e dispostas para a escola, diferentes dos lentos caracóis. E era uma alegria estar de volta ao pequeno assento marrom ao lado de Diana, com Ruby Gillis acenando com a cabeça do outro lado do corredor, Carrie Sloane mandando notinhas e Julia Bell passando uma goma mastigada no assento de trás. Anne soltou um longo suspiro de felicidade enquanto afiava o lápis e arrumava os cartões ilustrados em sua mesa. A vida era certamente muito interessante.

E na nova professora ela encontrou outra fiel e prestativa amiga. Miss Stacy era uma jovem brilhante e simpática com o afortunado dom de ganhar e manter a afeição de seus alunos e trazer à tona o melhor que havia neles, tanto mental quanto moralmente. Anne floresceu sob esta saudável influência e levava para o admirado Matthew e a censuradora Marilla os radiantes relatos sobre as lições e progressos.

— Amo Miss Stacy com todo o meu coração, Marilla. Ela é tão educada e tem uma voz tão doce. Quando ela pronuncia meu nome, sinto *instintivamente* que está ressaltando a letra "E". Tivemos nosso recital hoje à tarde. Queria que você pudesse ter estado ali, para me ouvir recitando 'Mary, Rainha da

Escócia'.[1] Coloquei toda a minha alma na poesia. No caminho para casa, Ruby Gillis me contou que a maneira como declamei a fala: 'Agora para meu pai, o adeus de meu coração feminino' lhe fez gelar a espinha.

— Ora, você deve recitá-lo para mim algum dia desses, lá no celeiro – sugeriu Matthew.

— Claro que sim – disse Anne, meditando –, mas não serei capaz de recitá-lo tão bem, eu sei. Não será tão empolgante como quando se tem toda uma escola como plateia diante de você, sem fôlego e suspensa nas suas palavras. Sei que não serei capaz de lhe fazer gelar a espinha.

— Mrs. Lynde disse que o que fez a espinha *dela* gelar foi ver os meninos escalando o topo daquelas árvores na colina de Mr. Bell, buscando ninhos de corvo na sexta-feira passada! – exclamou Marilla – Admira-me Miss Stacy encorajar tais atitudes!

— Mas queríamos o ninho para nossa aula de ciências naturais. Era nossa tarde no campo. Essas aulas ao ar livre são esplêndidas, Marilla. E Miss Stacy explica tudo tão lindamente. Temos que escrever redações em nossas tardes no campo, e sou eu quem escreve as melhores.

— É muita vaidade sua falar desse jeito. É melhor que você deixe que a professora diga isso.

— Mas ela *disse*, Marilla. E certamente não fico vaidosa por isso. Como posso ficar, se ainda sou péssima em Geometria? Apesar de estar realmente começando a entender um pouco. Miss Stacy torna tudo tão claro. Mesmo assim, nunca serei realmente boa, e lhe asseguro que esta é uma reflexão humilhante. Mas eu amo escrever redações. Na maioria das vezes, Miss Stacy nos permite escolher os temas, mas na próxima semana vamos escrever uma composição sobre uma pessoa notável. É difícil escolher entre tantas pessoas interessantes que já viveram. Não deve ser esplêndido ser uma pessoa extraordinária e ter redações escritas sobre você depois de sua morte? Oh, eu adoraria ser notável. Acho que, quando eu crescer, vou estudar para ser enfermeira e ir com a Cruz Vermelha para o campo de batalha como uma mensageira de paz. Isto é, se eu não for como missionária para o estrangeiro. Isso seria muito romântico, mas para ser uma pessoa ser missionária, tem que ser bondosa por natureza, e isso seria uma pedra no caminho. E nós temos aula de educação física todos os dias, também. Torna o corpo gracioso e promove a boa digestão.

— Promove disparates! – disse Marilla, que honestamente pensava que tudo não passava de uma bobagem.

Mas todas as tardes no campo, as poesias das sextas-feiras e as aulas de educação física empalideceram diante do projeto que Miss Stacy trouxe em novembro. Os estudantes da escola de Avonlea deveriam organizar um concerto

1 - Referência ao poema "Lamento de Mary, Rainha dos Escoceses", escrito pelo inglês William Wordsworth (1770-1850).

Anne de Green Gables

e preparar o salão para a Noite de Natal, com o louvável propósito de levantar fundos para ajudar na compra de uma bandeira para a escola. Todos os alunos abraçaram graciosamente o plano, e os preparativos para este programa começaram imediatamente. E dentre todos os empolgados artistas eleitos, nenhum estava tão emocionado quanto Anne Shirley, que se lançou à tarefa de corpo e alma, ainda que a desaprovação de Marilla tentasse atrapalhá-la. Esta considerava tudo isso a maior tolice.

— Serve somente para encher suas cabeças de baboseiras e tomar o tempo que deveria ser empregado nas aulas. Não aprovo a participação de crianças em concertos e que fiquem correndo de um lado ao outro para ensaiar. Torna-as fúteis, atrevidas e faz com que fiquem gostando de perambular por aí – ela resmungou.

— Mas pense no valor do objetivo! Uma bandeira cultivará nosso espírito de patriotismo, Marilla.

— Lorota! Há muito pouco patriotismo nas cabecinhas de vocês. Tudo o que querem é diversão.

— Bem, quando podemos combinar patriotismo e diversão, não fica tudo certo? Claro que é muito bom organizar um concerto. Cantaremos seis canções em coro, e Diana cantará um solo. Estou participando de dois esquetes – 'A Sociedade para Supressão da Maledicência' e 'A Rainha das Fadas'. Os meninos terão um diálogo também. E eu recitarei duas poesias, Marilla. Eu tremo quando penso nisso, mas é um tipo emocionante de tremor. E ao final teremos um painel – 'Fé, Esperança e Caridade'. Diana, Ruby e eu estaremos ali, todas trajadas de branco e cabelos ao vento. Eu serei Esperança, com minhas mãos unidas – assim – e meus olhos erguidos ao céu. Estou indo praticar minhas poesias no sótão. Não fique alarmada se me escutar gemendo. Tenho que gemer dolorosamente em uma delas, e é realmente difícil alcançar um bom gemido artístico, Marilla. Josie Pye está emburrada, pois não conseguiu o papel que queria no quadro. Ela queria ser a Rainha das Fadas. Teria sido ridículo, pois quem já ouviu falar de uma Rainha Fada tão gorda quanto Josie Pye? Fadas têm de ser esguias. Jane Andrews será a rainha e eu serei uma de suas damas de honra. Josie acha que uma fada ruiva é tão ridícula quanto uma gorda, mas eu não me deixo levar pelo que Josie diz. Usarei uma grinalda de rosas brancas no cabelo e Ruby me emprestará sua sapatilha, pois não tenho nenhuma. É necessário que as fadas usem sapatilhas, sabe? Você consegue imaginar uma fada usando botas? Especialmente com saltos cor de bronze? Iremos decorar o salão com abeto rasteiro e arbustos de pinheiro com rosas de papel crepom pregadas. E vamos marchar de duas em duas depois que a plateia estiver sentada, enquanto Emma White toca a marcha no órgão. Oh, Marilla, sei que você não está tão entusiasmada quanto eu, mas não espera que sua Anne se destaque?

— Tudo o que espero é que você se comporte. Ficarei tremendamente contente quando toda essa confusão estiver acabada e você for capaz de se acalmar. Você simplesmente não serve para nada nesses momentos, com sua cabeça cheia de diálogos, gemidos e paineis. Quanto à sua língua, é incrível como não se gasta.

Anne suspirou e se retirou para o jardim dos fundos, sobre o qual brilhava uma jovem lua nova em meio aos desnudos galhos dos álamos em um céu de maçã-verde, onde Matthew estava cortando lenha. Anne subiu em um tronco e conversou com ele sobre o concerto, certa de ter um ouvinte apreciativo e simpático ao menos desta vez.

— Bem, ora, creio que será um concerto muito bom. E espero que você atue bem na sua parte – disse ele, sorrindo para a expressão ávida e vivaz da menina. Anne lhe devolveu o sorriso. Aqueles dois eram os melhores amigos e Matthew agradecia frequentemente aos astros por não ter de participar da educação de Anne. Esse era um dever exclusivo de Marilla. Se fosse seu, teria se preocupado em constantes conflitos entre sua inclinação e seu dito dever. Do modo como estavam dispostas as coisas, ele estava livre para "mimar Anne" – era uma frase da irmã – o tanto quanto desejasse. Mas, afinal de contas, não era um arranjo tão mau assim. Um pouquinho de "apreço" de vez em quando faz quase tão bem quanto a mais consciente "educação" do mundo.

Capítulo XXV

Matthew Insiste em Mangas Bufantes

Matthew estava tendo dez minutos péssimos. Ele entrara na cozinha no crepúsculo de uma noite fria e cinza de dezembro e se sentara no banquinho de madeira, no canto, para tirar as botas pesadas, inconsciente do fato de que Anne e um grupo de suas colegas da escola estavam ensaiando "A Rainha das Fadas" na sala de estar. Nesse mesmo instante, elas passaram pelo corredor que levava até a cozinha, rindo e conversando alegremente. Elas não perceberam a presença de Matthew, que se encolheu, envergonhado, nas sombras do cantinho com a bota em uma mão e a calçadeira na outra; e ele as observou timidamente pelos minutos antes mencionados, enquanto punham suas capas e casacos, e conversavam sobre a peça e o concerto. Anne se encontrava entre elas, com os olhos brilhando e tão animada como as outras, mas Matthew repentinamente se tornou consciente de que havia algo que a diferenciava de suas companheiras. E o que mais o preocupava é que a diferença existente era algo que não deveria existir. Anne tinha a face mais brilhante, os olhos mais encantadores e as feições mais delicadas do que as demais. Mesmo o acanhado Matthew, com sua pouca perspicácia, aprendera a notar essas coisas; mas a diferença que o perturbava não consistia em nenhum desses aspectos. Em que consistia então?

O questionamento perseguiu Matthew, mesmo muito tempo depois das meninas terem saído, caminhando de braços dados pela alameda extensa e nevada, e Anne ter voltado para os seus livros. Ele não podia mencionar sua preocupação a Marilla – quem, ele sentiu, iria certamente bufar com desdém e comentar que a única diferença que via entre Anne e as outras meninas era que as demais conseguiam manter a língua quieta, enquanto Anne não conseguia. Isto, ele pensou, não servia muito.

Recorreu ao seu cachimbo àquela noite para ajudá-lo a meditar no assunto, para o completo desgosto de Marilla. Depois de duas horas fumando e refletindo, Matthew chegou a uma solução para o seu problema. Anne não estava vestida como as outras meninas!

Quanto mais Matthew pensava sobre essa questão, mais estava convencido de que Anne nunca tinha se arrumado como as outras meninas – nunca, desde que chegara a Green Gables. Marilla a vestira sempre com roupas simples e escuras, todas feitas no mesmo molde invariável. Se Matthew sabia da existência de algo chamado "moda", não podemos assegurar; mas ele estava certo de que as mangas de Anne não se pareciam com as mangas que as outras usavam. Recordava o grupo de mocinhas que tinha visto junto a ela esta noite – todas alegres em seus vestidos vermelhos, azuis, rosas e brancos – e se perguntou por que Marilla sempre a vestia tão modesta e sobriamente.

Obviamente, isto devia estar certo. Marilla sabia melhor e a estava educando. Provavelmente havia algum motivo sensato e inescrutável. Mas certamente não faria mal algum deixar a menina ter um vestido bonito – algo do tipo que Diana Barry sempre usava. Matthew decidiu que daria um vestido a ela; isto certamente não seria interpretado como meter o bedelho. O Natal era somente daqui a quinze dias. Um lindo vestido novo seria perfeito para dar de presente! Matthew guardou o cachimbo com um suspiro de satisfação e foi dormir, enquanto Marilla abria todas as portas e janelas para arejar a casa.

Na tarde seguinte, Matthew dirigiu-se a Carmody para comprar o vestido, determinado a vencer a pior parte e acabar logo com o assunto. Ele seguramente sentiu que não seria uma tarefa banal. Havia algumas coisas que Matthew podia comprar e provar que era bom nos negócios, mas sabia que quando fosse comprar um vestido de menina, estaria totalmente a mercê dos vendedores.

Depois de muito cogitar, Matthew resolveu ir ao armazém de Samuel Lawson, ao invés de ir ao de William Blair. Em realidade, os Cuthberts sempre compravam no armazém de William Blair. Era quase um compromisso com os Blair, tal qual comparecer na Igreja Presbiteriana e votar nos Conservadores. Mas as duas filhas de William Blair frequentemente atendiam os clientes ali, e Matthew tinha verdadeiro pavor delas. Ele podia dar um jeito de lidar com as moças quando sabia exatamente o que queria e podia apontar para o objeto. Mas nesse assunto, que pedia explicação e consulta, Matthew sentiu que seria melhor se certificar de que teria um homem atrás do balcão. Então iria ao armazém de Lawson, onde Samuel ou seu filho o receberiam.

Mas ai dele! Matthew não sabia que Samuel, em sua recente expansão dos negócios, havia contratado uma moça atendente; era a sobrinha de sua esposa, e certamente uma lindíssima jovem, com um enorme penteado *pompadour*, grandes olhos castanhos e vivazes e o mais amplo e desconcertante sorriso. Estava vestida com muita elegância e usava braceletes que reluziam, chacoalhavam e tilintavam com cada movimento de suas mãos. Matthew se cobriu de vergonha ao encontrá-la ali; e aquelas pulseiras arruinavam completamente seus nervos.

— O que posso fazer pelo senhor nesta tarde, Mr. Cuthbert? – Miss Lucilla Harris inquiriu, vigorosa e gentilmente, espalmando as duas mãos no balcão.

Anne de Green Gables

— Você tem um – um – um – bem, ora, me diga, um ancinho de jardim? – gaguejou Matthew.

Miss Harris pareceu surpresa – também, pudera: ouvir um homem perguntar por um ancinho no meio de dezembro!

— Acredito que sobraram um ou dois – ela respondeu –, mas estão guardados no depósito. Subirei para procurar.

Durante sua ausência, Matthew reuniu novamente o ânimo para um novo esforço.

Quando Miss Harris retornou com o ancinho, perguntou gentilmente: — Mais alguma coisa por hoje, Mr. Cuthbert?

Matthew tomou a coragem nas duas mãos e respondeu: — Ora, já que a senhorita está sugerindo, eu poderia – tomar – isto é – dar uma olhada – comprar algumas – algumas sementes de feno?

Miss Harris tinha ouvido falar que Mr. Cuthbert era estranho, mas agora concluiu que ele era completamente louco.

— Vendemos sementes de feno somente na primavera. Não temos nada em mãos agora – explicou, altivamente.

— Oh, certo, certo – é como a senhorita disse – gaguejou o infeliz Matthew, tomando o ancinho e encaminhando-se para a porta. Chegando à soleira, lembrou-se de que tinha esquecido de pagar pelo objeto, e voltou miseravelmente. Enquanto Miss Harris estava contando o troco, reuniu todas as suas forças para uma última tentativa desesperada.

— Bem – se não for muito incômodo – eu poderia ver – isto é – um pouco – um pouco de açúcar?

— Refinado ou mascavo? – inquiriu Miss Harris, pacientemente.

— Oh – bem, ora – mascavo – decidiu, debilmente.

— Há um barril de açúcar mascavo ali. É o único tipo que temos – respondeu a moça, apontando na direção do objeto e balançando as pulseiras.

— Eu vou – vou levar nove quilos, então – finalizou, com gotas de transpiração surgindo em sua testa.

Matthew já tinha percorrido meio caminho de volta para casa antes de voltar a ser o mesmo homem. Havia sido uma experiência pavorosa, mas merecida, ele pensou, por ter cometido a heresia de ir a um armazém estranho. Quando chegou a Green Gables, escondeu o ancinho na peça das ferramentas, mas o açúcar ele entregou a Marilla.

— Açúcar mascavo! – exclamou a irmã — O que pensou para trazer tanto açúcar? Sabe que nunca uso, exceto para o mingau do empregado ou para fazer bolo escuro de frutas. Jerry já se foi e fiz meu bolo há muito tempo. E esse açúcar nem é de qualidade, é grosso e escuro! William Blair geralmente não vende açúcar como este.

— Eu – eu pensei que poderia ser útil para algo – disse Matthew, saindo pela tangente.

Quando Matthew pensou novamente no assunto, decidiu que esta era a tarefa para uma mulher realizar. Marilla estava fora de questão, pois sabia que ela jogaria um balde de água fria no projeto na mesma hora. Restou somente Mrs. Lynde, a única mulher a quem Matthew se atreveria a pedir um favor. Sendo assim, foi à casa dela, e a bondosa senhora prontamente tomou a incumbência para si.

— Escolher um vestido para você presentear Anne? Claro que sim! Estou indo a Carmody amanhã e cuidarei disso. Tem algo especial em mente? Não? Bem, seguirei meu próprio julgamento então. Acredito que um lindo vestido marrom seria perfeito para Anne, e William Blair tem um novo tecido chamado glória, que é muito bonito. Talvez queira que eu o costure também, tendo em vista que, se Marilla o fizesse, Anne provavelmente descobriria antes do tempo e acabaria com a surpresa? Bem, eu farei. Não, não há nenhum pingo de incômodo. Gosto de costurar. Usarei o molde do tamanho da minha sobrinha Jenny Gillis, pois as duas são tão semelhantes como duas ervilhas, com relação às suas figuras.

— Bem, estou muito agradecido – disse Matthew – e – e, eu não sei – mas eu gostaria – acho que fazem as mangas de um modo diferente hoje em dia, diferente de como faziam antigamente. Se não for pedir muito eu – eu gostaria que a senhora fizesse do novo jeito.

— Bufantes? Claro. Não precisa se preocupar nem um pouquinho com isso, Matthew. Farei o vestido à última moda! – exclamou Mrs. Lynde. Quando o homem já se tinha ido, agregou para si mesma:

— Será uma verdadeira satisfação ver aquela pobre criança usando algo decente pelo menos uma vez. A maneira como Marilla a veste é certamente ridícula, isto é que é, e tenho sofrido para dizer isso a ela uma dúzia de vezes! Mas me calei, pois sei que Marilla não quer nenhum conselho e pensa que sabe mais sobre criação de crianças só porque é uma mulher madura. Mas é sempre assim. Pessoas que já educaram seus filhos sabem que não existe um método firme e rápido que seja adequado para todas as crianças. Porém, aqueles que nunca tiveram que pensar no assunto acham tudo simples e fácil como a Regra de Três – somente coloque seus três termos assim, e o cálculo dará certo. Mas os seres vivos não se ajeitam como a Aritmética, e é aí onde Marilla Cuthbert está cometendo seu maior erro. Suponho que pensa estar cultivando o espírito de humildade em Anne, vestindo-a daquela forma; mas o mais provável é que fomente o espírito de inveja e descontentamento! Estou certa de que a menina deve sentir a diferença entre suas roupas e as roupas das demais. Mas pensar em Matthew se dando conta disso! Aquele homem está despertando, depois de estar dormindo por mais de sessenta anos!

Por toda a quinzena seguinte, Marilla soube que o irmão tinha algo em mente, mas não foi capaz de adivinhar o que era até a véspera de Natal, quando Mrs. Lynde veio trazer o vestido novo. Considerando tudo, Marilla se portou muito bem, apesar de ter desconfiado da explicação diplomática de Mrs. Lynde, de que ela havia feito o vestido porque Matthew tinha receio que Anne descobrisse tudo antes do tempo se fosse Marilla quem o costurasse.

— Ah, então é por isso que Matthew tem estado tão misterioso e rindo para si mesmo pelas últimas duas semanas? – disse, um pouco tesa, mas tolerante – Eu sabia que ele estava inventando alguma bobagem. Bem, devo dizer que não acho que Anne precise de mais vestidos. Fiz para ela três vestidos bons, quentes e úteis neste outono, e qualquer coisa além disso é extravagância. Somente naquelas mangas há material suficiente para fazer um corpete, estou certa que há. Você irá somente alimentar a vaidade de Anne, e ela já é vaidosa como um pavão. Bem, mas espero que ela finalmente fique satisfeita, pois sei que tem cobiçado aquelas mangas bobas desde que apareceram, apesar de nunca mais ter falado no assunto. As mangas bufantes têm se tornado maiores e mais ridículas; estão grandes como balões agora. No ano que vem, qualquer uma que usá-las terá que entrar pela porta andando de lado!

A manhã de Natal rompeu em um lindíssimo mundo branco. O mês de dezembro havia sido bem ameno e as pessoas esperavam ter um Natal verde; entretanto, na noite anterior caíra neve suficiente para transformar Avonlea. Anne espiou de sua janela congelada com olhos encantados. Os pinheiros na Floresta Assombrada estavam todos emplumados e maravilhosos; as bétulas e cerejeiras silvestres estavam contornadas por pérolas; as cavidades nos campos de arado estavam preenchidas de neve; e havia um ruído vigoroso no ar que era glorioso. Anne desceu as escadas correndo, cantando até que sua voz repercutiu através de Green Gables.

— Feliz Natal, Marilla! Feliz Natal, Matthew! Não é um Natal adorável? Estou tão contente que está tudo branco. Qualquer outro tipo de Natal não parece real, parece? Não gosto de Natais verdes. Eles não são verdadeiramente verdes; são somente pálidos, marrons sujos e cinzas. O que faz as pessoas os chamarem de verdes? Por que – ora – Matthew, isto é para mim? Oh, Matthew!

Matthew tinha timidamente desembalado o vestido do papel de presente e o segurou, não sem um olhar reprovador de Marilla, que fingiu desdém enquanto enchia a chaleira – mas, no entanto, observava à cena pelo canto dos olhos, com ar interessado.

Anne tomou o vestido e o fitou com silêncio reverente. Oh, como era lindo – um adorável tecido glória de cor marrom suave, com todo o brilho da seda; a saia com delicados babados e franzidos; um corpete com pregas dispostas na maneira mais elegante, com um pequeno ondulado de renda transparente no colarinho. Mas as mangas – eram a coroação da majestade! Longos punhos que vinham do pulso até o cotovelo, e acima duas lindas mangas bufantes, divididas por uma fileira de franzidos e laços de fita marrom.

— É um presente de Natal para você, Anne – disse Matthew, acanhado – Ora – ora – Anne, não gostou? Calma, calma.

Fez essa pergunta porque os olhos de Anne de repente se encheram de lágrimas.

— Gostar! Oh, Matthew! – Anne deixou o vestido sobre a cadeira e juntou as mãos – Matthew, é perfeitamente elegante! Oh, nunca poderei lhe agradecer o suficiente. Olhe essas mangas! Oh, para mim parece ser um lindo sonho!

— Bem, bem, vamos tomar café da manhã – interrompeu Marilla — Devo dizer, Anne, que não acho que você precise de outro vestido; mas como Matthew comprou um, cuide muito bem dele. Mrs. Lynde deixou uma fita para você pôr no cabelo. É marrom, para combinar com o vestido. Venha agora e sente-se.

— Não sei como poderei comer o desjejum – disse Anne, sonhadora –, parece um acontecimento tão trivial num momento emocionante como este. Preferia me deleitar com a visão deste vestido. Estou tão contente que as mangas bufantes ainda estejam na moda! Parece-me que nunca superaria se saíssem de moda e eu não tivesse um vestido com elas. Nunca estaria totalmente satisfeita. Foi muito amável da parte de Mrs. Lynde ter deixado o laço também. Sinto que, sem dúvidas, devo ser uma boa menina. Em momentos como este me arrependo de não ser uma criança modelo. Eu sempre resolvo que serei no futuro. Mas de algum modo é difícil manter nossas resoluções quando uma tentação irresistível aparece. Ainda assim, farei um esforço extra depois disso.

Quando a refeição trivial tinha terminado, Diana apareceu, cruzando a ponte esbranquiçada, uma alegre figurinha em seu casacão cor de carmim. Anne correu ladeira abaixo para encontrá-la.

— Feliz Natal, Diana! E oh, é um Natal maravilhoso. Tenho algo esplêndido para mostrar. Matthew me deu de presente o vestido mais adorável do mundo, com *umas* mangas! Não poderia nem imaginar nada melhor.

— Tenho algo mais para você – disse Diana, arquejante –, aqui, esta caixa. Tia Josephine nos enviou uma grande caixa, com tantas coisas dentro; e isto é para você. Eu deveria ter trazido ontem à noite, mas chegou tarde, e não me sinto muito bem para caminhar pela Floresta Assombrada agora.

Anne abriu a caixa e espiou. Primeiro encontrou um cartão com a inscrição "Para a Menina-Anne, um Feliz Natal"; e então, um par de delicadas sapatilhas infantis, com ponteira adornada com contas, laços de seda e uma fivela brilhante.

— Oh! – exclamou Anne – Diana, é demais. Devo estar sonhando!

— Chamo isso de providencial. Você não vai mais precisar tomar emprestada a sapatilha de Ruby agora, e é uma bênção, pois elas são dois números maiores do que o seu pé, e seria muito estranho ouvir uma fada arrastando os pés. Josie Pye ficaria encantada! Imagine, Rob Wright acompanhou Gertie Pye até a casa dela anteontem à noite, depois do ensaio. Já ouviu alguma vez algo igual?

Todos os estudantes de Avonlea se encontravam naquele dia ferventes com tanta empolgação, pois o salão deveria ser decorado e realizariam um último ensaio geral.

O concerto aconteceu ao entardecer e foi declarado um sucesso. O pequeno salão estava cheio; todos os atores representaram muito bem, mas Anne foi a estrela mais brilhante da ocasião, fato este que até mesmo a invejosa Josie Pye não se atreveria a negar.

— Oh, não foi uma noite brilhante? – suspirou Anne, quando tudo havia acabado e ela e Diana caminhavam debaixo do céu escuro e estrelado.

— Tudo saiu muito bem. Aposto que arrecadamos mais de dez dólares – respondeu Diana, com praticidade – Imagine, Mr. Allan vai enviar um artigo sobre o concerto para os jornais de Charlottetown!

— Oh, Diana, nós vamos mesmo ver os nossos nomes impressos? Isso me dá um arrepio só de pensar. O seu solo foi perfeitamente elegante, Diana. Senti-me mais orgulhosa do que você, quando lhe pediram que repetisse. Disse a mim mesma: 'Minha amiga do peito é esta que esta sendo honrada'.

— Bem, pois o seu recital quase trouxe a casa abaixo, Anne. Aquela poesia triste foi simplesmente esplêndida.

— Oh, eu estava tão nervosa, Diana. Quando Mr. Allan falou meu nome, realmente não posso dizer a você como fiz para subir naquela plataforma. Senti como se milhões de olhos estivessem olhando para mim e através de mim, e por um horrível instante tive a certeza de que não poderia começar. Então, pensei nas minhas adoráveis mangas bufantes e tomei coragem. Eu sabia que devia estar à altura daquelas mangas, Diana. Então comecei, e minha voz parecia vir de tão longe! Senti-me exatamente como um papagaio. Foi providencial ter ensaiado tanto essas poesias no sótão, ou nunca teria sido capaz de finalizá-las. Foi bom o meu gemido?

— Sim, sem dúvida, seu gemido foi adorável – assegurou Diana.

— Vi a velha Mrs. Sloane secando as lágrimas quando me sentei. Foi esplêndido saber que eu toquei o coração de alguém. É tão romântico participar de um concerto, não é? Oh, sem dúvida foi uma ocasião memorável!

— Foi boa a peça dos meninos, não foi? Gilbert Blythe foi simplesmente esplêndido. Anne, acho terrivelmente cruel o jeito como você trata o Gil. Espere até eu contar. Quando você desceu da plataforma depois da peça das fadas, uma das rosas caiu do seu cabelo. Eu vi Gil tomá-la e guardá-la no bolso. Aí está! Você é tão romântica, tenho certeza que deve ter gostado de saber disso.

— O que aquela pessoa faz não é nada para mim. Eu simplesmente nunca desperdiço um pensamento nele, Diana – disse Anne, imponente.

Naquela noite, Marilla e Matthew, que participavam de um concerto pela primeira vez em vinte anos, se sentaram por algum tempo ao lado do fogo da cozinha depois que Anne foi dormir.

— Bem, ora, acho que a nossa Anne foi melhor do que todos os outros – disse Matthew, orgulhoso.

— Sim, foi – admitiu Marilla – ela é uma criança brilhante, Matthew. E estava muito bonita também. Estive contra esse esquema de concerto, mas suponho, enfim, que não houve nenhum dano real. De qualquer maneira, fiquei orgulhosa de Anne esta noite, mesmo que eu não vá dizer isso a ela.

— Ora, eu fiquei orgulhoso e falei isso a ela antes que subisse. Um dia desses temos que ver o que faremos com ela, Marilla. Acho que logo, logo, esta criança precisará de algo mais do que a escola de Avonlea.

— Teremos tempo suficiente para pensar nisso. Ela ainda fará treze anos em março. Apesar de que me surpreendi esta noite ao perceber que ela está se tornando uma mocinha. Mrs. Lynde fez esse vestido um pouco longo demais, e isso fez com que Anne parecesse tão alta! Ela aprende tudo com rapidez e creio que a melhor coisa a fazer por ela será enviá-la para a Queen's Academy, depois de uma temporada. Mas não precisamos decidir nada sobre isso por um ano ou dois.

— Bem, ora, de qualquer forma não há nenhum mal em ir pensando nisso de vez em quando. O melhor a fazer em assuntos como este é pensar bem e com calma – concluiu Matthew.

Capítulo XXVI

A Formação do Clube de Contos

A juventude de Avonlea achou muito difícil retornar à vida monótona novamente. Para Anne, em especial, as coisas pareceram terrivelmente chatas, insípidas e sem nenhum propósito, depois do cálice de empolgação do qual tinha bebido por semanas. Será que ela poderia voltar aos antigos deleites daqueles longínquos dias antes do concerto? A princípio, como dissera a Diana, não sabia se poderia.

— Estou certa, Diana, de que a vida nunca mais poderá ser exatamente a mesma, como era naqueles antigos dias – disse, pesarosa, como se estivesse se referindo a um período de, no mínimo, cinquenta anos atrás – Talvez depois de um tempo me acostume outra vez, mas temo que os concertos arruínem as pessoas para a vida no dia a dia. Suponho que seja por isso que Marilla os desaprove. Ela é uma mulher tão sensata. Deve ser muito melhor ser uma pessoa ajuizada, mas ainda assim, não creio que eu realmente queira ser uma, visto que são tão pouco românticas. Mrs. Lynde disse que não há nenhum perigo de que eu venha a ter algum juízo, mas nunca se sabe. Neste momento sinto que talvez eu venha a ser, quando crescer. Mas pode ser que seja só porque estou cansada. Eu simplesmente não pude dormir na noite passada. Somente deitei, desperta, e fiquei relembrando o concerto uma e outra vez. Esta é a melhor coisa sobre este tipo de evento – é tão bom revisitá-los.

Entretanto, a escola de Avonlea voltou à sua velha rotina e retomou seus velhos interesses. Na verdade, o concerto tinha deixado seus rastros. Ruby Gillis e Emma White, que haviam discutido sobre quem havia chegado primeiro em seu assento na escola, não mais se sentavam juntas, e uma amizade promissora de três anos estava rompida. Josie Pye e Julia Bell não se falaram por três meses, porque Josie tinha dito a Bessie Wright que a reverência de Julia, quando subiu ao palco para recitar, fê-la pensar em um frango sacudindo a cabeça, e Bessie contou tudo à Julia. Os Sloanes deviam evitar qualquer contato com os Bells, porque estes declararam que os Sloanes tinham participado demais no programa, e os Sloanes retorquiram que os Bells não foram capazes de realizar apropriadamente o mínimo do pouco que tinham para fazer. Finalmente, Charlie Sloane brigou com Moody Spurgeon MacPherson, porque Moody disse que Anne Shirley se vangloriou por causa de seu recital, e Moody levou uma surra de Charlie por isso; consequentemente, a irmã de Moody, Ella May, não falou com Anne Shirley pelo restante do inverno. Com exceção destes atritos insignificantes, o trabalho do pequeno reino de Miss Stacy correu de modo regular e suave.

As semanas de inverno passaram. Este inverno havia sido muito ameno, com tão pouca neve que Anne e Diana puderam ir à escola quase todos os dias pela Rota das Bétulas. No dia do aniversário de Anne, elas vinham saltitando alegremente, mantendo olhos e ouvidos alertas em meio a toda sua conversa, pois Miss Stacy lhes dissera que muito em breve deveriam escrever uma composição sobre "uma caminhada invernal pela floresta", e lhes convinha observar tudo.

— Imagine, Diana, estou fazendo treze anos hoje! – comentou Anne, em voz reverente – Custa-me muito acreditar que estou na adolescência. Quando acordei esta manhã, me pareceu que tudo deve ser diferente. Faz um mês que você tem treze anos, então creio que já não lhe parece ser uma novidade como para mim. Torna a vida tão mais interessante. Daqui a dois anos eu estarei realmente crescida. É um grande conforto saber que, enfim, poderei usar palavras grandes sem que ninguém ache graça de mim.

— Ruby Gillis diz que pretende ter um namorado assim que completar quinze anos – disse Diana.

— Ruby Gillis não pensa em mais nada que não seja rapazes – Anne falou, desdenhosamente – e, no fundo, no fundo, sente-se lisonjeada quando escrevem o nome dela na lousa com "atenção", mesmo que finja estar brava. Mas temo que este seja um comentário muito maldoso. Mrs. Allan diz que nunca devemos fazer este tipo de comentário; mas frequentemente eles saem mesmo sem pensar, não saem? Eu simplesmente não consigo falar de Josie Pye sem falar mal dela, então nunca a menciono. Você já deve ter percebido isso. Estou tentando me parecer o máximo que posso com Mrs. Allan, pois acho que ela é perfeita. Mr. Allan acha isso também. Mrs. Lynde diz que ele claramente venera o chão que ela pisa, e que não acha certo um ministro depositar tanto afeto em um ser humano. Mas é que os ministros também são humanos, e têm os pecados que lhes perseguem como qualquer outro ser humano. Tive uma conversa muito interessante com Mrs. Allan sobre esses pecados obstinados. São poucos os tópicos de conversação apropriados para se falar aos domingos, e este é um deles. O pecado que me persegue é ficar imaginando coisas demais e esquecer dos meus deveres. Estou me esforçando bravamente para superá-lo, e agora que tenho realmente treze anos creio que me sairei melhor.

— E daqui a quatro anos nós poderemos fazer o penteado alto nos cabelos. Alice Bell tem somente dezesseis, e já penteia o cabelo assim, mas acho isso ridículo. Esperarei até ter dezessete.

— Se eu tivesse o nariz torto de Alice, eu não me atreveria – mas olhe! Não vou terminar de dizer o que eu estava para dizer, por ser um comentário extremamente maldoso. Além disso, estava comparando o nariz dela com o meu próprio, e isso é vaidade. Temo que eu pense demais no meu nariz desde que o elogiaram, muito tempo atrás. Realmente serve de conforto para mim. Oh, Diana, olhe ali, um coelho. É algo para lembrarmos na nossa redação sobre a floresta. Eu realmente acho que os bosques são tão bonitos no inverno como são no verão. Ficam tão brancos e quietos, como se estivessem dormindo e sonhando lindos sonhos.

— Não me preocupo em escrever essa redação quando chegar a hora. Consigo escrever sobre os bosques, mas esta que temos de entregar na segunda-feira é terrível. Que ideia essa de Miss Stacy, de nos fazer escrever uma história de nossa própria cabeça!

— Ora, isso é fácil como um piscar de olhos – disse Anne.

— É fácil porque você tem uma imaginação – retorquiu Diana –, mas o que faria se tivesse nascido sem uma? Suponho que você já tenha sua redação pronta?

Anne assentiu, tentando não parecer virtuosa e complacente, e falhando terrivelmente.

— Escrevi na segunda-feira passada, à noite. Chama-se 'A Rival Ciumenta; ou Juntos na Morte'. Eu li para Marilla e ela disse que era pura bobagem. Então li para Matthew e ele disse que estava muito bom. Este é o tipo de crítica que eu gosto. É uma história doce e triste. Eu chorava como uma criança enquanto escrevia. Fala de duas donzelas chamadas Cordelia Montmorency e Geraldine Seymour, que viviam no mesmo vilarejo e nutriam devotada amizade uma pela outra. Cordelia era uma morena régia, com uma grinalda de cabelos escuros como a meia-noite e olhos negros relampejantes. Geraldine era uma magnífica loira, com o cabelo como fios de ouro e aveludados olhos cor de púrpura.

— Nunca vi ninguém com olhos cor de púrpura – comentou Diana, em dúvida.

— Tampouco eu. Só os imaginei. Queria algo que fosse fora do comum. Geraldine tinha também uma tez pálida. Descobri finalmente o que é uma tez pálida. Esta é uma das vantagens de ter treze anos. Você sabe muito mais do que quando tinha somente doze.

— Bem, e o que aconteceu com Cordelia e Geraldine? – perguntou Diana, que começava a se sentir interessada na história.

— Elas cresceram juntas, lado a lado, até que completaram dezesseis anos. Então, Bertram DeVere chegou ao vilarejo e se apaixonou pela bela Geraldine. Ele salvou sua vida quando o cavalo disparou com ela em uma carroça, e ela desmaiou em seus braços e ele a carregou por três milhas até sua casa; porque, você sabe, a carroça estava toda quebrada. Achei um pouco complicado imaginar o pedido de casamento, porque não tenho nenhuma experiência nisso. Perguntei para Ruby Gillis se ela sabia como os homens faziam o pedido, pois pensei que ela seria uma autoridade no assunto, tendo tantas irmãs casadas. Ruby me contou que ficou escondida na despensa do corredor quando Malcolm Andres propôs casamento à sua irmã Susan. Ela me contou que Malcolm disse a Susan que seu pai tinha dado a ele uma fazenda em seu nome e então disse: 'O que você me diria, bonequinha mimada, se a gente se amarrasse neste outono?' E Susan respondeu: 'Sim – não – eu não sei – deixe-me ver' – e estavam comprometidos, rápido assim. Mas não acho que uma proposta assim tenha sido muito romântica, então, no final, tive que inventar tudo o melhor que pude. Escrevi a proposta de um jeito muito floreado e poético, e Bertram ficou de joelhos, apesar de Ruby ter dito que não fazem mais isso hoje em dia. Geraldine aceitou se casar com ele, em um longo discurso de uma página. Asseguro-lhe que tive o maior trabalho com esse discurso. Reescrevi-o cinco vezes e olho para ele como minha obra prima. Bertram deu a ela um anel de diamante e um colar de rubis, e disse que iriam para a Europa como viagem de casamento, pois ele era extremamente rico. Mas então, ai deles, pois sombras começaram a escurecer os seus caminhos. Cordelia estava apaixonada por Bertram em segredo, e quando Geraldine contou à amiga sobre o noivado, ela ficou simplesmente furiosa, especialmente quando viu o colar e o anel de diamantes. Toda sua afeição por Geraldine se transformou em ódio amargurado, e prometeu para si mesma que a jovem nunca se casaria com Bertram. Mas fingiu continuar sendo a melhor amiga de Geraldine, como sempre foi. Uma noite elas estavam em pé em uma ponte, sobre um córrego turbulento e Cordelia, pensando que estavam sozinhas, empurrou Geraldine por cima da borda com uma selvagem e zombeteira risada, 'Há, há, há, há'! Mas Bertram viu tudo isso e, de repente, lançou-se no córrego, exclamando: 'Eu te salvarei, minha inigualável Geraldine'! Porém, infelizmente, o rapaz se esqueceu de que não sabia nadar, e os dois submergiram, abraçados, nas águas revoltas. Seus corpos foram lançados na praia um pouco depois. Eles foram enterrados em um único túmulo e seu funeral foi muito imponente, Diana. É muito mais romântico terminar uma história com um funeral do que com um casamento. E quanto a Cordelia, ela enlouqueceu pelo remorso, e foi encarcerada em um asilo para lunáticos. Pareceu-me que era uma retribuição poética pelo seu crime.

— Oh, perfeitamente adorável! – suspirou Diana, que pertencia à mesma escola de críticos de Matthew – Não entendo como pode inventar este tipo de história interessante em sua própria cabeça. Queria ter uma imaginação boa como a sua.

— Sua imaginação seria boa, se você a cultivasse – disse Anne, animada –, e acabei de bolar um plano, Diana. Vamos formar um clube de contos só nosso e escrever histórias para praticar! Eu a ajudarei até que você consiga escrever sozinha. Você precisa cultivar sua imaginação, sabe. Foi o que Miss Stacy falou.

Nós só devemos fazer isso de maneira correta. Contei-lhe sobre a Floresta Assombrada, mas ela disse que nós tomamos o caminho errado com isso.

E assim foi formado o Clube de Contos. A princípio era limitado somente em Diana e Anne, mas logo foi ampliado para incluir a participação de Jane Andrews e Ruby Gillis, e mais uma ou outra garota que sentisse que precisava cultivar sua imaginação. Os meninos não eram permitidos – apesar de Ruby Gillis ser da opinião de que a participação deles tornaria tudo mais empolgante – e cada membro deveria produzir uma história por semana.

— É extremamente interessante – Anne contou a Marilla –, cada participante deve ler sua história em voz alta, e então conversamos sobre o assunto. Nós vamos guardá-los como relíquias e ler para nossos descendentes. Cada uma deverá escrever sob um pseudônimo. O meu será Rosamund Montmorency. Todas as meninas são muito boas. Ruby Gillis é um pouco sentimental demais. Ela sempre coloca muito romance em suas histórias, e você sabe que muito mais é sempre pior do que muito menos. Jane não gosta de pôr nenhum, ela diz que faz com que se sinta boba quando lê em voz alta. Os contos de Jane são sempre muito sensatos. Já Diana coloca muitos assassinatos em suas histórias. Ela me explicou que na maioria das vezes não sabe o que fazer com os personagens, então prefere matá-los, para se ver livre deles. Eu quase sempre tenho que dizer a elas sobre o que escrever, mas isso não é difícil, pois sempre tenho milhões de ideias.

— Creio que esse negócio de escrever contos é a maior de todas as bobagens! Vocês vão colocar um montão de baboseiras na cabeça, e perderão tempo que deveriam usar em seus estudos. Ler contos é ruim, mas escrevê-los é muito pior – zombou Marilla.

— Mas sempre cuidamos em colocar uma lição de moral em todas as histórias! – explicou Anne – Eu insisti neste ponto. Todas as pessoas boas são recompensadas e as más são punidas como merecem. Estou certa de que deve haver um efeito saudável. Mr. Allan diz que a moral é uma grande coisa. Li uma de minhas histórias para ele e Mrs. Allan, e os dois concordaram que a lição de moral era excelente. Só que eles riram nas partes erradas. Gosto mais quando as pessoas choram. Jane e Ruby quase sempre choram quando leio as partes mais tocantes. Diana escreveu para sua tia Josephine e falou sobre o nosso clube, e ela escreveu de volta pedindo que nós lhe enviássemos alguns de nossos contos. Então copiamos quatro de nossas melhores histórias e as enviamos. Miss Josephine Barry respondeu a carta dizendo que nunca havia lido algo tão divertido em toda sua vida. Isso nos deixou um pouco confusas, porque as histórias eram todas muito enternecedoras e quase todo mundo morria no final. Mas estou contente que Miss Barry tenha gostado. Mostra que o nosso clube está fazendo algum bem para o mundo. Mrs. Allan diz que este deve ser o nosso objetivo em tudo que fazemos. Eu realmente tento fazer com que este seja o meu principal objetivo, mas esqueço com frequência quando estou me divertindo.

Espero que eu seja um pouco mais parecida com Mrs. Allan quando eu crescer. Você acha que existe alguma possibilidade de que isso aconteça, Marilla?

— Devo dizer que não muitas. Estou segura de que Mrs. Allan nunca foi uma menina tão boba e distraída como você é – foi a resposta encorajadora de Marilla.

— Não, mas ela também não era tão boa quanto é agora! – replicou Anne, seriamente – Ela mesma me contou; isto é, me contou que era terrivelmente traquinas quando criança e sempre se metia em confusão. Senti-me tão encorajada ao ouvir isso! É muito perverso de minha parte me sentir animada quando ouço que outras pessoas têm sido más e traquinas? Mrs. Lynde diz que sim. Ela diz que sempre se sente chocada quando fica sabendo de alguém sendo mau, não importa quão pequeno seja. Contou-me, também, que uma vez ouviu um ministro confessar que roubou uma torta de morango da despensa de sua tia quando era menino, e ela nunca mais conseguiu ter nenhum respeito por ele. Ora, eu não me sentiria assim. Acharia muito nobre da parte dele em confessar o que fez, e quão encorajador seria para os meninos que fazem coisas erradas hoje, mas estão arrependidos por isso, saberem que talvez um dia possam vir a ser ministros, apesar do que fazem. É isso que sinto, Marilla.

— O que sinto neste momento – disse Marilla – é que já passou da hora de você lavar esta louça. Você levou mais de meia hora além do que deveria com toda a sua falação. Aprenda a fazer o seu trabalho primeiro, e falar depois.

Capítulo XXVII

Vaidade e Aflição de Espírito

Marilla, enquanto regressava para casa em um entardecer ao final de abril, vindo do encontro da Sociedade Assistencial, se deu conta de que o inverno havia terminado e sentiu o arrepio de deleite que a primavera nunca falhava em trazer, tanto para as pessoas velhas e tristes quanto para as jovens e alegres. Marilla não era dada a análises subjetivas de seus pensamentos e sentimentos. Provavelmente imaginava que tinha o pensamento nos problemas da Sociedade e em sua caixa missionária, ou no novo tapete para a sacristia; mas, sob estas reflexões, estava a harmoniosa consciência dos campos vermelhos desvanecendo em uma pálida neblina púrpura no baixo sol poente, das longas e pontiagudas sombras dos pinheiros incidindo sobre o prado além do riacho, dos bordos imóveis e cheios de flores carmim em torno de uma laguna que se assemelhava a um espelho no bosque, de um despertar no mundo e da vibração pulsante escondida sob o solo cinzento. A primavera estava difusa por toda a terra, e os passos serenos e maduros de Marilla estavam mais leves e mais vivazes por conta de sua profunda e primária alegria.

Seus olhos demoraram-se afetuosamente em Green Gables, cuja casa podia ser observada por entre as árvores devolvendo o reflexo do sol que banhava suas janelas em repetidos fulgores de glória. Marilla, enquanto percorria a alameda umedecida, pensava que era realmente uma satisfação saber que encontraria um fogo vivo e crepitante e uma mesa bem posta para o chá, ao invés do ambiente frio com o qual se deparava ao regressar das reuniões da Sociedade Assistencial antes da chegada de Anne a Green Gables.

Em consequência, quando Marilla entrou na cozinha e encontrou o fogo apagado, sem o menor sinal de Anne em lugar algum, sentiu-se, com razão, desapontada e irritada. Ela tinha advertido a menina para aprontar o chá às cinco horas, mas agora ela teria que correr para tirar um dos seus melhores vestidos e preparar a refeição, antes que Matthew retornasse dos campos de colheita.

— Vou me acertar com Miss Anne quando ela chegar! – bufou, com aspereza, enquanto raspava os gravetos utilizando a faca da carne com mais energia do que era realmente necessário. Matthew havia entrado e esperava pacientemente o chá em seu canto – Ela deve estar perambulando com Diana, escrevendo histórias ou praticando diálogos, ou algum tipo de tolice, sem pensar nem uma vez no horário e em seus deveres. Ela terá que acabar de uma vez por todas com estas coisas! Não me interessa se Mrs. Allan diz que ela é a criança mais brilhante e doce que conheceu. Ela pode ser brilhante e doce, mas sua cabeça está cheia de besteiras e nunca se sabe qual será sua próxima travessura. Tão logo sai de uma esquisitice, já entra em outra. Mas ai está! Aqui estou eu repetindo as palavras de Rachel Lynde, que me deixaram tão irritada! Fiquei realmente contente quando Mrs. Allan elogiou Anne, pois se ela não tivesse feito isso, eu teria que dizer poucas e boas para Rachel diante de todos. A menina tem muitos defeitos, Deus sabe que tem, e estou longe de negar este fato. Mas eu a estou educando e não Rachel Lynde, que iria achar falhas até mesmo no Anjo Gabriel, se este vivesse em Avonlea. Mas ainda assim, Anne não tinha que ter saído, quando pedi a ela que ficasse em casa esta tarde para cuidar das coisas. Devo dizer que, com todas as suas falhas, nunca a considerei desobediente ou não confiável antes, e estou muito triste por descobrir isso agora.

— Bem, ora, eu não sei – disse Matthew que, sendo paciente e sábio e, sobretudo, estando faminto, considerou que seria melhor deixar que Marilla desabafasse livremente, tendo aprendido por experiência que ela terminaria com mais rapidez o trabalho que tivesse em mãos se não fosse interrompida por argumentação desnecessária – mas talvez você a esteja julgando muito rapidamente, Marilla. Não diga que ela não é confiável até que você esteja certa de que ela a desobedeceu. Pode ser que haja alguma explicação; Anne sempre encontra boas explicações.

— Ela não está aqui quando disse a ela para estar. Creio que acharά muito difícil explicar *isto* para minha inteira satisfação. Sabia que você iria tomar o partido dela, Matthew. Mas eu a estou criando, e não você – retorquiu Marilla.

Já estava escuro quando a refeição ficou pronta, e ainda nenhum sinal de Anne correndo apressada sobre a ponte de troncos ou pela Travessa dos Amantes, sem fôlego, arrependida por perceber suas tarefas negligenciadas. Marilla lavou a louça e guardou tudo com severidade. Então, como precisava de uma vela para iluminar o caminho até o porão, subiu ao quartinho do lado leste do sótão para pegar a que sempre estava sobre a mesa de Anne. Quando acendeu a vela, Marilla se virou e viu a própria Anne deitada na cama de barriga para baixo, com o rosto enfiado nos travesseiros.

— Misericórdia! – exclamou, assustada – Estava dormindo, Anne?

— Não – foi a resposta abafada.

— Está doente, então? – Marilla indagou ansiosamente, se dirigindo até a cama.

Anne de Green Gables

Anne se encolheu ainda mais nos travesseiros, como se desejasse se esconder eternamente de quaisquer olhos mortais.

— Não, mas, por favor, Marilla, vá embora e não olhe para mim. Estou nas profundezas do desespero e não me importa mais quem fica em primeiro na classe, ou quem escreve a melhor redação, ou quem canta no coro da Escola Dominical. Pequenas coisas como esta são insignificantes agora, pois creio que nunca mais poderei sair daqui. Minha carreira está terminada. Por favor, Marilla, vá embora e não olhe para mim.

— Alguém um dia já ouviu algo assim? – quis saber a perplexa Marilla – Anne Shirley, o que há de errado com você? O que fez? Levante agora e me diga. Neste minuto, eu disse. Bem, o que é isto?

Anne escorregara para o chão em desesperada obediência.

— Olhe só o meu cabelo, Marilla! – ela suspirou.

Então, Marilla ergueu a vela e inspecionou com escrutínio o cabelo de Anne, que caía em pesadas camadas pelas costas. Certamente tinha uma aparência muito esquisita.

— Anne Shirley, o que fez com o seu cabelo? Por que está *verde*?

Até poderia ser chamado de verde, se existisse na Terra qualquer cor como aquela – um estranho e apagado verde queimado, com mechas do ruivo original aqui e ali para piorar o efeito medonho. Em toda a sua vida, Marilla nunca tinha visto algo tão grotesco como o cabelo de Anne naquele momento.

— Sim, está verde. Pensei que nada fosse pior do que ter o cabelo vermelho. Mas agora sei que é dez vezes pior ter o cabelo verde. Oh, Marilla, não sabe o quão miserável eu sou – lamentou Anne.

— O que eu não sei é como você entrou nesse aperto, mas pretendo descobrir. Desça agora mesmo para a cozinha, pois está muito frio aqui, e somente me diga o que fez. Estava esperando alguma esquisitice há algum tempo. Você não se metia em nenhuma confusão há mais de dois meses, e eu sabia que outra estava a caminho. Agora, me diga o que fez com o seu cabelo?

— Eu tingi.

— Tingiu? Tingiu o cabelo? Anne Shirley, não sabia que isso é uma coisa imoral?

— Sim, eu sabia que era um pouco imoral – admitiu Anne –, mas pensei que valia a pena ser imoral para dar fim a este cabelo ruivo. Algo tinha que me custar, Marilla. Além disso, pretendia ser muito bondosa em outros momentos, para reparar isto.

— Bem – disse Marilla, com sarcasmo –, se eu tivesse decidido que valia a pena tingir meu cabelo, teria ao menos escolhido uma cor decente. Não teria tingido de verde.

— Mas eu não queria tingi-lo de verde, Marilla! – protestou, desanimada – Se fosse para cometer uma imoralidade, pretendia que tivesse algum propósito. Ele disse que o meu cabelo ficaria um lindíssimo preto lustroso – definitivamente, me assegurou que ficaria. Como eu poderia duvidar das palavras dele, Marilla? Conheço o sentimento de quando duvidam de você. E Mrs. Allan diz que nunca devemos suspeitar que alguém está mentindo, a menos que tenhamos provas. Tenho a prova agora: um cabelo verde é prova suficiente para qualquer um. Mas eu não tinha naquele momento e acreditei em cada palavra que ele disse *implicitamente*.

— Quem disse? De quem você está falando?

— Do vendedor ambulante que esteve aqui nesta tarde. Comprei a tinta dele.

— Anne Shirley, quantas vezes eu já disse para nunca deixar aqueles italianos entrarem em casa! Não gosto de encorajá-los a vir aqui de maneira nenhuma!

— Oh, mas não o deixei entrar. Lembrei-me do que você disse e saí, tomando o cuidado de fechar a porta, e olhei todas as coisas na escadaria. Além disso, ele não era italiano – era um judeu alemão. Tinha uma grande caixa cheia de coisas interessantíssimas, e contou-me que estava trabalhando para juntar dinheiro suficiente para trazer sua esposa e filhos da Alemanha. Ele falou sobre a família de um modo tão amoroso que me comoveu. Quis comprar algo dele, para ajudá-lo neste objetivo tão nobre. De repente, vi o frasco de tinta para cabelos. O vendedor me garantiu que tingia qualquer cabelo em um lindo preto, brilhante como um corvo, e que a tinta era permanente, não sairia se eu lavasse. Em um instante me vi com um lindíssimo cabelo preto como as asas de um corvo, e a tentação foi irresistível. Mas o frasco custava setenta e cinco centavos, e eu tinha apenas cinquenta sobrando nas minhas economias. Achei que o homem era muito gentil, pois ele disse que, como era para mim, iria vender a tinta por cinquenta centavos, que era como dar de presente. Então eu comprei, e tão logo ele saiu, subi e apliquei a tinta com uma escova velha, como diziam as instruções. Usei todo conteúdo do frasco, e oh, Marilla, quando vi a cor terrível que ficou meu cabelo, me arrependi por ter sido imoral, posso lhe assegurar. E tenho estado arrependida desde então.

— Bem, espero que se arrependa mesmo, e que tenha aberto seus olhos para enxergar até onde chegou sua vaidade, Anne. Só Deus sabe o que devemos fazer. Suponho que a primeira coisa seja lavar bem o cabelo, para ver se trará algum resultado.

E assim foi. Anne lavou o cabelo, escovando vigorosamente com sabão e água, mas o máximo que conseguiu foi tornar mais polido o seu ruivo original. O vendedor tinha certamente falado a verdade quando declarou que a tinta não sairia se o cabelo fosse lavado. Entretanto, sua veracidade sobre outros aspectos poderia ser questionada.

— Oh, Marilla, o que vou fazer? – questionou Anne, aos prantos – Nunca poderei me livrar disso! As pessoas esqueceram minhas outras travessuras muito rapidamente – o bolo de linimento, e ter embriagado Diana, e ter perdido a cabeça com Mrs. Lynde. Mas nunca esquecerão disso. Vão pensar que não sou respeitável. Oh, Marilla, 'que teia tão intrincada tecemos quando começamos a tentar enganar'.[1] Isto é poesia, mas tem um fundo de verdade. E oh, como Josie Pye vai zombar! Marilla, *não posso* encarar Josie Pye. Sou a menina mais infeliz da ilha de Prince Edward.

A infelicidade de Anne durou ainda uma semana. Durante esse período ela não foi a lugar algum, e lavou o cabelo todos os dias. Das pessoas de fora, somente Diana soube do segredo fatal, mas prometeu solenemente que jamais o revelaria a ninguém, e pode-se afirmar aqui e agora que cumpriu sua palavra. Ao final da semana, Marilla sentenciou, decididamente:

— É inútil, Anne. É uma tinta muito boa, como nenhuma outra deve ter existido. Devemos cortar o seu cabelo, não há outro jeito. Você não pode sair desta maneira.

Os lábios de Anne começaram a tremer, mas ela compreendeu a amarga verdade das palavras de Marilla. Com um suspiro funesto, foi então buscar as tesouras.

— Por favor, corte de uma vez, Marilla, e acabe logo com isto. Oh, sinto meu coração em pedaços. Esta é uma aflição tão pouco romântica. As garotas nos romances perdem seus cabelos por uma febre ou para vender e conseguir dinheiro para alguma boa ação, e estou certa de que não me importaria nem um pouco em perder meu cabelo por tais motivos. Mas não há nenhum alento em ter o cabelo cortado porque o tingiu de uma cor terrível, há? Se não for interferir, vou chorar durante todo o tempo que levar para cortá-lo. Parece-me um momento muito trágico.

Então, Anne chorou; mas mais tarde, quando subiu para o quarto e se olhou no espelho, já estava mais calma em seu desespero. Marilla tinha feito seu trabalho minuciosamente e havia sido necessário cortar o cabelo o mais curto possível. O resultado não foi o mais conveniente, para expor o caso de modo suave. Anne prontamente virou o espelho para a parede.

— Nunca, nunca mais me olharei no espelho até que o cabelo cresça! – exclamou, passionalmente.

Então, repentinamente virou o espelho para si.

— Sim, eu olharei. Farei penitência por ter sido assim tão imoral. Olharei para o espelho todas as vezes que entrar no quarto e verei como estou feia. E nem tentarei imaginar o contrário. De todas as coisas, nunca pensei que eu fosse vaidosa com relação ao meu cabelo. Mas agora sei que eu era, mesmo sendo ruivo, pois era longo, espesso e ondulado. Suponho que agora algo acontecerá ao meu nariz.

O novo corte de cabelo de Anne causou sensação na escola na segunda-feira seguinte; mas, para seu alívio, ninguém suspeitou da verdadeira razão por trás da novidade, nem mesmo Josie Pye, a qual, entretanto, não deixou de informar que Anne parecia um perfeito espantalho.

1 - Citação do poema épico "Marmion", de Sir Walter Scott (1771-1832).

— Não respondi nada quando Josie me disse isso – confidenciou naquela noite para Marilla, que estava deitada no sofá depois de uma de suas fortes dores de cabeça –, pois entendi que fazia parte da minha punição e que devo suportar pacientemente. É muito duro ouvir alguém chamá-la de espantalho, e eu quis contestá-la. Mas não o fiz. Somente lancei-lhe um olhar de desdém, e então a perdoei. Perdoar as pessoas faz com que você se sinta virtuosa, não faz? Pretendo devotar todas as minhas energias em ser boazinha depois disso, e nunca mais tentarei ser bonita. Certamente é muito melhor ser boazinha. Sei que é, mas às vezes é muito difícil acreditar em algo, mesmo quando se sabe. Eu realmente quero ser bondosa, Marilla, como você, Mrs. Allan e Miss Stacy, e crescer para honrar você e Matthew. Diana me disse para atar na cabeça uma fita de veludo preto com um laço, quando meu cabelo começar a crescer. Ela disse que ficará muito bem em mim. Chamarei de trunfa – isso soa tão romântico. Mas, estou falando muito, Marilla? Isso faz doer sua cabeça?

— Estou melhor agora. Mas estive muito mal durante esta tarde. Minhas dores de cabeça estão ficando cada vez piores. Terei que procurar um médico para ver o que pode ser. Com relação ao seu falatório, não creio que me incomode. Estou acostumada a ele.

Tal era a forma de Marilla expressar que gostava de ouvi-la.

Capítulo XXVIII

Uma Desventurada Donzela dos Lírios

— Sem dúvida você deve ser Elaine,[1] Anne! – exclamou Diana – Eu nunca teria a coragem de flutuar ali.
— Nem eu. Não me importo em andar de bote quando estamos duas ou três de nós e podemos ficar sentadas. Assim é divertido. Mas deitar e fingir que estou morta – eu simplesmente não poderia. Certamente morreria de medo – completou Ruby Gillis, com um calafrio.

— Acho muito romântico, mas sei que eu não conseguiria ficar parada. Levantaria a cabeça toda hora para ver onde estava e se não estava indo muito longe. E você sabe, Anne, isso estragaria o efeito – admitiu Jane Andrews.

— Mas é tão ridículo ter uma Elaine ruiva! – queixou-se Anne – Não tenho medo de entrar no bote e adoraria ser Elaine, mas ainda assim é ridículo. Ruby tem que representá-la, pois é tão linda quanto ela e tem longos cabelos dourados; vocês sabem, Elaine tinha 'todo seu cabelo louro flutuando na correnteza'. E Elaine era a Donzela dos Lírios. Então, uma ruiva não pode ser a Donzela dos Lírios.

— Sua compleição é tão bela quanto a de Ruby, e seu cabelo está muito mais escuro do que costumava ser antes de cortá-lo – disse Diana, ansiosamente.

— Oh, você acha mesmo? – perguntou Anne, corando graciosamente com prazer – Eu tinha percebido, mas nunca me atrevi a perguntar a ninguém, por medo de que me falassem que não estava. Acha que esta tonalidade pode ser chamada de castanho-avermelhado, Diana?

— Sim, e acho que está muito bonito – reforçou a amiga, olhando admirada para os sedosos cachos curtos que coroavam a cabeça de Anne, mantidos no lugar por uma bonita fita preta de veludo com um laçarote.

Elas estavam em pé na margem do lagoa, abaixo de Orchard Slope, a partir de onde se estendia um pequeno promontório[2] contornado por bétulas; em seu extremo havia uma plataforma de madeira que adentrava a água como um

---

1 - Referência a "Elaine de Astolat", lenda Arturiana do século XIII que teve várias adaptações diferentes.
2 - Promontório é um terreno elevado acima do nível da água, formado por penhascos ou rochas.

trapiche, sendo conveniente para pescadores e caçadores de patos. Ruby e Jane estavam passando aquela tarde de verão com Diana, e Anne tinha vindo brincar com elas.

Naquele verão, Anne e Diana tinham empregado a maior parte do tempo livre brincando ao redor da lagoa. O Descanso Silvestre era coisa do passado. Na primavera, Mr. Bell havia cortado impiedosamente o pequeno círculo de árvores em seu pasto. Anne se sentara e chorara entre os tocos de madeira, não sem deixar de perceber o acontecido como uma situação romântica. Mas tinha sido rapidamente consolada, pois, apesar de tudo, como ela e Diana diziam, moças de treze anos, quase chegando aos quatorze, estavam muito grandes para diversões tão infantis como brincar de casinha, e havia esportes mais fascinantes a serem descobertos na lagoa. Era esplêndido pescar trutas sobre a ponte e as meninas aprenderam a remar no pequeno bote de fundo plano que Mr. Barry mantinha para caçar patos.

Foi ideia de Anne dramatizar 'Elaine'.[3] Elas haviam estudado o poema de Tennyson[4] na escola no inverno anterior, pois o Superintendente de Educação determinara-o para a disciplina de estudo da língua inglesa em todas as escolas da ilha de Prince Edward. Elas tinham analisado palavra por palavra e decomposto o longo poema em pequenas partes, e era impressionante que ainda tivesse restado algum sentido para elas, mas ao menos a bela Donzela dos Lírios, Lancelot, Guinevere e o Rei Arthur haviam se tornado pessoas muito reais, e Anne estava consumida por uma secreta lástima por não ter nascido em Camelot. Aqueles dias, ela dizia, eram muito mais românticos do que o presente.

O plano de Anne foi saudado com entusiasmo. As meninas descobriram que, se empurrassem o bote na beira d'água, ele passaria à deriva com a corrente por baixo da ponte e finalmente encalharia contra o outro promontório, em uma curva da lagoa. Fizeram este caminho muitas vezes e nada poderia ser mais apropriado para dramatizar Elaine.

— Bem, eu serei Elaine — disse Anne, concordando com relutância, pois, apesar de lhe agradar a ideia de representar a personagem principal, ainda assim seu senso artístico exigia aptidão física, e sentiu que suas limitações tornavam isto impossível — Ruby, você deve ser o Rei Arthur e Jane será Guinevere e Diana deve ser Lancelot. Mas primeiro vocês terão que representar o pai e os irmãos. Não podemos ter o velho servente mudo, pois não há lugar para duas pessoas no bote quando uma delas está deitada. Devemos cobrir toda a extensão da barca com a mais fúnebre tapeçaria. Aquele velho xale preto de sua mãe vai ser perfeito, Diana.

Tendo sido trazido o xale, Anne estirou-o no bote e então se deitou por cima, com os olhos fechados e as mãos cruzadas sobre o peito.

3 - "Lancelot e Elaine" é um poema que integra os "Idílios do Rei", um ciclo de doze poemas narrativos escritos por Lord Alfred Tennyson e publicados entre os anos de 1859 e 1885.
4 - Lord Alfred Tennyson (1809–1892), poeta laureado da Grã Bretanha durante o reinado da Rainha Victoria, e um dos mais populares poetas ingleses.

— Oh, ela realmente parece estar morta – Ruby Gillis sussurrou, nervosa, observando a serena e pálida fisionomia sob as trêmulas sombras das bétulas – e isso me faz ficar com medo, meninas. Vocês acham certo atuar assim? Mrs. Lynde diz que toda dramatização é abominável.

— Ruby, você não deve falar sobre Mrs. Lynde! – retrucou Anne, severa – Vai estragar o efeito, porque isto aqui se passa centenas de anos antes de Mrs. Lynde ter nascido. Faça os preparativos, Jane. É ridículo Elaine estar falando, quando deveria estar morta.

Jane se ergueu para a ocasião. Não havia nenhum tecido de ouro para a mortalha, mas um velho protetor de piano de crepe japonês amarelo foi o excelente substituto. Um lírio branco não pôde ser encontrado, mas o efeito de uma longa flor de íris azul, colocada em uma das mãos cruzadas de Anne, era tudo que poderiam desejar.

— Agora ela está pronta – concluiu Jane – e devemos beijar seu rosto tranquilo. Diana, você diz 'Irmã, adeus para sempre'; e Ruby, você diz 'Adeus, doce irmã', ambas o mais triste que puderem. Anne, pelo amor de Deus, sorria um pouco. Você sabe que Elaine 'jazia como se estivesse sorrindo'. Assim está melhor. Agora, empurrem o bote.

O bote foi devidamente empurrado e, durante este processo, roçou na ponta de uma velha estaca de amarrar barcos, que estava submersa. As meninas esperaram o suficiente para ver o bote tomar a correnteza e rumar para a ponte, antes de cruzarem os bosques pela estrada e até chegarem ao promontório inferior onde, tal como Lancelot, Guinevere e o Rei, elas deveriam estar prontas para receber a Donzela dos Lírios.

Por alguns minutos, Anne, vagarosamente deslizando pela correnteza abaixo, desfrutou ao máximo do romance da situação. Então, algo nada romântico aconteceu. O bote começou a encher de água. Em pouco tempo, Elaine teve de se levantar, puxar a mortalha de ouro e a tapeçaria fúnebre e contemplar, pasmada, uma grande abertura no fundo da barca, por onde entrava literalmente uma torrente de água. Aquela estaca pontuda na margem havia arrancado a quilha da embarcação! Anne não sabia o que tinha acontecido, mas não levou muito tempo para entender que estava em perigo. Nesse ritmo, o bote se encheria e afundaria antes de poder alcançar a outra margem. Onde estavam os remos? Haviam ficado na margem!

Anne soltou um gritinho ofegante, que ninguém escutou; estava branca até os lábios, mas não perdeu seu autocontrole. Havia uma chance – uma única chance.

— Eu estava terrivelmente assustada – Anne contou a Mrs. Allan no dia seguinte – e parecia que demoraram anos para o barco chegar até a ponte, e a água subindo a todo o momento! Eu orei, Mrs. Allan, sinceramente, mas não fechei meus olhos para orar, pois sabia que a única maneira de Deus me salvar era eu fazer o bote flutuar até bem perto de um dos pilares da ponte, para que eu subisse por ele. A senhora sabe que os pilares são somente três troncos velhos de árvore, que possuem muitos nós e galhos. Era apropriado orar, mas eu tinha que fazer minha parte observando e sabia disso muito bem. Somente disse uma e outra vez: 'Querido Deus, por favor, apenas me carregue para perto daquele pilar e eu farei o resto'. Diante de tal circunstância, a senhora não pensa muito em uma oração floreada. Mas a minha foi respondida, pois a barca bateu contra um dos pilares por um minuto, e eu joguei o xale e o lenço sobre meus ombros e me agarrei a um grande galho providencial. E ali estava eu, Mrs. Allan, agarrada àquele velho pilar escorregadio, sem jeito de ir para cima ou para baixo. Era uma posição muito pouco romântica, mas não pensei nisso na hora. Não se pensa muito em romantismo quando acaba de escapar de uma tumba aquática. Fiz uma oração de agradecimento, e então coloquei toda minha atenção em me segurar forte, pois sabia que provavelmente dependeria de ajuda humana para voltar à terra firme.

A barca passou pela ponte e logo afundou no meio da corrente. Ruby, Jane e Diana, que já esperavam no outro promontório, viram a embarcação desaparecer diante de seus olhos e não tiveram dúvidas de que Anne havia afundado junto com ela. Durante um momento ficaram imóveis, geladas pelo terror perante a tragédia. Então, gritando com todas as forças de seus pulmões, correram pelo bosque, sem parar para olhar para a ponte, enquanto cruzavam a estrada principal. Anne, agarrando-se desesperadamente ao seu apoio precário, viu as silhuetas das amigas e escutou seus gritos. A ajuda chegaria em breve, mas enquanto isso, sua posição era muito desconfortável.

Os minutos se passaram, cada um deles parecendo uma hora para a desventurada Donzela dos Lírios. Por que não vinha ninguém? Onde haviam ido as meninas? E se todas elas tivessem desmaiado? E se ninguém viesse? E se ela ficasse muito cansada ou tivesse cãibra, e não pudesse mais se segurar? Anne olhou para as perversas profundezas verdes abaixo, longas sombras vacilantes, e estremeceu. Sua imaginação começou a sugerir todo o tipo de pavorosas possibilidades.

Então, exatamente quando pensou que realmente não poderia mais suportar a dor em seus braços e pulsos por nem um minuto a mais, Gilbert Blythe passou remando pela ponte no barquinho de Harmon Andrews.

Gilbert olhou para cima e, para sua total surpresa, contemplou um rostinho branco e com expressão de desprezo encarando-o furiosamente com grandes e assustados olhos cinzentos.

— Anne Shirley! Que raios você está fazendo aí? – ele exclamou.

Sem esperar uma resposta, acercou-se do pilar e estendeu a mão. Não podendo evitar, Anne agarrou-se à mão de Gilbert Blythe e saltou para o barquinho, sentando-se na popa, suja e furiosa, com os braços ocupados com o xale e o crepe encharcados. Por certo era extremamente difícil conservar a dignidade em tais circunstâncias!

— O que aconteceu, Anne? – perguntou Gilbert, tomando os remos.

— Estávamos encenando 'Elaine' – explicou Anne friamente, sem mesmo olhar para seu salvador – e eu tinha que deslizar para Camelot com a barca, digo, o bote. O bote começou a encher de água e eu subi no pilar. As meninas foram buscar ajuda. Seria gentil o bastante para me conduzir até a margem?

Gilbert amavelmente a conduziu até a margem, e Anne, desprezando a assistência, saltou com agilidade na areia.

— Estou muito agradecida – disse, com arrogância, enquanto dava as costas. Mas Gilbert também tinha saltado do barco e a deteve pelo braço.

— Anne – ele falou rapidamente – olhe aqui. Não podemos ser bons amigos? Estou muito arrependido de ter feito chacota do seu cabelo naquele dia. Não pretendia ofendê-la, era só uma brincadeira. Além disso, foi há tanto tempo atrás! Acho o seu cabelo muito bonito agora, acho mesmo. Vamos ser amigos.

Por um momento, Anne hesitou. Debaixo de todo o seu orgulho ferido, ela teve uma estranha consciência despertada, de que a expressão meio tímida, meio ansiosa nos olhos castanhos de Gilbert era algo muito bom de se ver. Seu coração deu uma batida rápida e esquisita. Mas a amargura do antigo ressentimento prontamente endureceu a vacilante determinação. A cena de dois anos atrás brilhou em sua memória, tão vívida como se tivesse acontecido ontem. Gilbert a chamou de *cenoura* e lhe trouxe desgraça diante de toda a escola. Seu ressentimento, que para outras pessoas poderia parecer ridículo, aparentemente não estava nem um pouco dissipado e suavizado pelo tempo. Ela odiava Gilbert Blythe! Nunca o perdoaria!

— Não – disse, friamente – nunca serei sua amiga, Gilbert Blythe; não quero ser!

— Está bem! – Gilbert saltou para dentro de seu esquife, corado pela ira – Nunca mais pedirei para ser seu amigo, Anne Shirley. Não me importo!

Ele se distanciou rapidamente com rápidas remadas, e Anne subiu o íngreme caminho cheio de samambaias abaixo dos bordos. Ela ergueu a cabeça, mas percebeu um estranho arrependimento. Quase desejava ter respondido de modo diferente para Gilbert. Certamente ele a havia ofendido terrivelmente, mas ainda assim! Em suma, Anne pensou que seria um alívio se sentar e chorar, pois o susto e a dor das cãibras faziam com que se sentisse chateada.

No meio do caminho encontrou Jane e Diana correndo de volta para a lagoa, recém saídas de um estado de frenesi. Não haviam encontrado ninguém em Orchard Slope, pois os pais de Diana estavam fora. Ali Ruby Gillis se entregara à histeria e fora deixada para se recuperar, enquanto Jane e Diana correram pela Floresta Assombrada, cruzando a ponte de troncos até Green Gables. Também não encontraram ninguém lá, pois Marilla tinha ido a Carmody e Matthew estava colhendo o feno nos campos.

— Oh Anne! – exclamou Diana, ofegante, abraçando-se ao pescoço da amiga e soluçando de alívio e alegria – oh, Anne – nós pensamos – você tinha – se afogado – e nos sentimos como assassinas – porque a forçamos – a ser – Elaine. E Ruby está histérica – oh, Anne, como escapou?

— Eu me agarrei a um dos pilares – explicou a fatigada Anne – e Gilbert Blythe aproximou-se com o bote de Mr. Andrews e me trouxe até a margem.

— Oh, Anne, que esplêndido da parte dele! Ora, isto é tão romântico! – disse Jane, enfim encontrando fôlego suficiente para falar – Certamente você vai falar com ele depois disso.

— É claro que não vou! – respondeu Anne, abruptamente, com um retorno momentâneo de seu antigo espírito – E nunca mais quero ouvir a palavra 'romântico' de novo, Jane Andrews. Sinto muitíssimo que tenham ficado tão assustadas, meninas. A culpa é toda minha. Estou certa de que nasci sob uma estrela de má sorte. Tudo o que faço coloca a mim mesma ou aos meus queridos amigos em confusão. Perdemos o bote de seu pai, Diana e tenho o pressentimento de que não poderemos mais remar na lagoa.

O pressentimento de Anne provou ser mais certeiro do que são os pressentimentos em geral. Grande foi a comoção na casa dos Barry e dos Cuthbert quando os acontecimentos da tarde se tornaram conhecidos.

— Você nunca terá algum juízo, Anne? – reclamou Marilla.

— Oh, sim, acho que terei, Marilla! – respondeu Anne, otimista. Um bom choro, proporcionado pela grata solidão do quartinho do lado leste do sótão, tinha aliviado seus nervos e restaurado seu ânimo – Acho que as perspectivas de me tornar sensata estão mais brilhantes do que nunca.

— Não vejo como podem estar – disse Marilla.

— Bem, tenho aprendido uma nova e válida lição todos os dias. Desde que cheguei a Green Gables tenho cometido erros, e cada um deles tem ajudado a me curar de alguma grande limitação. O caso do broche de ametista me curou de ficar mexendo nas coisas que não me pertencem. O erro da Floresta Assombrada me ensinou a não deixar minha imaginação tomar conta de mim. O bolo de linimento me curou da falta de atenção ao cozinhar. Tingir meu cabelo me curou da vaidade. Nunca penso sobre meu cabelo ou meu nariz agora – pelo menos não tão frequentemente. E o erro de hoje irá me curar de ser tão romântica. Cheguei à conclusão de que é inútil tentar ser romântica em Avonlea. Provavelmente era mais fácil na cidade de Camelot, cercada de torres, centenas de anos atrás, mas os romances não são apreciados agora. Estou certa de que muito em breve verá em mim um grande progresso nesse aspecto, Marilla.

— Espero que sim – comentou a cética Marilla.

Mas Matthew, que estava sentado em silêncio no seu canto, pôs a mão no ombro de Anne quando Marilla havia saído.

— Não abandone todo o seu romantismo, Anne – ele sussurrou, timidamente – um pouquinho sempre é bom; não muito, é claro, mas guarde um pouquinho, Anne, guarde um pouquinho.

Capítulo XXIX

Uma Época na Vida de Anne

Anne estava trazendo as vacas do pasto dos fundos para casa, passando pela Travessa dos Amantes. Era um fim de tarde de setembro, e todas as aberturas e clarões no bosque estavam impregnados com a luz vermelha do pôr do sol. Aqui e ali a alameda era salpicada pela luminosidade, mas em sua maior parte já estava completamente sombreada embaixo dos bordos, e os espaços sob os pinheiros estavam preenchidos por um claro lusco-fusco da cor de violeta, como um vinho irreal. Os ventos balançavam a copa das árvores, e não havia música mais doce no mundo do que aquela da brisa do entardecer soprando nos pinheiros.

As vacas caminhavam placidamente pela alameda, e a sonhadora Anne as seguia, repetindo em voz alta o canto de batalha de 'Marmion'[1] – que também tinha sido parte da disciplina de língua inglesa no inverno anterior, e o qual Miss Stacy tinha feito com que memorizassem – e exultando nas estrofes mais rápidas, no confronto de lanças em suas fantasias. Quando chegou à estrofe:

*"Os teimosos lanceiros ainda lutavam com excelência
no seu escuro bosque impenetrável"*,

ela parou, em êxtase, e fechou os olhos para que pudesse imaginar melhor a si mesma participando daquele círculo heroico. Quando voltou a abri-los, foi para contemplar Diana cruzando a porteira que levava ao campo dos Barry, parecendo tão solene que Anne instantaneamente adivinhou que havia novidades a serem contadas. Mas ela não iria denunciar tão impaciente curiosidade.

— Este entardecer não está exatamente como um sonho lilás, Diana? Sinto-me tão feliz em estar viva. Pela manhã, sempre acho que as manhãs são melhores, mas quando as tardes chegam, me parecem ainda mais adoráveis.

— É mesmo uma bela tarde – disse Diana – mas oh, tenho uma tal novidade,

---

1 - "Marmion" – poema épico escrito por Sir Walter Scott e publicado em 1808. Refere-se à Batalha de Flodden, ocorrida no ano de 1513 entre os reinos da Inglaterra e Escócia.

Anne. Adivinhe! Tem três chances para acertar.

— Charlotte Gillis vai se casar na igreja afinal, e Mrs. Allan quer que nós façamos a decoração – gritou Anne.

— Não. O namorado de Charlotte não concorda com isso, pois nunca ninguém se casou na igreja e ele acha que ficaria parecido com um funeral. É uma bobagem, pois seria uma grande diversão. Tente outra vez.

— A mãe de Jane vai deixá-la fazer uma festa de aniversário?

Diana meneou a cabeça, seus olhos negros dançando com o divertimento.

— Não consigo pensar em mais nada – disse Anne, em desespero – a não ser que Moody Spurgeon MacPherson tenha acompanhado você até sua casa, ao saírem da reunião de oração na noite passada. Foi isso?

— Isso nem se cogita! - exclamou Diana, indignada — Eu não faria nenhum alarde sobre uma coisa dessas, ainda que aquela criatura horrível tivesse mesmo me acompanhado! Sabia que você não conseguiria adivinhar. Mamãe recebeu hoje uma carta da tia Josephine, e ela quer que você e eu viajemos para a cidade na próxima quinta-feira, para nos hospedarmos com ela e visitarmos a Exposição. Aí está!

— Oh, Diana – murmurou Anne, tendo a necessidade de se apoiar em uma das árvores para se sustentar sobre os pés – é verdade o que diz? Mas receio que Marilla não me deixe ir. Ela dirá que não pode me encorajar a ficar perambulando. Foi o que disse na semana passada, quando Jane me convidou para ir com eles, em sua charrete de dois lugares, para o Concerto Americano, no Hotel de White Sands. Eu queria ir, mas Marilla alegou que era melhor eu ficar em casa estudando, e que Jane deveria fazer o mesmo. Fiquei amargamente desapontada, Diana. Senti-me tão inconsolável que não fiz minhas orações quando fui dormir. No entanto, me arrependi por não tê-las feito, e levantei no meio da noite para orar.

— Vamos fazer o seguinte – sugeriu Diana – pediremos à minha mãe para falar com Marilla. Assim será mais provável que ela a deixe ir; e se deixar, teremos os melhores dias de nossas vidas, Anne! Nunca estive em uma Exposição, e é tão insuportável ficar ouvindo as outras garotas falando sobre suas viagens. Jane e Ruby já visitaram duas vezes, e irão de novo neste ano.

— Não vou pensar nisto de jeito nenhum, até saber se poderei ir ou não! – afirmou Anne, resolutamente — Se eu pensar e for decepcionada, isso será mais do que eu posso suportar. Mas se eu puder ir, estou muito feliz porque meu novo casaco estará pronto a tempo. Marilla não achava que eu tivesse necessidade de um novo casaco. Disse que meu antigo serviria muito bem para outro inverno, e que eu deveria ficar satisfeita em ter um novo vestido. É um vestido muito bonito, Diana – azul marinho, e de muito bom gosto. Marilla sempre faz meus vestidos à moda agora, porque diz que não quer Matthew indo pedir a Mrs. Lynde para costurá-los. Estou tão contente! É muito mais fácil ser boazinha se as suas roupas forem elegantes. Porém, Matthew insistiu que eu deveria ter um novo casaco, então Marilla comprou uma adorável peça de casimira azul, e está sendo feito por uma costureira de verdade em Carmody. É para ficar pronto no sábado à noite, e estou tentando não me imaginar caminhando pelo corredor da igreja no domingo, com meu novo vestido e gorro, pois temo não ser muito correto imaginar tais coisas. Mas isso simplesmente desliza na minha mente, mesmo sem querer. Meu gorro é tão lindo! Matthew comprou no dia em que estávamos em Carmody. É um desses pequenos, de veludo azul, muito moderno, com cordões dourados e franjas. Seu novo chapéu é muito elegante, Diana, e tão vistoso! Quando vi você chegando à igreja no domingo passado, meu coração inflou de orgulho ao pensar que você é minha amiga mais querida. Você acha que é errado pensarmos tanto assim em roupas? Marilla diz que isso é muito pecaminoso. Mas é um assunto tão interessante, não é?

Marilla concordou com a ida de Anne para a cidade, e foi acertado que Mr. Barry deveria levá-las na terça-feira seguinte. Como Charlottetown ficava a trinta milhas de Avonlea e Mr. Barry desejava voltar no mesmo dia, era necessário sair muito cedo. Mas para Anne tudo era diversão, e estava desperta antes mesmo do sol nascer na manhã de terça. Uma espiada pela janela lhe assegurou que o dia seria bom, pois o céu estava todo prateado e sem nuvens ao leste, atrás dos pinheiros da Floresta Assombrada. Por entre as brechas das árvores, uma luz estava brilhando na janela oeste de Orchard Slope: sinal de que Diana também já estava acordada.

Anne já estava vestida quando Matthew acendeu o fogo e tinha aprontado o café da manhã quando Marilla desceu, mas ela própria estava muito ansiosa para comer. Depois do desjejum, vestida com o elegante casaco e o novo gorro, Anne apressou-se sobre a ponte e pelo bosque de pinheiros até Orchard Slope. Mr. Barry e Diana a esperavam, e logo os três estavam na estrada.

Foi uma longa jornada, mas Anne e Diana aproveitaram cada minuto. Era delicioso sacudir pelas estradas úmidas sob a avermelhada luz matinal que rastejava sobre os ceifados campos de colheita. O ar estava fresco e puro, e brumas azuladas se elevavam ligeiras, ondulando esfumaçadas de um lado ao outro dos vales e pairando sobre as encostas. Em alguns momentos a estrada adentrava os bosques, onde os bordos estavam começando a expor bandeiras escarlates; outras vezes cruzava rios sobre pontes que faziam Anne estremecer com seu antigo e delicioso medo; outras vezes virava ao longo da costa de um porto e passava por um pequeno aglomerado de acinzentadas cabanas de pesca; e novamente subia a colina, de onde podia ver as terras ascendentes e o nebuloso céu azul. Mas, por onde quer que a charrete passasse, haviam muitas coisas interessantes para se discutir. Era quase meio-dia quando chegaram à cidade e acharam seu caminho para 'Beechwood'. Era uma mansão muito antiga e bastante encantadora, afastada da rua e oculta por um cercado de olmos verdes e faia ramificada. Miss Barry recebeu-os na porta da frente com um fulgor em seus negros olhos atentos.

— Então, finalmente veio me ver, Menina-Anne – ela disse — Misericórdia, criança, como você cresceu! Posso afirmar que está mais alta do que eu. E também está muito mais bonita do que era antes. Mas ouso dizer que você sabe disso sem precisar que se diga.

— Certamente, não preciso – respondeu Anne, radiante — Sei que não estou tão sardenta como costumava ser, portanto tenho muito que agradecer. E eu realmente não me atrevia a esperar que acontecessem outras melhorias. Estou muito feliz por a senhora achar que melhorei, Miss Barry.

A casa de Miss Barry era mobiliada com "grande magnificência", como Anne depois disse a Marilla. As duas meninas camponesas ficaram um tanto acanhadas diante do esplendor da sala de visitas onde Miss Barry as deixou quando foi cuidar do jantar.

— Não parece um palácio? – suspirou Diana – Nunca estive na casa de tia Josephine antes, e não sabia que era tão grande. Queria que Julia Bell pudesse ver isto; ela fica com ar presunçoso porque acha a sala de sua mãe superior.

— Tapete de veludo – suspirou Anne, suntuosamente – e cortinas de seda! Sempre sonhei com estas coisas, Diana. Mas sabe, não creio que me sentiria muito confortável com tudo isso, afinal. Tem tanta coisa nessa sala, e tudo tão esplêndido, que não existe escopo para imaginação. Esta é uma ideia consoladora quando você é pobre – existem tantas coisas mais para imaginar.

A estadia na cidade foi algo que Anne e Diana recordaram durante anos. Do primeiro ao último dia, foi coroada de delícias.

Na quarta-feira, Miss Barry levou-as à Exposição, onde ficaram durante todo o dia.

— Foi esplêndido! – Anne relatou a Marilla, depois – Nunca imaginei coisas tão interessantes. Realmente não sei dizer qual foi a seção mais interessante. Acho que gostei mais dos cavalos, das flores e do artesanato. Josie Pye ganhou o prêmio de primeiro lugar em renda tricotada. Fiquei muito feliz por ela. E fiquei feliz por ter ficado feliz, pois isto mostra que tenho melhorado; não acha, Marilla, quando eu posso me regozijar com a conquista de Josie? Mr. Harmon Andrews ganhou o segundo lugar por suas maçãs Gravestein, e Mr. Bell ganhou o primeiro lugar por seu porco. Diana achou ridículo um Superintendente da Escola Dominical receber um prêmio por um porco, mas não entendi o porquê. Você entende? Ela disse que sempre vai se lembrar disso quando ele estiver rezando tão solenemente. Clara Louise MacPherson ganhou um prêmio por sua pintura e Mrs. Lynde recebeu o primeiro lugar pela manteiga e queijo feitos em casa. Então Avonlea foi muito bem representada, não foi? Mrs. Lynde estava lá naquele dia, e eu nunca soube de verdade o quanto gostava dela até ver seu rosto familiar no meio de todos aqueles estranhos. Havia centenas de pessoas lá, Marilla. Isso fez com que eu me sentisse terrivelmente insignificante. E Miss Barry nos levou a arquibancada para ver uma corrida de cavalos. Mrs. Lynde não participou; disse que corrida de cavalos era uma abominação e, sendo religiosa, pensava que era seu dever sagrado dar um bom exemplo e se manter afastada. Se bem que havia tanta gente por lá, que não acredito que a ausência de Mrs. Lynde tenha sido notada. Porém, creio que não devo assistir as corridas de cavalo com muita frequência, pois *são mesmo* muito fascinantes. Diana ficou tão empolgada que quis apostar dez centavos comigo que o cavalo vermelho iria ganhar. Não acreditei que ele iria ganhar, mas me recusei a apostar, pois queria contar a Mrs. Allan todos os detalhes do passeio e senti que certamente não seria bom contar isso a ela. Sempre é errado fazer alguma coisa que não pode contar à esposa do ministro. Ser amiga de uma pessoa assim é como ter uma consciência adicional. Fiquei muito feliz por não ter apostado, pois o cavalo vermelho *ganhou*, e eu teria perdido dez centavos. Então você vê que a virtude é sua própria recompensa. Vimos um homem subir em um balão. Eu adoraria voar num balão, Marilla; seria emocionante. E vimos um homem que estava vendendo cartõezinhos da sorte. Você pagava dez centavos e um passarinho escolhia um cartão para você. Miss Barry deu o dinheiro a cada uma de nós para que nossa sorte fosse escolhida. A minha dizia que eu me casarei com um homem moreno muito rico, e que cruzarei as águas para viver. Olhei cuidadosamente para cada homem moreno que vi desde então, mas não gostei de nenhum deles; e, de qualquer forma, ainda é muito cedo para começar a procurar por ele. Oh, foi um dia para-nunca-ser-esquecido, Marilla. Fiquei tão cansada que não pude dormir a noite. Miss Barry nos pôs para dormir no quarto de hóspedes, de acordo com o prometido. Era um aposento muito elegante, Marilla, mas de alguma maneira, dormir num quarto de hóspedes não foi como eu pensava. Esta é a pior parte de crescer, estou começando a entender. As coisas que você tanto desejava quando era criança não lhe parecem ser tão maravilhosas – aliás, nem a metade disso – quando as obtém.

Na quinta-feira as meninas tiveram um passeio no parque e, à noite, Miss Barry as levou a um concerto na Academia de Música, onde uma célebre *prima donna*[2] iria cantar. Para Anne, aquela noite foi uma resplandecente visão do paraíso.

— Oh, Marilla, foi indescritível. Eu estava tão emocionada que não conseguia nem falar; então você poderá entender como foi. Simplesmente fiquei sentada em silencioso arrebatamento. Madame Selitsky era perfeitamente bela, e vestia cetim branco e diamantes. Mas quando ela começou a cantar, não pensei em mais nada. Oh, não posso descrever como me senti. Mas me pareceu que nunca mais seria difícil ser uma menina boazinha. Eu me senti, naquela noite, do mesmo jeito que me sinto quando olho para as estrelas. As lágrimas vieram aos meus olhos, mas, oh, eram lágrimas de alegria. Fiquei tão triste quando tudo acabou, e disse a Miss Barry que não sabia como

2 - "Prima donna" é a principal cantora em uma ópera.

conseguiria voltar à vida comum outra vez. Ela disse que achava que poderia ajudar se fôssemos ao restaurante do outro lado da rua para tomar sorvete. Aquilo soou tão prosaico, mas para minha surpresa, descobri que era verdade. O sorvete estava delicioso, Marilla, e foi muito agradável – e, de certo modo, *dissipado* – ficar sentada ali comendo às onze horas da noite. Diana disse que acreditava ter nascido para a vida na cidade. Miss Barry perguntou qual era a minha opinião, mas eu disse que teria de pensar mais seriamente nisso antes de dizer o que eu realmente pensava. Então fiquei pensando no assunto quando fui deitar. Esta é a melhor hora para pensar nas coisas. E cheguei à conclusão, Marilla, de que não nasci para a vida na cidade e estou contente com isso. É ótimo comer sorvete em restaurantes radiosos às onze da noite, de vez em quando; mas, para o dia a dia, eu preferia estar no meu quartinho do lado leste do sótão às onze horas, dormindo profundamente; mas sabendo, mesmo no meu sono, que as estrelas cintilam lá fora, e que o vento está soprando nos pinheiros do outro lado do riacho. Contei tudo isso a Miss Barry, durante o café da manhã, e ela riu. Miss Barry geralmente ri de qualquer coisa que eu digo, mesmo quando são as coisas mais solenes. Não sei se gosto disso, Marilla, pois não tencionava ser engraçada. Mas ela é uma dama muito hospitaleira e nos tratou como rainhas.

Sexta-feira marcou o dia de ir embora, e Mr. Barry foi buscá-las.

— Bem, espero que tenham se divertido – disse Miss Barry, enquanto lhes dizia adeus.

— Certamente nos divertimos – disse Diana.

— E você, Menina-Anne?

— Aproveitei cada minuto – disse Anne, abraçando impulsivamente a velha senhora e beijando sua bochecha enrugada. Diana nunca se atreveria a fazer tal coisa, e sentiu-se um tanto perplexa com a liberdade de Anne. Mas Miss Barry gostou, e ficou em sua varanda olhando a charrete até perdê-la de vista. Então, com um suspiro, entrou novamente em sua grande casa. Pareceu muito solitária com a falta de todo aquele frescor da juventude. Miss Barry era uma senhora um pouco egoísta, verdade seja dita, e nunca se preocupara muito com ninguém, a não ser consigo mesma. Valorizava as pessoas somente se pudessem lhe servir ou lhe entreter. Anne tinha conseguido entretê-la e, consequentemente, tinha caído nas boas graças da dama. Mas Miss Barry percebeu que pensava menos sobre os discursos excêntricos de Anne e mais sobre o seu fresco entusiasmo, suas emoções transparentes, seu jeitinho cativante e a doçura de seus olhos e sorriso.

— E eu pensava que Marilla Cuthbert era uma velha boba, quando fiquei sabendo que tinha adotado uma menina de orfanato – disse para si mesma –, mas não acho que ela tenha cometido um erro, afinal de contas. Se eu tivesse uma criança como Anne em casa todo o tempo, eu seria uma pessoa melhor e mais feliz.

Anne e Diana acharam a viagem de volta para casa tão prazerosa quanto a de ida – certamente ainda mais, pois havia a deliciosa consciência de suas casas esperando-as ao final. O sol já estava se pondo quando passaram por White Sands e dobraram na estrada à beira-mar. Ao longe, as colinas de Avonlea se destacavam contra o céu cor de açafrão. Atrás delas, a lua se erguia do mar, que ficava radiante e transfigurado por sua luz. Cada pequena enseada ao longo da sinuosa estrada era uma maravilha de ondas dançantes que quebravam nas rochas com suaves sussurros, e o forte e fresco aroma da maresia podia ser sentido no ar.

— Oh, é muito bom estar viva, e indo para casa – suspirou Anne.

Quando cruzou a ponte de troncos sobre o riacho, a luz da cozinha de Green Gables piscou as boas-vindas amavelmente, e através da porta aberta brilhava o fogo da lareira, mandando seu avermelhado brilho cálido para a fria noite de outono. Anne correu alegremente pela colina e entrou na cozinha, onde o jantar quentinho estava esperando na mesa.

— Então, voltou para casa? – disse Marilla, dobrando seu tricô.

— Sim, e oh, é tão bom estar de volta! – respondeu, animada – Poderia beijar tudo aqui, até mesmo o relógio. Marilla, frango assado! Quer dizer que você o preparou especialmente para mim?

— Sim, preparei! – disse Marilla – Sabia que você estaria com fome depois de uma viagem tão longa, e que precisaria de algo realmente apetitoso. Rápido, troque de roupa e vamos jantar assim que Matthew chegar. Devo dizer que estou contente que esteja de volta. Foi assustadoramente solitário sem você por aqui, nunca vivi quatro dias tão longos!

Após o jantar, Anne se sentou diante do fogo, entre Matthew e Marilla, e lhes deu o relatório completo de sua viagem.

— Tive dias fantásticos – concluiu, com alegria – e sinto que este passeio marcou uma época em minha vida. Mas o melhor de tudo é estar em casa.

Capítulo XXX

A Classe Preparatória para a Queen's Academy é Organizada

Marilla pôs o tricô no colo e se inclinou na cadeira. Seus olhos estavam cansados e ela se lembrou, vagamente, de que deveria trocar os óculos na próxima vez que fosse à cidade, pois sentia um frequente cansaço nas vistas de um tempo para cá.

Era quase noite, pois o opaco crepúsculo de novembro já caíra sobre Green Gables e a única luz na cozinha vinha das chamas avermelhadas e dançantes do forno.

Anne estava sentada com as pernas encolhidas no tapete em frente à lareira, contemplando a alegre incandescência dos tocos de lenha de bordo, de onde a luz do sol de centenas de verões estava sendo destilada. Ela estava lendo, mas o livro havia escorregado para o chão e ela agora sonhava, com um sorriso nos lábios entreabertos. Resplandecentes castelos na Espanha tomavam forma nas brumas e arco-íris de sua viva fantasia; aventuras maravilhosas e encantadas ocorriam em sua terra de sonhos – aventuras essas que sempre acabavam triunfantemente e nunca a envolviam em confusões como aquelas que vivia na vida real.

Marilla olhou para ela com uma ternura que nunca teria sido revelada em luz mais clara, a não ser naquela mescla suave de brilho do fogo e sombra. Marilla não conseguira aprender a lição de um amor que deveria se mostrar facilmente na linguagem e no olhar, mas tinha aprendido a amar esta delgada garota de olhos cinzentos com um afeto tão profundo e forte como não demonstrado. Entretanto, seu amor lhe trouxera o receio de estar sendo excessivamente indulgente. Tinha a desconfortável sensação de que era um tanto pecaminoso devotar o coração tão intensamente a um só ser humano, como devotara o seu a Anne; e talvez cumprisse uma espécie de inconsciente penitência ao ser mais austera e crítica com a menina do que seria se ela lhe fosse menos querida. Certamente a própria Anne não tinha a menor ideia do quanto Marilla a amava. Costumava pensar melancolicamente que Marilla era uma pessoa muito difícil de agradar, e distintamente carente em empatia e compreensão. Porém, sempre repreendia este pensamento, lembrando-se do quanto devia a Marilla.

— Anne – disse Marilla, abruptamente – Miss Stacy esteve aqui hoje à tarde quando você estava fora com Diana.

Anne voltou de seu mundo de sonhos com um sobressalto e um suspiro.

— Esteve? Oh, eu sinto muito por não estar aqui. Por que não me chamou, Marilla? Diana e eu estávamos apenas na Floresta Assombrada. Os bosques estão adoráveis agora. Todas as plantinhas do bosque – as samambaias, as folhas acetinadas e as *cornaceaes*[1] – já foram dormir, como se alguém as tivesse coberto com uma capa de folhas até a primavera. Acho que quem fez isso foi uma fadinha cinza com uma echarpe de arco-íris, que veio na ponta dos pés durante o último luar. Mas Diana não falaria muito sobre isso. Ela nunca esqueceu a bronca que levou de sua mãe por imaginar fantasmas na Floresta Assombrada. Arruinou a imaginação dela! Mrs. Lynde diz que Myrtle Bell é uma criatura arruinada. Perguntei a Ruby Gillis por que Myrtle estava arruinada, e ela diz que suspeita que seja porque o namorado a deixou. Ruby Gillis não pensa em mais nada que não seja rapazes, e quanto mais cresce, pior fica. Os rapazes estão muito bem nos seus lugares, mas não é certo arrastá-los em tudo, não é? Diana e eu estamos pensando seriamente em prometer que nunca casaremos, mas vamos ser duas distintas senhoras solteiras e morar juntas para sempre. Mas Diana ainda não se decidiu, pois pensa que talvez seja mais nobre se casar com um rapaz selvagem, arrojado e perverso para corrigi-lo. Diana e eu conversamos muito sobre assuntos sérios agora, sabia? Sentimos que estamos muito mais velhas do que éramos, e não fica bem conversarmos sobre infantilidades. É uma coisa tão solene ter quase catorze anos, Marilla. Miss Stacy levou a todas que estão na adolescência para o riacho, na quarta-feira passada, e conversou conosco sobre isso. Ela disse que devemos ser muito cuidadosas com os tipos de hábitos que formamos e que ideais adquirimos na adolescência, porque quando estivermos com vinte anos, nosso caráter vai estar desenvolvido, e a fundação de nossa vida futura estabelecida. E disse que se o alicerce estiver pouco firme, nunca poderemos construir nada verdadeiramente digno sobre ele. Conversamos sobre o assunto voltando da escola. Sentimo-nos extremamente solenes, Marilla. E decidimos que vamos tentar ser muito cuidadosas e formar hábitos respeitáveis, e aprender tudo o que pudermos e ser tão ajuizadas quanto pudermos ser; e então, quando estivermos com vinte anos, nosso caráter estará propriamente desenvolvido. É aterrador pensar em ter vinte anos, Marilla. Soa tão assustadoramente velho e crescido. Mas por que Miss Stacy esteve aqui hoje à tarde?

— Era o que eu estava tentando dizer, Anne, se você me der a chance de entrar na conversa. Ela estava falando sobre você.

— Sobre mim? – Anne pareceu um pouco assustada. Então corou e exclamou:

— Oh, sei sobre o que ela falou. Eu honestamente pretendia contar a você, Marilla, mas esqueci. Miss Stacy me pegou lendo Ben-Hur[2] na escola ontem à

---

1 - *Cornaceae* – planta angiospérmica, pertencente à ordem Cornales.

2 - Referência ao épico "Ben-Hur – Um Conto de Cristo", escrito pelo americano Lew Wallace e publicado no ano de 1880. Foi considerado o livro cristão mais influente do século XIX, tendo sido, inclusive, abençoado pelo Papa Leão XIII.

tarde, quando eu deveria estar estudando História Canadense. Jane Andrews me emprestou o livro. Eu estava lendo na hora do almoço, e havia chegado na parte da corrida de bigas quando tínhamos de voltar para a sala. Fiquei simplesmente ansiosa para saber como a corrida terminava – apesar de estar certa de que Ben-Hur deveria ganhar, porque não seria uma justiça poética se não ganhasse – então deixei o livro de história aberto sobre a mesa, e Ben-Hur entre a mesa e meus joelhos. Eu parecia estar estudando História Canadense, sabe, mas durante todo o tempo estive me deleitando em Ben-Hur. Estava tão interessada, que não percebi Miss Stacy se aproximando pelo corredor, até que de repente olhei para cima e ali estava ela olhando para mim, com os olhos cheios de reprovação. Não consigo expressar quão envergonhada fiquei, Marilla, especialmente quando ouvi Josie Pye rindo. Miss Stacy pegou o livro, mas não disse nada na hora. Ela me manteve na sala durante o recreio e conversou comigo. Disse-me que eu estava errada em dois aspectos. Primeiro, estava desperdiçando um tempo que deveria pôr nos meus estudos; e segundo, estava enganando minha professora tentando parecer que estava lendo o livro de História quando, ao invés disso, estava lendo um romance. Nunca havia compreendido até aquele momento, Marilla, que o que eu estava fazendo era enganar. Fiquei chocada. Chorei amargamente e pedi que ela me perdoasse, e que então eu nunca mais faria algo assim, e sugeri que minha punição fosse não olhar mais para Ben-Hur durante toda a semana, nem mesmo para ver como tinha terminado a corrida de bigas. Mas Miss Stacy disse que não iria requer uma coisa dessas, e me perdoou livremente. Então, acho que não foi muito gentil da parte dela vir aqui e conversar com você sobre isso.

— Miss Stacy nunca mencionou nada disso, Anne, e seu único problema foi sua consciência culpada. Você não tem nada que levar livros de histórias para a escola. Tem lido muitos, ultimamente. Quando eu era menina, não era permitido nem olhar para romances!

— Oh, como pode chamar Ben-Hur de romance quando na verdade é um livro tão religioso? – protestou Anne – Claro que é levemente emocionante para ser uma leitura apropriada para os domingos, e eu só leio durante a semana. E eu nunca leio *qualquer* livro agora, a não ser que Miss Stacy ou Mrs. Allan considerem que é um livro apropriado para ser lido por uma menina de treze anos e nove meses. Miss Stacy me fez prometer isso. Ela me pegou, um dia, lendo um livro chamado "O Apavorante Mistério do Corredor Assombrado". Foi um que Ruby Gillis havia me emprestado, e oh, Marilla, era tão fascinante e horripilante! Fez meu sangue coagular dentro das veias! Mas Miss Stacy disse que era um livro muito tolo e prejudicial, e me pediu que parasse de lê-lo, e nem buscasse nada do estilo. Não me importava em prometer não ler mais nada desse tipo, mas foi *agonizante* devolver o livro sem saber como terminava. Mas meu amor por Miss Stacy passou no teste, e eu resisti. É realmente maravilhoso, Marilla, o que você consegue fazer quando está verdadeiramente ansioso para agradar alguém.

— Bem, acho que vou acender a vela, e voltar a trabalhar – disse Marilla –, pois vejo claramente que você não quer escutar o que Miss Stacy tinha a dizer. Está mais interessada no som da sua própria voz do que em qualquer outra coisa.

— Oh, é mesmo! Quero ouvir sim, Marilla! – gritou Anne, arrependida – Não direi mais nenhuma palavra, nenhuma! Sei que falo muito, mas estou realmente tentando vencer isso. E apesar de saber o quanto eu falo, ainda assim, se você soubesse quantas coisas eu quero dizer, mas não digo, me daria algum crédito. Por favor, me conte, Marilla.

— Bem, Miss Stacy deseja organizar uma classe entre seus alunos do último ano, que pretendem estudar para o Exame de Admissão da Queen's Academy. Ela pretende dar aulas extras durante uma hora depois da escola. E veio perguntar a mim e Matthew se nós gostaríamos que você participasse. O que você mesma acha sobre isso, Anne? Gostaria de ir para a Queen's e estudar para ser professora?

— Oh, Marilla! – Anne se ajoelhou e juntou as mãos – Este tem sido o maior sonho da minha vida; isto é, pelos últimos seis meses, desde que Ruby e Jane começaram a falar sobre estudar para a Admissão. Mas não falei nada sobre o assunto, porque achei que seria completamente inútil. Adoraria ser professora. Mas não seria terrivelmente caro? Mr. Andrews disse que manter Prissy Andrews na escola lhe custa cento e cinquenta dólares, e ela não é nada relapsa em Geometria.

— Acredito que você não tenha que se preocupar com isso. Quando Matthew e eu ficamos com você para criá-la, resolvemos que faríamos o melhor que pudéssemos por você, e lhe daríamos uma boa educação. Acredito que uma moça tenha que se preparar para ganhar seu sustento, precisando ou não. Você sempre terá uma casa em Green Gables, enquanto Matthew e eu estivermos aqui, mas ninguém sabe o que vai acontecer neste mundo incerto, e é melhor estar preparada. Então, Anne, você pode participar das aulas para a Queen's, se quiser.

— Oh, Marilla, obrigada! – Anne jogou os braços em torno da cintura de Marilla e olhou sinceramente para seu rosto – Estou extremamente grata a você e Matthew. Vou trabalhar duro, o quanto eu puder, e vou dar o melhor de mim para orgulhá-los. Previno-lhes que não esperem muito de mim em Geometria, mas acho que poderei me distinguir nas demais matérias se me esforçar.

— Ouso afirmar que irá muito bem. Miss Stacy diz que você é brilhante e diligente – por nada no mundo Marilla contaria a Anne exatamente o que Miss Stacy tinha dito sobre ela; isto teria alimentado sua vaidade –, mas não precisa chegar ao extremo de se matar em cima dos livros. Não há pressa. Não estará preparada para tentar a Admissão por um ano e meio ainda. Mas é bom começar em tempo e estar completamente fundamentada; foi o que Miss Stacy falou.

— Tomarei mais interesse do que nunca nos estudos – disse, Anne alegremente – porque eu tenho um propósito na vida. Mr. Allan disse que todos deveriam ter um propósito e persegui-lo fielmente. Só diz que devemos primeiro ter certeza de que é um objetivo digno. Eu diria que querer ser uma professora como Miss Stacy é um propósito digno, não é, Marilla? Acho que é uma profissão muito nobre.

A classe para a Queen's Academy foi organizada em seu devido tempo. Gilbert Blythe, Anne Shirley, Ruby Gillis, Jane Andrews, Josie Pye, Charlie Sloane e Moody Spurgeon MacPherson iriam participar. Diana Barry não, pois seus pais não tinham a intenção de mandá-la para a Queen's. Isto pareceu pouco menos que uma calamidade para Anne. Nunca, desde a noite em que Minnie May teve difteria, Diana e ela tinham ficado separadas para nada. Na primeira tarde em que a classe da Queen's permaneceu na escola para as aulas extras e Anne viu Diana sair lentamente com as outras, e caminhar sozinha para casa através da Rota das Bétulas e do Vale das Violetas, nada pôde fazer, exceto permanecer sentada e reprimir o desejo de correr impulsivamente atrás de sua amiga. Sentiu um nó em sua garganta, e rapidamente se escondeu atrás das páginas erguidas da gramática de Latim, para esconder as lágrimas em seus olhos. Anne não teria deixado Gilbert Blythe ou Josie Pye verem aquelas lágrimas por nada nesse mundo.

— Mas, oh, Marilla, quando vi Diana ir embora sozinha, realmente senti que provei a amargura da morte, como disse Mr. Allan no sermão de domingo passado – falou, triste, naquela noite – pensei quão esplêndido teria sido se tão somente Diana estivesse estudando para a Admissão também. Mas não podemos ter coisas perfeitas neste mundo imperfeito, como diz Mrs. Lynde. Ela não é uma pessoa muito alentadora às vezes, mas não há dúvidas que diz grandes verdades. E eu acho que a classe para a Queen's vai ser extremamente interessante. Jane e Ruby irão estudar somente para serem professoras. É a meta de suas ambições. Ruby diz que irá lecionar por somente dois anos depois que terminar a escola, então ela pretende se casar. Jane diz que devotará sua vida inteira ao magistério, e nunca, nunca se casar, porque você recebe um salário para ensinar, mas não receberá nada de um marido, que ainda por cima reclama quando pede dinheiro para os ovos e a manteiga. Creio que Jane fala assim por sua triste experiência, pois Mrs. Lynde diz que o pai dela é um velho completamente rabugento e mais avarento do que uma caneca de leite na segunda desnatada. Josie Pye fala que está indo para a faculdade para ter mais educação, pois não terá que garantir seu sustento; falou também que obviamente é diferente para os órfãos que estão vivendo de caridade – *eles* têm de se apressar. Moody Spurgeon vai ser ministro. Mrs. Lynde diz que ele não poderia ser mais nada, para estar de acordo com um nome como esse. Espero que não seja mau da minha parte, Marilla, mas realmente a ideia de Moody Spurgeon sendo ministro me faz rir. Ele é um rapaz de aparência tão engraçada, com aquela grande cara gorda, e seus olhinhos azuis e orelhas de abano. Mas talvez ele se torne mais intelectual quando crescer. Charlie Sloane diz que vai entrar para a política e ser membro do Parlamento, mas Mrs. Lynde afirmou que ele nunca terá sucesso, porque os Sloanes são gente honesta, e somente os canalhas chegam a ser algo na política hoje em dia.

— E o que Gilbert Blythe vai ser? – questionou Marilla, vendo que Anne estava abrindo seu livro sobre Júlio César.

— Não tenho interesse pelas ambições de Gilbert Blythe – se é que ele tem alguma – respondeu, com desdém.

Naquele momento, a rivalidade entre Gilbert e Anne era evidente. Anteriormente havia sido mais unilateral, mas não havia mais dúvidas de que Gilbert estava determinado a ser o primeiro na classe, como Anne era. Ele era um inimigo digno de sua espada. Os outros membros da classe aceitavam tacitamente sua superioridade, nunca sonhando em tentar competir com eles.

Desde o dia na lagoa quando se recusou a escutar seu apelo por perdão, Gilbert, salvo pela já mencionada rivalidade determinada, não evidenciava reconhecer a existência de Anne Shirley. Ele conversava e gracejava com as outras meninas, trocava livros e charadas com elas, discutia lições e planos, algumas vezes acompanhava uma ou outra nos encontros de oração ou do Clube de Debates. Mas simplesmente ignorava Anne Shirley, e ela percebeu que não era agradável ser ignorada. Em vão disse a si mesma balançando a cabeça que não se importava. Lá no fundo de seu volúvel e feminino coração ela sabia que se importava, e que se tivesse novamente a oportunidade que teve na Lagoa das Águas Brilhantes, teria respondido de um jeito bem diferente. De repente, como parecia, e para seu secreto desgosto, descobriu que o antigo ressentimento que havia alimentado contra ele tinha acabado – acabado justamente quando ela mais precisava de seu poder sustentador. Em vão se lembrava de cada incidente e emoção daquela memorável ocasião e tentava sentir a antiga e satisfatória raiva. Tinha testemunhado sua última espasmódica centelha naquele dia, na lagoa. Anne se deu conta de que havia perdoado e esquecido sem perceber. Mas era muito tarde.

Ao menos nem Gilbert nem mais ninguém, nem mesmo Diana, suspeitariam do quão arrependida ela estava e o quanto desejava não ter sido tão orgulhosa e desagradável. Decidiu "encobrir seus sentimentos em um manto profundo de esquecimento", e pode-se afirmar aqui e agora que ela fez isso com tamanho sucesso que Gilbert, o qual, possivelmente, não estava tão indiferente como parecia, não poderia se consolar com nenhuma crença de que Anne percebera seu desdém retaliatório. O único pobre consolo que tinha era que ela esnobava Charlie Sloane de maneira inclemente, contínua e imerecidamente.

No mais, o inverno passou entre agradáveis deveres e estudos. Para Anne, os dias transcorreram como contas no colar do ano. Ela estava feliz, ansiosa, interessada, havia lições para aprender e honra para receber; deliciosos livros para ler, novas peças para serem praticadas para o coro da Escola Dominical; adoráveis tardes de sábado na casa paroquial com Mrs. Allan; e então, mesmo antes de Anne perceber, a primavera havia chegado novamente a Green Gables e todo o mundo florescia uma vez mais.

Então, os estudos se tornaram um bocadinho enfadonhos; a classe da Queen's foi deixada para trás na escola, e enquanto os outros se espalhavam pelas alamedas verdes e bosques folhosos e atalhos nos campos, os alunos olhavam ansiosos pela janela, e descobriam que os verbos de Latim e os exercícios de Francês tinham de algum modo perdido o sabor e a animação que possuíam nos congelantes meses de inverno. Mesmo Anne e Gilbert se atrasaram e se tornaram indiferentes. A professora e os alunos estavam igualmente contentes quando o semestre terminou e os alegres dias de férias se estenderam, rosados, diante deles.

— Mas vocês fizeram um bom trabalho neste ano que passou – Miss Stacy lhes disse na última noite – e merecem umas boas e alegres férias. Divirtam-se o máximo que puderem ao ar livre e reúnam um bom estoque de saúde, vitalidade e ambição, para carregá-los durante todo o ano que vem. Será o cabo-de-guerra, vocês sabem – o último ano antes do Exame de Admissão.

— A senhorita estará de volta no ano que vem, Miss Stacy? – perguntou Josie Pye.

Josie nunca hesitava em fazer perguntas; neste momento, o restante da classe sentiu-se agradecido a ela; nenhum deles teria ousado perguntar isto a Miss Stacy, mas todos queriam saber, pois, durante um tempo, houve rumores no colégio de que Miss Stacy não voltaria no ano seguinte – que haviam lhe oferecido uma posição em uma grande escola de seu próprio distrito e que ela tencionava aceitar. A classe da Queen's ficou em atento suspense esperando por sua resposta.

— Sim, creio que sim – ela respondeu — Pensei em ir para outra escola, mas decidi voltar a Avonlea. Para dizer a verdade, fiquei tão interessada nos meus alunos daqui, que descobri que não poderia deixá-los. Então ficarei, e estarei com vocês até o fim.

— Hurrah! – gritou Moody Spurgeon. Ele nunca havia se entregado a seus sentimentos antes, e corou desconfortavelmente por uma semana, em todas as vezes que pensou sobre este grito.

— Oh, estou tão contente! – exclamou Anne, com os olhos cintilando — Querida Miss Stacy, seria totalmente terrível se não voltasse. Não acredito que conseguiria ter coragem para continuar com meus estudos de viesse outra professora.

Quando Anne chegou em casa naquela noite, reuniu seus livros de texto em um velho baú no sótão, trancou-o, e jogou a chave na caixa de cobertas.

— Não vou nem olhar para os livros da escola nas férias – ela disse a Marilla — Estudei tanto quanto pude durante todo o semestre e me debrucei sobre a Geometria até saber cada proposição do primeiro livro ao pé da letra, mesmo quando as letras estão trocadas. Estou simplesmente cansada de todas as coisas sensatas e deixarei minha imaginação correr solta durante o verão. Oh, não precisa ficar alarmada, Marilla. Deixarei correr solta dentro dos limites sensatos.

Mas eu quero ter bons momentos de verdade neste verão, pois pode ser o último verão em que serei uma menininha. Mrs. Lynde diz que se eu continuar esticando no ano que vem, como estiquei neste ano, terei de usar saias longas. Disse que sou toda "olhos e pernas". E quando eu vestir saias longas, sinto que terei de me adequar a elas e ser muito digna. Temo que não acreditarei mais em fadas; então vou acreditar nelas com todo o meu coração, neste verão. Acho que teremos férias muito divertidas. Ruby Gillis vai dar uma festa de aniversário em breve, e haverá o piquenique da Escola Dominical e o concerto missionário no mês que vem. E Mr. Barry disse que, qualquer noite dessas, levará Diana e eu até o Hotel White Sands para jantarmos. Eles servem jantares lá à noite, sabe. Jane Andrews esteve lá uma vez no verão passado e contou que foi uma deslumbrante visão ver as luzes elétricas e as flores, e todas as hóspedes em lindos vestidos. Jane diz que foi sua primeira visão da vida da alta sociedade e que nunca se esquecerá até o dia de sua morte.

Mrs. Lynde fez uma visita na tarde seguinte, para saber por que Marilla não esteve na reunião da Sociedade Assistencial na quinta-feira. Quando Marilla não ia à reunião, as pessoas sabiam que algo não estava bem em Green Gables.

— Matthew teve uma indisposição cardíaca, na quinta-feira – Marilla explicou – e achei por bem não deixá-lo. Oh, sim, ele está recuperado agora, mas estas indisposições estão mais frequentes do que costumavam ser, e estou preocupada com ele. O médico disse que ele deve ser cuidadoso ao evitar as fortes emoções. Isso é fácil, pois Matthew nunca fica procurando por elas e nunca correu atrás delas; mas não pode fazer nenhum esforço excessivo, e você sabe que pedir a Matthew para que não trabalhe é o mesmo que pedir que não respire. Venha, deixe suas coisas aí, Rachel. Vai ficar para o chá?

— Bem, se você insiste, talvez eu deva ficar – disse Mrs. Lynde, que não tinha a menor intenção de fazer qualquer outra coisa.

Mrs. Lynde e Marilla se sentaram confortavelmente na sala, enquanto Anne preparou o chá e assou biscoitos que eram leves e claros o suficiente para desafiar até mesmo o criticismo da vizinha.

— Devo dizer que Anne está se tornando uma garota muito esperta – admitiu Mrs. Lynde, enquanto Marilla a acompanhava até o final da alameda, ao pôr do sol. — Deve ser uma grande ajuda para você.

— Ela é – disse Marilla –, e é estável e confiável agora. Costumava ter medo de que ela nunca superasse seu jeito cabeça de vento, mas tem conseguido e não temo confiar nada a ela agora.

— Eu nunca teria pensado naquele primeiro dia, há três anos atrás, que ela daria tão certo! – relembrou Mrs. Lynde – Deus querido, nunca esquecerei aquele chilique! Quando cheguei em casa naquela noite, eu disse ao Thomas, disse 'Escreva as minhas palavras, Thomas, Marilla se arrependerá todos os dias pelo mau passo que deu'. Mas eu estava errada, e estou muito feliz por isso.

Não sou desse tipo de pessoa, Marilla, que nunca é levada a admitir que erra. Não, este nunca foi o meu jeito, graças a Deus. Realmente errei em julgar Anne, mas não era de se estranhar, pois nunca houve nesse mundo uma criança mais esquisita, uma bruxinha imprevisível, isto é que é. Não havia como restringi-la com as mesmas regras que funcionavam com outras crianças. É quase uma maravilha o quanto ela melhorou nestes três anos, especialmente em sua aparência. Será uma moça muito bonita, apesar de não poder dizer que sou totalmente parcial àquele estilo pálido e olhos grandes. Gosto mais do tipo roliças e rosadas, como Diana Barry ou Ruby Gillis. Estas, sim, têm uma linda aparência. No entanto, de alguma forma – não sei como, mas quando estão todas juntas, apesar de ela não ser tão bonita, acaba fazendo com que as outras pareçam meio singelas e exageradas – algo como colocar os lírios brancos de junho, aos quais ela chama de narcisos, ao lado de grandes peônias vermelhas, isto é que é.

Capítulo XXXI

Onde o Riacho se Encontra com o Rio

Anne teve seu "bom" verão e desfrutou-o sem reservas. Ela e Diana viveram totalmente ao ar livre, se divertindo com todas as delícias proporcionadas pela Travessa dos Amantes, Bolha da Dríade, Charco do Salgueiro e Ilha Victoria. Marilla não ofereceu nenhuma objeção às perambulações ou desatinos de Anne. O médico de Spencervale, que tinha vindo ver Minnie May na noite em que teve difteria, encontrou Anne na casa de um paciente em uma tarde no início das férias, olhou intensamente para ela, torceu a boca, balançou a cabeça e mandou uma mensagem a Marilla Cuthbert por outra pessoa, dizendo:

"Mantenha aquela sua menina ruiva ao ar livre o verão inteiro e não deixe que ela leia até que ganhe mais vida em seus passos".

Esta mensagem assustou Marilla de maneira salutar. Ela leu na mensagem a condenação de morte de Anne por inanição, a menos que a sugestão fosse escrupulosamente obedecida. Como resultado, Anne teve o verão dourado de sua vida no que se referia a liberdade e traquinagens. Ela caminhou, remou, colheu frutinhas e sonhou, para a satisfação de seu coração; e quando setembro chegou, tinha os olhos brilhantes e alertas, com passos que teriam satisfeito o doutor de Spencervale, e um coração cheio de ambição e entusiasmo novamente.

— Sinto que tenho ânimo para estudar com toda a força e vigor! – declarou, quando trouxe seus livros do sótão – Oh, bons e velhos amigos, estou contente de ver suas honestas faces novamente; sim, mesmo você, Geometria. Tive um verão perfeitamente lindo, Marilla, e agora estou exultando como um homem forte para correr a corrida, como Mr. Allan disse domingo passado. Não são magníficos os sermões de Mr. Allan? Mrs. Lynde diz que ele tem melhorado a cada dia, o que significa que alguma igreja da cidade logo irá arrebatá-lo, e então seremos abandonados e teremos que nos virar para achar algum outro pregador imaturo. Mas não vejo utilidade em me preocupar antecipadamente com as coisas, você vê, Marilla? Acho que seria melhor somente apreciar Mr. Alan enquanto o temos. Se eu fosse homem, acho que seria um ministro. Eles podem ser uma influência para o bem, se sua teologia for profunda; e deve ser emocionante pregar esplêndidos sermões e comover o coração de seus ouvintes. Por que mulheres não podem ser ministras, Marilla? Perguntei isto a Mrs. Lynde e ela ficou perplexa, e disse que seria uma coisa escandalosa. Contou-me que nos Estados Unidos é permitida a ordenação de ministras, e ela acredita que existam algumas, mas que dá graças a Deus que aqui no Canadá ainda não chegamos neste estágio, e que espera que nunca chegue. Mas não entendo a razão! Acho que mulheres seriam excelentes ministras. Quando há uma reunião social a ser organizada, ou um chá para a igreja, ou qualquer outra coisa para arrecadar dinheiro, as mulheres têm que se virar e fazer o trabalho. Estou certa de que Mrs. Lynde pode orar tão bem quanto o Superintendente Bell, e não tenho dúvidas de que pode pregar também, se tiver um pouco de prática.

— Sim, acredito que ela possa — concordou Marilla, secamente —, ela prega muitos sermões não oficiais. Ninguém tem oportunidade de fazer algo errado em Avonlea sob a supervisão de Rachel.

— Marilla — disse Anne, em tom de confidência — quero lhe contar uma coisa e perguntar o que você acha sobre isso. É algo que tem me preocupado terrivelmente, especialmente nos domingos à tarde, que é o momento em que penso sobre tais assuntos. Eu quero muito ser uma boa garota; e quando estou com você, ou com Mrs. Allan, ou com Miss Stacy, desejo isso mais do que nunca, e quero fazer somente o que agrada a vocês e o que aprovam. Mas na maioria das vezes quando estou com Mrs. Lynde, eu me sinto desesperadamente má, e é como se eu quisesse fazer exatamente o que ela diz que não devo. Sinto-me irresistivelmente tentada. Agora, por que você acha que eu me sinto assim? Acha que é porque eu sou muito má, e que não posso me regenerar?

Por um instante, Marilla pareceu estar em dúvida. Então começou a rir.

— Se você é, acho que também sou, Anne, pois Rachel frequentemente me causa exatamente o mesmo efeito. Às vezes acho que ela teria mais influência para o bem, usando suas palavras, se não ficasse atazanando os outros para serem corretos. Deveria haver um mandamento especial contra atazanar. Mas eu não deveria falar assim. Rachel é uma boa mulher cristã e faz tudo por bem. Não há em Avonlea um coração mais nobre, e nunca se esquiva de sua parte no trabalho.

— Estou contente em saber que você sente o mesmo — respondeu Anne, decidida —, é tão encorajador! Não vou me preocupar tanto com isso, agora. Mas ouso dizer que terei outras coisas para me preocupar. A todo o momento chegam novas coisas — coisas que me deixam perplexa, sabe. Você responde uma pergunta, e imediatamente surge outra. Há tantas coisas para serem ponderadas e decididas quando se está crescendo. Fico ocupada o tempo todo, ponderando e decidindo o que é certo. Crescer é uma coisa muito séria, não é,

Marilla? Mas quando tenho amigos tão bons quanto você e Matthew, e Mrs. Allan e Miss Stacy, devo crescer corretamente, e estou certa de que será minha culpa se tudo der errado. Sinto que é uma enorme responsabilidade, porque eu tenho uma única chance. Se eu não crescer bem, não poderei simplesmente voltar e começar tudo de novo. Eu cresci seis centímetros neste verão, Marilla. Mr. Gillis mediu-me na festa de Ruby. Estou feliz que você tenha feito meus novos vestidos um pouco mais compridos. Aquele verde escuro é tão lindo, e foi muito delicado de sua parte colocar babados. Obviamente sei que não era necessário, mas os babados estão tão na moda neste outono, e Josie Pye tem babados em todos os seus vestidos. Sei que poderei estudar melhor por causa do meu. Terei em minha mente uma sensação confortável por causa daquele babado.

— É algo válido sentir isso – admitiu Marilla.

Miss Stacy estava de volta à escola de Avonlea e encontrou todos os seus alunos ansiosos para aprender mais uma vez. Especialmente a classe da Queen's, cujos estudantes cingiram seus lombos para a batalha – pois, ao final deste ano, já lançando sombras sobre seus caminhos, assomava o fatídico "Exame de Admissão", e esta ideia fazia todos sentirem seus corações afundarem no chão. E se não passassem! Este pensamento estava condenado a obcecar Anne por todas as horas em que esteve insone naquele inverno, inclusive nos domingos à tarde, excluindo quase totalmente os problemas morais e teológicos. Nos pesadelos de Anne, ela se encontrava olhando fixamente a lista de aprovados no Exame de Admissão, onde o nome de Gilbert Blythe encabeçava a lista e na qual o seu não figurava.

Mas o inverno passou rápido, feliz e cheio de ocupações. O trabalho na escola era interessante, e a rivalidade em classe tão absorvente como outrora. Novos mundos de pensamentos, sentimentos e ambições, frescos e fascinantes campos de conhecimento ainda inexplorado pareciam se abrir diante dos ávidos olhos de Anne.

"Como colinas assomando atrás de colinas
E Alpes alçando-se sobre Alpes"

Muito disso foi devido à orientação habilidosa, cuidadosa e tolerante de Miss Stacy. Ela levou sua classe a pensar, explorar e descobrir por si mesmos e os encorajou a se apartarem dos velhos caminhos já trilhados, a ponto de surpreender Mrs. Lynde por completo e também os membros do conselho diretor da escola – que viam todas as inovações de forma duvidosa, comparadas aos métodos tradicionais.

À parte dos estudos, Anne expandiu sua vida social, pois Marilla, atenta ao ditame do médico de Spencervale, não mais proibia as saídas ocasionais. O Clube de Debates florescia e organizava muitos concertos; houve duas ou três festas que pareceram eventos de adultos, passeios de trenó e abundância de travessuras em patins.

Neste meio tempo Anne cresceu, espichando tão rapidamente que um dia Marilla se surpreendeu, quando estavam em pé, lado a lado, ao notar que a menina estava mais alta do que ela mesma.

— Ora, Anne, como você cresceu! – afirmou, quase não acreditando. Um suspiro seguiu essas palavras. Marilla sentiu um desconcertante pesar sobre a estatura de Anne. A criança que ela tinha aprendido a amar tinha desaparecido, e aqui estava em seu lugar esta moça alta de quinze anos, com sérios olhos cinzentos, de semblante pensativo e cabecinha orgulhosa. Marilla amava a moça tanto quanto amara a menina, mas se tornava consciente de uma estranha e infeliz sensação de perda. E naquela noite, quando Anne tinha ido à reunião de oração com Diana, Marilla se sentou sozinha no entardecer invernal e permitiu a si mesma a fraqueza de chorar. Matthew, chegando com uma lanterna, surpreendeu-a e encarou-a com tanta consternação, que Marilla teve que rir em meio às lágrimas.

— Estava pensando em Anne – explicou – Ela está crescendo; e provavelmente estará longe de nós no próximo inverno. Sentirei muita falta dela.

— Ela poderá vir para casa com frequência – confortou Matthew, para quem Anne ainda era e sempre seria a pequena e ávida menina que tinha trazido da estação para casa, naquela tarde do mês de junho, há quatro anos atrás – A linha férrea chegará até Carmody.

— Não será a mesma coisa do que tê-la aqui o tempo todo – suspirou Marilla, melancólica, determinada a aproveitar o luxo da tristeza sem ser confortada –, mas é claro que homens não conseguem entender essas coisas!

Havia outras mudanças em Anne, não menos reais do que as mudanças físicas. Para começar, se tornara mais quieta. Talvez ela pensasse como nunca e sonhasse tanto quanto antes, mas certamente falava menos. Marilla notou e também comentou sobre isso.

— Você não fala a metade do que costumava falar, Anne, nem usa metade das suas palavras longas. O que há com você?

Anne enrubesceu e deu um leve sorriso, enquanto baixava o livro e olhava, sonhadora, para a janela, onde grandes e encorpados botões vermelhos estavam irrompendo na trepadeira, em resposta ao fascinante brilho do sol de primavera.

— Não sei; não tenho vontade de falar como antes – disse, pensativa, amassando o queixo com o dedo – É melhor pensar em coisas queridas e bonitas e preservá-las dentro do coração, como tesouros. Não gosto que riam delas, ou que se impressionem. E, de alguma forma, não tenho mais vontade de usar palavras longas. É uma pena, não é, agora que estou realmente crescida o bastante para usá-las se quiser. É divertido estar quase crescida em alguns aspectos, mas não é o tipo de diversão que eu esperava, Marilla. Há tantas coisas para aprender, e fazer, e pensar, que não há mais tempo para palavras longas. Além disso, Miss Stacy diz que as curtas são melhores e mais fortes. Ela nos faz escrever todas as nossas redações tão simples quanto possíveis. Era difícil, a princípio. Eu estava tão acostumada a enchê-las com todas as palavras longas que podia pensar, e pensava em um grande número delas. Mas agora me acostumei a isto, e me parece tão melhor.

— O que aconteceu com seu Clube de Contos? Faz muito tempo que não a ouço falar sobre isso.

— O Clube já não existe. Não temos mais tempo para isso – e, de certo modo, acho que cansamos disso. Era uma bobagem escrever sobre amor, homicídios, fugas e mistérios. Miss Stacy nos pede, algumas vezes, para escrever histórias a fim de treinar a composição, mas não nos permite escrever sobre nada que não aconteça aqui em Avonlea, em nossas próprias vidas, e nos critica muito duramente, insistindo para que nós mesmos analisemos os nossos trabalhos. Nunca pensei que minhas composições tivessem tantos defeitos até eu mesma começar a olhar para elas. Senti-me tão envergonhada que quis desistir para sempre, mas Miss Stacy disse que eu poderia aprender a escrever bem, se treinasse para ser minha própria e mais severa crítica. Então estou tentando ser.

— Você tem somente mais dois meses antes do Exame de Admissão. Acha que pode passar? – questionou Marilla.

Anne estremeceu.

— Não sei. Algumas vezes eu acho que vou ir muito bem – e logo fico tremendamente assustada. Nós temos estudado muito, e Miss Stacy tem repetido os exercícios minuciosamente, mas ainda assim poderemos falhar. Cada um de nós tem um ponto de tropeço. O meu é a Geometria, é claro; o de Jane é o Latim, o de Ruby e Charlie é a Álgebra, e o de Josie é Aritmética. Moody diz que sente em seus ossos que irá falhar em História Inglesa. Miss Stacy vai aplicar um teste em junho, tão difícil quanto o que teremos na Admissão, e nos corrigirá tão rigorosamente quanto os examinadores; então teremos uma ideia de como é. Queria que tudo já estivesse acabado, Marilla. Isto me persegue. Algumas vezes eu acordo, à noite, e me pergunto o que farei se não for aprovada.

— Ora, irá para a escola no próximo ano e tentará de novo – respondeu Marilla, despreocupadamente.

— Oh, não creio que eu tenha ânimo para isso. Seria uma desonra tão grande falhar, especialmente se Gil – se os outros passarem. E eu fico tão nervosa em dias de prova, que é provável que me confunda. Queria ter os nervos de Jane Andrews. Nada a perturba.

Anne suspirou e, arrastando os olhos para longe das magias do mundo primaveril, da tentação da brisa e do céu azul, e das coisas verdes crescendo no jardim, resolutamente se enterrou em seu livro. Haveria outras primaveras; mas Anne estava convicta de que se não fosse aprovada no Exame de Admissão, nunca se recuperaria o suficiente para conseguir desfrutá-las.

Capítulo XXXII

Divulgada a Lista de Aprovados

Com o fim do mês de junho, veio o fechamento do semestre e o fim do reinado de Miss Stacy na escola de Avonlea. Anne e Diana caminharam muito tristes para casa naquela noite. Olhos vermelhos e lenços úmidos eram o testemunho eloquente de que as palavras de adeus de Miss Stacy devem ter sido tão tocantes como foram as de Mr. Phillips em circunstância similar, três anos antes. Diana contemplou o edifício da escola do pé da colina dos pinheiros e suspirou profundamente.

— Parece mesmo o fim de tudo, não parece? – disse, melancólica.

— Não creio que você sinta metade da tristeza que eu estou sentindo agora – disse Anne, buscando inutilmente uma parte seca em seu lenço — Você estará de volta no próximo inverno, mas suponho que eu deixei a querida escola para sempre; isto é, se eu tiver sorte.

— Não será a mesma coisa. Miss Stacy não estará lá, nem você, ou Jane, ou Ruby, provavelmente. Eu terei que sentar sozinha, pois não suportaria ter outra companheira de assento depois de você. Oh, temos vivido momentos maravilhosos, não temos? É terrível pensar que acabaram.

Duas grandes gotas de lágrima rolaram pelo nariz de Diana.

— Se você parasse de chorar, eu conseguiria parar também – suplicou Anne — Quando eu consigo guardar meu lenço, vejo você ensopada e começo tudo de novo. Como diz Mrs. Lynde, 'se não pode ser feliz, seja o mais feliz que puder'. Afinal, ouso dizer que estarei de volta no ano que vem. Este é um dos momentos em que eu sei que não serei aprovada. E eles têm se tornado alarmantemente frequentes.

— Ora, você se saiu esplendidamente bem nos testes que Miss Stacy preparou.

— Sim, mas aqueles exames não me deixavam nervosa. Quando eu penso na coisa real, não pode imaginar os terríveis calafrios que sinto no coração. E, além disso, meu número é treze e Josie disse que é o número do azar. *Não sou* supersticiosa e sei que isso não faz a menor diferença. Mas ainda assim, desejava não ser o número treze.

— Eu queria poder ir com você – disse Diana. — Não teríamos dias perfeitamente elegantes? Mas suponho que tenha que estudar nas noites antes das provas.

— Não, Miss Stacy nos fez prometer que não abriríamos os livros. Ela disse que isto seria cansativo e nos confundiria. Temos que sair para caminhar e dormir cedo, e procurar não pensar nos exames, de modo algum! É um bom conselho, mas creio que será bem difícil segui-lo. Prissy Andrews contou que ficou acordada durante metade da noite para fazer uma revisão, em cada dia de sua semana de Admissão, e eu estava determinada a ficar sentada estudando *pelo menos* o mesmo tanto que ela ficou. Sua tia Josephine foi tão gentil por ter me convidado para ficar em Beechwood enquanto eu estiver na cidade!

— Você vai me escrever enquanto estiver lá, não vai?

— Escreverei na terça-feira à noite para contar como foi o primeiro dia – prometeu Anne.

— Não arredarei o pé dos correios na quarta-feira – prometeu Diana.

Anne viajou para a cidade na segunda-feira seguinte e, na quarta-feira, Diana estava nos correios para buscar sua carta, como haviam acertado.

"Querida Diana (escreveu Anne),

Aqui é noite de terça-feira, e estou escrevendo da biblioteca de Beechwood. Noite passada eu estava horrivelmente solitária em meu quarto, e queria tanto que você estivesse comigo. Não pude "estudar", pois prometi a Miss Stacy não fazê-lo, mas foi tão difícil me manter afastada dos livros como costumava ser difícil evitar ler romances antes de estudar.

Esta manhã, Miss Stacy veio me acompanhar até Queen's Academy, e passamos para buscar Jane, Ruby e Josie no caminho. Ruby me pediu para tocar em suas mãos, e estavam frias como o gelo. Josie me disse que eu parecia não ter pregado o olho, e que não acreditava que eu era forte o suficiente para suportar a rotina do curso de magistério, mesmo que eu conseguisse passar. Mesmo agora há momentos e ocasiões em que percebo que não tenho logrado avanços em meus esforços para gostar de Josie Pye!

Quando chegamos a Queen's, havia um grande número de estudantes vindos de todas as partes da Ilha. A primeira pessoa que vi foi Moody Spurgeon, sentado nos degraus em frente ao prédio, murmurando para si mesmo. Jane perguntou a ele que raios estava fazendo, e ele respondeu que estava repetindo a tabuada de multiplicação uma e outra vez para acalmar seus nervos, e que pelo amor de Deus não o interrompesse, porque se parasse por um momento ficaria com medo e esqueceria tudo que sabia; mas a tabuada mantinha todas as informações firmes em seus devidos lugares!

Quando fomos designados para nossas salas, Miss Stacy teve de nos deixar. Jane e eu sentamos juntas e eu a invejei, pois estava tão composta. A boa, tranquila e sensata Jane não precisava de nenhuma tabuada! Perguntava-me se minha aparência estava tão horrível como eu me sentia e se alguém mais na sala podia ouvir os batimentos tão evidentes do meu coração. Então um homem começou a distribuir as folhas do exame de Língua Inglesa. Minhas mãos gelaram e minha cabeça começou a girar quando eu peguei a prova. Somente um instante terrível – Diana, me senti exatamente da mesma maneira como quando, quatro anos atrás, perguntei a Marilla se eu poderia ficar em Green Gables – e então, tudo clareou em minha mente e meu coração começou a bater novamente (esqueci de dizer que ele tinha parado por um instante!), pois sabia, de alguma forma, que eu poderia fazer algo com aquela folha.

Ao meio-dia fomos para casa almoçar e então voltamos à tarde para a prova de História. Esta foi uma prova bem difícil e fiquei espantosamente confusa com as datas. Ainda assim, acho que fui bem o bastante hoje. Mas, oh, Diana, amanhã será a prova de Geometria e quando eu penso nisso, qualquer bocado de determinação que possuo se termina para não abrir o meu Euclides. Se eu soubesse que tabuada de multiplicação me ajudaria pelo menos um pouquinho, eu a recitaria a partir de agora e até amanha de manhã.

Esta noite saí para ver as outras meninas. No caminho encontrei com Moody andando distraidamente. Ele disse que sabia que tinha falhado em História e que nascera para ser um desapontamento para seus pais, e que iria para casa no primeiro trem da manhã; e que, de qualquer jeito, seria mais fácil ser um carpinteiro do que um ministro. Tentei animá-lo e o persuadi a ficar até o final, pois seria uma injustiça com Miss Stacy se ele não ficasse. Algumas vezes eu desejei ter nascido um menino, mas quando olho para Moody Spurgeon fico sempre contente por ser uma menina e por não ser irmã dele.

Ruby estava histérica quando cheguei na hospedaria; ela tinha descoberto que cometera um erro pavoroso na prova de Inglês. Quando ela se recuperou, fomos ao subúrbio tomar sorvete. Como queríamos que você estivesse aqui conosco.

Oh, Diana, se somente o exame de Geometria estivesse acabado! Mas, como Mrs. Lynde diria, o sol vai continuar nascendo e se pondo, se eu falhar em Geometria ou não. Isto é verdade, mas não é exatamente confortador. Acho que eu preferiria que o sol não continuasse se eu falhar!

Sua amiga devotada,
Anne.

Ao seu tempo, a prova de Geometria e todas as outras estavam terminadas, e Anne voltou para casa na sexta-feira à noite, um pouco cansada, mas com um ar de reprimido triunfo em torno de si. Diana estava em Green Gables quando ela chegou, e ambas se encontraram como se estivessem separadas por anos.

— Oh, velha amiga, é perfeitamente esplêndido vê-la de volta! Parece que passou uma era desde que você foi para a cidade e oh, Anne, como você se saiu?

— Muito bem, eu acho, em todas as matérias, menos Geometria. Não sei se eu passei nessa prova ou não, e tenho um assustador, angustiante pressentimento de que não passei. Oh, como é bom estar de volta! Green Gables é o lugar mais querido, mais encantador lugar do mundo!

— Como foram os outros?

— As meninas dizem que têm certeza de que não passaram, mas acho que foram muito bem. Josie diz que Geometria foi tão fácil, que uma criança de dez anos poderia ter feito! Moody ainda pensa que falhou em História e Charlie disse que foi mal em Álgebra. Mas nós realmente não sabemos nada sobre isso, e não saberemos antes da lista de aprovados ser divulgada. Sairá daqui a quinze dias. Imagine viver quinze dias em tal suspense! Queria poder dormir e só acordar quando tudo isso tiver acabado.

Diana sabia que seria inútil perguntar a Anne como ela achava que Gilbert Blythe tinha se saído, então somente comentou:

— Oh, todos irão passar. Não se preocupe.

— De qualquer modo, prefiro não ser aprovada, a ser e não estar no topo da lista – Anne falou rapidamente, querendo dizer, em realidade – e Diana sabia disso – que o sucesso seria incompleto e amargo se ela não ficasse à frente de Gilbert Blythe.

Com essa finalidade em vista, Anne tinha esgotado cada um de seus nervos durante os exames – assim como Gilbert. Eles tinham passado um pelo outro, na rua, uma dúzia de vezes, sem nenhum sinal de que se conhecessem; e, em todas essas vezes, Anne mantivera sua cabeça um pouco mais alta e desejara, um pouco mais veementemente, ter feito as pazes com ele quando pediu; e prometera, com um pouco mais de determinação, superá-lo nos exames. Ela sabia que toda a juventude de Avonlea se perguntava qual dos dois viria primeiro; sabia que Jimmy Glover e Ned Wright tinham feito uma aposta sobre quem estaria no topo da lista, e que Josie Pye dissera que não tinha nenhuma dúvida de que Gilbert seria o primeiro. E Anne sentia que sua humilhação seria insuportável se falhasse.

Entretanto, ela tinha outro motivo mais nobre para desejar se sair bem. Ela queria "estar no topo" por causa de Matthew e Marilla – especialmente Matthew. Ele tinha declarado sua convicção de que ela "iria bater toda a Ilha". Aquilo, Anne sentiu, seria um desejo absurdo, mesmo nos sonhos mais impossíveis. Mas ela esperava fervorosamente que estivesse pelo menos entre os dez primeiros colocados, e então veria os gentis olhos castanhos de Matthew brilharem de orgulho por sua realização. Aquela, ela sentiu, seria certamente a doce recompensa por todo seu trabalho duro e paciente luta contra as enfadonhas equações e conjugações.

Ao término da quinzena, Anne começou a "rondar" o posto dos correios, na companhia distraída de Jane, Ruby e Josie, abrindo os jornais de Charlottetown com as mãos frias e trêmulas, sentimentos desanimadores e tão ruins quanto os experimentados durante a semana do Exame de Admissão. Charlie e Gilbert não estavam acima disso e também tomaram esta atitude, mas Moody ficou resolutamente longe.

— Não tenho ânimo de ir lá e ver o papel com sangue frio — ele disse a Anne — apenas esperarei até que alguém venha e me diga de repente se passei ou não.

Quando três semanas tinham se passado sem a divulgação da lista de aprovados, Anne começou a sentir que realmente não podia aguentar a tensão por muito tempo. Seu apetite se extinguiu e seu interesse pelos acontecimentos de Avonlea definhou. Mrs. Lynde quis saber o que mais poderia se esperar com um superintendente de educação "Conservador" a cargo desses assuntos, e Matthew, notando a palidez de Anne, a indiferença e a lerdeza dos passos que a traziam de volta para casa do posto de correios todas as tardes, começou a pensar seriamente se não seria melhor votar nos "Liberais" nas próximas eleições.

Mas, uma noite, as notícias chegaram. Anne estava sentada em sua janela aberta, esquecida da angústia dos exames e dos cuidados do mundo naquele instante, enquanto bebia da beleza do crepúsculo de verão, docemente perfumado pelo aroma que subia das flores do jardim, e a sibilante agitação do farfalhar dos álamos. Ao leste, acima dos pinheiros, o céu estava levemente corado de rosa, com o reflexo do sol a oeste, e Anne se questionava, sonhadora, se o espírito das cores era assim, quando viu Diana passar voando pelos pinheiros, correndo sobre a ponte de troncos e ladeira acima, com um jornal balançando na mão.

Anne se pôs de pé em um salto, sabendo de uma vez o que o jornal continha. A lista de aprovados fora divulgada! Sua cabeça deu voltas e seu coração bateu tão forte até machucá-la. Não conseguia dar nenhum passo. Parecia que havia passado uma hora até que Diana veio correndo pelo corredor e invadiu o quarto sem nem mesmo bater na porta, de tão grande que era sua animação.

— Anne, você foi aprovada — ela gritou —, aprovada em *primeiríssimo* lugar! Você e Gilbert, os dois empataram; mas o seu nome é o primeiro! Oh, estou tão orgulhosa!

Diana atirou o jornal em cima da mesa e, completamente esbaforida, se deixou cair sobre a cama de Anne, incapaz de falar qualquer outra coisa. Anne acendeu a vela, invertendo o fósforo e usando meia dúzia deles, antes que suas mãos trêmulas pudessem realizar a tarefa. Então, pegou o jornal. Sim, ela fora aprovada — ali estava o seu nome, no primeiro lugar de uma lista de duzentos! Este era um momento digno de ser vivido.

— Você foi esplêndida, Anne! — suspirou Diana, recuperando-se o suficiente para se sentar e falar, pois Anne, com os olhos fascinados e cintilantes feito estrelas, não tinha dito uma só palavra — Papai trouxe o jornal de Bright

River, menos de dez minutos atrás; veio no trem da tarde, sabe, e não chegará aqui até amanhã pelo correio; e quando vi a lista de aprovados, simplesmente corri como uma selvagem. Todos vocês passaram, cada um de vocês, inclusive Moody Spurgeon, ainda que tenha ficado em dependência em História. Jane e Ruby se saíram muito bem – estão na metade de cima – e Charlie também. Josie só passou por três pontos, mas você verá que ela vai se vangloriar como se tivesse tirado o primeiro lugar. Miss Stacy não irá ficar contente? Oh, Anne, o que se sente quando vê seu nome em primeiro lugar de uma lista de aprovados como esta? Se fosse eu, sei que ficaria louca de alegria! Estou quase completamente louca, mas você está calma e fria como uma noite de primavera.

— Estou simplesmente deslumbrada por dentro – disse Anne — quero dizer mil coisas, e não consigo encontrar as palavras certas para expressá-las. Nunca sonhei com isso – sim, sonhei, uma vez só! *Uma vez* me deixei pensar, 'e se eu ficar em primeiro?', tremendo, você sabe, pois parecia muito vão e presunçoso pensar que eu poderia ficar na frente de todos da Ilha. Dê-me licença por um instante, Diana. Preciso correr lá no campo e contar ao Matthew. Então subiremos a estrada para contar a novidade aos demais.

Elas correram para o campo de feno, lá para baixo do celeiro, onde Matthew estava enrolando o feno; e, por sorte, Mrs. Lynde estava conversando com Marilla na cerca da alameda.

— Oh, Matthew – exclamou Anne –, fui aprovada, e em primeiro lugar; ou em um dos primeiros! Não estou me vangloriando, mas estou muito agradecida.

— Ora, ora, eu sempre disse isso – disse Matthew, contemplando alegremente a lista –, eu sabia que você podia bater todos eles facilmente!

— Devo dizer que você se saiu muito bem, Anne – falou Marilla, tentando esconder dos olhos críticos de Mrs. Lynde o extremo orgulho que sentia. Mas aquela boa alma disse, de todo o coração:

— Suspeito que sim, ela foi muito bem, e não reluto em lhe dizer isso – longe de mim! Você honra seus amigos, Anne, isto é que é, e estamos todos orgulhosos de você.

Naquela noite, Anne, que terminara o entardecer com uma conversinha séria com Mrs. Allan na casa paroquial, se ajoelhou docemente em frente à janela iluminada pelo grande esplendor da luz da lua, e murmurou uma oração de gratidão e aspirações que veio diretamente de seu coração. Havia em sua prece a gratidão pelo passado, e reverentes súplicas para o futuro; e quando deitou a cabeça em seu travesseiro branco, seus sonhos foram tão serenos, iluminados e bonitos quanto a virtude de uma jovem donzela poderia desejar.

Capítulo XXXIII

O Concerto no Hotel

—Use o vestido branco de organdi, sem dúvidas – aconselhou a resoluta Diana.

Elas estavam juntas no quartinho do lado leste do sótão. Lá fora reinava o crepúsculo – um adorável entardecer verde amarelado, com o céu azul claro e sem nuvens. Acima da Floresta Assombrada pairava uma grande lua cheia, que lentamente intensificava sua cor prateada, do pálido ao brilhante; o ar estava cheio de doces sons estivais – o gorjeio dos pássaros sonolentos, as brisas frenéticas, longínquas vozes e risadas. Mas, no quarto de Anne, a persiana estava fechada e a luz acesa, pois uma importante prova de roupa estava sendo feita.

O quarto era um lugar bem diferente daquele em que Anne entrara quatro anos antes, cujo frio inóspito adentrou a essência do espírito da menina devido a sua singeleza. As mudanças foram invadindo o ambiente com a permissão resignada de Marilla, vindo a se tornar um ninho tão doce e delicado quanto uma moça poderia desejar.

O tapete de veludo com rosas e as cortinas de seda cor-de-rosa das primeiras visões de Anne certamente nunca se materializaram; mas seus sonhos tinham mantido o ritmo de seu crescimento, e é provável que ela não lamentasse o fato de não possuir tais itens. O piso estava coberto por um bonito tapete, e as cortinas que cobriam as janelas altas, agitadas pelas brisas errantes, eram de musselina verde-clara. Não havia tapeçaria de brocado em ouro e prata suspensa nas paredes, mas eram revestidas por um gracioso papel de parede com delicadas flores de macieira, e estava adornado com algumas ilustrações adequadas que Anne havia ganhado de Mrs. Allan. A fotografia de Miss Stacy ocupava um lugar de honra, e Anne se havia imposto a ocupação sentimental de manter flores frescas na prateleira debaixo. Aquela noite o quarto estava levemente perfumado por um buquê de lírios brancos. Não havia "móveis de mogno", mas sim uma estante pintada de branco cheia de livros, uma cadeira de balanço de vime e estofada, uma penteadeira decorada com babados de musselina branca, um primoroso espelho de moldura dourada que antes ficava pendurado no quarto de hóspedes, ornamentado com rechonchudos Cupidos rosados e uvas roxas pintadas sobre o arco superior, e uma cama branca baixa.

Anne estava se vestindo para o concerto no Hotel de White Sands, que havia sido organizado pelos hóspedes em benefício do Hospital de Charlottetown, e tinham buscado ajuda de todos os amadores disponíveis nos distritos dos arredores. Bertha Sampson e Pearl Clay, do Coro Batista de White Sands foram convidadas para cantar um dueto; Milton Clark, de Newbridge iria fazer um solo de violino; Winnie Adella Blair, de Carmody, cantaria uma balada escocesa; e Laura Spencer, de Spencervale, e Anne Shirley, de Avonlea, iriam recitar.

Como Anne tinha dito uma vez, esta era "uma época em sua vida", e ela estava deliciosamente estremecida de emoção. Matthew tinha sido transportado ao sétimo céu, de tão gratificado orgulho pela honra conferida à sua Anne, e Marilla não estava longe de se sentir assim — mesmo que tivesse morrido antes de admiti-lo –, e disse que não achava muito apropriado um grupo de jovens indo ao hotel sem nenhuma pessoa responsável para acompanhá-los.

Anne e Diana iriam acompanhadas por Jane Andrews e seu irmão Billy, na charrete de assento duplo dos Andrews, e muitos outros jovens de Avonlea também iriam participar. Era esperado um grupo de visitantes de outras cidades, e depois do concerto seria oferecida uma ceia para os participantes.

— Você realmente acha que o vestido de organdi é melhor? – consultou Anne, ansiosamente — Creio que o de musselina azul florido seja mais bonito, e certamente mais elegante.

— Mas este cai muito melhor em você – garantiu Diana —, é tão suave, justo e adornado de babados. O de musselina é muito espesso, e a faz parecer enfeitada demais. Mas este de organdi dá a impressão de que foi feito em você.

Anne suspirou e cedeu. Diana estava adquirindo reputação por seu bom gosto para moda, e seus conselhos em tais assuntos eram muito solicitados. Ela mesma estava muito bem arrumada naquela noite em especial, usando um adorável vestido da cor de rosas silvestres, cor da qual Anne sempre estaria privada; mas como Diana não iria participar de nenhuma etapa do recital, sua aparência era de menor importância. Todos os seus esforços se concentravam em Anne, a quem, ela prometeu, devia, para o crédito de Avonlea, estar vestida, penteada e adornada para agradar o gosto da Rainha.

— Puxe um pouco mais esse babado, assim; aqui, me deixe atar sua faixa; agora sua sapatilha. Vou trançar seu cabelo em duas tranças e amarrá-las na metade com grandes laçarotes brancos – não, não desfaça nenhum dos cachos que caem na testa — somente segure a parte frouxa. Seu cabelo fica lindo arrumado desta maneira, Anne, não há outro penteado que lhe caia tão bem; e Mrs. Allan diz que você se parece com uma Madona quando o arruma assim. Colocarei esta rosa branca atrás de sua orelha. Só havia uma na minha roseira, e guardei-a para você.

— Devo colocar minhas contas de pérola? – perguntou Anne — Matthew comprou para mim uma gargantilha, na cidade, semana passada, e sei que ele gostaria de me ver com elas.

Diana franziu os lábios, inclinou criticamente a cabeça de negros cabelos, e finalmente se pronunciou a favor das contas, as quais foram, em seguida, amarradas ao redor da garganta branca e delgada de Anne.

— Existe algo tão distinto em você, Anne – disse Diana, com uma admiração isenta de qualquer partícula de inveja — Tem um modo de sustentar a cabeça com um ar tão especial. Suponho que seja sua silhueta. Eu sou gorducha, simplesmente um bolinho de massa. Sempre tive receio de chegar a ser, mas agora sei que sou assim. Então, suponho que apenas tenho que me resignar.

— Mas você tem covinhas – retorquiu Anne, sorrindo afetuosamente para o semblante bonito e vivaz que tinha perto de si —, covinhas adoráveis, como pequenas mordidas no creme. Eu desisti da minha esperança de tê-las. As covinhas dos meus sonhos nunca se tornarão realidade, mas tantos dos meus sonhos se realizaram, que não devo reclamar. Estou pronta agora?

— Prontinha! – assegurou Diana, quando Marilla apareceu na porta, a figura muito magra com mais cabelos grisalhos que outrora e não menos ângulos, mas com o rosto certamente mais terno — Entre e veja nossa oradora, Marilla. Não está adorável?

Marilla emitiu um som entre uma fungada e um grunhido.

— Ela me parece limpa e decente. Gosto deste penteado. Mas suponho que irá arruinar o vestido viajando com ele até lá, no pó e no orvalho, e parece muito fino para estas noites úmidas. De qualquer maneira, o organdi é o tecido menos útil do mundo, e eu disse isso a Matthew quando o comprou. Mas é inútil falar qualquer coisa para ele hoje em dia. Já foi o tempo em que escutava meus conselhos, agora compra as coisas para Anne mesmo sem necessidade, e os vendedores em Carmody sabem que podem enganá-lo com qualquer coisa. Basta que lhe digam que é bonito e elegante, para que Matthew ponha o dinheiro no balcão. Lembre-se de manter sua saia longe das rodas, Anne, e vista o seu casaco quentinho.

Então Marilla desceu as escadas, pensando orgulhosamente no quão adorável Anne estava,

"um raio de luar da testa à coroa",

e lamentando não poder ir ao concerto para ouvir sua menina recitar.

— Pergunto-me se *está mesmo* muito úmido para meu vestido.

— De jeito nenhum – disse Diana, erguendo a persiana — está uma noite perfeita, e não haverá nenhum sereno. Olhe para o luar.

— Estou contente por minha janela ser orientada para o leste, para o nascer do sol. É tão esplêndido ver a manhã chegar sobre as longas colinas e brilhando através das copas pontiagudas dos pinheiros. É uma novidade todas as manhãs, e eu sinto como se minha alma fosse diariamente lavada no banho dos primeiros raios de sol. Oh, Diana, eu amo tanto este quartinho! Não sei como vou me virar sem ele quando for para a cidade no mês que vem.

— Não fale de sua partida nesta noite – implorou Diana —, não quero pensar nisso, fico muito triste e quero ter uma noite divertida. O que você vai recitar, Anne? Está nervosa?

— Nem um pouco. Tenho falado tantas vezes em público que agora não me importo mais. Decidi declamar 'O Voto da Donzela'.[1] É tão comovente! Laura Spencer vai recitar uma comédia, mas eu prefiro fazer as pessoas chorarem.

— O que irá recitar se pedirem bis?

— Eles não sonharão em pedir um bis! – escarneceu Anne, que, no mais íntimo de seu ser, nutria a secreta esperança de que lhe pedissem, e já se imaginava contando tudo para Matthew na manhã seguinte durante o café da manhã — Aí estão Billy e Jane agora, ouvi o ruído das rodas. Vamos.

Billy Andrews insistiu para que Anne viajasse no banco da frente com ele, e ela assentiu, muito a contragosto. Teria preferido sentar atrás com as meninas, onde poderia rir e conversar para grande satisfação de seu coração. Ali não havia nem muita risada, nem diálogo. Ele era um jovem de vinte anos, grande e robusto, com um rosto redondo e inexpressivo, e uma dolorosa escassez de talento para conversa. Mas admirava Anne imensamente, e estava cheio de orgulho ante a perspectiva de viajar até White Sands com esta delicada e elegante figura ao seu lado.

Mas Anne planejava aproveitar a viagem apesar de tudo, conversando sobre o ombro com as meninas e ocasionalmente passando um pouco de civilidade para Billy – que sorria e achava graça, mas nunca conseguia pensar em uma resposta antes que fosse tarde demais. Era uma noite dedicada aos deleites. A estrada estava repleta de charretes, todas se dirigindo ao hotel, e o som dos risos soava claramente, ecoando e repercutindo ao longo de todo o caminho. Quando chegaram, o hotel estava em um esplendor de luzes de cima a baixo. Foram recebidos por uma das damas do comitê organizador do concerto, que conduziu Anne até o camarim dos participantes, o qual se encontrava repleto dos membros do Clube Sinfônico de Charlottetown – e, entre eles, Anne se sentiu repentinamente acanhada, assustada e caipira. Seu vestido, que no quartinho do lado leste do sótão parecera tão gracioso e lindo, agora se apresentava simples e modesto – *muito* simples e modesto, ela pensou, entre todas as sedas e rendas que reluziam e farfalhavam em torno de si. O que era sua gargantilha de contas de pérolas, comparada aos diamantes da grande dama elegante ao lado? E quão pobre sua única rosinha branca devia

---

1 - "O Voto da Donzela", balada escrita pela escocesa Baronesa Carolina Nairne (1766 – 1845).

parecer, comparada a todas as flores de estufa que usavam as demais! Anne guardou seu chapéu e casaco, e se encolheu miseravelmente em um canto. Desejava estar de volta ao seu quartinho branco em Green Gables.

Tudo se tornou pior quando Anne se viu no palco do grande salão de atos do Hotel, onde se encontrava agora. As luzes elétricas confundiram seus olhos, o perfume e zunido a desorientaram. Desejava estar sentada na plateia com Diana e Jane, que pareciam estar se divertindo muito, lá nos assentos do fundo. Ela estava apertada entre uma corpulenta dama vestida em seda rosa e uma moça alta com olhar esnobe, que usava um vestido de renda branca. A dama corpulenta ocasionalmente virava a cabeça diretamente e inspecionava Anne através dos óculos, até que Anne, sendo extremamente sensível a este tipo de exame, sentiu a desesperada vontade de gritar. A moça vestida de renda branca falava de forma audível para a garota que se encontrava ao seu lado sobre as "caipiras grosseironas" e "beldades rústicas" na plateia, languidamente antecipando uma "grande diversão" nas apresentações dos talentos locais no programa. Anne pensou que odiaria aquela moça da renda branca até o fim de sua vida.

Para o infortúnio de Anne, uma oradora profissional estava hospedada no hotel e havia concordado em recitar. Ela era uma ágil mulher de olhos escuros, em um reluzente vestido de tecido cinza prateado como raios de lua, com joias em seu pescoço e no cabelo escuro. Tinha uma voz maravilhosamente flexível e incrível poder de expressão que fizeram os espectadores enlouquecerem com seu repertório. Anne, esquecendo de tudo sobre si mesma e os problemas daquele momento, escutou em êxtase e com olhos radiantes. Mas quando a apresentação terminou, repentinamente cobriu o rosto com as mãos. Ela nunca poderia se levantar e declamar depois daquilo – nunca. Ela tinha mesmo pensado em recitar? Oh, se somente pudesse voltar a Green Gables!

Naquele momento tão pouco propício, ouviu seu nome ser chamado. De algum modo, Anne – que não notou o pequeno sobressalto de culpa que a moça de renda branca teve, e não teria entendido o elogio implícito que significava – levantou-se e moveu-se, tonta, para adiante. Ela estava tão pálida que Diana e Jane, na plateia, uniram as mãos em nervosa compaixão.

Anne estava sendo vítima de um devastador ataque de medo do palco. Mesmo tendo se apresentado frequentemente em público, nunca tinha enfrentado uma plateia como aquela, que paralisava completamente suas energias. Tudo era tão estranho, tão brilhante, tão desconcertante – as filas de damas em vestidos de gala, as fisionomias críticas, toda a atmosfera de riqueza e cultura em torno dela. Isto tudo era muito diferente dos bancos simples no Clube de Debates, cheios dos semblantes simpáticos e familiares dos amigos e vizinhos. "Estas pessoas daqui", ela pensou, "seriam juízes implacáveis". Talvez, tais quais a moça da renda branca, eles antecipassem divertimento em seus "rústicos" esforços. Sentiu-se, então, miserável, desesperançada e desamparadamente envergonhada.

Seus joelhos tremeram, seu coração se agitou, um horrível desfalecimento veio sobre ela; Anne não poderia pronunciar uma palavra, e teria fugido da plataforma no momento seguinte, apesar de sua humilhação – esta, ela pensou, deveria ser sua porção se ela assim o fizesse.

Mas, de repente, ante seus assustados olhos dilatados, surgiu a imagem de Gilbert Blythe no fundo do salão, inclinado, com a expressão sorridente – sorriso este que, para Anne, pareceu ao mesmo tempo triunfante e sarcástico. Em verdade não era nada disso. Gilbert estava meramente sorrindo, apreciando a apresentação em geral; e, em particular, pelo efeito produzido pela silhueta branca e delgada de Anne, e sua face angelical contra o fundo de folhas de palmeira. Josie Pye, a quem ele tinha acompanhado à programação, estava sentada ao lado dele, e seu rosto certamente era triunfante e sarcástico. Mas Anne não viu Josie, e não teria se importado se a tivesse visto. Ela inspirou profundamente e ergueu a cabeça, sacudida pelo orgulho, coragem e determinação, como em um choque elétrico. *Não fracassaria* diante de Gilbert Blythe – ele nunca teria motivos para rir dela, nunca, nunca! O medo e o nervosismo desapareceram, e começou a declamar, com a voz clara e doce alcançando o canto mais longínquo do salão sem nenhum tremor ou falha. Seu autocontrole estava totalmente recuperado e, como reação àquele terrível momento de fraqueza, declamou como nunca tinha feito antes. Quando terminou houve uma explosão de aplausos honestos. Anne, voltando para seu assento, ruborizada pela timidez e deleite, viu sua mão ser vigorosamente sacudida pela corpulenta dama em seda rosa.

— Minha querida, você foi esplêndida! – bufou – Chorei como um bebê, realmente chorei. Aí está, estão pedindo bis, estão decididos a terem você de volta!

— Oh, não posso ir – disse Anne, confusa — Mas ainda assim devo ir, ou Matthew ficará desapontado. Ele disse que iriam pedir bis.

— Então não desaponte Matthew – concluiu a rosada senhora, sorrindo.

Sorrindo corada, com os olhos límpidos, Anne voltou agilmente para o palco e recitou uma amena e engraçada seleção, que cativou ainda mais seu auditório. O restante da noite foi um completo sucesso para ela.

Quando o concerto tinha terminado, a dama robusta de rosa – que era esposa de um milionário americano – tomou Anne sob suas asas e a apresentou a todos, que foram muito amáveis com ela. A oradora profissional, Mrs. Evans, se aproximou e conversou com ela, dizendo que tinha uma voz divina, e que "interpretou" sua seleção lindamente. Mesmo a moça da renda branca prestou a ela um lânguido elogio. A ceia teve lugar na grande sala de jantar divinamente decorada; Diana e Jane foram convidadas para participar também, uma vez que elas tinham vindo com Anne, mas Billy não foi encontrado, tendo desaparecido pelo pavor de receber tal convite. Entretanto estava na charrete, esperando por elas quando tudo terminou, e as três meninas saíram alegres para a branca e tranquila luz da lua. Anne respirou fundo e olhou para o céu limpo além dos escuros ramos dos pinheiros.

Oh, que alívio estar novamente na pureza e silêncio da noite! Quão bom e calmo e maravilhoso estava tudo, com o murmúrio do mar soando e as escuras falésias ao longe, como gigantes sombrios que guardavam costas encantadas.

— Não foi perfeitamente esplêndido? – suspirou Jane, enquanto cavalgavam de volta — Só queria ser uma rica americana e poder passar todo o verão em um hotel, e usar joias e vestidos decotados e comer sorvete e salada de frango todo santo dia. Estou certa que seria muito mais divertido do que dar aulas. Anne, seu recital foi simplesmente grandioso, apesar de que, a princípio, pensei que você não começaria nunca. Mas achei que esteve melhor do que Mrs. Evans.

— Oh, não diga isso, Jane – disse Anne, rapidamente – porque soa como tolice. Minha apresentação não poderia ser melhor do que a de Mrs. Evans, você sabe, pois ela é profissional; e eu, somente uma garota da escola, com um pouco de talento para recitar. Dou-me por satisfeita que todos tenham gostado.

— Tenho um elogio para você, Anne – contou Diana – ao menos acho que deva ser um elogio, por causa do tom em que foi dito. Havia um americano sentado atrás de nós duas – de aparência muito romântica, com olhos e cabelos bem pretos. Josie Pye falou que é um distinto artista, e que a prima de sua mãe em Boston é casada com um homem que frequentou a escola com ele. Bem, nós o escutamos dizer – não escutamos, Jane? – 'Quem é aquela menina no palco com o esplêndido cabelo Titian? Ela tem um rosto que eu gostaria de pintar.' Ai está, Anne. Mas o que significa cabelo Titian?

— Fazendo uma interpretação correta, significa simples ruivo, eu acho – riu Anne — Titian foi um artista muito famoso que gostava de pintar mulheres ruivas.

— Vocês *viram* todos aqueles diamantes que as mulheres usavam? – suspirou Jane — Eram simplesmente deslumbrantes. Não gostariam de ser ricas, meninas?

— *Nós somos ricas!* – respondeu Anne, firmemente — Ora, nós temos dezesseis anos, para nosso crédito, e somos felizes como rainhas, e todas têm imaginação, umas mais e outras menos. Olhem para este mar, meninas – todo prateado, e sombras e visões de coisas não vistas. Não conseguiríamos desfrutar de sua beleza se tivéssemos milhões de dólares e cordões de diamante. Vocês não trocariam de lugar com nenhuma dessas mulheres, se pudessem. Não iriam gostar de ser aquela garota de renda branca e parecerem sempre descontentes, como se tivessem nascido de costas para as belezas do mundo. Ou a dama de rosa, gentil e querida como é, mas tão obesa e baixa, sem figura definida? Ou mesmo Mrs. Evans, com aquele olhar triste, tão triste em seus olhos? Ela deve ter sido assustadoramente infeliz em algum momento para ter aquele olhar. Você *sabe* que não iria querer, Jane Andrews!

— *Eu não sei*; não exatamente – duvidou Jane —, acho que os diamantes devem ser um grande conforto para qualquer pessoa.

— Bem, eu não quero ser outra pessoa, só eu mesma, ainda que passe a vida toda sem o conforto dos diamantes! – declarou Anne — Estou perfeitamente contente por ser Anne de Green Gables, com minha gargantilha de pérolas. Sei que Matthew me deu esse presente com muito mais amor do que todas as joias da Madame-Dama-de-Rosa.

Capítulo XXXIV

Uma Aluna da Queen's

As três semanas que se seguiram foram muito ocupadas em Green Gables, pois Anne estava se aprontando para ir para a Queen's Academy, e havia muita costura a ser feita e uma série de assuntos a serem conversados e arranjados. O enxoval de Anne era bonito e abundante, pois Matthew cuidou de tudo, e desta vez Marilla não fez qualquer objeção a nada que ele comprou ou sugeriu. Mais do que isso – certa noite, ela subiu ao quartinho do lado leste do sótão com um delicado tecido verde-claro em seus braços.

— Anne, comprei um tecido para fazer um bom vestido leve para você. Não creio que realmente precise de mais um, pois tem uma grande quantidade de bonitos corpetes; mas pensei que você talvez gostasse de ter algo realmente fino para vestir, se for convidada para ir a algum lugar à noite na cidade, a uma festa ou algo assim. Soube que Jane, Ruby e Josie estão levando 'vestidos de noite', como chamam, e não quis que você ficasse atrás. Mrs. Allan me ajudou a escolher o tecido na semana passada, na cidade, e vamos pedir a Emily Gillis que o costure para você. Emily tem muito bom gosto, e as roupas que ela confecciona não podem ser igualadas.

— Oh, Marilla, é simplesmente adorável! – exclamou Anne – Muito obrigada. Não creio que você deva ser tão gentil comigo; está ficando cada dia mais difícil ir embora.

O vestido verde foi confeccionado com tantas pregas, babados e franzidos quanto o bom gosto de Emily permitiu. Anne o experimentou uma noite para que Matthew e Marilla pudessem vê-la, e lhes recitou "O Voto da Donzela", na cozinha. Enquanto Marilla assistia ao esplendor de sua animada expressão e à graça de seus gestos, seus pensamentos voltaram para a noite em que Anne chegou a Green Gables, e sua memória trouxe a vívida imagem da menininha estranha e amedrontada, trajada em seu ridículo vestido cinza-amarelado de chita, e o sofrimento espreitando em seus olhos chorosos. Algo nessa recordação trouxe lágrimas aos olhos da própria Marilla.

— Afirmo que minha declamação a fez chorar, Marilla! – disse Anne alegremente, inclinando-se sobre a cadeira de Marilla para lhe dar um beijinho de borboleta[1] na bochecha – Ora, chamo isso de positivo triunfo!

— Não, eu não estava chorando por causa da poesia – disse Marilla, que se aborrecera por demonstrar tal fraqueza por coisas "poéticas" — Mas não pude deixar de pensar na menininha que você era, Anne. E eu desejava que você pudesse ter permanecido uma menininha, mesmo com todas as suas excentricidades. Você está crescida agora, e está indo embora, e está tão alta e chique e tão – tão inteiramente diferente nesse vestido – como se já não pertencesse mais a Avonlea – e eu simplesmente me senti tão solitária ao pensar que tudo acabou.

— Marilla! – Anne se sentou no colo dela, sobre o avental de algodão listrado; tomou seu rosto enrugado nas mãos, e fitou seus olhos, séria e carinhosa – Não estou nem um pouco mudada; não mesmo. Estou somente podada e crescida. Meu *eu* verdadeiro, aqui dentro, ainda é o mesmo. Não fará a mínima diferença o lugar para onde eu vou, ou o quanto minha aparência mude; no meu coração serei sempre sua pequenina Anne, que amará você e Matthew e a querida Green Gables mais e melhor, a cada dia de sua vida.

Anne encostou sua bochecha jovem e fresca na bochecha descorada de Marilla, e estendeu a mão para afagar o ombro de Matthew. Marilla teria dado tudo que possuía para ter este poder de expressar seus sentimentos em palavras, mas a natureza e o hábito decidiram o contrário, e ela pôde apenas colocar os braços em torno da cintura de Anne e segurá-la carinhosamente junto ao coração, desejando que ela nunca precisasse ir embora.

Matthew, com uma umidade suspeita nos olhos, se levantou e saiu para o campo. Sob as estrelas da azulada noite de verão, cruzou o quintal, agitado, até a porteira abaixo dos álamos.

— Bem, ora, acho que ela não foi muito mimada! – murmurou, orgulhoso – Acho que ter metido meu bedelho uma vez ou outra não causou muito prejuízo, afinal de contas. Ela é inteligente e bonita, e amável também, o que é melhor do que todo o resto. Anne tem sido uma grande bênção para nós, e nunca houve um engano mais afortunado do que este cometido por Mrs. Spencer – *se é que foi* coisa da sorte. Não acredito que tenha sido nada disso. Foi a Providência, pois creio que o Altíssimo viu que precisávamos dela.

O dia da partida de Anne para a cidade finalmente chegou. Ela e Matthew viajaram em uma bonita manhã de setembro, após uma chorosa despedida com Diana e outra mais prática e sem lágrimas com Marilla – ao menos da parte desta. Porém, quando Anne saiu, Diana secou as lágrimas e foi a um piquenique na praia de White Sands com seus primos de Carmody, onde conseguiu se divertir toleravelmente bem. Marilla, entretanto, lançou-se ferozmente a realizar trabalhos inúteis e se manteve ocupada durante todo o dia com o tipo mais

---

1 - "Beijo de borboleta" consiste em uma pessoa aproximar seu rosto ao de outra e abrir e fechar os olhos com movimentos rápidos, diversas vezes, de modo a tocar com os cílios na bochecha da outra pessoa, dando-lhe a impressão de estar sendo beijada pelas asas de uma borboleta que voa.

amargo de dor no coração – uma dor que queimava e atormentava, e não podia ser desfeita com lágrimas. Mas naquela noite, quando foi se deitar, intensa e miseravelmente consciente de que o quartinho do lado leste do sótão no final do corredor estava inabitado de vida juvenil e que sua quietude não era abalada por nenhuma respiração suave, Marilla enterrou a face no travesseiro e chorou por sua menininha com aflitos soluços que a surpreenderam, quando finalmente se tornou calma o bastante para refletir no quão moralmente errado deve ser demonstrar tal comportamento por causa de outra criatura pecadora.

Anne e os demais estudantes de Avonlea chegaram à cidade bem a tempo de correr para a Queen's Academy. Aquele primeiro dia transcorreu agradavelmente em um redemoinho de emoções, encontrando os novos estudantes, aprendendo a conhecer os professores de vista e sendo agrupados e organizados nas salas de aula. Seguindo o conselho de Miss Stacy, Anne tencionava cursar o Segundo Ano; e Gilbert Blythe escolheu fazer o mesmo. Se conseguissem, isto significava tomar a licenciatura de professora da Primeira Classe em um ano, ao invés de dois. Mas isto também significava uma quantidade de trabalho maior e mais difícil. Jane, Ruby, Josie, Charlie e Moody, não sendo perturbados pelo impulso da ambição, estavam satisfeitos em cursar a Segunda Classe. Anne percebeu francamente a angústia da solidão quando se encontrou na sala com outros cinquenta estudantes, todos desconhecidos, exceto o rapaz alto de cabelos castanhos do outro lado da sala; e, conhecendo-o como conhecia, isto não lhe servia de muito consolo – refletiu, com pessimismo. Ainda assim, ela estava inegavelmente contente por estarem na mesma classe; a antiga rivalidade ainda poderia ser levada adiante, e Anne dificilmente saberia o que fazer se isso não existisse.

"Não me sentiria cômoda sem isso" – pensou – "Gilbert parece tremendamente determinado. Suponho que esteja decidindo, aqui e agora, a ganhar a medalha. Que queixo esplêndido ele tem! Nunca tinha percebido isso antes. Queria que Jane e Ruby também estivessem na Primeira Classe. Suponho que não me sentirei mais como um gato em um sótão estranho quando fizer amizades. Pergunto-me quais das meninas daqui serão minhas amigas. É uma especulação realmente muito interessante. Está certo que prometi a Diana que nenhuma garota da Queen's, não importa o quanto eu venha a gostar dela, chegará a ser tão querida quanto Diana é; mas tenho 'segundas-melhores afeições' o suficiente para conceder. Gosto da aparência daquela moça com olhos castanhos e corpete carmim. Ela parece vivaz e corada; ali, aquela bela pálida, olhando para a janela. Ela tem um cabelo adorável, e parece como se soubesse uma coisa ou duas sobre sonhos. Gostaria de conhecê-las, conhecê-las bem – bem o suficiente para andar de braços dados, e chamá-las por seus apelidos. Mas neste momento eu não as conheço, e nem elas a mim, e é provável que não queiram particularmente me conhecer. Oh, como estou só!"

No entanto, Anne se sentiu ainda mais solitária quando se encontrou sozinha no quarto do corredor, ao cair da noite. Ela não estava hospedada com as outras garotas, visto que todas tinham parentes na cidade para tomar conta delas. Miss Josephine Barry teria gostado de recebê-la, mas Beechwood ficava tão longe da Queen's que estava fora de questão; então a dedicada senhora procurou para ela uma hospedaria, assegurando a Matthew e Marilla que este era o local mais apropriado para Anne.

— A senhora que mantém o lugar é uma dama da sociedade que perdeu suas posses – explicou Miss Barry – Seu esposo era um oficial Britânico, e ela é muito cuidadosa com o tipo de hóspedes que aceita em casa. Anne não irá encontrar nenhuma pessoa objetável debaixo de seu teto. A mesa é farta, e a casa fica perto da Queen's, em uma vizinhança muito tranquila.

Tudo isso podia ser bem verdade, e certamente provou ser assim, mas nada ajudou Anne a superar de forma significativa a saudade de casa que se apoderou dela na primeira noite. Ela olhou melancolicamente em torno de seu estreito quartinho, com suas paredes sem graça e sem ilustrações, um leito de ferro e uma estante de livros vazia. Um horrível nó se formou em sua garganta quando pensou no seu próprio quartinho branco em Green Gables, onde tinha a deliciosa consciência do grandioso e constante verde lá fora, das adoráveis *Lathyrus odoratus* crescendo no jardim, da luz do luar descendo sobre o pomar, do riacho abaixo da ladeira e, além dele, dos galhos dos pinheiros movidos pelo vento da noite, do vasto céu estrelado e da luz da janela de Diana cintilando por entre as árvores. Aqui não havia nada disso; Anne sabia que do lado de fora de sua janela estava uma rua asfaltada, com a rede de linhas de telefone cobrindo a visão do céu, ruídos dos passos de pés estranhos e milhares de luzes brilhando em rostos estranhos. Ela sabia que ia chorar, e lutou contra isso.

— *Não vou* chorar. É bobagem, e é uma fraqueza – aí está a terceira lágrima rolando pelo meu nariz. E agora seguem outras! Devo pensar em algo engraçado para forçá-las a parar. Mas não há nada engraçado, exceto o que está ligado a Avonlea, e isso só torna as coisas piores – quatro – cinco – vou para casa na sexta-feira, mas parece que isso será daqui a um século. Oh, Matthew está pertinho de casa agora; e Marilla está na porteira, olhando na direção da alameda para esperá-lo – seis – sete – oito – oh, é inútil ficar contando! Estão vindo em uma torrente agora. Não consigo me animar – eu *não quero* me animar! É melhor que me sinta miserável!

A torrente de lágrimas teria vindo, sem dúvidas, se Josie Pye não tivesse aparecido naquele momento. Na alegria de ver uma face conhecida, Anne esqueceu de que nunca tinha havido muita afeição perdida entre ela e Josie. Entretanto, sendo parte da vida de Avonlea, até mesmo uma Pye era bem-vinda.

— Estou feliz que tenha vindo – disse Anne, honestamente.

— Você esteve chorando! – observou Josie, com agravada piedade – Suponho que esteja nostálgica; algumas pessoas possuem tão pouco autocontrole nesse aspecto. Eu não tenho nenhuma intenção de ficar nostálgica, posso afirmar.

A cidade é tão divertida depois da lerdeza da velha Avonlea. Pergunto-me como pude viver lá por tanto tempo. Você não deve chorar, Anne; não fica bem, pois seu nariz e olhos ficam vermelhos, e então você parece ficar *toda vermelha*. Eu tive um dia perfeitamente agradável hoje na Queen's. Nosso professor de Francês é tão querido! O bigode dele causaria palpitações em seu coração. Você teria algo para comer, Anne? Estou literalmente faminta. Ah, suspeitei que Marilla mandaria um bolo. Foi por isso que vim. Senão, teria ido ao parque para ouvir a banda tocar com Frank Stockley. Ele está hospedado no mesmo lugar que eu, e ele é um esportista. Ele notou você na aula hoje, e perguntou quem era a menina ruiva. Contei a ele que você é uma órfã que os Cuthbert tinham adotado e que ninguém sabia muito sobre quem você era antes de chegar a Avonlea.

Anne perguntava a si mesma se, apesar de tudo, a solidão e as lágrimas não eram melhores do que a companhia de Josie, quando chegaram Jane e Ruby, cada uma delas com uma fita nas cores da Queen's Academy – violeta e escarlate – orgulhosamente pregadas em seus casacos. Como Josie não estava falando com Jane, teve de se aquietar em relativa inofensividade.

— Bem – disse Jane, com um suspiro – sinto como se tivessem passado anos desde esta manhã! Eu deveria estar no quarto estudando meu Virgílio; aquele velho professor horrível nos deu vinte linhas para começarmos amanhã. Mas esta noite eu não poderia sentar para estudar. Anne, parece que vejo traços de lágrimas. Se você esteve chorando, *confesse*. Vai restaurar o meu respeito-próprio, pois eu estava vertendo lágrimas livremente antes de Ruby chegar. Não me importo de ser uma chorona, desde que alguém mais seja também. Bolo? Dá um pedacinho? Obrigada! Tem o verdadeiro gostinho de Avonlea.

Ruby, percebendo o calendário de Queen's sobre a mesa, quis saber se Anne iria tentar ganhar a medalha de ouro.

Anne ruborizou, e admitiu que tinha cogitado o assunto.

— Oh, isto me faz lembrar – disse Josie – que a Queen's Academy está para obter uma das bolsas de estudo Avery, afinal! A notícia chegou hoje. Frank Stockley me contou – o tio dele faz parte do comitê dos diretores, sabe. Será anunciado amanhã na Queen's.

Uma bolsa de estudos Avery! Anne sentiu seu coração bater mais rápido, e os horizontes de sua ambição mudaram e se ampliaram como se fosse por mágica. Antes de Josie ter contado a novidade, o mais alto pináculo da aspiração de Anne era conseguir, ao final do ano, a licenciatura de professora provincial da Primeira Classe e, talvez, a medalha. Mas agora, em um instante, antes que se extinguissem os ecos das palavras de Josie, Anne se viu ganhando a bolsa de estudos Avery, estudando Artes no Redmond College e graduando-se com direito a beca e toga. Visto que a prova para a obtenção da bolsa Avery era de Inglês, Anne sentiu que aqui o seu pé se apoiava em terreno conhecido.

Um rico industrial de New Brunswick tinha morrido, e legara uma parte de sua fortuna para custear um generoso número de bolsas de estudo a serem distribuídas entre vários colégios secundários e academias das Províncias Marítimas, conforme suas respectivas posições. Havia muitas dúvidas se uma delas seria conferida para a Queen's Academy, mas o assunto estava acertado, enfim; e, ao final do ano, o graduando que tivesse a melhor nota em Inglês e em Literatura Inglesa ganharia a bolsa: duzentos e cinquenta dólares ao ano, por quatro anos, no Redmond College. Não era de se estranhar que Anne tivesse ido se deitar naquela noite com as bochechas formigando!

— Se o que for necessário para ganhar a bolsa Avery for trabalho duro, será minha! – resolveu – Matthew não ficaria orgulhoso se eu conseguisse meu diploma de Bacharel em Artes? Oh, é uma delícia ter ambições. Estou tão satisfeita por ter tantas! E não parece que elas tenham fim – isto é o melhor. Tão logo se obtém uma, já se pode ver outra cintilando ainda mais alto. E é isso que torna a vida tão interessante.

Capítulo XXXV

O Inverno na Queen's Academy

A nostalgia de Anne foi se dissipando, em grande parte devido às suas visitas semanais a Green Gables. Enquanto o bom tempo durou, os estudantes de Avonlea iam todas as sextas-feiras a Carmody, pela nova estrada férrea. Diana e muitos outros amigos de Avonlea geralmente estavam presentes para encontrá-los, e todos eles caminhavam em um alegre grupo até o povoado. Anne pensava que aqueles passeios no entardecer de sexta-feira sobre as colinas outonais, no refrescante ar dourado e com as luzes de Avonlea brilhando além, eram as melhores e mais queridas horas da semana inteira.

Gilbert Blythe quase sempre caminhava ao lado de Ruby Gillis e carregava sua valise. Ruby era uma moça muito bonita, e agora se considerava quase tão adulta quanto realmente era; usava as saias tão longas quanto sua mãe lhe permitia e penteava seus cabelos em um coque alto quando estava na cidade, embora tivesse que soltá-los quando voltava para casa. Ela tinha grandes e luminosos olhos azuis, uma graciosa compleição e a silhueta cheinha e vistosa. Sempre sorria muito, era animada e bem-humorada, e aproveitava francamente as coisas agradáveis da vida.

— Mas eu não pensava que ela era o tipo de moça que Gilbert iria gostar – sussurrou Jane para Anne. Esta também não pensava, mas não reconheceria isso nem mesmo pela bolsa de estudos Avery. E também não podia deixar de pensar no quão prazeroso seria ter um amigo como Gilbert, com quem poderia fazer troça e jogar conversa fora, e trocar ideias sobre livros, estudos e ambições. Sabia que Gilbert as possuía, e Ruby Gillis não parecia ser o tipo de pessoa com quem tais coisas poderiam ser debatidas de forma proveitosa.

Anne não abrigava bobas ideias sentimentais com relação a Gilbert. Para ela os rapazes eram – quando se detinha a pensar neles – meramente possíveis camaradas. Se ela e Gilbert fossem amigos, não lhe importaria quantas amigas ele tivesse, nem com quem conversaria. Anne tinha talento para fazer amizades; amigas tinha em quantidade, mas havia a vaga noção de que as amizades masculinas também poderiam ser uma boa coisa para completar suas concepções sobre companheirismo e fornecer pontos de vista mais amplos sobre julgamento e comparação. Não que Anne pudesse ter colocado seus sentimentos sobre o assunto em tão clara definição. Mas ela pensava que, se alguma vez Gilbert a tivesse acompanhado na caminhada da estação de trem até sua casa, pelos campos frescos e ao longo dos atalhos cheios de samambaias, eles poderiam ter tido muitos bate-papos alegres e interessantes a respeito do novo mundo que estava aberto em torno deles, bem como das esperanças e ambições aí contidas. Gilbert era um jovem rapaz muito inteligente, com suas próprias opiniões sobre as coisas e uma determinação para conseguir o melhor na vida – e para dar o seu melhor também. Ruby Gillis contara a Jane Andrews que ela não compreendia metade das coisas que Gilbert Blythe dizia; que ele falava exatamente como Anne Shirley quando esta tinha um pensamento fixo em alguma coisa; e que, de sua parte, ela não achava nem um pouco divertido ficar se aborrecendo com livros quando não precisava estudar. Frank Stockley tinha muito mais vivacidade e energia, mas não era metade tão bonito quanto Gilbert, e ela realmente não podia decidir qual deles era o seu preferido.

Na Queen's, Anne gradualmente formou um círculo de amigas em torno de si; pensativas, criativas, ambiciosas estudantes como ela mesma. Prontamente ficou íntima da moça "vermelha como uma rosa", Stella Maynard e da moça "sonhadora" Priscilla Grant, descobrindo que essa donzela pálida de aspecto espiritual era cheia de traquinagens, brincadeiras e diversão, enquanto a vívida garota de olhos negros, Stella, tinha o coração repleto de fantasias e sonhos melancólicos, tão etéreos e coloridos quanto os seus próprios.

Após o feriado de Natal, os estudantes de Avonlea deixaram de ir para casa às sextas-feiras e se puseram a trabalhar firme. Nessa época, todos os alunos da Queen's tinham gravitado para seus próprios lugares nas categorias e as várias classes tinham assumido matizes de individualidade distintos e estáveis. Certos fatos se tornaram aceitos de modo geral. Admitiu-se que os competidores da medalha tinham sido restritos a praticamente três: Gilbert Blythe, Anne Shirley e Lewis Wilson. A respeito da bolsa Avery havia mais dúvidas: qualquer aluno entre um grupo de seis poderia obtê-la. A medalha de bronze para Matemática estava garantida para um simpático rapazinho gordo do interior, com uma testa pronunciada e casaco remendado.

Ruby Gillis foi considerada a moça mais bonita da Queen's naquele ano; nas classes do Segundo Ano, Stella Maynard carregou a palma por sua beleza, com uma pequena, mas crítica minoria em favor de Anne Shirley. Ethel Marr foi escolhida por todos os competentes juízes por ter o mais elegante penteado; e Jane Andrews – simples, laboriosa, conscienciosa Jane – carregou as honras do curso de Ciências Domésticas. Até Josie Pye alcançou certa proeminência como a jovem de língua mais ferina que frequentava Queen's. Então, era mais que justamente atestado que os antigos pupilos de Miss Stacy haviam alcançado seus postos na vasta arena do curso acadêmico.

Anne trabalhou duro e de modo inabalável. Sua rivalidade com Gilbert era tão intensa quanto havia sido no tempo da escola de Avonlea, embora não fosse do conhecimento de toda a classe; mas de alguma maneira, a mordacidade se esvaíra. Anne não queria mais ganhar com o objetivo de derrotar Gilbert, mas sim pela orgulhosa consciência de uma vitória bem conquistada sobre um adversário digno. Valeria a pena vencer, mas ela não mais pensava que a vida seria insuportável se não fosse a vencedora.

Apesar das aulas, os estudantes encontraram oportunidades para bons momentos. Anne passava grande parte de suas horas livres em Beechwood e, aos domingos, geralmente jantava lá e saía para a igreja com Miss Barry. Esta, como Anne admitira, tinha envelhecido, mas seus olhos negros não haviam perdido o brilho, nem o vigor de sua língua diminuíra o mínimo sequer. Entretanto, ela jamais a afiava em Anne, que permanecia sendo a principal favorita da crítica senhora.

— Esta Menina-Anne melhora todo o tempo! – ela disse – Canso-me das outras meninas; há sempre uma mesmice irritante e contínua em todas elas! Anne tem tantas tonalidades quanto um arco-íris, e cada nuance é a mais bela enquanto dura. Não sei se permanece tão divertida como era quando criança, mas ela faz com que eu a ame, e eu gosto das pessoas que me fazem amá-las. Poupa-me de muitos incômodos ao me obrigar a amá-las.

Então, quase antes que percebessem, a primavera havia chegado; lá em Avonlea, as flores de maio estavam despontando rosadas nos solos secos e áridos onde as nevascas se demoravam; e as "brumas verdes" se estendiam nos bosques e nos vales. Porém, em Charlottetown, os atormentados estudantes da Queen's Academy não pensavam e nem falavam em nada que não fosse a respeito dos exames finais.

— Parece impossível que o semestre esteja quase acabando! – disse Anne – Ora, no outono passado tudo parecia tão distante, com todo um inverno de estudos e aulas. E aqui estamos, com os exames assomando, iminentes, na próxima semana. Meninas, às vezes sinto como se essas provas significassem tudo, mas quando olho para os brotos crescendo na castanheira e a neblina azulada pairando no ar ao final da rua, elas não parecem nem a metade importante.

Jane, Ruby e Josie, que tinham acabado de chegar, não partilhavam desta visão das coisas. Para elas, a chegada dos exames era *constantemente* muito importante, sem dúvida – muito mais importante do que os brotos de castanheira ou as neblinas de maio. Estava tudo muito bem para Anne – que ao menos estava certa de ser aprovada – ter seus momentos de menosprezar os exames; mas quando todo o seu futuro dependia deles – como as meninas realmente pensavam que o delas dependia –, não era possível encará-los tão filosoficamente.

— Perdi três quilos nas duas últimas semanas – suspirou Jane –, e é inútil falar "não se preocupe". Eu *vou* me preocupar. Preocupação ajuda em algumas coisas; é como se você estivesse fazendo algo quando está se preocupando. Vai ser terrível se eu falhar em obter minha licenciatura depois de ter estudado na Queen's durante o inverno inteiro e gastado tanto dinheiro.

— Eu não me importo – retrucou Josie Pye –, se eu não passar neste ano, estarei de volta no próximo. Meu pai pode arcar com as despesas e me mandar de volta. Anne, Frank Stockley contou que o Professor Tremaine disse que Gilbert Blythe certamente irá ganhar a medalha, e que é provável que Emily Clay obtenha a bolsa Avery.

— Talvez isso faça com que eu me sinta mal amanhã, Josie – sorriu Anne – mas agora, sinto honestamente que, contanto que eu saiba que as violetas lilás estão nascendo sob o vale de Green Gables, e que as pequenas samambaias estão apontando as cabeças na Travessa dos Amantes, não me importa muito o fato de eu ganhar ou não a bolsa. Tenho feito meu melhor e começo a entender o que significa "o prazer da luta". Depois de lutar e vencer, a melhor coisa é lutar e fracassar. Meninas, não vamos falar sobre os exames! Olhem para a abóbada verde-clara no céu, acima daquelas casas, e imaginem como deve estar sobre o bosque de faia púrpura-escura lá em Avonlea.

— O que você vai vestir para a cerimônia de graduação, Jane? – perguntou a prática Ruby.

Jane e Josie responderam de prontidão e a tagarelice girou para o redemoinho da moda. Mas Anne, com seus cotovelos apoiados no peitoril da janela, suas bochechas suavemente encostadas nas mãos unidas e seus olhos cheios de visões, olhava despreocupadamente por sobre os telhados das casas e pináculos da cidade para aquela gloriosa abóbada de céu poente, e tecia seus sonhos de um futuro provável com os fios dourados de seu próprio otimismo juvenil. Todo o Além era seu, com suas rosadas possibilidades espreitando nos anos futuros – cada ano uma rosa de promessa a ser tecida em uma grinalda imortal.

Capítulo XXXVI

A Glória e o Sonho

Na manhã em que seriam publicados os resultados finais de todos os exames no quadro de anúncios da Queen's, Anne e Jane caminhavam juntas pela rua. Jane estava sorridente e feliz; as provas tinham acabado e ela estava confortavelmente certa de que, ao menos, tinha passado; maiores considerações não a incomodavam de forma alguma, pois não tinha grandes ambições – portanto, não era afetada com desassossego a esse respeito. Pois pagamos um preço por tudo que adquirimos neste mundo; e embora as ambições valham a pena, certamente não serão obtidas a um custo baixo, mas irão exigir seu preço de trabalho e abnegação, ansiedade e desânimo. Anne estava pálida e calada. Em dez minutos ela saberia quem tinha ganhado a medalha de ouro e a bolsa de estudos Avery. Naquele momento, além daqueles minutos não parecia haver nada digno de ser chamado Tempo.

— Claro que você irá ganhar uma delas – disse Jane, que não conseguia entender como o corpo docente poderia ser tão injusto para decidir outra coisa.

— Não tenho esperanças de ganhar a Avery – respondeu Anne – Todo mundo diz que Emily Clay será a ganhadora. E eu não vou chegar perto daquele quadro para procurar meu nome diante de todos. Não tenho a coragem necessária. Vou diretamente para o vestiário feminino. Você terá de ler os anúncios, e então vá até lá me contar, Jane. E eu imploro, em nome de nossa amizade de tantos anos, faça isso o mais rápido possível! Se eu falhei, somente me diga, sem tentar açucarar a notícia; e qualquer que seja a resposta, não se compadeça de mim. Prometa-me isso, Jane.

Jane prometeu solenemente; mas, do modo como as coisas aconteceram, esta promessa se tornou inútil. Quando elas chegaram à escadaria de entrada da Queen's, encontraram o corredor cheio de rapazes carregando Gilbert Blythe nos ombros e gritando a plenos pulmões, 'Viva Blythe, Medalhista de Ouro!'

Por um momento Anne sentiu a pontada nauseante da derrota e decepção. Então ela tinha falhado e Gilbert, ganhado! Bem, Matthew ficaria triste – ele estava tão convicto de sua vitória.

E então!

Alguém gritou:

— Três vivas para Miss Shirley, vencedora da bolsa Avery!

— Oh, Anne – gaguejou Jane, enquanto corriam para o vestiário feminino entre calorosos gritos de aclamação — oh, Anne, estou tão orgulhosa! Não é esplêndido?

Então, as outras meninas estavam em torno delas, e Anne ficou no centro de um grupo sorridente e feliz. Recebeu tapinhas nos ombros, e suas mãos foram agitadas vigorosamente. Ela foi puxada e empurrada e abraçada, e, no meio de tudo isso, conseguiu murmurar para Jane:

— Oh, Matthew e Marilla não vão ficar contentes? Devo escrever para casa, contando a novidade agora mesmo!

A cerimônia de graduação foi o próximo grande acontecimento. Os ensaios ocorreram no grande salão de assembleias da Queen's Academy. Discursos foram proferidos, dissertações lidas, canções cantadas, e foram entregues publicamente os diplomas, prêmios e medalhas.

Matthew e Marilla estavam presentes, e tinham os olhos e ouvidos somente para uma única estudante na plataforma – uma moça alta em um vestido verde-claro, com bochechas levemente coradas e olhos cintilando como estrelas, que leu a melhor dissertação e foi apontada e mencionada em sussurros como sendo a vencedora da bolsa Avery.

— Creio que esteja contente em ter ficado com ela, Marilla? – murmurou Matthew, falando pela primeira vez desde que entrara no salão, quando Anne tinha finalizado sua leitura.

— Não é a primeira ocasião que fico contente com ela – retrucou Marilla – Você realmente gosta de esfregar as coisas na cara, Matthew Cuthbert.

Miss Barry, que estava sentada no banco atrás deles, inclinou-se para frente e cutucou Marilla nas costas com a ponta da sombrinha.

— Não está orgulhosa da Menina-Anne? Eu estou – ela comentou.

Anne foi para Avolea com Matthew e Marilla naquele fim de tarde. Desde o mês de abril ela não ia para casa, e sentiu que não podia esperar nem mais um dia. As flores de maçã tinham desabrochado e o mundo estava fresco e jovem. Diana estava em Green Gables para esperá-la. Em seu quartinho branco, onde Marilla pusera uma floreira com uma roseira no parapeito da janela, Anne olhou à sua volta e suspirou profundamente de alegria.

— Oh, Diana, é tão bom estar de volta! É tão bom ver aqueles pinheiros pontiagudos surgindo contra o sol rosado; e aquele pomar branco, e a velha Rainha da Neve! Não é delicioso o aroma de hortelã? E aquela roseira – ora, é uma canção, uma esperança e uma oração, tudo em uma só. E é *muito bom* ver você novamente, Diana!

— Eu pensei que você gostasse mais daquela Stella Maynard do que de mim – resmungou Diana, com reprovação – Josie Pye me contou que você gostava. Ela me disse que você estava *encantada* com ela.

Anne riu e golpeou Diana com os lírios de junho murchos de seu buquê.

— Stella Maynard é a menina mais querida do mundo, exceto por uma, que é você, Diana! Adoro você mais do que nunca, e tenho tantas coisas para lhe contar! Mas, agora, sinto que seria uma alegria suficiente apenas ficar sentada aqui olhando para você. Estou cansada, eu acho – cansada de ser estudiosa e ambiciosa. Penso em passar pelo menos duas horas amanhã deitada no gramado do pomar, pensando em absolutamente nada.

— Você se saiu esplendidamente bem, Anne. Suponho que não irá lecionar, agora que ganhou a Avery?

— Não, estou indo para Redmond em setembro. Não é maravilhoso? Terei um novíssimo estoque de ambições me esperando, após três gloriosos e dourados meses de férias. Jane e Ruby vão lecionar. Não é excelente saber que todos nós conseguimos passar, mesmo Moody Spurgeon e Josie Pye?

— Os membros do conselho diretor da escola de Newbridge já ofereceram a escola para Jane – disse Diana – Gilbert Blythe vai lecionar também. Ele precisa, afinal, pois o pai não pode pagar seus estudos no próximo ano; então ele pretende ganhar dinheiro por conta própria. Espero que ele fique com a escola daqui, se Miss Ames decidir ir embora.

Anne sentiu uma breve e estranha sensação de melancólica surpresa. Ela não soubera nada sobre isso; esperava que Gilbert fosse para Redmond também. O que ela faria sem sua inspiradora competição? Não seria o trabalho um tanto monótono – mesmo em um instituto educacional misto com a perspectiva real de uma graduação – sem seu amigo, o adversário?

Na manhã seguinte, no desjejum, Anne subitamente percebeu que Matthew não parecia bem. Certamente ele estava muito mais grisalho do que há um ano atrás.

— Marilla – perguntou, hesitante, quando ele tinha saído – Matthew está bem?

— Não, ele não está – respondeu Marilla, em tom preocupado – Ele teve alguns problemas no coração durante a primavera e não tem descansado nem um pouco. Estou realmente preocupada com ele; mas melhorou um pouco, de um tempo para cá, e contratamos um bom ajudante; então tenho esperanças de que ele descanse mais e recobre as forças. Talvez ele faça isso mesmo, agora que você está em casa. Você sempre o alegra.

Anne se inclinou sobre a mesa e tomou nas mãos o rosto de Marilla.

— Você mesma não está parecendo tão bem quanto eu gostaria, Marilla. Parece cansada. Temo que esteja trabalhando em excesso. Deve descansar, agora que estou em casa. Eu tomarei somente este dia fora para visitar todos os queridos lugares e reviver meus antigos sonhos, e então será sua vez de ficar ociosa enquanto eu faço o trabalho.

Marilla sorriu afetuosamente para sua menina.

— Não é o trabalho; é a minha cabeça. Tenho tido dores de cabeça frequentes agora, na parte de trás dos olhos. Doutor Spencer tem me aborrecido para que eu use os óculos, mas eles não me fazem bem algum. No final de junho, um distinto oftalmologista chegará na Ilha e o doutor diz que devo ir consultá-lo. Creio que terei de ir. Não consigo ler nem costurar confortavelmente agora. Bem, Anne, você foi muito bem na Queen's Academy, devo dizer. Cursar a Primeira Classe de licenciatura em um ano e ganhar a bolsa de estudos Avery – bem, bem, Mrs. Lynde diz que "o orgulho precede a queda",[1] e ela não acredita, de modo algum, na educação superior para as mulheres; ela diz que isso as inutiliza para a verdadeira vocação. Eu não acredito em uma palavra disso. Falando em Rachel, me lembrei – você ouviu alguma coisa sobre o Abbey Bank ultimamente, Anne?

— Ouvi que estava instável – respondeu Anne — por quê?

— Foi o que Rachel veio contar. Ela esteve aqui na semana passada e contou que havia rumores sobre isso. Matthew ficou muito preocupado. Todas as nossas economias estão guardadas nesse banco – cada centavo. A princípio, eu queria que Matthew tivesse depositado no Saving Bank; mas o velho Mr. Abbey era um grande amigo do nosso pai, e ele sempre guardou o dinheiro lá. Matthew disse que qualquer banco que fosse presidido por ele era bom o bastante para qualquer um.

— Acho que faz muitos anos que ele é só o presidente nominal. Ele é um homem muito idoso, e quem está verdadeiramente presidindo a instituição são os sobrinhos – disse Anne.

— Bem, quando Rachel nos contou isso, eu quis que Matthew retirasse todo o nosso dinheiro na mesma hora, e ele falou que iria pensar no assunto. Mas ontem Mr. Russel disse a ele que estava tudo bem com o banco.

Anne teve seu excelente dia na companhia do mundo ao ar livre. Ela nunca mais se esqueceu daquele dia; estava tão claro e dourado e belo, tão livre de sombras e tão exuberante em flores. Anne passou algumas das ricas horas no pomar; foi até a Bolha da Dríade, ao Charco do Salgueiro e ao Vale das Violetas; visitou a casa paroquial e teve uma conversa satisfatória com Mrs. Allan; e, finalmente, ao entardecer, foi buscar as vacas com Matthew no pasto dos fundos, pela Travessa dos Amantes. Os bosques estavam glorificados pelo ocaso, e o cálido esplendor fluía através das frestas entre as colinas do oeste. Matthew caminhava lentamente e com a cabeça inclinada; Anne, alta e ereta, adaptou seus passos ágeis aos dele.

— Você trabalhou duro demais hoje, Matthew – ela disse, repreendendo-o – Ora, não vai levar as coisas com mais calma?

— Bem, ora, eu não consigo – alegou Matthew, enquanto abria a porteira do quintal para deixar as vacas passarem – É que estou envelhecendo, Anne, e

---

1 - Citação de Provérbios, 16:18.

continuo me esquecendo disso. Ora, eu sempre trabalhei muito, e preferia não deixar cair os arreios.

— Se eu fosse o menino que vocês queriam, poderia ajudá-lo muito agora e poupá-lo de mil maneiras. Só por isso pude encontrar, no meu coração, o desejo de ter sido um menino – comentou Anne, melancólica.

— Ora, eu preferiria ter você a uma dúzia de meninos, Anne – respondeu Matthew, afagando-lhe a mão – Apenas lembre-se: uma dúzia de meninos. Bem, suponho que não foi um rapaz que ganhou a bolsa Avery, foi? Foi uma menina – a minha menina – minha menina, de quem eu tenho tanto orgulho.

Ele deu a Anne seu sorriso tímido enquanto entrava no quintal. Anne levou aquela memória consigo quando foi para seu quarto naquela noite, e se sentou por longo tempo ao lado da janela aberta, pensando no passado e sonhando com o futuro. Ali fora, a Rainha da Neve estava vagamente branca sob o brilho da lua; e as rãs coaxavam no pântano além de Orchard Slope. Anne se lembrou para sempre da beleza prateada e pacífica, e da fragrante quietude daquela noite. Foi a última noite antes que a tristeza tocasse em sua vida; e nenhuma vida jamais permanece a mesma uma vez que sente aquele toque frio e santificante.

Capítulo XXXVII

O Ceifador Chamado Morte

— Matthew – Matthew, qual o problema? Matthew, não está se sentindo bem?

Foi Marilla quem falou, agitada, com o pânico refletido em cada palavra. Anne veio pelo corredor com as mãos cheias de narcisos brancos – muito tempo passou sem que ela pudesse voltar a gostar da visão ou do aroma dos narcisos novamente –, em tempo de ouvi-la e ver Matthew em pé na soleira da porta do alpendre, segurando um jornal dobrado na mão, e com a fisionomia estranhamente contraída e cinzenta. Anne deixou cair as flores e atravessou a cozinha num salto, chegando até ele juntamente com Marilla. Porém, as duas chegaram tarde: antes que pudessem alcançá-lo, Matthew tinha caído no umbral da porta.

— Ele desmaiou! – arfou Marilla – Anne, vá chamar o Martin! Rápido, rápido! Ele está no celeiro!

Martin, o ajudante, que havia recém chegado do posto dos correios, correu imediatamente para chamar o médico, passando por Orchard Slope em seu caminho e pedindo que Mr. e Mrs. Barry fossem até Green Gables. Mrs. Lynde, que estava lá para dar um recado, foi junto. Encontraram Anne e Marilla tentando enlouquecidamente fazê-lo voltar à consciência.

Mrs. Lynde apartou-as gentilmente, verificou o pulso de Matthew, e então pôs o ouvido sobre seu coração. Ela olhou com muito pesar para os semblantes angustiados de Anne e Marilla, e as lágrimas brotaram em seus olhos.

— Oh, Marilla! – disse, gravemente – Eu não acho – não acho que possamos fazer mais nada por ele.

— Mrs. Lynde, a senhora não acha que – não pode pensar que Matthew está – está – Anne não conseguiu pronunciar a terrível palavra; sentiu enjoo e ficou pálida.

— Sim, menina, receio que sim. Olhe para o rosto dele. Quando você tiver visto esta expressão tantas vezes quanto eu vi, saberá o que significa.

Anne olhou para o rosto imóvel de Matthew, e contemplou ali o selo da

Presença do Altíssimo.

Quando o médico chegou, disse que a morte fora instantânea e provavelmente indolor, causada possivelmente por alguma súbita emoção. O segredo desta emoção foi descoberto no jornal que Matthew segurava, o qual Martin tinha trazido do correio naquela manhã. Continha a notícia da falência do Abbey Bank.

A notícia se espalhou com rapidez por toda Avonlea, e durante o dia inteiro os amigos e vizinhos se aglomeraram em Green Gables, entrando e saindo com palavras de afeto para o morto e as vivas. Pela primeira vez o acanhado e calado Matthew Cuthbert era o centro de todas as atenções; a branca majestade da morte caíra sobre ele e o apartara dos demais como se tivesse sido coroado.

Quando a quietude da noite veio suavemente sobre Green Gables, a antiga casa estava silenciosa e tranquila. Matthew Cuthbert estava deitado em seu esquife na sala; seus longos cabelos grisalhos emolduravam o rosto sereno, no qual havia um leve sorriso gentil, como se estivesse apenas dormindo e tendo sonhos bons. Havia flores à sua volta – encantadoras flores antigas que foram plantadas por sua mãe no jardim da propriedade, em seus dias de recém-casada, e pelas quais Matthew sempre havia nutrido um amor secreto e sem palavras. Anne as tinha colhido e trazido para ele, com os olhos aflitos e sem lágrimas queimando na face branca. Era a última coisa que ela podia fazer por ele.

Os Barry e Mrs. Lynde ficaram com elas naquela noite. Diana, indo até o quartinho do lado leste do sótão, onde Anne estava em pé na janela, perguntou com gentileza:

— Anne, querida, quer que eu durma aqui com você esta noite?

— Obrigada, Diana – Anne olhou sinceramente para o rosto de sua amiga –, mas não me interprete mal quando digo que prefiro ficar sozinha. Não estou com medo. Não fiquei sozinha nem um minuto desde que tudo aconteceu – e preciso ficar. Eu quero ficar completamente quieta e calma, e tentar entender. Não consigo entender. Na metade do tempo não me parece possível que Matthew esteja morto; e na outra metade, é como se ele tivesse morrido há muito tempo atrás, e que venho sentindo esta dor entorpecente e terrível desde então.

Diana não compreendeu totalmente. Podia compreender melhor o lamento ardoroso de Marilla, rompendo todos os limites do hábito e da reserva natural de uma vida inteira em seu tempestuoso soluço, do que a agonia sem lágrimas de Anne. Mas foi embora amavelmente, deixando a amiga sozinha para passar sua primeira vigília com o sofrimento.

Anne esperava que as lágrimas pudessem vir com a solidão. Parecia péssimo que não conseguisse derramar nenhuma lágrima por Matthew, a quem ela tinha amado tanto e que fora tão bondoso com ela, aquele mesmo Matthew que caminhara ao seu lado no entardecer do dia anterior e que estava agora deitado na sala sombria, com aquela paz terrível em sua fronte. Mas nenhuma lágrima veio, a princípio, mesmo quando ela se ajoelhou na escuridão ao lado da janela e orou, fitando as estrelas além das colinas – sem lágrimas, somente aquela mesma dor entorpecente de tristeza que continuava doendo – até cair no sono, exausta pelos tormentos e emoções do dia.

Mas no meio da noite despertou, com a calmaria e a escuridão ao seu redor, e a lembrança do dia caiu sobre ela como uma onda de pesar. Pôde ver Matthew sorrindo para ela como tinha feito quando se separaram na porteira, naquele último entardecer – ela podia ouvir sua voz dizendo "Minha menina – minha menina de quem eu tenho tanto orgulho". Então as lágrimas vieram, e Anne pôs para fora toda a dor de seu coração. Marilla ouviu o choro e rastejou até o quarto para confortá-la.

— Calma, calma; não chore assim, querida. Isto não vai trazê-lo de volta. E – e – não é certo chorar desse jeito. Eu sabia disso hoje, mas não pude evitar. Ele sempre foi um irmão tão bondoso e querido para mim – mas Deus sabe o que é melhor.

— Oh, me deixe chorar, Marilla! – soluçou Anne – As lágrimas não me machucam tanto quanto aquela dor. Fique aqui comigo um pouquinho e me abrace – assim. Eu não poderia pedir que Diana ficasse; ela é boa, amável e gentil, mas essa dor não é dela; ela está do lado de fora e não poderia chegar perto o bastante do meu coração para me ajudar. É uma dor só nossa, minha e sua. Oh, Marilla, o que vamos fazer sem ele?

— Nós temos uma à outra, Anne. Não sei o que eu faria se você não estivesse aqui, se você nunca tivesse vindo! Oh, Anne, sei que tenho sido um tanto rígida e austera com você, talvez – mas, mesmo com tudo isso, você não deve pensar que eu não a ame tanto quanto Matthew amou. Quero falar agora, enquanto posso. Para mim, nunca foi fácil expressar as coisas que estão no meu coração; mas em ocasiões como esta, fica um pouco mais fácil. Eu amo você, e a estimo tanto quanto se fosse filha da minha própria carne e do meu próprio sangue, e você tem sido minha alegria e conforto desde que chegou a Green Gables.

Dois dias depois, carregaram Matthew Cuthbert pela porta da frente de sua residência, para longe dos campos que tinha lavrado, dos pomares que tinha amado e das árvores que tinha plantado; e então Avonlea retornou à serenidade habitual, e mesmo Green Gables deslizou de volta a sua antiga rotina; e o trabalho foi feito e as tarefas cumpridas com a mesma regularidade de antes, ainda que sempre com a dolorosa sensação de "perda de todas as coisas familiares". Anne, para quem a dor do luto era novidade, achou quase lamentável que fosse assim – que elas *pudessem prosseguir*, da forma como eram antes, sem Matthew. Ela sentiu algo como vergonha e remorso quando descobriu que o nascer do sol atrás dos pinheiros e os brotos rosados abrindo no jardim lhe causaram a antiga invasão de contentamento quando os contemplava; que as visitas de Diana eram agradáveis e que seus gracejos e trejeitos a levavam a sorrir e gargalhar; que, em resumo, o lindíssimo mundo florescendo de amor e de amizade não tinha perdido nem um pouco do poder de nutrir suas fantasias e emocionar seu coração, e que a vida continuava a lhe chamar com muitas vozes insistentes.

— Parece-me como uma deslealdade com Matthew, de certa forma, encontrar satisfação nestas coisas agora que ele se foi – confessou tristemente a Mrs. Allan, numa tarde quando estavam juntas no jardim da casa paroquial – Sinto tanta saudade dele, todo o tempo; e ainda assim, Mrs. Allan, o mundo e a vida me parecem muito bonitos e interessantes. Hoje Diana me contou algo engraçado e eu ri. Quando tudo aconteceu, pensei que nunca mais conseguiria sorrir outra vez. E, seja como for, parece que não devo.

— Quando Matthew estava vivo, ele gostava de ouvir o seu riso e gostava de saber que você encontrava satisfação nas coisas boas que lhe rodeiam – disse Mrs. Allan, gentilmente – Agora ele só não está mais aqui, mas gosta de saber disso da mesma maneira. Estou certa de que não devemos fechar nossos corações para as curadoras influências presenteadas pela natureza. Mas posso entender o seu sentimento, e creio que todos o experimentamos do mesmo modo. Nós nos ressentimos ao cogitar qualquer coisa capaz de nos agradar quando alguém que amamos não está mais entre nós para partilhar dessa satisfação; e quase sentimos como se fôssemos desleais com a dor quando descobrimos o retorno do interesse pela vida.

— Estive no cemitério nesta tarde, para plantar uma roseira no túmulo de Matthew. Tomei uma muda da pequena roseira branca que a mãe dele trouxe da Escócia, há muito tempo atrás; ele sempre gostou mais das rosas – elas são tão pequenas e encantadoras em seus caules espinhosos. Senti-me contente de poder plantar ao lado de seu túmulo, como se estivesse fazendo algo para agradá-lo ao levar a muda para ficar lá pertinho dele. Espero que ele tenha rosas com essas no céu. Talvez as almas de todas aquelas pequenas rosas que ele tanto amou por tantos verões estivessem lá para encontrá-lo. Preciso ir para casa agora. Marilla está sozinha, e se sente solitária ao anoitecer.

— Temo que ela se sentirá ainda mais solitária quando você for embora de novo, para a faculdade – disse Mrs. Allan.

Anne não respondeu; desejou uma boa noite e voltou lentamente para Green Gables. Marilla estava sentada nas escadas da frente da casa, e Anne se sentou ao seu lado. A porta estava aberta atrás delas, amparada por uma grande concha de caramujo cujas suaves curvas internas recordavam o tom rosado dos entardeceres.

Anne colheu alguns buquês de madressilvas amarelas e colocou-os em seu cabelo. Ela apreciava a deliciosa fragrância que a envolvia como uma bênção etérea a cada vez que se movimentava.

— O Doutor Spencer veio aqui enquanto você estava fora – disse Marilla – Ele falou que o especialista estará na cidade amanhã, e insiste que devo ir examinar meus olhos. Suponho que seja melhor ir mesmo, e resolver isto. Ficarei ainda mais agradecida se o homem puder me dar o grau exato das lentes que serão adequadas aos meus olhos. Não vai se importar de ficar sozinha em casa enquanto eu estiver fora, não é mesmo? Martin terá que me levar, e amanhã é dia de passar roupa e fazer bolo.

— Vou ficar bem. Diana vem me fazer companhia. Vou me encarregar de passar a roupa e cozinhar maravilhosamente; não precisa temer que eu vá engomar os lenços ou condimentar o bolo com linimento.

Marilla riu.

— Que menina você era para cometer erros naqueles dias, Anne! Estava sempre se metendo em confusão. Eu costumava pensar que você estava possuída. Lembra-se de quando pintou seu cabelo?

— Sim, certamente. Jamais esquecerei disso! – sorriu Anne, tocando a pesada trança que estava enrolada em torno de sua cabeça bem formada – Às vezes acho graça, agora, quando penso na preocupação que eu tinha com meu cabelo; mas não acho *muita* graça, porque naquela época era uma preocupação existente de fato. Sofri terrivelmente por causa do meu cabelo e minhas sardas. As sardas se foram de verdade, e as pessoas são gentis o bastante para dizer que meu cabelo está da cor castanho-avermelhado agora – todas, exceto Josie Pye. Ela me informou ontem que realmente acha que ele está mais ruivo do que nunca, ou que, talvez, meu vestido preto o fizesse parecer mais ruivo; e me perguntou se as pessoas ruivas conseguiam, algum dia, se acostumar com seus cabelos. Marilla, estou quase decidida a desistir de tentar gostar de Josie Pye. Tenho feito o que um dia chamei de esforços heroicos para gostar dela, mas Josie Pye *não quer* que gostem dela.

— Josie é uma Pye – afirmou Marilla, mordaz –, então ela não pode evitar ser desagradável. Suponho que pessoas daquele tipo tenham algum propósito na sociedade, mas devo dizer que conheço tanto essa tal finalidade quanto conheço a utilidade dos cardos. Josie vai lecionar?

— Não, ela vai voltar para a Queen's no próximo ano, assim como Moody Spurgeon e Charlie Sloane. Jane e Ruby vão dar aulas e as duas já têm suas escolas – Jane em Newbridge, e Ruby em algum lugar no oeste.

— Gilbert Blythe vai lecionar também, não vai?

— Sim – por um curto período.

— Que rapaz bonito ele é! – comentou Marilla, distraidamente – Eu o vi na igreja no último domingo, e me pareceu tão alto e varonil. Ele é parecidíssimo com o pai quando tinha a mesma idade. John Blythe era um bom rapaz. Costumávamos ser muito bons amigos, ele e eu. O povo dizia que ele era meu namorado.

Anne olhou para ela com repentino interesse.

— Oh, Marilla, e o que houve? Por que você não –

— Nós tivemos uma discussão. Eu não o perdoei quando ele me pediu. Eu pretendia perdoá-lo, depois de um tempo, mas estava tão irritada e furiosa que quis puni-lo antes. E ele nunca mais voltou; os Blythes são todos extremamente autossuficientes. Mas sempre me senti um tanto triste. Sempre desejei tê-lo perdoado quando tive a chance.

— Então teve um pouco de romance em sua vida também – disse Anne, delicadamente.

— Sim, suponho que possa chamar assim. Você não teria imaginado isso somente olhando para mim, teria? Mas você nunca pode falar sobre as pessoas olhando apenas para o seu exterior. Todos esqueceram sobre John e eu. Até eu mesma tinha esquecido. Mas tudo veio à tona quando vi Gilbert no domingo passado.

Capítulo XXXVIII

A Curva na Estrada

Marilla foi à cidade no dia seguinte e retornou ao entardecer. Anne tinha ido até Orchard Slope com Diana, e ao voltar encontrou Marilla na cozinha, sentada ao lado da mesa com a cabeça apoiada na mão. Algo em sua atitude abatida atingiu o coração de Anne com um calafrio. Ela nunca tinha visto Marilla sentada tão inerte.

— Está muito cansada, Marilla?

— Sim – não – eu não sei – balbuciou fracamente, erguendo o olhar –, suponho que estou cansada, mas não pensei nisso. Não é isso.

— Chegou a ir consultar com o oftalmologista? O que ele disse? – perguntou Anne, com ansiosedade.

— Sim, eu o consultei e ele examinou meus olhos; e me disse que se eu deixar totalmente de ler e costurar, e fazer qualquer trabalho que cause fadiga ocular, e se eu for cuidadosa para não chorar e usar as lentes que ele prescreveu, ele acha que os meus olhos não vão piorar, e que ficarei curada das dores de cabeça. Mas se eu não fizer isso, é certo que ficarei totalmente cega dentro de seis meses. Cega! Anne, pense nisso!

Por um minuto, Anne, depois de sua primeira exclamação rápida de desânimo, ficou calada. Parecia que ela *não conseguia* falar. Então, com bravura, mas não sem um tremor na voz, ela disse:

— Marilla *não pense* nisso. Você sabe que o especialista deu esperanças. Se tomar esses cuidados, não perderá completamente a visão; e se as lentes que ele prescreveu aliviarem as dores de cabeça, será uma grande coisa.

— Não chamo isso de grande esperança! – retorquiu, com amargura – Se eu não puder ler ou costurar, nem fazer qualquer coisa desse tipo, vou viver para quê? Ficar cega ou morrer, é a mesma coisa. E quanto a chorar, não posso evitar quando fico sozinha. Mas não é bom falar sobre isso. Se você me preparar uma xícara de chá, ficarei grata. Estou exausta. Em todo caso, não conte nada sobre isto a ninguém por enquanto. Não posso suportar que esse povo venha aqui para me questionar e se compadecer de mim, ou falar no assunto.

Quando Marilla terminou a refeição, Anne a convenceu a ir dormir. Então, rumou ao quartinho do lado leste do sótão e se sentou na escuridão ao lado da janela, sozinha com suas lágrimas e o peso em seu coração. Quão tristes as coisas haviam se tornado desde que se sentara ali na noite de seu retorno para casa! Naquela ocasião ela estava cheia de esperança e alegria, e o futuro parecia róseo de promessas. Anne sentiu como se tivesse vivido muitos anos desde aquele instante, mas antes de ir para a cama havia um sorriso em seus lábios e paz no coração. Havia encarado corajosamente o seu dever, e encontrara nele um amigo – como o dever sempre é quando o encaramos com franqueza.

Certa tarde, alguns dias depois, Marilla entrou com passos lentos pelo jardim da frente, onde estivera conversando com um visitante – um homem a quem Anne conhecia somente de vista como Mr. Sadler, de Carmody. Anne perguntou a si mesma o que ele poderia ter dito para trazer aquele olhar ao rosto de Marilla.

— O que Mr. Sadler queria, Marilla?

Ela se sentou ao lado da janela e olhou para Anne. Havia lágrimas em seus olhos, desafiando a proibição do oftalmologista; e sua voz falhou quando disse:

— Ele soube que eu vou vender Green Gables e está interessado em comprá-la.

— Comprar! Comprar Green Gables? – perguntou Anne, achando que não tinha escutado bem — Oh, Marilla, você não pretende vender Green Gables!

— Anne, eu não sei o que mais o que se pode fazer. Tenho pensado muito. Se a minha visão estivesse mais forte, eu poderia ficar aqui e administrar as coisas, com um bom ajudante. Mas do jeito que estou, não consigo! Eu posso vir a perder completamente a visão e, de qualquer maneira, serei inútil para administrar tudo. Oh, nunca pensei que viveria para ver o dia em que teria de vender minha casa. Mas as coisas só iriam de mal a pior, cada vez mais, até que ninguém quisesse comprá-la. Cada centavo do nosso dinheiro se foi com aquele banco; e tenho que pagar algumas notas promissórias que Matthew emitiu no outono passado. Mrs. Lynde me aconselhou a vender a fazenda e me hospedar em algum lugar – com ela, eu suponho. Não vou vender por um preço alto, pois a fazenda é pequena, e a casa e os celeiros são antigos. Mas creio que será o bastante para eu viver. Estou grata por você estar provida com aquela bolsa de estudos, Anne. Lamento porque você não terá um lar para recebê-la nas férias, mas suponho que você irá se ajeitar de alguma forma.

Marilla desabou e chorou amargamente.

— Você não deve vender Green Gables – disse Anne, resolutamente.

— Oh, Anne, eu não queria ter de vendê-la! Mas veja por si mesma. Não posso ficar aqui sozinha. Ficaria louca de aflição e solidão. E eu ficaria cega – sei que ficaria.

— Você não terá que ficar aqui sozinha, Marilla. Eu estarei com você. Não vou mais para Redmond.

— Não irá para Redmond? – Marilla ergueu o semblante angustiado de suas mãos e encarou Anne — Ora, o que quer dizer?

— Apenas o que eu disse. Não vou aceitar a bolsa. Tomei a decisão na noite em que você voltou da cidade. Você certamente não pensou que eu a deixaria aqui sozinha com seus problemas, Marilla, depois de tudo o que fez por mim, ou pensou? Estive pensando e planejando. Deixe-me contar meus planos. Mr. Barry quer alugar a fazenda para o próximo ano; então você não terá nenhum incômodo a esse respeito. E eu vou lecionar. Enviei minha candidatura para a escola de Avonlea; mas não acho que vá conseguir, pois entendi que os membros do conselho diretor prometeram-na para Gilbert Blythe. Mas eu posso conseguir a escola de Carmody – Mr. Blair me confirmou isso na noite passada, no armazém. Claro que não será tão bom e conveniente quanto seria a escola de Avonlea. Mas eu posso ficar vivendo aqui, e me conduzir de carroça até Carmody, diariamente – ao menos enquanto o tempo estiver quente. E mesmo no inverno eu posso vir para casa às sextas-feiras. Vamos manter um cavalo para este fim. Oh, já planejei tudo, Marilla. E eu vou ler para você, e mantê-la animada. E você não vai ficar entediada ou solitária. E ficaremos confortáveis e felizes aqui, de verdade, nós duas juntas.

Marilla tinha escutado tudo isso como se fosse uma mulher que sonhava.

— Oh, Anne, eu sei que poderia ajeitar as coisas muito bem se você estivesse aqui. Mas não posso deixá-la se sacrificar desta maneira por mim. Seria terrível!

— Bobagem! – Anne riu, alegremente — Não há nenhum sacrifício. Nada poderia ser pior do que desistir de Green Gables; nada poderia me machucar mais. Devemos manter este velho e amado lugar. Estou decidida, Marilla. *Não vou* para Redmond; e *vou* ficar aqui e ser professora. Não se preocupe nem um pouco comigo.

— Mas as suas ambições, e –

— Estou tão ambiciosa como sempre estive. Apenas mudei o alvo das minhas ambições. Vou ser uma boa professora, e ajudarei a salvar sua visão. Além disso, pretendo estudar aqui em casa e fazer um pequeno curso da faculdade por correspondência, por conta própria. Oh, tenho dúzias de planos, Marilla! Estive pensando neles durante uma semana. Vou dar o meu melhor para a vida aqui, e creio que a vida me dará o seu melhor como recompensa. Quando saí da Queen's, o meu futuro parecia se estender à minha frente como uma estrada reta. Parecia que eu podia ver no horizonte muitos marcos de milha. De repente, apareceu uma curva. Eu não sei o que me aguarda nesta curva, mas vou acreditar que será o melhor. A tal curva tem uma fascinação própria, Marilla. Pergunto-me como será a estrada além – o que haverá de verde glorioso, e de suaves matizes de luzes e sombras – que novos cenários, que novas belezas, que curvas e colinas e vales mais adiante!

— Não acho que eu deva permitir que você desista – respondeu Marilla, referindo-se à bolsa de estudos.

— Mas você não pode me impedir. Tenho dezesseis anos e meio, e sou 'obstinada feito uma mula', como me disse Mrs. Lynde, uma vez – sorriu Anne – Oh,

Marilla, não fique se apiedando de mim. Não gosto que tenham pena de mim e não há a menor necessidade disso. O simples pensamento de ficar na querida Green Gables me faz alegrar o coração. Ninguém poderia amá-la como você e eu amamos; então, devemos ficar com ela.

— Menina abençoada! – exclamou Marilla, cedendo, enfim — Sinto como se você tivesse me dado vida nova! Acho mesmo que eu deveria ser firme e forçá-la a ir para Redmond; mas sei que não consigo, então nem vou tentar. Entretanto, vou compensá-la por isso, Anne.

Quando correu a notícia em Avonlea que Anne Shirley tinha desistido de ir para a faculdade, e que pretendia ficar em casa e lecionar, houve uma boa dose de discussão sobre o assunto. A maioria das boas pessoas, não sabendo sobre o problema de visão de Marilla, pensou que ela estava sendo tola. Mrs. Allan não. E ela disse isso a Anne em um tom de aprovação que trouxe lágrimas de alegria aos olhos da menina. A bondosa Mrs. Lynde também não pensou dessa forma. Ela foi a Green Gables em um fim de tarde e encontrou Anne e Marilla sentadas na porta da frente, desfrutando do caloroso e perfumado crepúsculo de verão. Elas gostavam de se sentar ali quando caía o sol e as mariposas brancas voavam em torno do jardim, com o aroma da hortelã enchendo o ar úmido.

Mrs. Lynde depositou sua figura substancial sobre o assento de pedra ao lado da porta, atrás da qual crescia uma alta fileira de malva-rosa, nas cores rosa e amarela, e deu um longo suspiro, mistura de fadiga e alívio.

— Declaro que fico contente por me sentar. Estive em pé o dia todo, e noventa quilos é um bom bocado para ser carregado por dois pés. É uma grande bênção não ser gorda, Marilla. Espero que você seja grata por isso. Bem, Anne, soube que você desistiu da ideia de ir para a faculdade. Fiquei realmente satisfeita ao ouvir isso. Você já possui, agora, tanta educação quanto uma mulher pode desfrutar com comodidade. Não concordo com meninas indo para a faculdade junto com os meninos para entupir suas cabeças de Latim e Grego e toda aquela baboseira.

— Mas eu vou estudar Latim e Grego do mesmo jeito, Mrs. Lynde! – disse Anne, rindo — Vou cursar minha faculdade de Artes aqui em Green Gables, e estudar tudo o que estudaria em Redmond College.

Mrs. Lynde ergueu as mãos para o alto em sagrado pavor.

— Anne Shirley, você vai se matar!

— Nem um pouco. Terei êxito. Oh, não vou me exceder. Como diz a 'esposa de Josiah Allen',[1] serei *mejum*. Visto que não tenho vocação para os sofisticados trabalhos manuais, terei bastante tempo livre nas longas noites de inverno. Vou lecionar em Carmody, a senhora sabe.

— Não sei, acho que não. Creio que vai trabalhar aqui mesmo em Avonlea. Os membros do conselho diretor decidiram dar a vaga na escola para você.

— Mrs. Lynde! – gritou Anne, erguendo-se com a surpresa — Ora, pensei

---

1 - Referência a Marietta Holley (1836-1926), humorista americana.

que tinham prometido a escola para Gilbert Blythe!

— E tinham prometido mesmo. Mas tão logo Gilbert soube que você tinha solicitado a vaga, foi procurá-los – tiveram uma reunião na escola na noite passada, sabe – e disse a eles que retirava a candidatura, sugerindo que aceitassem você. Ele alegou que vai lecionar em White Sands. Evidentemente ele sabia o quanto você queria ficar com Marilla, e devo dizer que acho que foi realmente gentil e atencioso da parte dele, isto é que é. Foi um verdadeiro sacrifício, também, pois ele terá que pagar pela hospedagem em White Sands, e todos sabem que ele tem que economizar para a faculdade. Então os membros do conselho diretor decidiram aceitar a sua candidatura, Anne. Fiquei morrendo de felicidade quando Thomas chegou em casa e me contou.

— Não sei se posso aceitar isso – murmurou Anne – quero dizer, não acho que devo deixar Gilbert fazer tal sacrifício por – por mim.

— Creio que você não possa mais impedi-lo, agora. Ele já assinou os papeis com os diretores de White Sands; portanto, não faria nenhum bem a ele se você recusasse. Você certamente tem que aceitar a escola! Vai se sair muito bem, agora que não haverá mais nenhum Pye indo às aulas. Josie foi a última da família – e que bela coisa ela era, isto é que é! Houve um Pye ou outro estudando na escola de Avonlea pelos últimos vinte anos, e tenho para mim que a missão deles na vida era recordar aos professores que a Terra não é o lar para eles! Deus do céu! O que significam aquelas luzes brilhando e piscando lá na janela dos Barry?

— Diana está sinalizando para que eu vá até lá – sorriu Anne –, nós continuamos com o mesmo velho costume, a senhora sabe. Com licença um instante, vou correr até Orchard Slope e ver o que ela quer.

Anne correu como um cervo pela ladeira dos trevos, e desapareceu nas sombras dos pinheiros da Floresta Assombrada. Mrs. Lynde a contemplou com indulgência.

— Ela ainda tem uma boa porção de menininha, em alguns aspectos.

— E ainda tem muito mais de mulher, em outros – retorquiu Marilla, com um momentâneo retorno de sua velha rispidez.

Porém, a rispidez não era mais a característica marcante de Marilla, como Mrs. Lynde disse ao seu marido, Thomas, naquela noite.

— Marilla Cuthbert ficou *melosa*. Isto é que é.

Na tarde do dia seguinte, Anne se dirigiu ao pequeno cemitério de Avonlea para pôr flores frescas no túmulo de Matthew e regar a roseira escocesa. Ela permaneceu ali até a hora do crepúsculo, desfrutando da paz e da quietude daquele pequeno lugar, com seus álamos farfalhando com a brisa e cujos ruídos se assemelhavam a suaves discursos amigáveis para os gramados que cresciam por entre os túmulos. Quando finalmente saiu dali e caminhou pela longa colina que terminava na Lagoa das Águas Brilhantes, já era passada a hora do pôr do sol e toda Avonlea estava diante dela em um sonhador arrebol – "o fantasma de uma antiga paz". Havia um frescor no ar como um vento que soprara sobre os doces campos de trevos. As luzes das residências cintilavam aqui e ali por entre as árvores. Ao longe estava o mar, púrpuro e sombrio, com seu sussurro assombrado e incessante. O oeste era uma glória de suaves matizes misturados, e a lagoa refletia todos eles em nuances ainda mais suaves. A beleza de tudo isso fez estremecer o coração de Anne, que, agradecida, abriu os portões de sua alma.

— Querido velho mundo – murmurou –, você é realmente encantador, e sou feliz por estar viva em você.

Na metade da colina, um rapaz alto saiu assobiando da porteira da fazenda dos Blythe. Era Gilbert, e o assobio morreu em seus lábios assim que reconheceu Anne. Ele ergueu o gorro educadamente, mas teria prosseguido em silêncio se Anne não o tivesse parado e estendido a mão.

— Gilbert – ela disse, com as bochechas coradas – eu quero lhe agradecer por ter desistido da escola em meu favor. Foi muita generosidade de sua parte; e eu queria que você soubesse que apreciei muito o seu gesto.

Gilbert tomou com ansiedade a mão que lhe era oferecida.

— Não foi particularmente uma generosidade da minha parte, Anne. Eu fiquei satisfeito por ter a oportunidade de lhe fazer algum bem. Seremos amigos depois disto? Você realmente me perdoou pela minha antiga falta?

Anne sorriu e tentou puxar a mão, sem sucesso.

— Eu o perdoei aquele dia, na margem da lagoa, apesar de não saber disso naquele momento. Como fui simplória e teimosa, e tenho continuado a ser! Devo fazer uma confissão completa: eu estava arrependida desde aquele dia.

— Nós vamos ser os melhores amigos – respondeu Gilbert, alegremente – Nós nascemos para ser melhores amigos, Anne. Você tem imposto obstáculos demais ao destino. Sei que podemos ajudar um ao outro em muitos aspectos. Você vai continuar seus estudos, não vai? Eu também vou continuar. Vamos, eu a acompanharei até sua casa.

Quando Anne entrou na cozinha, Marilla olhou curiosamente para ela.

— Quem era aquele que vinha com você pela alameda, Anne?

— Gilbert Blythe – respondeu Anne, envergonhada ao perceber que estava ruborizando – Encontrei com ele na colina dos Barry.

— Não sabia que você e Gilbert eram tão bons amigos, a ponto de ficar meia hora em pé na porteira conversando com ele – provocou Marilla, com um sorriso seco.

— Não éramos; temos sido bons adversários. Mas decidimos que será mais sensato se formos amigos no futuro. Estivemos por meia hora ali mesmo? Pareceu somente poucos minutos. Mas, veja, temos cinco anos de conversas perdidas para pôr em dia, Marilla.

Anne se sentou junto a sua janela naquela noite, acompanhada por uma alegre disposição. O vento soprava levemente nos ramos da cerejeira, e o aroma de hortelã era transportado até o quarto. As estrelas cintilavam acima dos pinheiros pontiagudos no vale, e a luz do quarto de Diana brilhava à distância.

Os horizontes de Anne haviam se fechado desde aquela noite em que se sentara ali, ao chegar da Queen's Academy, mas ela sabia que se o caminho colocado diante de seus pés deveria ser estreito, as flores de uma calma felicidade nasceriam ao longo dele. A alegria do trabalho honesto, das nobres aspirações e das agradáveis amizades deveria lhe pertencer; e nada poderia apartá-la de seu direito de nascença à fantasia ou a um mundo ideal de sonhos. E sempre haveria uma curva na estrada!

— "Deus está no céu, e tudo está de acordo com o mundo"[2] – suspirou Anne, suavemente, suavemente.

Fim

2 - Citação do poema "Pippa Passes", escrito pelo inglês Robert Browning (1812-1889) e publicado no ano de 1841.